MON NOM EST KATE CROW

JOHN LA GALITE

MON NOM EST KATE CROW

PLON

ISBN : 2-266-09091-7

À Alexandra.

« Il leur dit : Souillez le Temple et remplissez les parvis de
[cadavres !
Sortez !... Ils sortirent et ils frappèrent dans la ville. »

Ancien Testament. Ezéchiel 9,7.

LIVRE PREMIER

1

— Un plan à nous soumettre ? demanda *Ramsès*.
— *Operation Rescue*, répondit Greenwood.
— Je vous écoute.

Ils étaient installés sur la terrasse de l'une des suites du dernier étage d'un hôtel de luxe de Puerto Rico, à l'abri d'éventuelles écoutes. L'appartement était loué à l'année. Ceux qui séjournaient dans cette suite ne passaient pas par la réception et prenaient un ascenseur particulier ; la salle de bains avait un jacuzzi, et les miroirs de la chambre à coucher ne reflétaient que des perspectives insolites. C'était le genre d'endroit où *Ramsès* se serait bien vu passer une semaine de vacances en compagnie d'un bon coup.

Il n'était pas là pour ça.

Greenwood termina son exposé puis vida en une longue aspiration la moitié du verre de *Planter's Punch* posé devant lui. Il faisait chaud et humide. Il s'essuya le front avec une serviette en papier. Deux auréoles marquaient les flancs de sa chemise.

— Combien de temps mettront-ils pour mourir ? s'enquit *Ramsès*.

Un homme mince, aux cheveux teints. Il portait un costume de toile, avec des revers à la mode ; sa veste était boutonnée, il n'avait pas défait sa cravate, et la chaleur ne semblait pas avoir de prise sur lui. Il y avait quelque chose d'autoritaire et d'exigeant dans son allure.

— Quatre à six semaines, précisa Greenwood.

— Une chance d'en réchapper ?

— Aucune. La mort est garantie.

Ramsès regarda la mer. Des orages éclataient, masquant les voiles qui croisaient au large. Il tourna la tête : Greenwood lui tendait une cassette vidéo.

— Faites connaissance avec Joseph Beckman.

Il prit la cassette, la glissa dans un porte-documents en cuir naturel, et se leva. Son regard croisa celui de Greenwood.

— Si nous acceptons, le révérend Dorf vous sera utile, dit *Ramsès*.

2

1

Dorf craignait Dieu mais pas tout ce qu'il avait décidé d'envoyer sur la planète. Là, résidait l'essentiel de sa pensée.

Le révérend avait beaucoup d'ennemis, pas de diplômes, et n'était jamais allé à l'université. Tôt dans la vie il avait développé une aptitude remarquable à jauger ses semblables et à déterminer ce qu'ils étaient en mesure de faire pour lui. C'était un formidable vendeur de voitures d'occasion, et un buveur invétéré, à une époque où les voitures étaient des carrosseries rutilantes et argentées, et où à Buffalo, là où il vivait, le soleil ne se montrait que douze jours par an.

Une nuit, à la sortie d'un bar, un pouvoir supérieur l'avait interpellé. Dorf avait quadrillé le pays ; il avait sans relâche labouré le terrain, modelé la matière brute. Il avait pris la mesure du destin pathétique des hommes et s'était ébloui de sa facilité à les manipuler.

Sa mission lui apparaissait aussi transparente qu'un ciel de juillet : il lutterait contre les forces qui menaçaient de s'emparer des leviers de commande de l'Amérique.

C'était un lumineux dimanche de septembre, et de l'autre côté de la rivière les montagnes Rocheuses étincelaient. La ville de Fort Collins dans le Colorado vivait une sensation de semi-réalité, oscillant entre l'incrédulité et l'impatience. L'automne était bien là.

La flèche de l'église *Fort Collins Church of Christ* s'élançait telle une bravade ; des vitraux filtrait une lumière dorée ; derrière l'autel où se tenait le chœur, se dressait une immense croix de bronze poli. Des rangées de sièges recouverts de velours rouge couraient dans des gradins en demi-cercle.

Ce matin-là il y avait plus de deux mille fidèles, et ce matin-là le sermon de Dorf n'était pas le sermon conventionnel d'un prêcheur conventionnel. La voûte de béton amplifiait la voix qui résonnait dans les poitrines. D'inquiétantes prémonitions avaient permis au révérend de découvrir la vérité cachée des Écritures, et Dieu l'avait investi d'une terrible compréhension.

Dans son costume noir, Dorf dégageait une sorte de démesure extravagante qu'on devinait prête à exploser. Le révérend donnait l'impression qu'autour de lui l'air était chargé d'une puissance dont il subissait l'influence mystique.

Le sermon dura une heure. Assises près du pupitre, sa femme et ses trois filles portaient des robes en lainage fleuri, gardaient les mains croisées sur leurs genoux, et suivaient ses moindres gestes avec dévotion. La foule, plongée dans de secrètes réflexions, était hypnotisée.

Dorf restait silencieux ; il attendait que les mots se déposent dans les consciences, pareils à des flocons de neige qui peu à peu recouvrent les irrégularités du terrain.

Il reprit, avec l'élan du chef qui galvanise ses troupes vers le feu ennemi :

— Que les patriotes blancs d'Amérique se lèvent et déclarent au monde que nous entérinons les lois proposées par Benjamin Franklin ! Que les patriotes blancs d'Amérique se lèvent pour protéger nos valeurs contre toute tentative de destruction !

Un tonnerre d'applaudissements emplit la voûte.

Une sorte d'hystérie enfla dans la congrégation. Sur

l'estrade, la tête baissée, les yeux révulsés, le révérend tremblait.

— Seigneur, implorait-il, en ce jour béni, étends ta main sur moi ! Heureux celui qui lit et ceux qui écoutent les paroles de la prophétie ! Et de la part de Jésus-Christ, le témoin fidèle, le premier-né d'entre les morts, le souverain des rois de la terre, Seigneur, toi qui m'assailles comme une tempête, ne me laisse pas reprendre mon souffle. Frappe-moi par tes miracles ! Montre à tes serviteurs ce qui doit arriver bientôt !

D'un seul coup ce fut le silence. L'assemblée plongea dans la stupeur. Soudain, l'un des fidèles se leva.

— Là ! hurla-t-il, montrant du doigt le révérend. Là ! Regardez ! Regardez ses mains ! Elles saignent ! Les stigmates ! hurla-t-il.

Le mot, repris par des centaines de bouches, bourdonna comme un frelon au printemps.

Dorf leva les poings au ciel. A travers ses jointures serrées, des filets de sang suintaient et coulaient vers ses poignets. Il tomba à genoux, inclina la tête, et ouvrit les bras en croix. Dans la fosse, animée d'une ardeur sauvage, la chorale vêtue de blanc et de bleu entama :

Soldats de la Croix, debout !
Que la force s'oppose à la force,
Que le courage s'oppose au danger,
Soldats de la Croix, debout,
Armez-vous de la colère de Dieu.

L'église entière vibra dans la clameur du chant sacré.

2

Plus tard, dans sa loge, exténué, le révérend terminait de se démaquiller. Il pressait contre ses paupières des tampons imbibés d'eau Perrier.

On frappa à la porte.

— Une seconde, dit Dorf.

Il rangea ses accessoires dans un tiroir qu'il ferma à clé. Il mit la clé dans sa poche, termina d'enlever son fond de teint avec une serviette qu'il jeta dans une corbeille et s'assit. Un ultime regard circulaire. L'entrevue serait brève.

— Entrez ! dit-il.

Il observa l'homme qui s'approchait. Ils échangèrent un signe de tête. Son visiteur vint s'asseoir en face de lui.

— Appelez-moi Vince, dit l'inconnu.

— En quoi puis-je vous aider ? demanda le révérend d'un air détaché proche de l'ennui.

Vince prit une profonde inspiration et laissa l'air s'échapper dans un soupir de pneu crevé.

— J'ai été impressionné.

— Vraiment ?

Dorf avait le regard fixé sur son interlocuteur. Ce dernier était vêtu d'un manteau gris en cachemire. Son visage avait la teinte que donne une vie passée au fond des bars. Ses yeux, entourés de cernes, ressemblaient à ceux d'un varan.

— Je ne pensais pas assister à un miracle, dit-il.

— Vous ne croyez pas aux miracles ?

Vince eut une hésitation.

— Je *suis* à la recherche de miracles.

— C'est émouvant. Continuez.

Vince s'éclaircit la gorge et se mit à murmurer. Dorf se pencha pour mieux l'écouter. A deux ou trois reprises, il interrompit Vince pour poser une question.

Quand l'autre acheva d'exprimer ses besoins, le révérend, le visage dur et fermé, déclara :

— Tout est possible lorsqu'on fait appel à Dieu. Cependant...

Il pointa un doigt menaçant en direction de Vince.

— ... les *Soldats du Christ* coûtent cher de nos jours, Vince. Très cher.

— Vous ne perdrez pas votre temps, dit Vince.

UN MOIS PLUS TARD

3

Le crépuscule tombait. Les plaines du North Dakota s'obscurcissaient à perte de vue. Dans l'océan immuable du ciel, les feux des ports imaginaires clignotaient.

Son avion s'était posé à Devil's Lake au début de la matinée ; un nom prédestiné, avait-il pensé. Un pick-up se trouvait dans le parking de l'aérogare, les papiers et les clés dissimulés sous le siège avant.

Il avait rempli son Thermos de café et acheté des sandwichs au jambon au bar de l'aéroport.

A force d'étudier la carte, il connaissait le chemin par cœur bien que ce fût la première fois qu'il vînt dans la région. Il roulait, ignorant le paysage, le regard masqué par la visière d'une casquette de base-ball. Il se tassa sur son siège et lança un coup d'œil à la montre du tableau de bord. Il serait à l'heure.

Détrempée par les dernières pluies, la piste menait à un bosquet. Avant d'atteindre les premiers fourrés, il s'arrêta pour vérifier le contenu de l'attaché-case posé sur la banquette. Il disposait d'une demi-heure. Le délai semblait court. Il hésita, haussa les épaules, et finit par se convaincre que ce serait suffisant.

Dans le faisceau des phares il distingua la herse et trois silhouettes qui barraient le chemin. De loin, on les prenait pour de véritables fermiers, mais au fur et à mesure qu'il se rapprochait, les salopettes prenaient l'allure de tenues camouflées et les chapeaux de paille de casquettes militaires.

Il stoppa devant le barrage. Le plus grand des hommes tira une longue bouffée de sa cigarette ; d'un geste lent il la jeta au sol, l'écrasa sous sa semelle et s'approcha de la vitre baissée. Les autres tournèrent leurs armes vers le pare-brise. Le conducteur du pick-up alluma le plafonnier.

— Je suis Vince, dit-il. Snell m'attend.

La sentinelle se pencha et le dévisagea longuement.

— Descendez ! fit-il en reculant.

Vince obéit. Il ouvrit la portière sans gestes brusques, gardant ses mains en évidence. Un chien venu de l'ombre, le poil hérissé, renifla ses mollets en grondant.

Vince n'aimait pas les chiens. Il s'obligea à rester impassible, résistant à l'envie de lui décocher un coup de pied.

S'aidant de torches électriques, les deux gardes fouillèrent le véhicule. D'un geste, celui qui donnait les ordres désigna une mallette sur le siège.

— Ouvrez-la !

Vince prit l'attaché-case, le posa sur le capot et manœuvra les serrures de sécurité. Le grand type jeta un bref coup d'œil à l'intérieur. Il n'y avait qu'une épaisse enveloppe en papier.

— C'est bon, dit-il en s'écartant.

La herse se leva. Sans rien ajouter Vince referma la mallette. Il remonta dans le pick-up et commença à rouler à l'intérieur du bois.

Il parcourut moins d'un mile. Les baraquements surgirent de la nuit. Ils ressemblaient à des granges désaffectées.

Vince coupa le moteur, prit la mallette. Un homme armé surgit de l'obscurité. Il portait le même uniforme que les vigiles de l'entrée. Vince distingua son sourire dans la nuit.

— Venez, murmura-t-il.

Vince lui emboîta le pas. Un filet de camouflage de l'armée était tendu entre les arbres. Des rais de lumière s'échappaient du bâtiment principal au travers d'ouvertures masquées.

L'antichambre était encombrée de lits de camp ; des lits de couleur verte, recouverts de matelas durs, occupés par des hommes débraillés qui buvaient de la bière en lisant des magazines. Aussi dense qu'un nuage d'aérosol, une odeur de sueur et de conserves de l'armée flottait. Des armes automatiques s'alignaient sur des râteliers ; des caisses encombraient le reste de la pièce.

Vince laissa glisser son regard, n'ayant ni le temps ni l'envie de s'attarder sur les détails. Il suivit son guide. Au fond d'un interminable couloir peint en gris, au-dessus d'une porte, brillait une ampoule rouge.

— Il faut attendre, dit le garde.

Vince posa la mallette. S'adossant au mur, il se mit à décompter mentalement les secondes.

La lampe rouge s'éteignit, une verte s'éclaira. La porte s'entrebâilla, l'homme s'écarta, et Vince fit trois pas à l'intérieur de la pièce. Il y eut un déclic et le battant se referma derrière lui.

Assis derrière un bureau métallique, Snell gardait les yeux baissés. Il enleva ses lunettes et entreprit de les essuyer à l'aide d'un morceau de tissu froissé pris dans l'une de ses poches. Vince en profita pour examiner les lieux. Une ampoule jaune pendait du plafond, éclairant une pancarte poussiéreuse posée au sol. On l'avait mise là pour l'information des visiteurs ; elle représentait la caricature d'un juif vu par les nazis. L'inscription en allemand précisait :

Er stiehlt die Seele, saugt das Blut, sei vor dem Juden auf der Hut [1].

Il y avait aussi une croix du Ku Klux Klan peinte en rouge sang, et sur le bureau, à côté d'un flacon de pilules, d'un sac de pop-corn et d'une bible, trônait un cadre contenant une photo jaunie d'hommes en cagoules devant une potence et un bûcher.

1. Il vole l'âme, suce le sang, méfiez-vous du juif.

Derrière Snell, un drapeau américain était cloué au mur. Sur les bandes rouges et blanches on avait apposé en lettres bleues le mot W A R, pour *White Aryan Resistance*, suivies d'une mise en garde :
Nobody messes with White Power. It's against nature [1].

Snell avait une stature de colosse, portait une veste de combat fourrée, une casquette à rabats, et ne semblait pas prendre soin de son apparence. De près, la peau grêlée de ses pommettes ressemblait à un mur criblé de shrapnells. Snell donnait la certitude d'être imperméable aux subtilités.

Il remit ses lunettes et fit signe à Vince de s'asseoir.

— Vous avez le fric ? demanda-t-il avec l'accent d'un fermier du Middle West.

— Vous avez la liste ? renvoya Vince.

Snell hocha la tête. Vince se pencha, ouvrit sa mallette et prit l'enveloppe. Du pied, il repoussa la mallette sous sa chaise et posa l'enveloppe sur le bureau.

— Vingt mille dollars, assura-t-il sans sourire. Ce qui était convenu.

Snell se contenta de prendre l'enveloppe et de la soupeser sans l'ouvrir. Ses mains étaient fortes et marquées de cicatrices, remarqua Vince. Snell lui tendit une chemise en pelure.

— Voilà les noms.

— Comment les avez-vous sélectionnés ?

Snell eut un sourire entendu.

— J'ai mes critères. Ils sont jeunes, avec une putain de bonne raison pour combattre nos ennemis.

— De la famille ?

— Pas de celle qui s'inquiéterait.

Vince parcourut la liste. Le dernier nom attira son attention. Surpris, il leva la tête. Une exception.

Snell attendait sa réaction.

— Ça vous dérange ?

Vince eut une hésitation. La décision ne lui appartenait pas.

1. Nul ne plaisante avec le Pouvoir Blanc. C'est contre nature.

— Je dois partir.

Snell lui lança un curieux regard et se leva pour le raccompagner. Il avait dû actionner une commande électrique car le battant de la porte s'ouvrit devant eux. Le boyau était vide et obscur.

— Un détail, dit le colosse en posant une main lourde sur l'épaule de Vince. Qu'est-ce qu'ils vont devenir ?

Il faillit lui dire que ce n'était plus son problème ; en fait, Vince lui-même n'en savait rien. Greenwood ne l'avait pas mis au courant.

— Je suis sûr que leur objectif en vaut la peine, affirma-t-il pour couper court.

Le colosse eut un grognement d'approbation. Les deux hommes se serrèrent la main et Vince se retrouva poussé dans le couloir. L'autre allait se précipiter pour ouvrir l'enveloppe et compter les billets.

Vince traversa d'un pas rapide le bâtiment, adressa sans tourner la tête un vague signe aux hommes qui se trouvaient là, et ressortit.

Il se sentait mieux. Il remonta dans son véhicule et regarda sa montre.

Un froid glacial pesa sur sa poitrine. Un van venait de se garer près de lui. Une femme et une gamine en descendirent. Soulagé, Vince respira. Il referma sa portière et démarra.

La herse était levée. En la franchissant, il distingua le point rougeoyant d'une cigarette. Les gardes n'avaient pas bougé.

Sorti du bois, il alluma ses phares et accéléra. Les profondeurs de la nuit paraissaient sans limites. Le pick-up bondissait, Vince gardait les poignets souples sur le volant. Les chiffres défilaient sur le compteur.

Il s'arrêta, descendit, souleva le capot, et tâtonna quelques secondes avant de basculer un interrupteur dissimulé près du boîtier à fusibles. Puis il partit à travers champs.

Sa marche s'avérait difficile ; deux paquets de boue alourdissaient ses mollets.

Au moment où il relevait le bras pour vérifier son

chronomètre, une éblouissante lumière embrasa le bois comme une grande fleur éclatante ; puis le bruit et les turbulences arrivèrent jusqu'à lui. Un souffle brûlant le fit vaciller. Ses poumons se remplirent d'un gaz et se rétrécirent dans un appel d'air qui aspira son estomac comme un buvard.

L'explosif qui formait les parois de la mallette oubliée dans le bureau de Snell venait de faire son effet. La femme et la gamine avaient été volatilisées avec les autres.

L'aube serait d'un calme désolant, le silence aseptisé. Une tache brune qui ressemblerait au point d'impact d'un fabuleux météorite ; une strate de fumée immobile stagnerait au-dessus de la terre désolée. Ce qui resterait des arbres évoquerait les dents noircies d'un crâne calciné.

L'air redevint froid. Vince se redressa et continua son chemin. Le pick-up ne tarderait pas à se désintégrer bien que cela n'eût pas d'importance ; on l'avait volé dans un autre État.

Il s'arrêta pour écouter. Rien encore. Il prit dans la poche de sa veste une plaquette de pastilles analogues à celles dont on vantait les effets antiacide dans les spots publicitaires. Avec son briquet, il alluma l'extrémité de la plaquette, vérifia que la combustion était bien engagée, et la jeta au sol. Une vive lueur s'en dégagea au fur et à mesure que le phosphore s'embrasait.

Au loin, les flammes du brasier continuaient d'éclairer les alentours, perçant la nuit sombre et nuageuse.

L'écho rapide d'un rotor se rapprochait. Une masse noire fit trembler la nuit. L'hélicoptère volait sans feux de position et ne comportait aucune identification. Il se posa tout près.

Vince dut attendre que le sifflement de la turbine s'affaiblisse. Il courut vers l'appareil, luttant pour décoller ses semelles du sol. Il frappa à la cloison. La portière coulissa, un faisceau lumineux l'aveugla et il se hissa dans l'habitacle.

Le pilote poussa les gaz à fond. L'hélicoptère

grimpa. Vince s'installa sur la banquette arrière et attacha sa ceinture.

L'appareil volait en rase campagne à moins de trente mètres du sol, se maintenant à l'écart des routes et des agglomérations. Vince se tourna vers l'homme assis à ses côtés et lui tendit le document fourni par Snell.

— Ils n'ont rien compris à ce qui s'est passé, dit-il.

Selon sa propre estimation, leur route était plein ouest ; dans deux heures ils passeraient la frontière du Montana.

Un changement dans la vitesse de l'appareil lui fit lever la tête. L'équipage manifestait une certaine agitation. Près de lui, l'homme reprenait conscience de l'endroit où il se trouvait.

— Vérifiez ce qu'il y a dessous, dit-il, tendant à Vince un équipement de vision nocturne.

Desserrant sa ceinture, Vince se poussa sur le siège et colla son visage à la fenêtre.

On était à mi-chemin, pourquoi s'arrêter ? Qu'y avait-il à admirer dans une campagne qui ressemblait à un désert de plastique alvéolé ? Pourquoi l'autre n'ouvrait-il pas la porte de son côté ?

Vince saisit à deux mains la poignée et fit coulisser le panneau. Un vent glacé pénétra en tourbillonnant. Il ajusta l'appareil et se pencha. Une étendue verte luisait ; les pales faisaient bouillonner une écume blanchâtre.

— Un lac, hurla-t-il sans se retourner. Nous sommes au-dessus d'un lac.

Il paraissait n'y avoir ni embarcation ni âme qui vive.

Dans son dos, le copilote s'était retourné et avait sorti un automatique de calibre 22. Allongeant le bras, il pointa l'extrémité du canon vers la tête de Vince et pressa la détente à quatre reprises.

Pris dans un remous l'hélicoptère fit un écart. La première balle manqua la cible et traversa le maxillaire ; les trois autres réduisirent la boîte crânienne de Vince en une infinité de fragments.

Ses bras tressaillirent, ses jambes s'agitèrent ; son

corps retenu par la ceinture de sécurité s'affaissa. Le copilote passa alors à l'arrière de l'appareil et commença à déshabiller le corps.

L'odeur de la cordite flottait dans la cabine malgré l'air qui s'engouffrait. Quelques instants plus tard, une masse blafarde heurta la surface du lac, flotta un moment, puis coula.

Sur la banquette arrière, Greenwood enleva son casque. Comme sous une injection de paraffine, son visage s'élargissait ; une satisfaction intérieure qui n'effaçait pas le masque naturel de violence.

Il ouvrit la chemise. Elle contenait les noms des futurs *Soldats du Christ*. Des âmes dont Dorf dans une première étape s'occuperait. Des âmes à trier, à manipuler, à fanatiser.

Le premier de la liste s'appelait Brad Lewis. Le plus « qualifié », avait noté Richard Snell en marge du nom.

Qu'en savait-il ? Snell s'était lui-même laissé manœuvrer avec tant de facilité, se dit Greenwood avec un mauvais sourire.

Operation Rescue commençait.

SIX MOIS PLUS TARD

4

Brad Lewis écarta les jambes et ferma le livre recouvert de cuir noir qu'il tenait. Il crut entendre un bruit de moteur. Il se pencha vers la fenêtre, puis repartit en arrière jusqu'à ce que les pieds de sa chaise reviennent au sol. Le regard immobile, il fixait une tache sur le mur. L'heure approchait.

Il ne devait pas oublier pourquoi il était là, et ce qu'ils avaient fait à sa famille.

La tache se brouillait devant les yeux de Brad. Les souvenirs s'enfonçaient dans son âme comme la pointe d'une baïonnette.

La maison comportait une grande pièce au rez-de-chaussée, deux chambres à l'étage, et une remise longue et basse, où s'entassaient toutes sortes de vieilleries et l'outillage de son père. Derrière, il y avait un pré, et un vieux pneu monté en balançoire, et au-delà, des collines et des bois qui semblaient s'étaler jusqu'à l'infini.

Le dimanche, plantée sur l'herbe du pré, une haute silhouette vêtue d'une salopette de coton délavé se tenait là, fumant cigarette sur cigarette, regardant vers la profondeur sombre des arbres, comme si elle s'attendait à voir surgir une meute de loups hurlants.

C'est ainsi que son père passait une partie de la matinée, à le pousser sur cette balançoire de fortune.

Brad attendait d'aller plus haut, beaucoup plus haut, jusqu'à ce que le bout de ses bottines effleure le ciel.

Un soir, son père était rentré la mine sombre. L'usine où il travaillait venait d'être rachetée par des financiers de New York. Ils avaient débarqué avec leur équipe. Ils logeaient dans le meilleur hôtel de la ville, prenaient des airs arrogants, et circulaient dans des voitures étrangères qu'on ne voyait qu'à la télé.

Le plan de redressement était tombé aussi tranchant que le couperet d'un boucher. La production serait sous-traitée au Mexique ; sur les mille cinq cents employés on n'en gardait que deux cent vingt-cinq. Trop âgé, le père de Brad se trouvait du côté des bas morceaux qu'on jetait aux ordures après le dépeçage.

On avait créé un comité, tenté de faire pression sur les élus pour retrouver des emplois ; mais il fallait penser à la compétitivité de l'entreprise. On appelait ça la restructuration.

Six mois plus tard les financiers avaient revendu l'affaire, réalisant un bénéfice de trente-sept millions de dollars, et Charles Lewis, le père de Brad, avait eu une attaque cérébrale. Sa femme, plus jeune, était partie refaire sa vie, laissant Brad s'occuper de l'impotent.

Ce que Brad avait subi, rencontré, les décisions prises, les choix éludés, les morceaux de vie les plus infimes ; tout cela constituait les rochers noircis par les marées successives d'une existence dont la signification lui avait échappé. Les pièces du puzzle s'assemblaient.

Le révérend fournissait les réponses aux questions qui le tourmentaient ; tout se fondait en une seule et unique vérité qui mordait cruellement sa chair. Aveugle, il avait retrouvé la vue.

Il ne suivrait pas le chemin de son père ! Il ne se perdrait pas dans les méandres de l'ignorance et dans son impuissance à agir. Il ne se noierait plus dans l'amertume et le découragement. Il savait qui le persécutait. Il s'appuierait sur la force de l'ennemi pour y puiser la sienne et l'anéantir.

Brad visualisait son destin. Il avait la forme d'une croix.

A vingt-six ans, le physique de Brad tranchait sur les autres. A première vue il n'avait rien de fascinant ou de provocant, pourtant il contrastait avec les autres. Ses boucles brunes, ses traits énergiques, ses yeux à l'iris sombre ; tout cela lui donnait un style. Il s'enorgueillissait de sa forme physique. Le matin, avant le lever du soleil, il courait au pied des hautes montagnes dont les crêtes sombres se détachaient.

Après des années de sacrifices, Brad avait terminé ses études d'ingénieur dans une obscure université d'État. Il avait fait des ménages, avait été garçon de salle, jardinier, laveur de voitures, commis, souvent tout à la fois, les doigts crevés d'ampoules, ramassant de maigres salaires pour survivre et payer ses études. Il avait tenu bon, ruminant une vengeance qu'il croyait ne jamais venir. Un jour, par hasard, le révérend l'avait contacté.

Au fil des semaines, Brad s'était convaincu d'être une machine parfaite qui le prédisposait à une vie propre aux leaders, aux chefs. Il n'était pas le survivant d'une espèce disparue mais le précurseur d'une nouvelle race de guerriers : ceux du millenium. Des hommes puissants comme Dorf le lui avaient expliqué en détail.

Fraternité Chrétienne, l'ordre religieux fondé par le révérend, avait des émissions de télévision de Philadelphie à Sacramento, sur plus de soixante-cinq chaînes locales ; un show hebdomadaire retransmis par satellite touchait vingt millions de téléspectateurs.

Fraternité Chrétienne recevait des visiteurs et des messages de soutien du pays entier. Son réseau s'étendait comme un fleuve en crue.

Brad avait trouvé une identité à sa haine. C'était un combattant sacré, un *Soldat du Christ*.

Dieu l'avait choisi.

« On ne naît pas soldat on le devient », répétait inlassablement Dorf.

Brad se leva brusquement pour donner à son corps une impression physique de soulagement. Il ouvrit la fenêtre et vit au loin la ville qui peinait à se réveiller. Une mystérieuse lumière glissa sur le rebord noir d'un toit puis disparut.

Peut-être servirait-il d'exemple ? Galvanisé, il pensa à ses premiers pas dans l'exécution d'un destin, qui, dehors, l'attendait.

Les détruire jusqu'au dernier !

Il jeta un regard à la chambre austère ; la porte du placard entrouverte, un lit en fer sous un crucifix, un portemanteau ; un verre de lait à moitié bu.

C'est là qu'il s'était préparé pour sa croisade, près des montagnes Rocheuses, à quelques miles de Fort Collins.

L'odeur de renfermé et de solitude ne le gênait plus. Le révérend avait des projets pour lui. Il était trop tôt pour en parler, mais dans un avenir proche Brad n'aurait plus à se soucier de rien.

« *Le moment de passer à l'action est imminent, lui avait confié Dorf. Nous montrerons au monde ce qu'est la véritable renaissance de l'Amérique. Le pays est gris, fatigué, vidé de son sang. Nous allons le transfuser !* »

Cette description avait rappelé à Brad la couleur du visage de son père qui se mourait dans une salle commune d'hôpital, cloué sur un lit en fer, paralysé, respirant à l'aide d'un ballon à oxygène.

Devant la maison isolée une limousine venait de s'arrêter. A l'intérieur, le conducteur baissa la vitre qui l'isolait du passager.

— Est-il prêt ? demanda-t-il, sans se retourner.

— Il le sera.

— A-t-il eu des contacts avec les autres ?

— Aucun.

— Pas de nouvelle connaissance ?

— Je ne crois pas.

— Ça ne me suffit pas ! Soyez plus précis.

— La surveillance, c'est votre travail, pas le mien !

— Leur disparition doit passer inaperçue, dit Greenwood.

L'autre n'appréciait pas d'être sermonné. Il était loin d'être novice dans le métier.

— Pour m'occuper d'eux j'ai délaissé mon ministère. J'attends toujours le solde de l'argent, fit-il agacé. Nous sommes loin des promesses faites par Vince et...

— Ne me cassez pas les pieds ! Oubliez Vince. La donation sera versée en totalité quand je jugerai le travail fini.

— Okay ! — Il contenait mal son irritation. — Je vérifierai.

— Ne me posez pas de problème.

— J'y vais, dit l'homme sans daigner répondre, faisant celui qui n'avait rien entendu.

Il descendit, s'étira longuement, et franchit le perron d'un air décidé.

Il était de haute taille, portait une chemise blanche boutonnée jusqu'au col et un ample costume noir ; un chapeau de la même couleur laissait voir une abondante chevelure d'un gris argenté. Une chaîne et une croix en or battaient sa poitrine. Il frappa à la porte.

— C'est le révérend, annonça-t-il d'une voix calme. Il est l'heure, Brad.

Ils étaient assis dans un *Diner* [1] qui faisait une promotion pour un breakfast à 2.99 dollars. Dehors, le ciel sans nuages avait quelque chose de menaçant : il était morne en dépit de sa pureté cristalline. Le soleil illuminait les cimes et pétrifiait les couleurs du paysage sous un voile de gaze blanche.

Brad s'était glissé sur une banquette de plastique vert près du révérend. Une serveuse en jean et sweater, un tablier serré autour de la taille, s'était précipitée pour prendre leur commande. Elle était mignonne, et

1. Café-restaurant servant une cuisine de type familial.

Brad n'avait pu s'empêcher d'échanger un timide regard. Brad n'était pas très à l'aise avec les femmes et il s'était senti rougir.

Greenwood, qui portait une tenue de chauffeur pour la circonstance, avait pris place dans le box voisin ; il feignait de s'absorber dans la lecture d'un quotidien du matin et buvait son café avec un bruit de chien lapant son écuelle.

— La journée d'un chrétien démarre par un solide breakfast, affirma d'une voix forte le révérend après qu'on l'eut servi.

Dorf avait tendu ses mains par-dessus la table et saisit celles de Brad. Les mains du révérend étaient chaudes et sèches, avait remarqué Brad. La tête baissée, ils avaient prié, puis le révérend avait béni la nourriture, retiré ses mains, et attaqué son assiette.

Œufs brouillés, saucisses, hachis de pommes de terre ; Dorf mangeait vite, en homme efficace habitué à disposer de peu de temps pour ce type de réjouissances. Il jetait de brefs regards aux alentours, avec dans les yeux une lueur qui rappelait la voracité du chien affamé.

— Tu ne manges pas, mon garçon ? demanda-t-il.

Brad avait à peine touché son assiette. Il s'était contenté de tremper ses lèvres dans un verre de jus d'orange.

Pour obéir au révérend, Brad se força à avaler quelques bouchées. La nourriture ne pesait pas dans son estomac ; elle surnageait, provoquant des remous. Il ne laissa rien paraître de son état, eut un petit claquement de langue connaisseur, et continua sous l'œil approbateur du révérend.

— Brad, dit le révérend avec autorité — se redressant et s'adossant à la banquette après s'être curé les dents —, j'ai parlé de toi à des amis. Je leur ai dit que ta motivation était grande et que tu trouverais ta place parmi eux. Ce sont mes propres paroles. C'est exactement ce que je leur ai dit. Tu leur obéiras comme à moi-même, termina-t-il.

Dorf hocha la tête et fit à Brad un clin d'œil de

connivence. Il le soupesait du regard comme un veau gras qu'on s'apprête à vendre aux abattoirs avec un gros bénéfice.

Dorf demanda à la serveuse d'apporter l'addition. Brad avait envie d'interroger le révérend mais on ne posait pas de questions à Dorf.

Mûr pour se saisir de la laisse, jugea Greenwood, qui de sa place ne perdait pas une réaction du jeune homme. Il ne doutait plus de la soumission de Lewis. Le révérend plantait des croix dans les cerveaux sur lesquelles il inscrivait : *Propriété privée, Défense d'entrer*. Un professionnel de la désinformation et de l'intoxication.

Lewis était le premier *Soldat* dont Greenwood allait prendre livraison.

Dans la limousine, Dorf invita Brad à ouvrir sa bible et à méditer. A deux ou trois reprises, il lui tapota le genou, lui prodiguant des encouragements hypnotiques de sa voix grave et mélodieuse de vieux professionnel du baratin.

— Ne te fais pas de souci pour l'avenir, mon garçon. Tu es le meilleur. Tout ira bien.

Il percevait la tension du jeune homme et savait exactement ce qu'il ressentait. Il aurait été capable d'énoncer les questions que Brad avait en tête, qui lui brûlaient les lèvres, qu'il n'osait pas exprimer. Il connaissait ses doutes, ses inquiétudes, ses craintes ; il manœuvrait à travers tout ça et appuyait sur les bons boutons aux moments décisifs.

Ils pénétrèrent dans un cimetière bordé par une allée de cyprès géants sculptés par le vent. Les ombres rétrécissaient sur la pelouse. Au sommet d'un monticule, une demi-douzaine de véhicules étaient garés en bordure du chemin. Un groupe d'hommes les attendait sous les arbres. Des hommes aux cheveux courts, rasés de frais ; des hommes aux lèvres minces, au regard dissimulé derrière des lunettes noires. Leurs costumes sombres évoquaient ceux de forçats libérés sur parole ou d'employés des pompes funèbres. Brad en descendant de voiture se demanda qui était mort.

En connaisseur, Greenwood apprécia le décorum. Il baissa la vitre et regarda Dorf et Lewis s'éloigner.

Ils faisaient cercle à présent autour d'une stèle de marbre blanc sur laquelle ne figurait aucune épitaphe. Le soleil leur chauffait les épaules. Brad regardait la pointe de ses chaussures neuves. Sur le vernis noir pas encore craquelé, il voyait se refléter une partie du ciel, et les nuages prenaient des formes curieuses.

Le révérend brandissait une bible. Il indiqua à son auditoire le passage à lire.

— Au vainqueur, à celui qui continue à agir jusqu'à la fin selon mon enseignement, je donnerai autorité sur les nations : il les dirigera avec un sceptre de fer, comme on brise les poteries d'argile, ainsi que j'en ai reçu, moi aussi, le pouvoir de mon Père.

Choisissant un autre passage, il poursuivit. Le ton de sa voix monta.

— Puis je vis l'Agneau ouvrir le sixième sceau et il y eut un violent tremblement de terre. Le soleil devint noir comme un tissu de crin, la lune tout entière devint rouge comme du sang. Les étoiles du ciel s'abattirent sur la terre, comme font les fruits verts d'un figuier secoué par un gros coup de vent. Le ciel se retira comme un parchemin qu'on enroule, et toutes les montagnes et toutes les îles furent enlevées de leur place.

Il referma sa bible, sortit une croix de sa poche et la posa sur la plaque de marbre.

— Brad, dit-il, Dieu a de grands projets pour toi, il me l'a dit.

Il marqua un temps d'arrêt et parut se recueillir. Il avait un visage inquiétant. Il regarda Brad.

— Es-tu prêt ?

Brad acquiesça. Dorf pointa un doigt en direction de la stèle de marbre.

— C'est ta tombe. Tu vas prêter serment.

Le cœur de Brad s'arrêta, puis repartit sur un rythme tendu.

— Brad Lewis ! tonna Dorf.

— Oui, dit ce dernier nerveusement.

— Approche !

Brad fit trois pas en avant, et d'une main tremblante prit le document que le révérend lui tendait.

Il voulut le lire à haute voix, aucun son ne sortit. Il se racla la gorge avant de réussir à parler.

— Moi, Brad Lewis, je fais le serment d'accomplir tout ce qui est en mon pouvoir pour délivrer notre peuple. Je jure fidélité à ma foi chrétienne, et je m'engage à conserver le secret de mes actions. Je témoigne que s'il m'arrivait de briser ce serment mon nom serait à jamais banni des lèvres de mes pairs et maudit par notre Seigneur. Dieu m'a désigné pour être l'instrument de son courroux. En vrai combattant du Christ, j'ai le cœur pur et l'âme forte. Je fais face à l'ennemi de notre foi et de notre race avec courage, détermination, prêt à sacrifier ma vie. Je ne trouverai le repos et la vie éternelle que lorsque l'ennemi aura été décimé et que l'Amérique, la terre promise de nos pères, nous sera rendue. A travers la volonté de Dieu tout-puissant et par mon sang versé, je m'y engage. Amen.

Brad laissa retomber son bras. Sa respiration était courte ; une colère sourde le lançait entre les côtes. Le révérend s'approcha et lui donna l'accolade, puis il le saisit aux épaules et plongea son regard dans le sien.

— Ils convoitent jusqu'à la poussière de la terre qui est sur la tête des indigents ; ils violent le droit des humbles et vendent le juste pour de l'argent, dit-il avec haine. Le diable est plein de fureur car il sait qu'il a peu de temps. Brad ! Juge et combats avec justice !

Dorf se tenait droit, immobile, tel un monolithe, une idole de pierre. Dans un coin du ciel, Brad vit un vol d'oiseaux migrateurs ; des canards ou des grues, il ne savait pas.

— Obéis au 11e Commandement car l'Éternel t'a choisi pour accomplir sa volonté, ordonna Dorf d'une voix tranchante.

Les hommes qui se trouvaient là étaient allés chercher dans leurs voitures des couronnes de fleurs blanches qu'ils déposaient sur la stèle.

Brad frissonna. Sa vie devenait aussi étincelante que la lame d'un rasoir. Son cœur suintait de joie.

Il était l'artisan d'une vengeance divine.

Le *Soldat du Christ* ignorait qu'il avait été choisi, parmi d'autres, pour être un mort vivant dans un paysage de mort.

La Ford Taurus et ses deux passagers avaient quitté le Colorado, traversé l'Utah et le Nevada avant de pénétrer en Californie. Le conducteur, un homme de Greenwood, ne semblait pas troublé par le paysage, et son souci majeur durant le voyage avait été de maintenir le véhicule au-dessous de la vitesse autorisée.

Ils avaient pris deux chambres et dormi une nuit dans un de ces motels bardés de néons multicolores où la piscine donnait sur l'échangeur de l'Interstate, et où les murs vibraient au passage des poids lourds sur les armatures de béton qui les surplombaient.

Le conducteur était antipathique malgré un sourire crispé qui découvrait des dents régulières et blanches de mangeur de maïs.

Ils avaient laissé le désert de Mojave. Sur les montagnes de la forêt de San Bernadino les arbres aux feuilles d'un vert émeraude commençaient à scintiller sous l'effet de la lumière rasante et de la rosée du matin.

Le soleil se lève sur la côte Pacifique trois heures plus tard que sur la côte Est, et le climat y est différent. Pour la première fois de son existence, Brad Lewis devinait l'étendue de l'océan.

La Ford s'engagea sur le Riverside puis le Newport Freeway jusqu'à Corona del Mar, un village au bord du Pacifique.

La maison de style Nouvelle-Angleterre était isolée au bout d'une langue de sable, de l'autre côté d'un chenal qui donnait accès au port de plaisance.

Brad arrivait à destination. Il descendit de voiture et inspira longuement avant de suivre le conducteur à l'intérieur. Ce dernier le conduisit à une chambre et lui précisa qu'il avait le temps de prendre une douche et de se changer.

L'eau chaude lui fit du bien. Il y avait une pile de

serviettes propres et un nécessaire neuf de rasage. Tout était d'une propreté remarquable, aseptisé. La netteté d'une clinique pour milliardaires, pensa Brad, sans savoir à quoi ce genre d'endroit ressemblait. Il jeta un regard par la fenêtre. La plage semblait déserte.

Il était trop fatigué pour se livrer à des spéculations sur la mission dont on le chargerait. Les instructions du révérend Dorf étaient claires : obéir à ceux qui l'avaient pris en charge, sans poser de questions ; et ne plus le contacter. Sous aucun prétexte. Brad avait prêté serment.

Il s'allongea, prit la bible que lui avait donnée le révérend et lut à haute voix quelques passages avant de reposer l'ouvrage sur la table de chevet. Il ne tarda pas à s'assoupir. Une présence le réveilla. Il ouvrit les yeux. Une femme en blouse blanche se tenait au pied du lit. Elle avait un visage sévère, une bouche épaisse, et des cheveux grisonnants maintenus en un lourd chignon. Elle tenait dans les bras un chiot de quelques semaines.

— Je suis Brad Lewis, dit-il en se redressant.

— Je sais, répondit-elle.

Elle posa le chiot au pelage roux sur le lit.

— Il s'appelle Pumpkin. Prends bien soin de lui, Brad, comme toi il a besoin d'un ami.

L'homme qui l'avait conduit était reparti. Les deux semaines qui suivirent, Brad n'eut pas grand-chose à faire en dehors de conserver sa forme physique.

Tous les matins il courait sur la plage. Le chiot le suivait un peu plus loin chaque jour ; puis, essoufflé, s'arrêtait, attendant son retour.

La nourriture était bonne, il n'y avait pas de télévision, et le reste de ses journées, Brad les passait à contempler l'océan et à jouer avec Pumpkin. Il s'abstenait de poser à la femme la moindre question.

Sans impatience, discipliné, il attendait qu'on lui en dise un peu plus.

Le soir, il lisait sa bible avant de s'endormir. Le chien dormait près de lui, et Brad, solitaire depuis si longtemps, s'était attaché à son nouveau compagnon qui le lui rendait bien.

Un après-midi, alors qu'assis sur le sable Brad regardait Pumpkin poursuivre les crabes surpris par la marée descendante, il vit la femme sortir de la maison et se diriger vers lui. Elle n'était pas seule, un homme l'accompagnait. De loin Brad crut reconnaître son compagnon de voyage, mais la silhouette se modifia.

L'homme était grand, avec une allure rigide et un regard que Brad ne chercha pas à croiser.

— Je suis ton instructeur, fit l'homme quand Brad se fut levé.

La femme se tenait un peu en arrière. Le chien, revenu, s'était assis aux pieds de Brad. Il regardait avec curiosité le nouvel arrivant.

— Comment s'appelle-t-il ? dit l'homme, se baissant, caressant la tête de l'animal qui lui lécha la main.

— Pumpkin, répondit Brad.

L'homme se redressa et jeta un regard autour de lui. Il fit quelques pas et ramassa une branche droite blanchie par le sel et le soleil.

Il la tendit à Brad, et eut un geste en direction du chiot.

— Tue-le ! ordonna-t-il.

UN AN PLUS TARD

5

Terrorisée, réfugiée comme une bête traquée dans un recoin de son appartement, Sara Stansky suffoquait. Elle ne respirait plus que par saccades. La fièvre secouait ses membres glacés d'un tremblement incontrôlable.

Quelques semaines plus tôt Sara avait monopolisé l'attention des milieux financiers. Elle venait d'être nommée à la tête de Magellan, le fonds commun de placements le plus important du monde. A trente-neuf ans, elle avait fait la couverture de *Time Magazine*, et était l'invitée des principaux journaux télévisés.

Sara n'avait plus la force de pleurer. De temps à autre, un gémissement de désespoir mourait dans sa gorge. Il ne s'agissait pas d'un rêve cruel dont elle se réveillerait en sursaut. Elle ne se sentait pas le courage d'affronter ce qui l'attendait. Elle s'était imaginé posséder les ressources suffisantes pour faire face à l'incertitude de l'existence, mais elle refusait de lutter contre *ça*.

Sa famille, l'homme qu'elle avait enfin rencontré, tous ceux qui comptaient pour elle, la regarderaient en juges ; elle n'avait aucune explication sur ce qui lui arrivait et n'en cherchait plus.

Son univers se déchirait en lambeaux. Elle avait quitté le périmètre de la raison, entrant dans le marécage d'une panique qui emplissait son cerveau et liquéfiait son ventre.

Elle rampa jusqu'à la porte-fenêtre et s'agrippa aux rideaux pour se redresser ; ses jambes ne la portaient plus. Elle dut s'y prendre à plusieurs reprises pour ouvrir la croisée.

Dehors, la nuit était chaude. Le rayonnement de la ville faisait paraître plus obscure la masse sombre de Central Park. Au-dessus des vitrines, les fenêtres éclairées des immeubles de Manhattan dessinaient un gigantesque puzzle ; le bruit des sirènes s'infiltrait entre les buildings et montait comme un appel au secours jusqu'aux nuages. A travers un brouillard, elle entendait une rumeur qu'elle était incapable d'identifier.

Elle traversa en titubant la vaste terrasse. Ses lèvres remuaient sans arrêt, prononçant des paroles incohérentes. L'espace d'un instant, comme des fragments inaudibles, d'autres émotions tentèrent de se frayer un chemin. Elle tira une chaise jusqu'au muret.

Debout, rien ne la séparait du vide. Elle entrevoyait les traînées lumineuses des voitures, trente-trois étages plus bas.

Le monde s'enfuyait. Il disparaissait à reculons comme par le mauvais bout d'un télescope.

Sara se trouvait déjà trop loin dans la mort pour avoir la moindre forme de pensée.

Elle tendit les bras. Les yeux fermés, vacillante, elle disparut dans le vide.

Le vent hurlait dans ses oreilles quand elle s'écrasa à plus de deux cents kilomètres à l'heure sur la chaussée. L'impact fut tel que jusqu'au dixième étage des gens se précipitèrent aux fenêtres, persuadés qu'il s'agissait d'une explosion.

La police trouva une lettre d'adieu, et l'autopsie, de règle en cas de mort violente, fut évitée.

Deux jours furent nécessaires pour reconstituer le corps de Sara. Son suicide surprit Wall Street, et malgré les mécanismes de sauvegarde informatique, le Dow Jones perdit trois cents points. Les petits porteurs s'affolèrent et blâmèrent le gouvernement.

La mort de Sara Stansky intéressa particulièrement *Ramsès* et ses amis. Comme beaucoup d'autres à travers le pays, ils l'avaient programmée.

6

1

Kate Crow gara sa Volkswagen noire dont la capote s'était mise à fuir, courut jusqu'au bâtiment *Special Pathogens,* et manqua de s'étaler sur les dalles glissantes du hall. Elle se précipita vers les ascenseurs, ignorant les regards qui s'attardaient sur sa silhouette.

Il était neuf heures et demie. L'embouteillage provoqué par la tornade l'avait mise en retard. Elle était essoufflée et anxieuse. C'était sa première autopsie dans la zone rouge ; l'autopsie d'un macaque des Philippines infecté en laboratoire.

Depuis deux mois, au Center for Disease Control [1] d'Atlanta, elle se familiarisait avec les virus les plus dangereux de la planète, particulièrement ceux pour lesquels n'existaient ni vaccin ni traitement. Ils étaient conservés au niveau bio-sécurité 4, dans des échantillons de tissus d'animaux et de sérum, à moins quatre-vingts degrés centigrades.

La porte de l'ascenseur s'ouvrit mettant un terme à ses états d'âme. Elle traversa un corridor nu et blanc et

1. Centre de contrôle des maladies infectieuses (organisme fédéral).

pénétra dans les vestiaires. Elle examina ses jeans déchirés, son chandail trop grand, ses mocassins *Gucci* détrempés, et réprima un sourire.

Pour la deuxième fois de la matinée, elle se glissa sous la douche, utilisant pour la circonstance un savon au phénol. Après s'être séchée, elle ouvrit une armoire stérile, passa une combinaison à manches longues, un bonnet de chirurgien et une paire d'épaisses chaussettes.

Elle n'était pas sûre de la manière dont elle se comporterait, mais le fait que Rosamond Hopper, le patron du département des maladies virales et des rickettsioses [1], une femme très occupée avec beaucoup de problèmes, ait demandé au docteur Vogel d'être présent, la gênait.

Vogel, un transfuge de l'USAMRIID [2], avait fait partie de l'équipe médicale qui s'était rendue au Zaïre lors de l'explosion du virus Ébola ; il dirigeait à présent une unité qui travaillait sur les *hantavirus*. Dans les vestiaires et les cafétérias, il avait la réputation d'être autoritaire et ambitieux.

Kate glissa sa carte magnétique dans le lecteur qui contrôlait l'accès à la zone de confinement de haute sécurité. Au bout de quelques secondes la porte pneumatique glissa dans un chuintement. Elle entendit le bruit ininterrompu des extracteurs qui plaçaient le laboratoire en dépression permanente ; toute fuite dans le système clos provoquerait une entrée d'air extérieur pour empêcher une possible dissémination.

Vogel, revêtu d'une tenue identique, l'attendait.

— J'espère que je ne vous ai pas fait trop attendre, Docteur, fit Kate, s'efforçant de paraître à l'aise.

Vogel ne répondit pas. Il semblait être passé maître dans l'art de la condamnation muette.

Il ouvrit un tiroir, prit deux sachets contenant des

1. Maladies contagieuses (typhus) provoquées par des rickettsies (bactéries).

2. U.S. Army Medical Research Institute of Infectious Diseases (Institut de recherches médicales de l'armée américaine).

gants de chirurgie en caoutchouc et en tendit un à Kate.

Jeune, il devait avoir eu un côté séduisant, décida-t-elle.

— Allons-y, dit-il.

Ils enfilèrent leurs gants, scellant l'extrémité supérieure par de la bande adhésive. Ils prirent leurs tenues spéciales dans un compartiment stérile ; des combinaisons de plastique bleu, munies d'un casque souple qui comportait un hublot rectangulaire.

Kate, après avoir vérifié l'étanchéité de la sienne, se glissa à l'intérieur et tira les fermetures étanches. Les bruits extérieurs disparurent, hormis celui de sa propre respiration.

La combinaison comportait des gants reliés aux manches par des joints ; des gants de caoutchouc épais qui constituaient la principale barrière contre la contamination.

Au travers du hublot recouvert de buée, Vogel lui paraissait flou. Elle le vit lever le pouce, indiquant une porte marquée d'un trèfle rouge à trois feuilles. Elle hocha la tête, et, l'un derrière l'autre, ils pénétrèrent dans le sas.

Le sol et les murs étaient carrelés comme ceux d'un abattoir. Après leur passage, une aspersion chimique désinfecterait l'endroit ; à leur sortie, la procédure se renouvellerait, les incluant cette fois à l'intérieur de leurs équipements de protection.

La zone rouge n'était guère différente des autres laboratoires de l'Institut, à l'exception d'un réseau d'air comprimé qui quadrillait le plafond et des raccords en accordéon qui pendaient. Kate se dirigea sur sa gauche vers une rangée de meubles métalliques. Au passage, elle prit l'une des alimentations et la connecta à la valve de sa combinaison. L'air pénétra en sifflant et dissipa la buée.

Le laboratoire lui était devenu familier ; le revêtement en céramique, les éviers en acier inoxydable, la table d'autopsie, et les caméras haute résolution fixées au-dessus.

Kate ouvrit une armoire qui contenait des bottillons en caoutchouc, des gants, des instruments chirurgicaux, et des récipients en plastique destinés aux échantillons.

L'emploi du verre était interdit. En cas de bris, les éclats pouvaient endommager l'étanchéité des combinaisons et blesser ceux qui les portaient. Quelques particules virales en suspension dans une minuscule goutte de sang ou de lymphe étaient suffisantes pour entraîner la mort.

« A la moindre coupure vous serez isolée dans un bloc spécial. Vous resterez en observation jusqu'à ce que l'on vous ait déclarée saine ou sortie dans un cercueil plombé », lui avait annoncé Hopper.

Sur la table d'autopsie, se trouvait le sac réglementaire à triple paroi.

Kate chaussa ses bottes, enfila deux autres paires de gants, faisant jouer ses doigts. Vu de l'extérieur le tremblement de ses mains n'était pas perceptible. Elle avait la gorge desséchée.

— Okay ?

La voix de Vogel lui parut assourdie, lointaine. Elle hocha la tête et le rejoignit. Ils prirent leurs places de chaque côté de la table d'autopsie. Aux extrémités, étaient fixés des récipients contenant de l'hypochlorite de sodium concentré ; ils s'en serviraient pour rincer leurs gants.

Kate disposa les instruments de chirurgie sur un chariot à roulettes, jetant de temps à autre un bref regard à Vogel.

Quand elle eut terminé, il ouvrit les deux premières fermetures Éclair. Avant de faire glisser la dernière, il se tourna vers la droite et plongea ses mains dans le bac de désinfectant.

La tête du singe apparut en premier. Elle ressemblait à une grotesque monstruosité de cire à moitié décomposée par la chaleur ; les yeux n'étaient plus que deux fentes cramoisies ; la bouche était crispée, distordue, démesurément ouverte par des contractions musculaires dues aux lésions cervicales.

Kate eut une nausée et sentit son cœur rater plusieurs battements. Au fur et à mesure que les pans du sac s'écartèrent, elle distingua la chair, retirée du corps, déchiquetée ; une masse informe qui flottait, comme si la pesanteur l'avait décollée et aspirée vers un centre imaginaire. Le virus en se répliquant dans les tissus conjonctifs les avait transformés en bouillie sanglante. Les intestins avaient été évacués par l'anus avec une importante quantité de sang. Ayant détruit son hôte, le virus s'échappait par tous les orifices *à la recherche* d'une nouvelle cible.

Kate était hypnotisée. Elle n'arrivait pas à détacher son regard. Elle se força à déplacer son champ de vision et prit un scalpel. Elle voulait prélever des échantillons et sortir de là le plus vite possible.

Les chairs cédaient avec résistance, le séjour au freezer avait durci les paquets de sang en une véritable croûte.

— Kate ?

Elle leva les yeux, surprise de s'entendre appeler par son prénom. Le hublot de Vogel était masqué par une réflexion. Elle ne distinguait pas son expression.

— Ça va, dit-elle.

Il approuva et indiqua du doigt un bac d'hypochlorite. Elle regarda ses gants. Il y avait des traces sombres de sang. Elle posa le scalpel et plongea les mains dans le désinfectant.

Au-dessus, les caméras ne perdaient pas un détail de son travail. Pratiquer des incisions nettes au niveau de l'abdomen s'avéra difficile. Partout, des poches de ce qui avait été du sang étaient repérables à leur texture craquelée et leur couleur brunâtre ; elles éclataient au passage de la lame, surtout au niveau de la région intestinale. Le sang avait été dévasté par le virus ; plus question d'hématies et de sérum, mais une purée durcie faite de cellules éclatées et de particules virales.

La lame du scalpel était ce qu'il y avait de plus dangereux. Toute la lumière de la salle venait se concentrer sur ces quelques centimètres d'acier. Elle posa le scalpel et prit une paire de ciseaux à bouts ronds pour réduire le risque. Elle nota l'hypertrophie caractéristique du foie, et préleva des fragments.

Bientôt, tout ce qu'elle jugeait nécessaire fut collecté. Elle aurait à broyer ces échantillons et faire des cultures. Par la suite, ces cultures seraient soumises à l'action d'anticorps correspondant au virus soupçonné. Les anticorps spécifiques s'agglutineraient aux cellules infectées, donnant une fluorescence sous la lumière ultraviolette.

Kate nettoya les dernières traces sur ses gants et fit signe à Vogel qu'elle avait terminé.

2

L'univers macabre du niveau 4 s'estompait. La capote de la VW baissée, Kate profitait de la tiédeur des derniers rayons de soleil. Elle avait travaillé dur et remis son rapport. En examinant des coupes d'organes au microscope électronique, elle avait découvert des particules caractéristiques appartenant à la famille des *filovirus*, une des trois souches reconnues d'Ébola. Le virus attaquait les tissus et les organes à l'exception des os et des muscles rattachés au squelette ; c'était un parasite parfait, dans le sens où il digérait virtuellement chaque partie du corps en une purée tout en continuant de se répliquer. Nul n'avait jamais trouvé le réservoir naturel d'Ébola.

Kate n'arrivait pas à chasser de ses pensées le spectacle de cette chose béante sur la table de dissection, de ces organes dévastés, qui rappelait les films d'horreur de série B.

En bordure du freeway des enfants jouaient au baseball dans un terrain vague. Une BMW décapotable dont le conducteur tentait vainement de se faire remarquer la dépassa. Atlanta, tel un îlot de lumière, grandissait de minute en minute ; un brouillard rose voilait le ciel.

La résidence Oak Grove possédait un charme mélancolique qui plaisait à Kate. A une demi-heure du CDC, elle était composée d'un groupe de cinq immeubles noyés dans la verdure, de trois piscines, de deux courts de tennis, et d'un poste de contrôle qui filtrait les visiteurs à l'entrée.

Il y avait du monde autour de la piscine, une odeur de barbecue flottait dans l'air et des gens promenaient leurs chiens sur les pelouses. Kate se gara et ramassa son courrier ; les factures habituelles qui commençaient à arriver.

A peine entrée dans son appartement, elle jeta ses vêtements sur la moquette, envoya balader ses mocassins, et s'affala sur un vieux fauteuil de cuir craquelé face à la télévision. L'adrénaline laissait la place au vide.

Elle habitait Atlanta depuis deux mois. Les meubles en osier et les cotonnades à fleurs laissés par la propriétaire dégageaient un air de location estivale. Un living, deux chambres à coucher avec salle de bains ; un balcon donnant sur l'une des piscines.

Elle jeta un coup d'œil satisfait au désordre qui régnait. Personne n'était là pour brandir comme une hache de guerre son principal défaut.

Luttant contre l'envie de se gonfler l'estomac de bière, elle releva ses cheveux, enfila un short et un tee-shirt, prit ses chaussures de sport, son Walkman, et ressortit. Le premier quart d'heure fut difficile, elle manquait d'entrain. Elle courut six miles. A son retour elle étouffait de chaleur et l'idée de bière glacée ne l'avait pas quittée. Elle se força à boire deux grands verres d'eau du robinet. Elle posa le verre vide dans l'évier.

Elle se déshabilla, laissant ses affaires sur le carrelage de la cuisine, et alla dans la salle de bains. Elle fit couler l'eau de la douche, se glissa sous le jet, et s'abandonna à la chaleur qui dénouait la raideur de sa nuque.

Brillante étudiante à la *John Hopkins School of Medicine* de Baltimore, Kate, dont la détermination confinait à l'entêtement, avait fini par être acceptée au département *Special Pathogens* du CDC.

Le CDC était considéré comme le chien de garde médical de la planète. Plus de sept mille employés, un budget annuel d'un milliard et demi de dollars, et une activité centrée autour de la lutte contre le Sida et les maladies infectieuses.

Kate baissa les yeux sur son corps. Elle avait un teint de peau sans défaut, hâlé, qui n'était pas le résultat d'une exposition savamment calculée, mais naturel. Ses cheveux étaient longs, avec des reflets noirs, de la couleur de ses yeux.

Alan, son ex boy-friend, la voulait avec une robe de cinq mille dollars sur le dos, jouant les hôtesses à ces dîners ennuyeux qu'il organisait pour les clients de la firme familiale d'avocats, mais sous la douche se trouvait la fille qui aimait les bactéries et les virus, et qui s'imaginait dans quelque lointaine forêt tropicale, à l'intérieur de cette combinaison spatiale qu'elle rêvait d'endosser, sur les traces d'agents infectieux responsables d'épidémies mortelles

Kate tira le rideau de la douche et enjamba le rebord de la baignoire. Elle se sécha en frissonnant en raison de l'air climatisé, enfila un jean et une chemise en flanelle.

Dans sa chambre, elle jeta un regard au cadre posé sur la table de chevet ; le portrait de deux adolescentes, au visage charmeur et déjà obstiné. La photo portait l'inscription : *Jennifer et Kate*.

Les Crow habitaient Boston où les parents de Kate étaient professeurs. Kate passait tous ses étés dans la villa que louait sa famille, à Martha's Vineyard ; une villa blanc et gris, au milieu des dunes, cernée d'une large véranda, qu'on réservait d'une saison sur l'autre pour retrouver les Baldwin qui possédaient la maison voisine.

Kate se souvenait des énormes feux qui brûlaient sur la plage, des nappes d'étincelles qui en jaillissaient quand l'on y jetait un morceau de bois humide ; elles disparaissaient, immédiatement avalées par l'obscurité qui régnait au-delà du cercle des flammes. Les filles et les garçons étaient bronzés ; il y avait les odeurs tranchantes de feu, de résine de pin et d'air marin ; et celles plus douces d'huiles solaires.

C'était le dernier été de Jennifer Baldwin. Elle était atteinte d'une forme rare et mortelle de leucémie. Le ciel était d'un bleu surnaturel quand les deux adolescentes marchaient sur la grève. Jennifer avait très vite le souffle court ; une rougeur brillait sur son visage. Le désespoir contenu de Kate se répercutait autour d'elle en sursauts d'impuissance si violents qu'elle s'entendait murmurer :

« Mon Dieu, je vous en prie ! Je vous en prie ! »

Elle la sentait malade, si malade et désarmée que rien ne lui importait plus que de voir enfin quelque chose qui vienne s'interposer entre son amie et la mort ; et dans le même temps, sans qu'elle en ait conscience, sa jeunesse se détachait d'elle. Sa vie prenait un tournant qu'elle n'avait pas imaginé. Kate n'était plus retournée à Martha's Vineyard.

Elle détourna la tête. Le répondeur avait enregistré un message. Elle s'allongea sur le lit et appuya sur la touche de lecture, se demandant quelle couleur de vernis à ongles elle se déciderait un jour à utiliser.

La voix était jeune, le ton à la recherche d'une note réconfortante ; du moins était-ce l'impression qui s'en dégageait.

— Mon nom est Vanessa Weinfeld. Nous nous sommes rencontrées l'année dernière à *John Hopkins* mais je ne suis pas sûre que vous vous en souveniez. J'ai besoin de vous parler.

L'Amérique entière connaissait Dave Weinfeld. Il devait prendre la tête du *Senate Intelligence Committee*, et avait présidé la Commission des Affaires étrangères.

A ce titre, et à la demande de l'actuel Président dont il était l'ami personnel, il avait rencontré Saddam Hussein, Deng Xiao Ping, les leaders du conflit en Bosnie, le Pape, et Yasser Arafat.

Kate jeta un coup d'œil au numéro de téléphone

qu'elle venait d'inscrire. L'indicatif était celui de New Haven, dans le Connecticut.

Sans pouvoir expliquer l'appréhension qu'elle ressentait, elle décrocha pour retourner l'appel.

7

1

— Le sénateur va mourir, Miss Crow, lui annonça le chauffeur, une Noire d'une quarantaine d'années et d'un mètre quatre-vingts, vêtue d'une combinaison de pilote couleur kaki, venue l'attendre à l'aéroport de New Haven. Elle portait une paire de *Ray Ban*, et ses cheveux gominés étaient plaqués en arrière à la manière des danseurs de tango argentins.

— Je m'appelle Angela, dit-elle en prenant des mains de Kate le sac à dos qui lui tenait lieu de bagage.

Installée à l'arrière de la limousine, Kate baissa la vitre. L'air était encore tiède.

Elle ferma les yeux. Lorsqu'elle les rouvrit une minute plus tard, elle remarqua qu'Angela l'observait dans le rétroviseur tout en changeant régulièrement de file avec une nonchalance distraite. Après une série de coups d'œil curieux, elle lui demanda :

— Vous êtes médecin ?

Kate toussa et dit :

— Vanessa Weinfeld m'a demandé de venir la voir.

— Pardon ? fit Angela en tournant la tête.

Elle avait une voix de basse et des inflexions douces.

— Je disais que j'étais venue voir Vanessa.

Angela secoua la tête sans aucune marque d'étonnement.

En ce samedi après-midi, la circulation était plutôt dense. Le paysage se peuplait d'ombres.

— Depuis quand le sénateur est-il malade ? demanda Kate.

— Ça vous dérange si je fume ? s'enquit Angela.

— Non.

— Je travaille pour lui depuis sept ans, reprit Angela après avoir allumé sa cigarette. J'étais chauffeur de taxi à New York City, c'est comme ça que nous nous sommes rencontrés. Lorsqu'il est revenu de vacances au début du mois d'août, il était en pleine forme. Le lendemain il s'est retrouvé au lit. Il n'en a plus bougé.

Kate s'était blottie sur la banquette arrière. Elle remonta la vitre. Les bruits de la route s'évanouirent ; l'intérieur de la voiture avait pris un air étrangement familier.

Elle songeait à la curieuse requête de Vanessa Weinfeld. Kate n'était pas une spécialiste des infections par HIV [1].

Peut-être s'agissait-il de quelque chose de plus complexe.

— Il y a un minibar dans le compartiment en face de vous, dit Angela, au cas où vous auriez envie d'un verre.

Personne ne prêtait plus attention à la camionnette grise stationnée sous les grands arbres, non loin de la porte d'entrée de la résidence des Weinfeld. Elle faisait partie du décor.

La limousine se présenta devant la grille à dix-huit heures. L'éclairage du jardin s'était allumé dès l'ouverture du portail.

De l'intérieur du fourgon, un homme prit des clichés de la passagère qui descendait du véhicule. Quand le

1. Virus responsable du Sida.

chauffeur des Weinfeld et cette femme eurent pénétré dans la maison, il prit le téléphone portable qu'on lui avait fourni. Coinçant l'appareil entre ses genoux, il pressa sept touches, attendit quelques secondes, puis entra quatre chiffres.

A l'autre bout de la ligne une voix métallique lui demanda de laisser son message.

2

La personne qui ouvrit à Kate portait une blouse verte et un masque blanc qui recouvrait en partie son visage.

— Sally, l'une des infirmières, précisa Angela. Suivez-moi, Miss Crow.

La résidence avait une odeur d'hôpital. Deux étages, un sous-sol aménagé en salle de projection, quatre cheminées et une vaste bibliothèque dont Kate apercevait les portes-fenêtres éclairées et ornées d'armoiries.

— Asseyez-vous, dit Angela après qu'elles eurent pénétré dans la bibliothèque. Je vais chercher Vanessa. Elle doit être auprès de son père.

La pièce comportait une cheminée garnie d'une pile de bûches éteintes ; le buste d'un d'éphèbe était perché sur une colonne de granit ; de vieux livres reliés s'alignaient en ordre parfait sur des rayonnages en acajou. Kate posa son sac.

— Merci d'être venue.

Kate se retourna. Une jeune femme se tenait sur le pas de la porte. Elle portait, elle aussi, une blouse verte et un masque qu'elle avait fait glisser. Son visage était pâle et ses cheveux bruns tirés en arrière. Elle avait l'air grave et intelligent. Elle referma les battants, fit demi-tour et s'avança vers Kate la main tendue.

— Vous vous souvenez de moi ? demanda-t-elle, ayant l'air de s'excuser.

Kate hocha la tête. Vanessa Weinfeld ferma un instant les yeux.

— J'ai dû dormir cinq minutes ces dernières vingt-quatre heures, dit-elle.

Elle s'assit. Kate prit le fauteuil voisin du sien. Vanessa rajusta ses verres ronds à monture d'écaille. Deux cercles sombres accentuaient la pâleur de son visage.

— Mon père a le Sida, dit-elle. Phase terminale.

Elle marqua un temps d'arrêt.

— C'est horrible de le voir souffrir ainsi.

Kate avait fini par se laisser convaincre par Vanessa ; elle aurait été incapable d'expliquer pourquoi. Peut-être la fille avait-elle hérité des qualités de persuasion du père ?

Vanessa la regarda droit dans les yeux.

— Je lui ai promis que personne ne serait informé des causes réelles de sa mort. Nous nous sommes mis d'accord avec son médecin traitant pour le certificat de décès.

Kate avait écouté aussi attentivement que possible.

— Je ne comprends pas, dit-elle, surprise. Il existe des traitements efficaces. Pourquoi ce pronostic fatal ?

— Nous n'arrivons pas à stopper l'évolution de la maladie. Pour le reste, mon père est gay et personne n'est au courant. Nous sommes en période électorale. C'est un allié politique et un ami du Président ; il ne veut pas nuire à sa réélection.

— Votre mère est ici ? demanda Kate.

— Non ! Mon père et elle ont divorcé il y a dix ans. Elle est restée à Baltimore.

Après une minute de silence, Vanessa se leva.

— Je vais dans la cuisine chercher de la glace.

De retour dans la bibliothèque, elle versa du whisky dans deux verres, y mit une poignée de glaçons et en tendit un à Kate.

— Vous voulez du fromage et des crackers ?

— Non. Merci bien.

— Voyez-vous, dit Vanessa après avoir bu une gorgée, c'est la façon dont vous avez approché le problème lorsque ma mère est tombée malade qui m'a fait penser à vous.

Kate demeurait silencieuse. Elle était entrée en conflit avec son patron de l'époque, à Baltimore, sur le diagnostic ; en dépit d'opinions contraires, elle avait ordonné une série d'examens et fini par identifier l'origine des maux dont souffrait la mère de Vanessa. L'hypotension et l'insuffisance rénale chronique étaient dues à une infection assez rare provoquée par le BRV [1].

— Le dossier médical de mon père est sur le bureau. Vous pouvez le parcourir pendant que je m'occupe du dîner.

Vanessa posa son verre et quitta la pièce.

L'état de santé de Dave Weinfeld était critique. Les cocktails chimiques, la trithérapie, demeuraient sans effet. Malgré les traitements, les tests sanguins révélaient un effondrement constant du taux de lymphocytes T4, cibles du virus HIV dans l'organisme.

Dave Weinfeld souffrait d'infections majeures consécutives à l'anéantissement de ses défenses immunitaires. Angela ne se trompait pas, il restait au sénateur peu de temps à vivre.

Le dossier médical était déroutant. Depuis cinq ans, régulièrement, en juin et décembre, Dave se faisait tester. Ses tests étaient tous négatifs à la présence du HIV.

Si Dave était entré en contact avec le virus juste avant le dernier test, la maladie avait atteint son amplitude maximale à une vitesse foudroyante. La phase intermédiaire qui durait des années n'existait plus.

Les défenses de l'organisme avaient été annihilées en quelques semaines.

Il y avait plus troublant. Dave Weinfeld présentait les symptômes d'un Sida terminal, mais son sang ne contenait qu'une charge virale à la limite du détectable.

Kate était perplexe.

— Qu'en pensez-vous ?

1. Baltimore Rat Virus.

Elle leva la tête. Vanessa s'était changée. Elle portait un chemisier blanc et un pantalon de velours noir. Elle se dirigea vers le bar, remplit à nouveau son verre, et se laissa tomber en soupirant dans un fauteuil en allongeant les jambes.

Kate referma le dossier.

— Je ne sais pas, dit-elle. L'explication qui vient en premier à l'esprit, c'est la fiabilité des tests utilisés.

— Que voulez-vous dire ?

— Si votre père était séropositif depuis des années nous aurions une base logique pour expliquer au moins l'évolution de la maladie.

— C'est impossible ! s'écria Vanessa.

— Les « faux négatifs » existent, précisa Kate. Le fabricant de tests a peut-être un historique qu'il ne tient pas à étaler au grand jour.

— Vous ne pensez pas sérieusement que depuis cinq ans...

— Non, mais nous ne perdons rien à contrôler.

— Comment expliquez-vous qu'il en soit là après cinq semaines ?

— J'aimerais le voir, demanda Kate.

Vanessa se mordit la lèvre inférieure et fit un signe de tête.

— Allons d'abord dîner.

Dave était allongé sur un lit spécial, la tête soulevée par des oreillers. De ses bras émaciés, qui reposaient de chaque côté, s'échappaient les tubulures des perfusions. Kate ne l'avait jamais rencontré ; elle l'avait vu seulement à de nombreuses reprises à la télévision.

Il était méconnaissable. Le visage était étroit, osseux, momifié ; les yeux vides. La masse musculaire avait fondu. Faute de substance, la peau s'était affaissée ; elle avait une couleur blafarde, malsaine.

— Papa, te sens-tu en état de parler ?

— On m'a élu pour ça, c'est la seule chose que je sois capable de faire.

La voix était ferme, mais on sentait que Dave faisait

un effort pour cacher sa détresse. Il eut un regard pour Vanessa qui se tenait debout près de Kate.

— J'ai retrouvé ma fille... j'ai enfin retrouvé ma fille...

Il avait besoin de répéter ces mots ; des larmes brillaient dans ses yeux.

— Calme-toi, fit Vanessa en lui caressant la main. Je vous laisse.

Elle embrassa son père sur le front et sortit de la pièce en refermant la porte derrière elle.

— Sénateur Weinfeld, dit Kate en s'asseyant au chevet de Dave. Je suis médecin. Mon nom est Kate Crow, j'appartiens au CDC.

— Je sais.

— Sénateur...

— Dave, appelez-moi Dave. Je comprends votre position et je présume que vous ne pouvez rien faire pour moi. J'ai renoncé à espérer. J'avais envie de vivre au-delà de cinquante-cinq ans, ce ne sera pas le cas. Je ne sais ni comment ni par quoi j'ai été contaminé. Le lendemain de mon retour de vacances, j'ai eu une forte fièvre et j'ai été contraint de m'aliter. Depuis, les choses n'ont fait qu'empirer. Les médecins se contredisent ; ils sont incapables de comprendre pourquoi leurs traitements miracles sont inefficaces.

Épuisé, Dave cessa de parler. Kate se leva, prit le masque à oxygène et le fixa sur son visage. Elle ouvrit la valve et régla le débit du détendeur. Elle dut attendre que le malaise de Dave s'estompe et qu'il retrouve un semblant d'énergie. Il enleva son masque et se força à reprendre la conversation.

— Ma fille vous tient en haute estime ; elle pense que vous trouverez une explication et que vous le ferez dans la discrétion.

Kate leva la main.

— Ne vous préoccupez pas de cet aspect. Je vais vous poser quelques questions. Je remettrai votre masque chaque fois que vous en éprouverez le besoin.

Kate posa son bloc sur ses genoux et se mit à feuilleter le dossier.

— Attendez, dit Dave.

Kate le vit tâtonner dans les replis des couvertures. Il finit par trouver un boîtier qui ressemblait à une télécommande.

— J'arrête le magnétophone. C'est une idée de Vanessa ; elle enregistre nos conversations pour son livre.

— Dave, dit-elle après qu'il lui eut fait signe de continuer, dans l'année qui a précédé l'apparition des premiers symptômes, avez-vous subi la moindre transfusion ?

— Non.

— Vous êtes-vous injecté une substance quelconque ?

Dave secoua le tête.

— Vous étiez en vacances au Brésil. Avez-vous subi une vaccination préventive avant votre départ ?

— Non.

— Dans quelle région du Brésil étiez vous ?

— A Recife. J'y ai passé deux semaines.

— Revenons à la période qui a précédé votre voyage. Avez-vous eu des rapports sexuels avec des partenaires mâles ?

— Oui.

— Plusieurs ?

— Oui.

— Dans la même journée ?

— Oui.

— Des partenaires habituels ?

— Pas tous.

— Vous êtes-vous renseigné sur leur état de santé dès que vos symptômes se sont manifestés ?

— Angela s'en est occupée. C'est elle qui m'accompagnait dans ce genre d'endroits. Elle connaît beaucoup de monde.

De temps à autre, par réflexe professionnel, Kate jetait un œil sur l'écran de contrôle où s'affichait l'ECG de Dave.

— Certains de vos partenaires sont-ils tombés malades ?

— Non, autant qu'on peut le savoir.

Kate relut ses notes.

— Vous sentez-vous en état de continuer ?

Kate lui prit la main. Elle était humide et glacée.

— Je vous ferai signe si je ne peux plus, dit-il, esquissant un sourire contrit.

— Dave, dans vos rapports sexuels, êtes-vous, disons… du genre passif ?

— Oui.

— Prenez-vous des précautions ? Vos partenaires utilisent-ils systématiquement des préservatifs ?

— Oui.

— En êtes-vous certain ?

— J'en ai en permanence avec moi. Je les pose.

— Vous arrive-t-il de saigner ?

— Ça m'est arrivé.

— Récemment ?

Il ferma les yeux, réfléchissant.

— Une fois, à Recife.

— Parlons-en. Un local ?

— Non, un Américain, juste avant mon départ. Je n'ai plus eu de partenaire depuis.

— Les mêmes précautions ?

— Oui. Sauf qu'il a préféré utiliser ses propres préservatifs.

— Pour quelle raison ?

— Les siens avaient une surface rugueuse, avec des villosités.

— Pour augmenter le frottement ?

— C'est ça. Et le plaisir aussi.

— Pratiquez-vous des fellations ?

— Oui.

— Avalez-vous le sperme de vos partenaires ?

— Jamais.

Dave semblait pratiquer ce que l'on appelle le « safe sex ».

— Les Brésiliens utilisaient-ils ce type de préservatif, celui de votre partenaire américain ?

— Non. Je fournissais les miens.

— Quelle marque ?

— Trojan. C'est une marque connue.

— Avez-vous eu l'occasion d'être admis dans un hôpital brésilien ?

— Non.

— Pas de nourriture exotique, d'animaux bizarres, de poudres destinées à renforcer votre sexualité ?

— Non. Je fais très attention à ce que je mange.

— Personne dans les lieux où vous avez l'habitude de vous rendre n'a fait allusion à une connaissance, une relation, quelqu'un, qui aurait eu un développement de la maladie analogue au vôtre ?

— Non.

— Comment s'appelait cet Américain, votre dernier partenaire ?

— Philip Klein.

— Vous avez son contact ?

— Non. C'était une rencontre de vacances, je n'ai pas cherché à approfondir la relation.

Lorsque Kate revint dans la bibliothèque, Vanessa dormait dans l'un des fauteuils. Sur une petite table à côté d'elle, un verre à whisky était plein. Les glaçons avaient fondu et le breuvage avait une couleur de feuille morte.

Kate se replongea dans l'étude de ses notes. S'agissait-il d'une nouvelle souche de HIV faisant pour la première fois son apparition ? Le virus était connu pour sa capacité adaptative lors de sa réplication, ce qui expliquait que ni les antiviraux ni le système immunitaire ne réussissaient à l'éradiquer.

— Vous avez une idée de l'heure ?

Kate sursauta. Elle s'était enfoncée dans une réflexion lointaine, étrangère à cette pièce. Vanessa, les yeux ouverts, frissonnait. Elle semblait perdue. Elle chercha à tâtons ses lunettes. Non sans peine, elle parvint à fixer son regard sur le décor qui l'entourait.

— Une heure du matin, annonça Kate.

— Comment l'avez-vous laissé ?

— Je lui ai fait sa piqûre de morphine et il s'est endormi.

Vanessa enfouit son visage dans ses mains. Elle se

massa les tempes du bout des doigts. A l'extérieur, quelques éclairs illuminèrent la masse obscure des arbres.

Kate déchira une feuille de son bloc et la posa sur le bureau.

— Adressez-vous à ce laboratoire, dit-elle. Ils viendront effectuer des prélèvements et me les feront parvenir à Atlanta. Je les appellerai lundi matin. Nous choisirons un nom d'emprunt pour votre père.

Vanessa sourit tristement et acquiesça. Elle hésita comme si elle n'osait pas formuler la question qui lui trottait dans la tête.

— Que comptez-vous faire ? demanda-t-elle.

— Essayer d'aller plus loin et tâcher de comprendre ce qui s'est passé, dit Kate.

Le dimanche matin, Angela raccompagna Kate à l'aéroport. Elle lui confirma qu'aucun cas similaire n'avait été signalé dans les endroits que Dave fréquentait. Angela avait appelé quelques-uns des partenaires habituels de Willy, le nom de guerre de Dave, ils semblaient en parfaite santé.

8

Les échantillons de sang prélevés sur Dave Weinfeld arrivèrent au CDC. Leur examen relevait du département HIV. Kate ne les transmit pas.

Vanessa lui avait fait parvenir une cassette contenant l'enregistrement d'une conversation entre son père et Philip Klein, l'homme qu'il avait rencontré au Brésil. Klein avait rendu visite à Dave le matin où Kate avait quitté New Haven.

Dans son bureau sans fenêtres du sous-sol, Kate mit en route une fois encore le magnétophone.

« *Tu crèves comme un porc, Dave. C'est ton cadeau, de la part de Joseph Beckman.* »

Dans la voix de Klein il y avait quelque chose de plus cruel, de plus effrayant que la haine. Cette nuit-là, à trois heures du matin, Kate se réveilla en sursaut. Le cauchemar qu'elle venait de faire la terrifiait. Il avait commencé par des crampes douloureuses au niveau de l'estomac, puis elle avait vu son ventre se boursoufler et son nombril s'ouvrir ; une nuée de cafards s'en étaient échappés. Des gros cafards, avec des pattes dentelées et des antennes frémissantes, et de sinistres carapaces au fuselage poli comme des corbillards. Ils remontaient et bondissaient sur sa poitrine, couraient sur son visage, pénétraient dans ses narines et sa bouche. Ils descendaient dans sa gorge, pleins d'une anxiété morbide, pour l'étouffer.

Assise, la lumière allumée, Kate, tremblante, cherchait à reprendre son souffle. Impossible d'oublier la voix de Philip Klein. L'infirmière qui l'avait fait entrer en l'absence de Vanessa parlait d'un jeune homme blond, athlétique, aimable. En parfaite santé. La voix, venimeuse, ne cadrait pas avec la description.

S'agissait-il d'une vengeance personnelle à l'encontre du sénateur ? Que venait faire ce Beckman ? Dave Weinfeld avait-il été infecté par Klein ? Dans ce cas, pourquoi Klein ne présentait-il aucun symptôme ? Au dire de Dave, Klein avait toujours utilisé des préservatifs. Le mode de transmission différait-il de celui du HIV ?

Rien ne cadrait avec ce qu'elle savait du Sida. Les hypothèses tourbillonnaient dans sa tête. Dave n'alerterait pas la police. Il ne se sentait plus la force de répondre aux questions, de voir ses préférences sexuelles étalées au grand jour. Il n'y avait rien à attendre des flics en matière de confidentialité, avait-il dit à sa fille ; pour quelques billets, parfois pour le simple plaisir de laisser filtrer une information, ils renseignaient les journalistes. Dave savait de quoi il parlait.

Kate s'assit au bord du lit et posa ses pieds nus sur le carrelage. Elle effectuerait elle-même les tests sur le sang de Weinfeld, en dehors des heures consacrées à son programme d'études.

Elle se leva et jeta un regard par la fenêtre. Le vent amoncelait de lourds nuages qui renvoyaient la pâle lumière des réverbères. Elle prit une douche, s'habilla, se fit du café qu'elle versa dans un gobelet en polystyrène ; elle le boirait en route pour gagner du temps. Elle se coupa une tranche de cake et mordit dedans. Il était rassis. Elle le jeta dans la poubelle. Elle contempla son image dans le miroir de l'entrée.

A vingt-neuf ans, malgré des journées de quatorze heures de travail et le peu d'attention qu'elle s'accordait, elle avait toujours autant d'allure. Sa mauvaise nuit de sommeil ne se voyait pas trop, mis à part une ombre sous les yeux.

Elle passa dix minutes à chercher ses clés et se promit de faire du rangement. Il y avait quelque chose de pathologique dans son désordre, se dit-elle en refermant la porte.

Kate frissonna dans le froid du petit matin. Le vent ridait la surface des flaques d'eau laissées par l'arrosage automatique des pelouses. Elle conduisait en grelottant ; le chauffage de la VW ne fonctionnait plus. Sur le freeway un poids-lourd se rabattit trop vite et faillit la précipiter dans le fossé. Elle dut s'arrêter pour reprendre ses esprits et retrouver son calme.

Un quart d'heure plus tard, elle présentait d'une main tremblante son laissez-passer à l'entrée principale du CDC. Le gardien lui lança un drôle de regard. Elle parqua sa voiture et remonta l'allée cimentée bordée d'un grillage qui ressemblait au couloir de promenade d'une prison. Elle glissa sa carte magnétique dans le lecteur et poussa la porte métallique du bâtiment *Special Pathogens*. Elle prit l'ascenseur qui plongeait vers le sous-sol, l'atrium et les laboratoires de pathologie virale du niveau 4.

Tout avait un air lugubre, se dit-elle. Un décor de film d'épouvante. Elle se retourna brusquement, croyant avoir entendu des pas résonner. Elle écouta quelques secondes, puis haussa les épaules et reprit son chemin.

Une vitre épaisse, comparable à celle d'un aquarium, donnait dans l'animalerie. Il n'était pas possible de voir les singes à travers cette ouverture. La nuit, un employé du Centre revêtu d'une combinaison spatiale venait nettoyer les cages, nourrir les animaux, et vérifier leur condition. Il y avait un papier collé à l'intérieur de la vitre ; une note de l'employé à son attention. Deux singes présentaient un comportement anormal. Elle comprit de quoi il s'agissait.

L'animalerie contenait deux rangées de cages qui se faisaient face, alignées de part et d'autre d'une allée. Dans celle de droite se trouvaient les singes témoins, ceux qui n'avaient pas reçu l'Ébola.

A la vue de Kate, ils manifestèrent une extrême nervosité, secouant les barreaux, l'épiant de leurs yeux alertes. Ils étaient toujours agités en présence d'une combinaison spatiale ; ils retroussaient les babines, découvrant des canines jaunâtres aussi pointues que celles d'un chien de garde.

De la zone des singes infectés montait le silence. Les animaux étaient passifs, sauf celui qui avait reçu la dose maximale de traitement anti-Ébola. Sans être abattu, il manquait de tonus ; il avait mangé une partie de sa ration de biscuits et se balançait d'avant en arrière, les yeux vides. Les autres étaient mal en point. Prostrés, ils n'avaient pas touché à leur nourriture. Une mousse sanguinolente s'échappait de leur nez ; leur faciès était vide de toute expression. Le virus avait pris le dessus et ils seraient morts d'ici peu.

Comme le HIV, Ébola avait pour cible le système immunitaire. Son attaque était explosive ; il réalisait en dix jours ce que le HIV mettait dix ans à accomplir. Le virus détruisait à toute vitesse les organes internes, transformant les tissus en purée. Il était indispensable de disséquer les singes avant la liquéfaction totale.

Kate était mal à l'aise. Elle n'aimait pas voir souffrir les animaux. Malheureusement, il n'existait pas d'autre alternative, et les recherches étaient nécessaires pour tenter dans le futur de sauver des vies humaines.

L'air comprimé sifflait dans son casque, éliminant la totalité des bruits extérieurs. Elle en avait pour des heures entre la mise en route des tests sur le sang de Dave Weinfeld et l'autopsie des singes. Au niveau 4, seule une concentration permanente réduisait le risque d'accident. Elle mit de côté ses émotions et décida d'oublier Philip Klein quelques heures.

9

Philip Klein dormait d'un sommeil sans rêves. Dans une voiture, plus bas dans la rue, trois hommes attendaient.

L'obèse noir portait des lunettes de soleil, un calot, une djellaba en soie ornée de galons dorés, et des chaussures en python. Nu, avec les bijoux en or 24 carats qu'il n'enlevait jamais, il pesait trois cent quarante livres et avait des allures de rapeur.

A trois heures du matin, il terminait son hamburger ; le quatrième depuis minuit. Il en mangeait une dizaine par jour. Il les préférait juteux, avec des cornichons et des tomates, mais sans fromage.

Il regarda à l'intérieur du sachet en papier marron. Il restait un cornet de frites froides. Il n'y toucha pas. Il s'essuya les mains avec une pochette de lin blanc et aspira bruyamment le reste de son coca.

Il était temps d'y aller. L'enjeu était important. Pas question de déplaire à ses protecteurs.

— Allons cueillir ce cul blanc, ordonna-t-il d'une voix rauque.

Il enleva ses lunettes. Ses yeux avaient la profondeur de grains de raisin écrasés. La Lincoln démarra et se présenta à l'entrée du parking d'un immeuble de Manhattan. Le conducteur baissa la vitre, tendit le bras, et composa la combinaison à quatre chiffres qui déclenchait l'ouverture de la porte. Ils descendirent au deuxième sous-sol. L'obèse sortit de la voiture s'aidant d'une canne en ébène dont le pommeau d'ivoire représentait un dieu africain. Debout, il paraissait moins pesant qu'assis.

— N'oublie pas, « Nigger », dit-il à l'homme qui l'accompagnait. Pas de sang !

L'autre haussa les épaules. Il mesurait deux mètres.

— Pourquoi ces précautions ?

— Fais ce que je te dis, « Nigger », le cul blanc ne doit pas saigner.

Arrivés devant l'appartement, l'un d'eux se servit d'une clé pour ouvrir en silence la porte. Il y avait de la lumière dans la chambre et le bruit régulier d'une respiration. Immobiles, ils attendirent deux minutes avant d'entrer dans la pièce. Philip Klein était étendu en travers du lit.

Ils repérèrent la manche de chemise retroussée, l'élastique dénoué, et la seringue posée sur la table de nuit. La respiration du dormeur était paisible. Pris d'une inspiration, l'obèse s'effondra de tout son poids sur lui.

Klein se débattait. Il étouffait sans comprendre ce qui lui arrivait. Il cherchait à se débarrasser de la masse qui pesait sur son visage et ses épaules, qui l'empêchait de respirer. L'air lui manquait. D'un seul coup, quelque chose se déchira dans sa poitrine et un voile noir remonta jusqu'à sa conscience. Son corps fut agité de soubresauts. Ses jambes se raidirent, s'immobilisèrent, puis se raidirent à nouveau. Juste avant de mourir, il urina.

Le tueur se remit debout. Son cœur battait fort. Il venait d'éprouver une excitation quasi sexuelle. Son compagnon chargea le cadavre sur ses épaules et prit l'ascenseur. L'obèse demeura dans l'appartement, examinant une à une les pièces de ses yeux fureteurs.

La trousse se trouvait dans la cuisine. Elle contenait les ampoules dont on lui avait parlé. Il les cassa au-dessus de l'évier, fit couler l'eau du robinet jusqu'à ce que toute trace du liquide jaune ait disparu.

Il revint dans la chambre à coucher et se mit à

fouiller les tiroirs d'une commode. Il trouva la boîte. Il y en avait six. Il déchira les enveloppes et jeta un à un les préservatifs dans la cuvette des toilettes. Il tira la chasse à trois reprises. Avant de ressortir, il prit le livre qui se trouvait sur la table de chevet. Il quitta les lieux et ferma la porte à clé derrière lui.

Pour avoir rendu visite à Dave Weinfeld, Philip Klein, tassé dans une baignoire en fonte récupérée dans un immeuble en ruine, et accompagné de cent kilos de ciment à prise rapide, s'enfonçait à l'aube dans les eaux noires de l'Upper New York Bay.

10

Du fleuve, l'obscurité montait en nappes. A Washington, l'agent spécial Bill King regardait le soleil disparaître derrière les collines boisées de *Potomac Palisades*.

Il attendit que les derniers rayons se perdent dans le ciel pour tourner le dos au panorama et regagner la maison, verrouillant soigneusement la porte derrière lui.

Il s'installa à son bureau. Des organisations de « patriotes chrétiens », tenants de la suprématie blanche, avaient fait l'objet d'attaques terroristes quelques mois plus tôt. Une série d'explosions, une cinquantaine de victimes réparties sur plusieurs États.

Aucune piste sérieuse ne s'était dégagée. Des centaines d'agents à la recherche d'indices significatifs avaient ratissé sans succès le terrain.

King avait beau croiser les références, donner des milliers de coups de téléphone, il ne trouvait aucune indication susceptible de l'aiguiller. Les agents spéciaux infiltrés dans les groupuscules racistes n'en savaient pas plus. Rien ne convergeait sérieusement. Son enquête piétinait.

En dépit de la pression constante qu'exerçaient les familles des victimes, la copie de Bill King ressemblait à un désert de cendres où brûlait la même question.

Pourquoi ces gens avaient-ils été assassinés ?

Questionner les membres ou les sympathisants de ces mouvements n'avait mené à rien. Ils étaient sur la défensive ; hostiles, ils restaient persuadés que l'enquête n'était qu'un camouflage pour une manœuvre de désinformation. Les attentats n'avaient pas été revendiqués. Le Bureau avait reçu l'habituelle correspondance, mais les fils ne menaient qu'à des illuminés ou à des minables en quête de publicité.

King remonta la mèche de cheveux qui avait tendance à masquer son œil droit, ouvrit l'un des tiroirs de son bureau et en sortit une bouteille de cognac français qu'il examina à contre-jour pour s'assurer qu'elle n'était pas vide. Il but une longue gorgée, laissant le liquide baigner sa bouche avant de l'avaler dans un claquement de langue satisfait. Il fit craquer les jointures de ses doigts, puis se mit à taper sur son clavier, demandant l'accès à l'ordinateur central qui occupait tout le premier étage du quartier général du FBI à Washington.

Il travailla une bonne heure, se versant de temps à autre une dose de cognac. A neuf heures, il en avait assez. Il alla dans la cuisine mettre à chauffer le poulet et les pommes de terre que la femme de ménage lui avait préparés. Il ne put s'empêcher de sourire en ouvrant l'un des placards.

King avait un fils en Israël. A son grand désespoir, après son divorce, le gamin était allé vivre avec sa mère en Italie. Au fil des années, Elias était devenu un fondamentaliste juif, un nationaliste pur et dur. Lors de sa dernière visite à Washington il avait renouvelé la vaisselle de la maison car, disait-il, celle de Bill était souillée par de la nourriture non *kascher*.

Les deux hommes s'étaient trouvé un terrain de mésentente : la loi. Pour Elias, la loi religieuse, la *Halakha*, primait. Pour Bill, c'était celle de l'État. King s'était promis d'écrire à son fils. Dans quelques mois il serait grand-père. Il n'avait jamais rencontré sa belle-fille.

Il revint dans son bureau, mit en route l'imprimante, attendant qu'elle ait terminé de cracher les éléments qu'il avait sélectionnés. Dans le coin supérieur de l'écran un bref éclat capta son attention. Il y eut une deuxième lueur.

D'un seul coup le cognac lui remonta dans la gorge. Un intrus avait forcé le système de sécurité de son ordinateur et pillait son disque dur.

King se réveilla avec la gueule de bois. Il avait continué à boire du cognac une bonne partie de la soirée, tentant d'annihiler les effets de la sauce graisseuse et piquante dans laquelle baignait son dîner ; une recette jamaïcaine que sa femme de ménage préparait systématiquement, en dépit des avertissements.

La grisaille filtrait à travers les rideaux. King roula en bas du canapé et se mit à genoux.

Il avait besoin d'un café, fort et serré. En entrant dans la cuisine, il se souvint que sa machine à *espresso* était en panne. La maison avait fait faillite, et la pièce de rechange restait introuvable. Il eut un geste fataliste, mit de l'eau dans la cafetière, et versa dans le filtre en papier cinq mesures d'un café colombien « gourmet » acheté au supermarché.

Il se coupa en se rasant, se fit mal en enjambant le rebord de la baignoire, faillit se brûler avec une mauvaise position du mélangeur, et glissa en ramassant le savon. Heureux de s'en sortir indemne, il se retrouva juste avant sept heures, sa tasse à la main, devant la télévision. Il but quelques gorgées du café « gourmet », qui n'avait rien de colombien. King connaissait la Colombie pour y avoir vécu six mois.

C'était l'heure du journal sur NBC. A deux mois de l'élection, le Président en exercice perdait du terrain. Il n'avait plus la situation en main. Les deux droites qui figuraient les intentions de vote pour chaque candidat étaient en passe de se couper. Jack Donovan, le challenger, grimpait aussi vite que le Président descendait. Si la tendance se confirmait, il n'y aurait pas de second mandat pour l'actuelle administration libérale, minée par les affaires de sexe.

King éteignit la télévision. Tous ces politiciens

étaient coincés par leurs promesses creuses et leurs mensonges ; le peuple prenait tout pour argent comptant et avait, quand ça l'arrangeait, la mauvaise habitude de s'en souvenir. Les charognards tournaient dans le ciel dans l'attente des futurs cadavres.

Avant de quitter son domicile, il vérifia que l'alarme était branchée. Il monta dans sa voiture et se lança dans le flot de la circulation.

Il repensait à l'incident de la veille. En cette période d'élection, King, qui s'occupait à présent de contre-terrorisme intérieur, avait concentré ses efforts sur les milices, les groupes armés, les individus, susceptibles d'organiser un attentat contre l'un des candidats.

N'importe qui peut tuer n'importe qui, y compris le Président, déplorait-il.

Le Président et Donovan bénéficiaient de la protection des services secrets auxquels King transmettait les informations exploitables ; il y avait aussi un tas de notables, de juges, de personnalités étrangères en visite, que le Bureau protégeait.

King décolla le papier hygiénique qu'il avait appliqué sur ses coupures et se regarda dans le rétroviseur. À l'opposé de la plupart des flics, des militaires, et de la moitié de ses collègues, King était convaincu qu'on le payait pour penser d'abord et agir ensuite.

Depuis combien de temps était-il sous surveillance ? Quelle partie de son travail intéressait les intrus ? Ceux qui étaient à l'affût cherchaient-ils à vérifier s'il s'orientait dans la bonne direction ? Quelle direction ?

Dans ce métier, le plus important n'était jamais ce qu'on savait mais ce qu'on ignorait.

Il ressentait une pression douloureuse à l'intérieur du crâne. Il prendrait deux comprimés d'aspirine en arrivant au bureau ; un coca glacé pourrait aussi lui faire du bien.

Il tourna le bouton de la radio et tomba sur un discours de Jack Donovan. Ce dernier promettait s'il était élu de relancer *Shadow*, le programme de satellites lanceurs de missiles réclamé par le noyau dur du Pentagone. Il assurait aussi qu'il n'amputerait pas la

CIA d'une partie de ses prérogatives, comme comptait le faire le président sortant en cas de réélection.

« Lorsque je serai président, concluait Donovan, il n'y aura plus d'accords *Nafta* pour jeter au chômage des dizaines de milliers de nos compatriotes ; il n'y aura plus d'accords *GATT* pour le seul bénéfice des banquiers de Wall Street, et il ne sera plus question des 100 milliards de dollars d'aide aux gouvernements socialistes du tiers-monde, que ce soit à Moscou ou à Mexico City. »

« Le pays doit être sacrément malade pour faire confiance à ce cinglé », fit King à mi-voix en éteignant la radio.

Le quartier général du FBI apparut. Un bunker en béton, une forteresse de deux cent cinquante mille mètres carrés, représentant tout ce qu'un bâtiment officiel ne doit pas être. Il paraissait plus laid quand on était dans une mauvaise journée ou qu'on essayait de se tenir debout au milieu des vestiges d'une cuite.

Un déluge se déversait sur la ville. Des cohortes de gens, pris de panique, se couvraient la tête de leur journal plié en quatre. King gara la voiture de l'administration dans un parking extérieur et courut vers l'entrée de Pennsylvania Avenue.

Elle était réservée aux agents du Bureau et aux visiteurs avec rendez-vous ; un hall de dimension humaine, meublé de chaises, de fauteuils, de canapés, et où le portrait de l'*Attorney General* [1] était suspendu près de celui du Président. Ils ne le resteraient pas longtemps à en croire les sondages.

Seul Edgar J. Hoover avait le sien vissé au mur. Pour l'éternité.

King présenta son insigne à un agent en civil et signa le registre. Le garde appuya sur un bouton dissimulé derrière le comptoir et la porte de l'un des deux ascenseurs du hall s'ouvrit.

King sortit de l'ascenseur et prit un couloir qui lon-

1. Ministre de la Justice.

geait la salle des ordinateurs. L'immense pièce était vide ; à une extrémité, une poignée de techniciens étaient assis devant une console centrale ; à une autre, des piles de disques et de bandes magnétiques s'entassaient sur des chariots à roulettes et sur des étagères.

A chaque fois que King se rendait chez Andy Griggs, son estime pour le Bureau remontait. Griggs avait l'air de tout ce qu'on voulait sauf de quelqu'un qui travaille au quartier général du FBI ; il est vrai qu'on ne le montrait pas et qu'il se tenait à l'écart des grands manitous.

Dans son bureau, les étagères croulaient de manuels et de modes d'emploi pour des programmes et des systèmes informatiques qu'on testait ; le sol était encombré de papier ordinateur et de gobelets en carton.

Lorsque King ouvrit la porte, Griggs déchiquetait l'emballage récalcitrant d'un cake bon marché ; dans un gobelet, fumait un café qui avait la consistance du pétrole brut. Sa barbe mitée donnait à Griggs l'allure d'un nostalgique de Bob Dylan.

— Vous avez un teint de merde ce matin, Bill. Vous vous êtes saoulé avec l'une de vos Thaïlandaises ? lâcha Griggs.

C'était la troisième fois en six mois qu'il sortait cette plaisanterie. Il avait dû piquer l'information dans son dossier. King avait travaillé à la DEA [1] avant de demander son transfert au FBI. King avait accompli des missions secrètes à Bangkok. Il n'y avait eu ni filles ni beuveries… en tout cas pas officiellement.

— Elles étaient deux, Griggs. La plus vieille avait vingt-trois ans. En plus, elles se sont... vous imaginez ce que je veux dire.

King enleva un amas de dossiers accumulés sur une chaise et s'assit.

— Je suppose que vous êtes circoncis, demanda-t-il.

Griggs secouait la tête, interloqué.

1. Drug Enforcment Administration. Organisme fédéral chargé de la lutte contre le trafic des stupéfiants.

— Non...

— Dommage ! Je vous aurais invité un soir. Les Thaïlandaises ne baisent qu'avec des mecs circoncis, Andy.

« Le plus surprenant c'est qu'il me croit », se dit King.

C'était inscrit dans les yeux stupéfaits de Griggs. Trop émotif.

King se pencha.

— Un intrus cherche à savoir ce que contient la mémoire de mon ordinateur, murmura-t-il, tendu.

Griggs se raidit dans son fauteuil.

— Vous ne parlez pas sérieusement ?

— Si.

— C'est impossible !

Il semblait scandalisé. Chacun d'eux savait pertinemment que tout était possible.

— Vous avez une idée ?

Griggs se trémoussait, mal à l'aise. Il jeta un regard autour de lui, sortit un carnet de sa poche et se pencha au-dessus de la table.

— Vous vous êtes connecté hier soir entre 19 h 47 et 20 h 58, dit-il en baissant les yeux.

King reçut l'information comme un coup de poing à l'estomac.

— Bon Dieu !

— Je n'ai rien à voir là-dedans, s'empressa d'ajouter Griggs, montrant une pointe de nervosité. Je n'ai fait qu'obéir aux ordres.

King eut une grimace de dégoût.

— Quel niveau ? demanda-t-il.

Griggs leva le pouce en direction du plafond.

— Si haut que ça !

Griggs eut un geste de dénégation.

— Riley ?

— La consigne vient de lui, murmura Griggs.

Abasourdi, King but une gorgée du café de Griggs. C'était du pétrole. L'*Assistant Director* [1] Riley, le

1. Responsable de l'une des neuf divisions qui composent le quartier général du FBI à Washington.

patron de King, avait été un homme imposant ; maintenant il était surtout attentif à la direction du vent.

— On se méfie de vous, King. Votre...

Griggs semblait de plus en plus embarrassé.

— Mon quoi ?

— Votre fils... Le Bureau est au courant.

— Qu'est-ce que mon fils vient faire là-dedans ?

— Si ces attentats contre des racistes blancs ont pour origine un groupe d'extrémistes juifs, le Bureau est en droit de savoir si le responsable de l'enquête, compte tenu de sa situation familiale, fait son boulot impartialement, récita Griggs.

— Des conneries ! s'exclama King en reposant le gobelet.

— Ce sont les raisons invoquées par Riley.

Sans ajouter un mot, King quitta la pièce, laissant Griggs plonger son cake dans le pétrole refroidi. Il traversa comme un automate les kilomètres de couloirs d'un beige neutralisant et prit l'ascenseur. En entrant dans son bureau, il eut un geste vers sa secrétaire.

— Jolie couleur, votre chemisier, dit-il en passant.

Il prit le courrier qu'elle lui tendait, entra dans son bureau et s'enferma en donnant un tour de clé.

— Vous devez être fatigué, lança t elle à travers la porte. Je ne porte que des chemisiers blancs.

Elias n'avait rien à voir dans cette affaire ; il vivait à des milliers de kilomètres et n'était même pas fiché par les Israéliens. King ne contestait pas la nature du prétexte, officiellement il en fallait toujours un. La vérité, c'est qu'on surveillait son enquête de très près. Cette affaire d'explosions dans des camps de racistes blancs devenait un bâton merdeux ; il ne savait plus par quel bout l'attraper.

King chassa ces préoccupations de son esprit et sortit le dossier de Richard Snell.

Depuis plusieurs semaines, King reprenait chaque dossier à zéro, vérifiant lui-même les moindres détails. Snell avait péri avec sa femme et sa fille dans l'attentat de l'une des bases de la *White Aryan Resistance* dans le North Dakota. D'après le registre des naissances,

Snell avait une fille d'un premier mariage, Tanya, âgée de vingt-deux ans.

Tanya avait été portée disparue quelques semaines après l'explosion. Son corps calciné avait été retrouvé plus tard en Louisiane au volant d'une voiture qui s'était écrasée contre un arbre. Tanya Snell, originaire de Mercer dans le North Dakota, avait acheté le véhicule le mois précédent.

La disparition de Tanya Snell, son accident n'avaient aucun rapport avec l'attentat qui avait coûté la vie à sa famille, avait conclu l'antenne locale du FBI. Tanya Snell s'était écrasée contre un arbre à la sortie d'un virage manqué. Quant à sa disparition, elle avait été signalée par l'un de ses amis.

King referma le dossier et regarda sa montre. Il était deux heures. Il avait faim. Il appela les autorités de Mac Clusky dont la juridiction s'étendait à Mercer. Le shérif était parti déjeuner. King décida d'en faire autant. Il demanda qu'on lui livre un sandwich au pastrami garni de rondelles d'oignon frais. C'était mauvais pour l'haleine mais bon pour sa frustration et sa gueule de bois.

Le shérif retourna l'appel en fin d'après-midi. Il avait la voix d'un buveur de bourbon de mauvaise qualité.

— Qu'est-ce que je peux faire pour vous, Agent King ?

— C'est à propos du cas Tanya Snell. Une jeune fille originaire de Mercer qui a disparu l'année dernière. Ça vous dit quelque chose ?

— Non.

— J'aimerais qu'un de vos hommes vérifie si le gars qui a signalé la disparition est toujours dans le coin. Il s'appelle Timothy Evans, j'aimerais lui parler.

— Je n'ai personne sous la main.

— C'est urgent, Shérif.

— C'est toujours urgent. Dès que j'aurai quelqu'un de libre, je le mettrai dessus.

— Je comprends. Mais j'ai besoin que vous vous en occupiez tout de suite. Je suis pressé.

— J'en ai rien à foutre, King.

Il avait raccroché. King le rappela.

— Vous me faites chier, dit l'autre sans attendre de savoir qui se trouvait au bout du fil.

— Vous feriez bien de bouger votre gros cul, Shérif, ou c'est à l'*Attorney General* de l'État que vous fournirez l'information.

— Je pisse dans mon froc, King. Il y a le feu à Washington ?

Il y eut un silence sur la ligne.

— Appelez-moi demain matin. Je verrai ce que je peux faire.

— Merci de votre coopération, Shérif, conclut King poliment.

Deux jours après, dans l'avion qui le ramenait à Washington, King, qui avait payé de sa poche son billet et la location de sa voiture, se remonta le moral en se persuadant qu'il n'avait pas fait le voyage pour rien.

A Mercer, il avait rencontré Timothy Evans, un jeune homme diabétique aux yeux hagards. Un ami d'enfance de Tanya Snell.

Evans avait fini par cracher ce qu'il savait. Tanya n'avait pas disparu ; elle était simplement partie. Inquiet, amoureux, sans nouvelles, Evans avait craqué et alerté la police pour qu'on la retrouve.

King relut ses notes. Six mois après s'être évanouie, un soir, la fille avait téléphoné à Evans de Los Angeles, lui demandant de mettre des fleurs sur la tombe de son père et de sa sœur. Elle avait changé de nom, s'appelait Victoria Berkowitz, et prétendait fréquenter les milieux du cinéma.

Evans se souvenait qu'à plusieurs reprises dans sa conversation téléphonique la fille avait fait allusion à un certain Joseph Beckman. Le nom ne disait rien à Evans ; peut-être un producteur, avait-il pensé.

King regarda la photo qu'Evans lui avait confiée. Tanya Snell n'était pas seulement jeune, jolie, et bien faite ; elle possédait quelque chose de plus provocant que le sexe, quelque chose de grave et d'intense. La vulnérabilité de la solitude, imagina King.

Il irait faire un tour à Los Angeles. Il sourit à l'hôtesse qui lui apportait son plateau-repas.

11

Kate ouvrit le sac en papier qu'elle tenait à la main. Les deux muffins qu'elle avait achetés le matin s'effritaient. Elle se força à les manger pour combattre la frustration qui la gagnait.

Les résultats des tests sur le sang de Dave Weinfeld étaient décevants. Dave présentait les affections d'un Sida terminal ; le virus, lui, jouait à cache-cache.

Les souches HIV responsables de l'épidémie mondiale de Sida étaient appelées « virus du groupe M » ; un autre groupe, rare, mais également responsable du Sida, avait été identifié et désigné « groupe O ». Une explication possible à laquelle Kate avait songé à New Haven, en prenant connaissance du dossier médical du sénateur.

Kate avait besoin d'en savoir plus sur les porteurs de cette souche. Par chance, peut-être le nom de Philip Klein était-il recensé ? Elle n'y croyait pas trop.

Dans le labo central, elle s'installa devant une console d'ordinateur et inscrivit son numéro d'identification. Une série de menus s'afficha. Elle les passa en revue, respectant la procédure fastidieuse, répondant à une série de questions destinées à faciliter ses recherches. Elle gardait les yeux rivés à l'écran. Les informations sur les porteurs du groupe O arrivèrent plus rapidement que prévu.

Le Centre National de Prévention du Sida avait

recensé trois cas d'infection par des virus de cette souche sur le territoire américain. Pas de Philip Klein.

Kate haussa les épaules et se mit à examiner attentivement chacun des dossiers. Le dernier retint son attention.

Des échantillons de sang appartenant à une jeune femme de race blanche avaient été transmis au CDC par les services de santé du Comté de Los Angeles. Cette femme était entrée à l'hôpital à la suite d'une ménorragie. L'examen clinique avait révélé un fibrome et une inflammation des ganglions lymphatiques. Dans le questionnaire rempli avant son opération, la jeune femme affirmait ne jamais s'être injecté de substances toxiques ; pourtant, de minuscules hématomes à la saignée du bras gauche avaient été notés par l'anesthésiste. Les tests sanguins effectués au CDC révélaient des traces d'héroïne, complexées avec une grosse molécule ; *une protéine dont la fonction n'avait pu être expliquée*. Le sang avait également une faible réactivité aux anticorps anti-HIV du groupe O.

La jeune femme avait quitté l'hôpital après avoir été opérée, et ne s'était plus représentée aux visites de contrôle. Le nom figurant sur le formulaire d'admission était celui de Victoria Berkowitz.

12

— Quoi de neuf, Bev ? demanda Bill King à Beverly Williams.

Ils étaient attablés à la terrasse d'un café sur Sunset Strip. King avait commandé un *espresso* et un cognac, et Berverly un *cappuccino* à la cannelle.

Berverly Williams portait un tailleur jaune, ne s'appelait pas Beverly Williams mais Rozaria Zapata. Elle était d'origine mexicaine, vivait à Los Angeles et travaillait sous une fausse identité pour la DEA.

— Tu as pu dénicher quelque chose sur cette Victoria Berkowitz ? demanda King.

Beverly but une gorgée de son *cappuccino* et reposa sa tasse. La mousse se détachait sur sa lèvre supérieure comme une moustache. Elle l'essuya. C'était une femme d'une cinquantaine d'années toujours séduisante, qui avait séjourné en Colombie, coordonnant les opérations que menaient la DEA et le gouvernement colombien contre les cartels de Cali et de Medelin. C'est là que Bill l'avait rencontrée. Elle était en poste à Los Angeles depuis des années.

— Le cul vissé à une chaise dans cette horreur de building à Washington ne te réussit pas. Tu as grossi. Combien pèses-tu ?

— Ça ne te regarde pas.

Il avait pris cinq kilos depuis qu'il avait quitté la DEA ; son ventre forçait sur le dernier bouton de sa chemise. Elle le regardait avec une lueur ironique. Elle leva la main juste avant que Bill ne répète sa question.

— Victoria Berkowitz, ou si tu préfères Tanya Snell, était la petite amie d'Arnold Kaplan. Tout le monde ici sait ça. Kaplan était un producteur d'origine israélienne ; un joueur à un haut niveau.

— J'ai déjà entendu son nom. Pourquoi *était* ?

— Il est mort.

Bill demeura silencieux. Il commanda un autre *espresso*, le sien était froid.

— Assassiné ?

— Non, du Sida. Il est retourné en Israël pour mourir et être enterré là-bas. Ta Berkowitz a disparu depuis.

King demeura perplexe. Tanya Snell n'avait pas menti à Evans, elle fréquentait bien le dessus du panier à Hollywood.

— Joseph Beckman ? demanda-t-il. Tu as déjà entendu ce nom-là ?

Beverly secoua la tête et haussa les épaules en signe d'ignorance. La mort de Victoria n'avait sûrement aucun rapport direct avec l'attentat qui avait coûté la vie à sa famille, pensa King.

— Tu crois qu'elle a contaminé ce Kaplan ? murmura King.

— Je peux me renseigner, dit Beverly en reprenant son verre.

Vers onze heures du soir Beverly Williams déposa King à son hôtel. Il y avait un message de sa secrétaire : le shérif de Mac Clusky avait cherché à le joindre.

Quelque chose gênait King. Il n'aurait pas pu expliquer quoi. Il n'arrivait pas à comprendre le comportement de Victoria, son escapade, et la façon dont ça s'était terminé. Il finit par s'endormir, l'esprit préoccupé.

La sonnerie du téléphone le réveilla. C'était Beverly.

— J'ai ton renseignement, dit-elle.

Il regarda sa montre. Il était à peine huit heures du matin. Il avait la bouche pâteuse.

— Déjà !

— Bienvenue à L.A., mon chou. Ici les gens ont autre chose à faire qu'à se vautrer derrière un bureau en prenant des airs importants.

— Je te rappelle, dit-il.

King s'habilla et descendit dans le hall où se trouvaient les téléphones publics. Il eut de nouveau Beverly en ligne. Il y eut un bruit de liquide aspiré au bout du fil.

— Café ? demanda Bill.

— Jamais le matin, mon chou. Jus d'aloès. C'est bourré de vitamines et d'un tas d'autres trucs qui luttent contre les radicaux libres.

Les radicaux libres ! Passé cinquante ans il fallait s'en méfier. Le jus d'aloès était une option, se dit Bill.

— Le bruit court que Kaplan était séropositif depuis pas mal de temps. Bien avant que ta Berkowitz ne se pointe à L.A., reprit Beverly.

— D'abord ce n'est pas *ma Berkowitz*, et d'autre part d'où tiens-tu cette information ? repartit Bill.

— D'une fille avec qui il couchait régulièrement. Kaplan l'avait informée. Tu es sur une mauvaise piste.

King regarda la photo de Tanya Snell qu'il tenait à la main. Il y eut un bruit d'aspiration dans l'écouteur. Les radicaux libres ! King n'aurait pas aimé être à leur place. Il raccrocha.

Après avoir pris son petit déjeuner dans la salle à manger de l'hôtel, il sortit faire quelques pas dans Beverly Drive. Un vent du nord rafraîchissait l'atmosphère et chassait le brouillard qui se tenait au-dessus de la ville. Il regarda sa montre. Neuf heures du matin.

Pourquoi Victoria avait-elle quitté Los Angeles ? Elle fréquentait ce qu'il y avait de plus riche et de plus influent dans le cinéma ; un tas de portes pouvaient s'ouvrir devant elle. Pour une fille de Mercer, North Dakota, c'était le rêve américain.

King était découragé. Il avait espéré trouver un fil, aussi ténu soit-il, entre sa propre enquête et ce corps retrouvé calciné dans une voiture. Il s'était trompé, avait enfreint les procédures du Bureau, et dépensé pas mal de dollars pour lesquels il ne présenterait pas de note de frais.

Par-dessus tout, le Bureau l'avait placé sous surveillance, et le nom de King dégagerait une odeur de charogne s'il n'y prenait pas garde.

Il lui restait la possibilité de jouer au grand-père. Il passerait le plus clair de son temps allongé dans une chaise longue dans un appartement des faubourgs de Jérusalem, à regarder la télévision, à s'extasier devant les progrès de ses petits-enfants en attendant que ses artères finissent par s'obstruer.

Il devina qu'il traversait la crise de la cinquantaine ; il prenait conscience que ses plus beaux chemins de gloire, ses plus chers souvenirs, étaient derrière lui. Avait-il la possibilité de jeter dans cette enquête l'énergie, le talent brut, le sens commun qui lui avaient permis à chaque fois d'inverser le courant ? Il n'en était plus certain.

Il inspira profondément et leva la tête. La journée s'annonçait belle. Après tout, l'air et le ciel semblaient chargés de rencontres prometteuses. C'était L.A., et tout était possible.

Avec le décalage horaire entre la côte Ouest et le centre du pays, le shérif de Mac Clusky n'allait pas tarder à sortir déjeuner. Mieux valait l'appeler tout de suite. Il retourna dans le hall de l'hôtel pour téléphoner.

— Agent King, aboya le shérif. Cela fait deux jours que je cherche à vous joindre.

— Ne cherchez plus, dit King. Qu'est-ce que je peux faire pour vous ?

Le shérif ricana à l'autre bout de la ligne.

— Pour moi, rien. Faites quelque chose pour ceux que vous interrogez, King.

— Que se passe-t-il ?

— Timothy Evans est mort.

King demeura silencieux.

— Vous êtes là ? demanda le shérif.

— Oui. Que lui est-il arrivé ?

— Il s'est tué en voiture. Il était déjà mort en arrivant à l'hôpital. Il neigeait, il a perdu le contrôle du véhicule et percuté un arbre. Le gars avait pas mal bu. Heureusement la route était déserte. Il aurait pu y avoir d'autres victimes.

King se força à rester calme. D'un seul coup son enquête prenait un nouveau tournant. C'était une mauvaise comparaison, pensa-t-il.

— Ce n'est pas un accident. C'est un meurtre, dit-il.

Le shérif éclata de rire.

— Vous avez un don de double vue, King. Vous n'allez pas m'apprendre mon métier. Le légiste est formel, Evans avait sérieusement picolé cette nuit-là.

— C'est bien ce qui m'ennuie.

— Pourquoi ?

— Evans ne buvait pas.

— Vous vous foutez de moi, gueula l'autre. C'était quoi, Evans ? Un alcoolique repenti ?

— Pire que ça, Shérif. C'était un diabétique et l'alcool lui était formellement interdit, lança King avant de raccrocher.

La piste Victoria Berkowitz n'était pas un cul-de-sac. Les autres, quels qu'ils puissent être, étaient derrière lui et supprimaient les témoins.

King reprit l'avion pour Washington le jour même. Le vol lui parut interminable. Une fois chez lui, King s'installa devant son ordinateur. Il prépara sur du papier à en-tête d'une compagnie d'assurances médicales fictive une centaine de lettres destinées à divers établissements de santé de Los Angeles et des comtés avoisinants.

Sa correspondance terminée, il contempla la pile d'enveloppes sur le bureau. Ses repères foutaient le camp. Un agent spécial, en l'occurrence lui, faisait des entorses aux procédures d'enquête du Bureau, et demain, jour de l'élection présidentielle, Jack Donovan serait peut-être président des États-Unis.

13

Linda Brouillard-Donovan, qui appartenait à l'une des plus anciennes familles de Baton Rouge où se mêlaient traditions, fortune et politique, espérait depuis dix ans devenir la première dame du pays. Pour l'heure, elle se contentait de préparer avec soin un plateau de rafraîchissements pour son mari et ses invités dans sa résidence de Westland, Chesapeake Bay, Virginie.

Jack Donovan jouait depuis deux campagnes présidentielles l'outsider au sein d'un parti conservateur dont il n'avait jamais obtenu l'investiture. Malgré l'écrasante victoire de Donovan aux primaires du New Hampshire, son triomphe en Alaska, en Louisiane et dans le Mississippi, les délégués avaient failli lui préférer le sénateur Benton.

Ce dernier était devenu inutilisable au début des primaires. A soixante-douze ans, son organisme usé par un demi-siècle de promesses en l'air n'avait pas tenu la distance. Benton avait succombé à une crise cardiaque au bon moment, laissant la voie libre à Donovan.

Linda versa une rasade de gin dans le verre de tonic qu'elle destinait à son mari, disposa une assiette de cookies, posa la cafetière sur le plateau d'une table roulante et poussa le tout jusqu'à l'une des trois portes du bureau qui faisait face à la baie. Elle s'arrêta un instant et contempla son image dans un miroir à la bordure patinée.

Beaucoup se méprenaient sur la véritable nature de Linda. C'était une femme pleine d'entrain qui avait un mot aimable pour chacun. Très jeune, elle avait compris que l'appétit était le moteur des hommes en général ; appétit de sexe, d'argent, de pouvoir. L'appétit était un sentiment positif si on savait le canaliser dans la bonne direction. Et ça, c'était le travail qu'elle s'était assigné.

Elle frappa à la porte. Ted Hackett, le directeur de la campagne de Donovan, vint lui ouvrir. A quarante-trois ans, Hackett était le prototype du magouilleur-né. Considéré comme l'âme damnée de Donovan, ses ennemis disaient de lui qu'il était une espèce de Docteur Jekyll spécialisé en coups fourrés et intrigues en tout genre. Jeune prodige sorti de Harvard, auteur de nombreux livres sur le renouveau américain, Hackett était un champion de la lutte contre l'avortement et de la suppression de l'aide au tiers-monde, thèmes qu'il avait développés dans le « Westland Manifesto », le programme politique musclé de Donovan dont il était en partie l'auteur.

Donovan préférait le garder à ses côtés pour le regarder pisser sur les chaussures des autres, plutôt que de le voir pisser sur les siennes.

Linda posa le plateau sur une petite table, disposa des napperons en papier, servit à chacun son verre et s'assura d'un coup d'œil que tout allait bien. Le rituel terminé, elle fit un signe de la main à son mari avant de quitter la pièce. Donovan but quelques gorgées de son verre et cligna des yeux en reconnaissant le goût parfumé du gin *Tanqueray*.

Il y avait un autre homme dans la pièce. Le futur conseiller pour la sécurité nationale, au cas où Donovan serait élu, s'appelait Gil Garrison. Il venait d'une vieille famille conservatrice du Sud dont il gardait l'élégance, un profil d'oiseau hautain, un goût prononcé pour le faste, et un grand nombre de préjugés. Contre-amiral de réserve, il avait rejoint l'aile droite du parti après un séjour de quelques mois à la Division Amérique latine de la CIA. Il avait occupé le poste de directeur du CIS, le Conseil Inter-Américain de Sécurité, dont les nombreuses recommandations en matière d'intervention sur le continent sud-américain avaient eu la faveur de Reagan et de Bush. C'est là que Donovan et lui s'étaient rencontrés.

Hackett n'aimait pas Garrison qui n'aimait pas Hackett, à la grande satisfaction de Donovan qui n'aimait aucun des deux. Les rivalités internes étaient ce qui se faisait de mieux pour secouer ceux qui rêvaient d'une sinécure ; et en politique, les adversaires étaient toujours moins dangereux que les amis.

Donovan se tourna vers Hackett qui venait de raccrocher. Il y avait une série de voyants qui clignotaient sur une dizaine de téléphones. Des appels en attente, des appels en provenance de tout le pays ; des amis, des supporters de longue date, des donateurs, des porteurs de ragots, et d'autres qui prenaient leurs précautions au cas où le vote tournerait en faveur de Donovan. Plus les lignes des services secrets.

— Les résultats des sondages à la sortie des bureaux de vote, dit Hackett.

— Alors ? demanda Donovan en s'éclaircissant la voix.

— Toujours au coude à coude, Monsieur. Cela va se jouer à quelques dizaines de milliers de voix, comme pour Nixon et Kennedy. Vous serez le prochain président.

Donovan hocha la tête. En fait il n'en savait rien. Il était près, très près ; il n'avait jamais été aussi près. La porte de l'Histoire ne s'ouvrirait pas une seconde fois. Il jeta un regard sur les écrans de télévision.

Il était en tête chez les grands électeurs, le Middle West était pratiquement acquis. CNN affichait « suspense » ; NBC disait que Donovan allait gagner ; CBS qu'il avait moins d'un millier de voix d'avance.

Donovan se leva pour se dégourdir les jambes. La plus rude de ses journées. Il sourit aux deux hommes qui se trouvaient dans son bureau et croisa les doigts derrière son dos. Donovan avait eu de la chance, beaucoup de chance. Il consacrait une demi-heure par jour à remercier Dieu d'avoir cisaillé les points d'appui de ses adversaires.

Donovan savait ce que voulait l'Amérique. Elle voulait Jack Donovan ; des voitures de police à chaque coin de rue ; Dieu dans des écoles dignes de ce nom ; et un système judiciaire qui ne passe pas son temps à relâcher les criminels.

Hackett enfonça une nouvelle touche et décrocha. C'était le vice-président, le colistier de Donovan, qui annonçait son arrivée. Hackett continua de prendre les appels. Son ton laissait supposer qu'il s'habituerait facilement à donner des ordres.

A vingt-deux heures trente, l'Amérique apprit qu'elle venait d'élire un nouveau Président. Avec dix-sept mille voix d'avance, John Patrick Donovan devenait le quarante-troisième président des États-Unis.

A la joie des ultra-conservateurs, une impériale présidence temporairement mise à l'écart par le laxisme et la corruption des libéraux émergeait enfin à Washington.

14

1

La neige qui recouvrait la ville prenait au crépuscule une couleur de rose aux nuances infinies, et des reflets de lumière rouge sang s'attardaient sur les façades des ministères qu'une administration désavouée s'apprêtait à quitter. Une brume voilait le tout d'un mystère diffus. Certains fauteuils étaient glacés, d'autres avaient la température d'un fer chauffé à blanc. Dans l'aile ouest de la Maison-Blanche, les portraits géants de l'ancien président et de sa femme laissaient la place à des rectangles sombres et à des marques de clous.

Devant l'hôtel Mayflower, dans un ballet bien ordonné, les limousines déversaient leur contenu de smokings, d'uniformes d'apparat et de robes du soir. L'une des dernières soirées avant les fêtes du Nouvel An. Dans ces salons aux boiseries plus jeunes que la Constitution, se déroulait l'éternel jeu de la séduction et du mensonge entre la presse et le pouvoir politique. Dans la salle de réception, les tables étaient décorées avec raffinement ; certaines avec des chandeliers en argent. Il y avait des grands bouquets de fleurs partout. Les nappes étaient en lin amidonné et les verres en cristal. On venait pour voir et être vu ; dîner en élégante compagnie ; échanger des informations ; chuchoter les derniers scandales ; lancer de faux bruits, tout en essayant avec une nonchalance affectée de démentir les vrais.

Washington fêtait le départ à la retraite de l'un de ses plus prestigieux ambassadeurs. Sa haute silhouette et ses joues avivées lui donnaient l'apparence d'un homme aimant le grand air, ce qui était un mensonge. Son amour de la nature se résumait à la branche fraîche de céleri qu'il plongeait quotidiennement dans ses pichets de *bloody mary*.

Il avait connu la *Perestroïka*, été l'ami de Gorbatchev ; il adorait l'humour de Raïssa et s'était saoulé un week-end entier dans une datcha avec Boris Eltsine. Il repartait dans sa ville natale de Georgetown où l'attendaient ses plats favoris : du poulet pané aux épices, et des haricots à la mélasse et au bacon dont il ne donnait pas la recette. Deux grands éditeurs new-yorkais se disputaient déjà ses Mémoires, disait-il.

Le principal sujet de conversation de la soirée n'était pas le récit de ses exploits alcooliques et diplomatiques, mais l'éditorial de Nelly Stern dans le *Post*.

A Washington, comme dans la plupart des capitales politiques, l'image dépassait la substance. Nelly Stern transformait un jeune et frais médaillé olympique en un quadraplégique incontinent. Le fait est que ses papiers étaient très populaires. La foule, depuis toujours, adorait voir couler le sang, à condition que ce ne soit pas le sien. Stern avait ruiné plus d'une carrière politique. Utilisant l'attaque oblique, elle passait sous les côtes pour atteindre le cœur, ce qui la tenait écartée d'une action en diffamation.

Jack Donovan n'avait pas encore prêté serment que Nelly Stern avait pondu l'un de ses papiers capables d'empaler l'heureux élu. Le programme *Shadow* de satellites tueurs, gelé par le Président sortant, devait être relancé par Donovan. Après enquête, la journaliste avait découvert que le fils de Donovan, juste après la victoire de son père, avait été nommé président d'une des filiales de Norton Aircraft Enterprises, le principal constructeur.

Nelly Stern était petite, mince, et doublement divorcée. En principe, elle ne s'intéressait pas aux hommes ; ses deux expériences l'avaient transformée. Elle donnait l'impression de faire passer sa carrière avant tous les autres éléments de sa vie, y compris ses relations sentimentales et sexuelles. C'était bien entendu faux. Nelly Stern se considérait comme une femme extrêmement désirable.

Au-dessus de la quarantaine, les cheveux courts, des sourcils marqués au crayon, elle passait pour attirante dans la pénombre d'une chambre à coucher. Elle était sûre d'elle-même et arrogante, comme on peut l'être lorsqu'on est adoré et craint par l'élite de Washington.

Elle portait une robe noire échancrée à manches bouffantes de Dona Karan, des escarpins du soir vernis, et un collier de perles autour du cou. Elle fumait, se moquait des interdictions, utilisait un vernis à ongles de chez Chanel et un parfum coûteux d'Oscar de la Renta.

Autour d'elle s'agglutinaient des gens importants et inconscients.

On avait commencé par servir des huîtres. Nelly Stern regarda les mollusques d'un air dégoûté. C'était un manque de raffinement et d'attention. Que croyaient-ils ? Qu'elle allait gober cette masse molle et vivante et aspirer bruyamment l'eau salée qui restait dans la coquille ! L'ambassadeur, qui prenait sa retraite, était épargné *de facto*.

Nelly Stern commença à chercher discrètement autour d'elle une conquête pour son prochain week-end.

2

La séduction, le jeu de l'amour et de la mort, c'est ce qui lui pesait le moins. Il adorait ça. Il n'avait eu aucun problème de ce côté-là. Il les baisait comme des bêtes dans une gloutonnerie aiguë qui n'avait rien à voir avec son appétit sexuel. Il entendait leurs plaintes et leurs grognements de plus en plus stridents ; elles poussaient des gémissements de plaisir devant leur orgasme croissant. Il criait aussi. De libérer sa haine, sa puissance ; du plaisir qu'il avait à se vider dans leur ventre ; de cette force qui s'échappait de son sexe. De les percer. De les crever. De se venger.

Les jours où ces salopes qu'il haïssait frotteraient leur corps contre le premier venu touchaient à leur fin. Pour tous les éléments de sa croisade, il avait été froidement et systématiquement entraîné.

Nelly Stern serait sa septième conquête. Des femmes mûres, des veuves, des divorcées, des célibataires attardées ; toutes sûres d'elles-mêmes, toutes influentes ; dont les lits ne contenaient que des souvenirs refroidis. Elles s'accrochaient à lui avec une détresse qu'il n'aurait pas soupçonnée. En fin de compte, elles avaient besoin d'attention et de tendresse.

C'était son profil d'attaque, la tendresse ; le truc marchait à tous les coups. Elles se jetaient là-dedans corps et âme, croyant trouver ce qu'elles avaient cherché toute une vie.

Il avait passé son après-midi entre un institut de massages et un salon de coiffure. Il revenait du Nouveau-Mexique où son bronzage avait repris de la vigueur.

Les informations concernant Nelly Stern lui étaient parvenues sur sa *voice mail* [1]. Il savait qu'elle aimait les hommes jeunes, raffinés, sportifs. Le moindre détail avait son importance ; jusqu'aux poils du nez et des oreilles qui devaient être impeccablement taillés. Il connaissait ses habitudes, ce qu'elle détestait, et le nom de son Chardonnay préféré.

Il avait rendez-vous à huit heures dans le hall de l'hôtel Mayflower avec un contact qui le présenterait à la journaliste. L'affaire était loin d'être dans la poche ;

1. Boîte aux lettres téléphonique.

les plus moches étaient les plus réticentes. Nelly Stern avait une sale gueule et ne semblait pas commode. Il déciderait de la stratégie à adopter lorsqu'il croiserait pour la première fois son regard.

Dans le fond, cette Stern et lui se ressemblaient. La rencontre de deux serpents. Elle distillait un venin qui tuait. Le sien était plus efficace.

Il se regarda dans la glace et sourit à son image. Il boutonna son manteau, croqua un *certs* pour être sûr de son haleine, et descendit dans le hall de l'hôtel où le chauffeur d'une limousine l'attendait.

3

Nelly Stern se trouvait exceptionnelle. Elle avait surpris ce jeune paon par son endurance ; elle avait eu le dernier mot. Épuisé, l'étalon s'était endormi.

Ils terminaient le week-end dans une petite auberge proche de la capitale qu'elle connaissait. Elle n'avait pas quitté la chambre ; peut-être une ou deux fois, lorsqu'elle était allée à la réception téléphoner au *Post*.

Avec celui-là tout s'était passé sans questions inutiles. Il avait tourné autour d'elle à la soirée du Mayflower, exécutant une sorte de danse de cour. Leurs regards s'étaient compris. Elle avait levé l'ambiguïté.

Nelly se dégagea doucement et passa dans le petit salon pour allumer une cigarette. Le jour n'allait pas tarder à se lever. Son sexe la brûlait. C'était la première fois que cela lui arrivait. Une sensation douloureuse et en même temps si… excitante.

En revanche, Nelly avait refusé de se laisser étouffer par ce sac en plastique qu'il voulait lui mettre sur la tête pour décupler ses orgasmes. On n'était pas à Hollywood ; Nelly préférait des choses plus conventionnelles.

La veste et le pantalon de sa conquête étaient jetés

sur le divan qui faisait face à la télévision. Elle risqua un œil par l'embrasure de la porte ; il dormait toujours. Elle posa sa cigarette dans un cendrier et s'approcha. Le portefeuille se trouvait dans la poche arrière du pantalon ; au passage, elle nota machinalement la griffe, *Armani*.

Elle prit le portefeuille et l'ouvrit. Elle adorait ce qu'elle était en train de faire. C'était moins qu'une indiscrétion, cela faisait partie de son métier. Elle désirait en savoir plus sur ceux avec lesquels elle couchait. Plus d'une fois elle était tombée sur *la photo* glissée entre deux lamelles de cuir ; la photo de famille : la femme et les rejetons du séducteur qui posaient niaisement sur une pelouse ou au bord d'une piscine.

Ceux qui s'imaginaient s'attirer les bonnes grâces de Nelly Stern en la baisant se trompaient. Ils faisaient un mauvais calcul, et elle avait ruiné plus d'une carrière.

Le portefeuille ne contenait rien, ou presque. Juste un permis de conduire au nom de Michael Satcher — il n'avait pas menti sur son âge — et quelques billets de cent dollars. Pas de cartes de crédit, de répertoire de téléphone, de bouts de papier.

Curieux, se dit-elle. Elle remit le tout en place et fouilla les poches de la veste. Elle trouva une boîte de préservatifs sans marque, un mouchoir blanc soigneusement plié, et un carton magnétique qui portait le nom d'un hôtel de Washington. La vue des préservatifs lui rappela ce qu'elle avait ressenti et machinalement elle toucha l'intérieur de ses cuisses. Ils étaient efficaces avec leur surface rugueuse. La boîte en contenait neuf.

Il y eut un bruit dans la pièce à côté. Elle en prit deux qu'elle dissimula dans son sac. Elle s'en servirait pour sa prochaine aventure. Elle avait repéré un nouveau venu ; un jeune athlète avec une allure d'étudiant, qui garait les voitures dans le parking de son immeuble.

Lorsqu'elle retourna dans la chambre à coucher, Michael Satcher se réveillait. Il s'étirait. Elle regarda sa montre. Il lui restait une bonne heure avant de prendre la route pour rentrer chez elle. Nelly Stern n'avait aucun doute sur la manière dont elle l'utiliserait.

4

— Nous avons bien fait de ne donner aucun démenti à l'article de cette journaliste, dit Hackett soulagé, après que Donovan lui eut fait part de sa décision.

Maintenant qu'il était élu, Donovan avait changé d'avis. Le *Shadow* coûtait trop cher !

Le Président haussa les épaules. Nelly Stern s'était attaquée à son fils dans cette saleté d'article ; les journalistes n'avaient aucune retenue et ignoraient la décence.

Les deux hommes faisaient quelques pas sur la terrasse, contemplant la masse indistincte de la baie parsemée d'un chapelet de lumières. Ils respiraient l'air frais et salin qu'apportait la brise de l'océan. Au fond du jardin, des agents secrets en costume sombre scrutaient les alentours avec des jumelles de nuit.

Donovan but une gorgée de son verre. Dans peu de temps il serait aux commandes, installé dans le bureau ovale, le reste du monde l'échine courbée, prêt à lui lécher les semelles.

Il avait du mal à réaliser qu'il avait franchi la ligne d'arrivée en vainqueur. Un miracle !

— Dieu est avec nous, et pour de bon cette fois-ci, constata Donovan, répondant à sa propre interrogation.

Hackett se tourna vers lui.

— Dieu oui, les médias non. Ils nous couperont en morceaux au premier faux pas. L'autre moitié du pays n'a pas rejoint notre camp, Monsieur le Président. Je pense qu'il va nous falloir lâcher du lest.

Donovan demeura pensif. Les médias ! Si habiles à manœuvrer l'opinion...

Il posa son verre sur une table et mit les mains dans ses poches. Il commençait à avoir faim. Ce verre et l'air du large lui avaient ouvert l'appétit. Il jeta un regard à travers la baie vitrée. A l'intérieur, il vit Linda en conversation avec Garrison ; il y avait aussi cinq ou six gros donateurs et leur épouse. Donovan les remerciait par un dîner intime. Une idée de Linda.

Lâcher du lest ! Il n'était pas convaincu. Il était l'homme du moment. Le peuple avait voté pour lui.

D'ailleurs, le peuple en avait assez. Les avortements à la carte, les homosexuels brandissant leur licence de mariage, la pornographie sur les écrans, les frontières qui s'ouvraient aux chômeurs étrangers, un gouvernement qui désarmait les honnêtes citoyens et relâchait les criminels : la coupe débordait.

Mais il y avait ces putains de sondages avec lesquels on gouvernait.

— Il faut manœuvrer habilement, Ted, ne pas donner l'impression que nous cédons à la pression, d'où qu'elle vienne. Les médias sont importants, pas uniquement les grands journaux et les *networks* ; il y a les petites stations de radio que les gens écoutent au fin fond du pays ; il y a la presse régionale, les télévisions locales. Tout ça représente une influence énorme. Je veux que vous vous en occupiez. Je veux savoir qui est avec nous et qui est contre nous. C'est ce qu'il nous faut savoir !

Hackett eut un sourire.

— Ce ne devrait pas être difficile, Monsieur le Président. A propos, nous avons la liste des organisations qui ont prévu une marche sur Washington après votre investiture.

Donovan eut un geste de la main, balayant l'espace devant lui.

— Nous verrons ça plus tard.

Il fit un signe discret pour attirer l'attention de Hackett sur le groupe de convives qui se trouvait dans le salon.

— Ceux-là me préoccupent davantage, Ted. Les autres, je sais au moins ce qu'ils réclament.

Le temps des conventions et des promesses était passé. On entrait dans celui des nouvelles nominations et des renvois d'ascenseur. Donovan marqua un temps d'arrêt.

— A votre avis, lequel est le plus dangereux ? demanda-t-il, les désignant d'un mouvement de tête.

A travers la vitre, Linda remarqua que son mari regardait dans sa direction. Ils échangèrent un signe. Hackett se donna le temps de réfléchir. Donovan était le Président élu et son patron ; deux bonnes raisons pour ne pas livrer le fond de sa pensée.

Dans la pièce éclairée, il y avait Garrison et quelques hommes parmi les plus puissants du pays ; ceux qui ne faisaient jamais la une des journaux ; des hommes éternellement brunis qui ne parlaient que de golf et de bateaux. Ceux que Hackett surnommait les « F.O.L. », les *Friends of Linda*.

Il valait mieux laisser à Donovan l'initiative de décider lui-même.

— Vous n'avez ici que des amis, répondit d'un air détaché Hackett, dissimulant le fond de sa pensée.

Donovan éclata de rire et passa son bras autour de ses épaules.

— Je suis content de vous avoir, Ted. Nous allons faire un sacré bon travail tous les deux.

Linda était apparue sur la véranda.

— Cessez de comploter ! Le dîner est servi, lança-t-elle d'une voix enjouée en s'avançant vers eux.

LIVRE DEUXIÈME

1

A l'heure où Michael Satcher pénétrait dans les salons du Mayflower pour y rencontrer Nelly Stern, Bill King consultait le courrier qu'il avait reçu sous un nom d'emprunt dans une boîte postale au nom de la compagnie d'assurances médicales qui n'existait pas.

Il jeta un rapide regard dans la petite salle à peine éclairée. L'unique employé, affalé sur une chaise, mangeait un sandwich en étouffant de temps à autre un bâillement.

King ouvrit l'enveloppe. La lettre, datée de l'avant-veille, émanait des services de santé du Comté de Los Angeles et indiquait :

En réponse à votre lettre du 4 novembre concernant vos assurés Victoria Berkowitz et Arnold Kaplan, nous vous confirmons que V. Berkowitz a subi une intervention chirurgicale dans notre hôpital. Son dossier médical a été transmis à Atlanta, au CDC.

Pour tout complément d'information, veuillez vous mettre en rapport, etc.

King déchira la lettre et dispersa les morceaux dans une corbeille. Il sortit sur le trottoir et resserra le col de son manteau. Au coin de la rue, l'enseigne lumineuse d'un bar clignotait. Il avait envie d'un verre.

La salle était bondée. Il trouva une place dans un box d'angle près d'un distributeur de cigarettes. Les clients s'entassaient au comptoir sur trois rangs et buvaient leur bière au goulot. Il surveilla la porte à double battant ; personne ne pénétra derrière lui.

Il commanda un cognac. Depuis l'élection de Donovan, l'*Assistant Director* Riley se pavanait dans les couloirs dans une panoplie de costumes neufs. Le Bureau aurait un nouveau directeur dès que la nouvelle administration s'installerait, et Riley s'y voyait déjà.

King but une gorgée de son verre. Le cognac était âpre et piquait la langue. Si tout allait mal, il lui restait l'option de demander son transfert, ou de prendre sa retraite et rejoindre son fils.

Dans le fond, pourquoi se faire du souci pour une bande d'extrémistes qu'on avait liquidés ? Dans le cas contraire... Il n'y avait pas de cas contraire. C'est pour ça qu'il se trouvait dans ce bar à se morfondre. Qu'est-ce que tout cela cachait ?

Il avait quelques jours devant lui avant la grande lessive. D'ici là, chacun se rétracterait dans sa coquille comme un parterre d'escargots en plein soleil. Autant en profiter, tenter d'avancer dans son enquête.

Il trouverait un moyen de s'en sortir. C'était l'Amérique, pas une république bananière. Une fois au pouvoir, Donovan composerait et lâcherait du lest.

King termina son verre et enfila son manteau. Dans l'obscurité, il valait mieux descendre l'escalier marche après marche en tâtonnant devant soi. Sa prochaine étape serait le CDC.

2

1

A l'intérieur de sa combinaison, malgré la pressurisation, Kate étouffait. Dans le réduit où elle avait pris place l'obscurité était totale. A travers le binoculaire du microscope elle observait au rayonnement ultraviolet la série de lames qu'elle avait préparée.

Les parois des cellules dégageaient une faible lueur, un halo verdâtre. A balayer le champ du regard de gauche à droite et de bas en haut, il lui semblait qu'elle survolait une étendue désertique et morne ; un paysage stellaire. Et toujours cette fluorescence diffuse qui suintait.

Ce faible halo était attendu. Il ne devait rien y avoir d'autre. Kate avait passé un temps fou à préparer ces tests tout en connaissant à l'avance leur résultat. En science, le problème était de regarder là où on s'attendait à voir quelque chose ; la nature était trop diversifiée, trop complexe, pour que l'on se permette de chercher au hasard.

Les lignes se brouillaient devant ses yeux, transformant les images en structures étranges qu'elle n'identifiait plus. Elle abandonna sa position et se redressa.

Devant l'absence de réactivité du sang de Weinfeld

au groupe O, le problème lui était apparu sous un jour plus complexe. Il fallait chercher ailleurs.

Elle avait sélectionné une série de virus dont l'action et la structure se rapprochaient plus ou moins de celles du HIV, et isolé trois sérums sanguins. Le sien, à titre de témoin ; celui de Dave Weinfeld ; et celui de Victoria Berkowitz dont elle avait récupéré un échantillon dans les freezers du Centre d'Investigation du Sida.

Ébola, le plus meurtrier de tous les virus de la planète, était le premier qu'elle testait à la recherche d'anticorps spécifiques. Ébola n'avait pas la célébrité du HIV, mais tous deux étaient apparus au Zaïre, et tous deux s'attaquaient au système immunitaire.

Elle avait étalé une culture d'Ébola sur des lames de verre et laissé la préparation sécher. Après un traitement par des réactifs chimiques, elle avait déposé quelques gouttes de chaque sérum sur ces lames.

Kate glissa une lame sur la platine et se pencha. Le sifflement de l'air devenait intolérable malgré les protections dans ses oreilles. Elle avait la nuque raide et la bouche sèche. Elle était murée dans cette camisole de protection depuis des heures. Le hublot de son casque lui écrasait le nez. Elle se contorsionna pour voir à travers les lentilles grossissantes du microscope.

De nouveau, l'image d'un espace désolé sur lequel la nuit était tombée. De sombres ruisseaux entrelacés, des canyons ; des amas de décombres ; et cet éclat léger et froid qui filtrait comme un rayonnement lunaire : un paysage de ruines.

Silencieux.

Mortel.

Vide.

C'est alors qu'elle la vit, inscrite au centre du cercle, une immense citadelle de lumière qui plongeait tout ce qui l'entourait dans un puits d'obscurité.

Kate se mit à remuer les lèvres. Comme si elle avait des doutes sur ce qu'elle voyait, elle déplaça la préparation. D'autres villes éclairées surgirent de couloirs sombres ; des oasis au milieu de déserts d'ombres.

C'était impossible ! La lumière n'aurait jamais dû se trouver là !

Quelque chose de visqueux et d'humide s'insinua à l'intérieur de sa combinaison et remonta jusqu'à son cerveau. Ses mains se mirent à trembler.

En pensée, Kate remonta les étapes du protocole suivi. Elle s'était trompée dans sa manipulation. Le test était délicat, les réactifs sensibles, et... Des crampes douloureuses lui tordirent l'estomac et elle surmonta péniblement la nausée qui lui serrait les tempes.

Elle glissa une autre lame sous la lampe ultraviolette. Les mêmes clartés lumineuses emplirent son champ de vision. Bientôt, elle ne vit plus qu'elles, et ses pupilles se teintèrent, pareilles à la fluorescence verte qui montait. L'éclat la glaçait jusqu'au plus profond d'elle-même.

2

L'aube lointaine traînait au milieu de l'Atlantique. Bill King était en route pour Atlanta. Il comptait y arriver en début d'après-midi. Pour ne pas perdre de temps, il avait pris un Thermos de café et un paquet de biscuits à la pomme et au son. Beverly Williams l'avait trouvé grossi. Il arrivait à un âge où chaque gramme supplémentaire demandait des efforts inhumains pour disparaître. Il avait décidé de maigrir. Rien à voir avec ces fameuses résolutions du lundi. On était mardi.

Il aimait être seul pour ordonner ses pensées, mais dans cette affaire il avait sans cesse l'étrange impression de s'endormir au milieu d'un raisonnement qu'il n'arrivait pas à terminer.

Ce qui l'embarrassait le plus, c'était son incapacité à établir une théorie cohérente à propos des attentats. Il était plutôt habitué à voir les extrémistes se livrer à des actes de terrorisme ; pas à en être les victimes.

Cette affaire remontait à une année déjà. Une série très rapprochée, et puis plus rien. Le silence.

Il songea à Tanya, ou Victoria. Il préférait penser à elle en l'appelant Victoria. Vulnérable, réservée, secrète ; il y avait chez cette fille quelque chose qui l'émouvait. King ne savait pas quoi. Pour elle, il avait repris le dossier avec un acharnement qui l'étonnait.

Le jour était levé. King réussit à se verser un gobelet de café sans en renverser sur son pantalon.

Après Richmond, il quitta l'Interstate 95 et prit la 85 qui descendait sur Atlanta. Il se demandait avec quel genre de femme il finirait. Il en avait marre du célibat et des secrétaires qu'il levait dans les bars. Une Thaïlandaise ! Retourner là-bas et ramener une Asiatique ! Ce n'était pas une mauvaise idée. Griggs serait ravi. Il sourit.

Vers dix heures du matin il eut un passage à vide qui l'obligea à quitter l'Interstate. Il s'arrêta pour se rafraîchir et boire un café brûlant.

Evans avait été assassiné parce qu'il avait parlé à King ; le shérif de Mac Clusky s'était refusé à ouvrir une enquête sur sa mort ; Riley semblait préoccupé par les éventuels progrès de ses recherches et le faisait surveiller. Qu'est-ce que le Bureau dissimulait ?

Le pouvoir blanc se réjouissait de l'élection de Donovan ; ils partageaient certaines positions et pas mal de points de vue. King aurait dû recevoir la bénédiction de tout le monde pour dénicher les auteurs de ces crimes. Bizarrement, la situation était à l'opposé.

Il en avait mal à la tête. Il desserra sa cravate. Affalé dans son siège, il conduisait d'une seule main. Que faisait le dossier de Victoria au CDC ? Qui était Joseph Beckman ?

Il roulait depuis plus de huit heures. Il réalisa qu'il arrivait dans les faubourgs d'Atlanta. Le temps passait vite.

3

La journée était grise et le vent avait la consistance d'une lame d'acier. Sur Clifton Road, le CDC se dressait telle une ville. De vastes allées séparaient les bâtiments de béton. Les pelouses d'un vert terni étaient vides.

King, après avoir passé le contrôle de sécurité, parqua son véhicule devant le Centre National de Prévention du Sida. Il s'assura qu'il ne s'était pas garé dans un parking réservé ; il ne tenait pas à courir les fourrières de la ville pour retrouver sa voiture. Il gravit rapidement les marches et franchit les portes de verre. Un comptoir faisait office de bureau d'accueil et de renseignements.

Une jeune femme noire lui adressa un sourire.

— Puis-je vous aider ?

King sortit discrètement son badge et se présenta.

— FBI. Agent King. Je désirerais voir le directeur.

Le sourire s'effaça. Elle décrocha l'un des téléphones. King patienta. Il y avait du monde et certains visiteurs semblaient mal en point.

— Le docteur Casey va vous recevoir. Vous le trouverez dans son bureau. Le bâtiment derrière celui-ci, au premier étage. C'est indiqué. Suivez la ligne verte.

Les couloirs étaient interminables, et King songea qu'on aurait pu sans peine s'y livrer à une course de relais. La ligne verte finit par le conduire dans un hall où le sol était recouvert de carreaux de céramique colorés et brillants. La porte où s'affichait le nom du docteur Casey était ouverte, et le bureau de la secrétaire, vide. Après avoir heurté le battant, King pénétra dans la pièce.

Le docteur Justin Casey était un homme d'âge mûr vêtu d'une chemise blanche et d'un pantalon de couleur sombre sur lesquels il avait passé une blouse. Derrière ses lunettes à large monture se cachait un regard intrigué. Il fit le tour du bureau et tendit la main à King. Il désigna un siège étroit et revint s'asseoir à son bureau le dos contre la fenêtre.

King se présenta.

— En quoi puis-je être utile à votre organisation, Monsieur King ? A moins que vous ne soyez là à titre personnel.

— Ma visite est strictement professionnelle, Docteur.

Casey leva la main.

— Si vous cherchez des informations médicales sur l'un de nos patients, je ne peux malheureusement pas vous les fournir.

— Ce n'est pas exactement le cas. Les autorités médicales du Comté de Los Angeles ont transmis le dossier d'une jeune femme au CDC. Nous pensons qu'il existe dans ce dossier des éléments qui nous permettraient d'avoir une idée plus précise sur les circonstances de sa mort.

C'était pas mal tourné, se dit King. Le docteur Casey hocha la tête.

— Qu'est-ce qui vous fait penser cela ?

King se demanda s'il n'était pas tombé sur un de ces bureaucrates pointilleux qui brandissent tout un arsenal de lois et de décrets d'application pour le simple plaisir d'étaler leur importance.

— Il s'agit d'une enquête fédérale, Docteur. Je ne peux pas vous en dire plus, répondit King.

Casey regarda sa montre et haussa les épaules. Vu la pile de dossiers qui encombraicnt son bureau, il était occupé.

— Comment s'appelle cette personne ?

— Victoria Berkowitz. Le dossier vous a été transmis l'année passée.

Casey écrivit les renseignements sur un bloc-notes et fit pivoter son fauteuil de quatre-vingt-dix degrés pour faire face à un terminal d'ordinateur. Il se mit à pianoter sur le clavier.

— Était-elle atteinte du Sida ? demanda-t-il, le visage impassible.

— Je n'en sais rien. Elle l'était ?

Casey s'était arrêté et fixait l'écran du moniteur.

— L'hôpital nous a adressé des échantillons de son sang et nous avons effectué un certain nombre de tests pour lever l'ambiguïté.

— Quelle ambiguïté ?

— Monsieur King, vous m'avez indiqué tout à l'heure que vous enquêtiez sur la mort de madame Berkowitz.

King hocha la tête :

— Mademoiselle.

— Je vous demande pardon ? dit Casey en lançant à King un regard surpris.

— Rien. Mademoiselle... mademoiselle Berkowitz. Elle n'était pas mariée.

— Je ne peux pas vous dire si elle était atteinte du Sida. Pour vous laisser consulter le dossier, il me faut une autorisation.

King jugea inutile de confirmer. Casey s'était levé, signifiant son intention de mettre fin à l'entretien. King ne bougea pas.

— Docteur, cette jeune fille est morte dans des conditions atroces ; elle a brûlé vive. J'aimerais simplement en apprendre un peu plus.

— Je comprends, dit Casey. Tout ce que je peux vous dire, c'est que nous avons trouvé dans son sang une souche infectieuse.

Casey avait ramassé une pile de dossiers sur son bureau. King ne bougeait toujours pas.

— Mes connaissances médicales sont limitées, Docteur. J'ai besoin d'en connaître plus sur cette... souche.

— Malheureusement je suis déjà en retard pour ma réunion.

— L'un de vos collaborateurs ?

Casey fronça les sourcils et reposa ses dossiers.

— Une minute, dit-il.

Il se pencha sur la console de l'ordinateur et frappa une série de touches sur le clavier. Une liste de noms s'afficha à l'écran. Il la parcourut du doigt, puis leva la tête.

— Dans mon service je n'ai personne de disponible.

Vous pouvez toujours contacter le docteur Crow. Elle travaille au Centre de Pathologie Virale ; le bâtiment le plus à l'est. Prenez votre voiture. Le docteur Crow connaît le problème. Elle a accédé au dossier de...

Il se pencha de nouveau sur l'écran.

— ... mademoiselle Berkowitz.

4

Kate était rentrée chez elle à l'aube. Elle avait passé sa matinée à faire du rangement. A présent, allongée sur le divan, elle fumait son deuxième joint. Cela ne lui était pas arrivé depuis Baltimore.

L'anxiété et la peur s'estompaient. La lumière verdâtre à l'éclat menaçant s'éloignait lentement comme un phare dans la nuit.

Cet été elle partirait en Grèce. Elle s'enfouirait dans le sable chaud ; le soir une lune énorme monterait au-dessus de l'horizon, ou tomberait dans la mer ; elle ne savait plus ce que racontaient les dépliants. Et lorsqu'elle plongerait, un plancton phosphorescent l'entourerait d'un voile de lumière. Y avait-il du plancton en Grèce ?

La lumière !

Elle y revenait. Elle avait beau laisser son esprit s'échapper, à la fin de ce rêve éveillé il était désespérément question de lumière. Elle avait refait l'expérience, allant pas à pas, notant tous ses gestes, vérifiant tous les réactifs et les dosages. Elle avait obtenu les mêmes résultats : les sérums de Dave Weinfeld et de Victoria Berkowitz réagissaient en présence d'Ébola.

La conclusion était simple : ils étaient infectés par le virus. Mais les symptômes présentés par Dave n'étaient pas ceux d'Ébola !

Ébola Zaïre n'avait jamais été observé en dehors de l'Afrique. Que faisait-il, lui ou un proche parent, à

Washington, dans le sang d'un sénateur américain, et dans celui d'une fille qui vivait à Los Angeles ?

Le Mexique, Cozumel. C'était plus proche. Elle ferait de la plongée et se saoulerait au mezcal. Elle dormirait sur la plage. Ils ne manquaient pas d'herbe là-bas.

Que contenait le sang de Philip Klein ? La même chose ? Pour quelles raisons ne semblait-il pas atteint ?

La Grèce offrait l'avantage d'avoir l'Italie sur sa route. Elle pourrait voir sa sœur.

Si c'était un nouveau virus, elle aurait le choix du nom. Comment l'appellerait-elle ? Quelle était la période d'incubation pour Ébola ? Une semaine ? Dix jours ? Elle ne s'en souvenait plus. Elle devait retrouver Victoria Berkowitz.

Le groupe qui chantait s'appelait les Eels, les Anguilles. Novocaïne for the Soul, *c'était le titre du single qu'elle écoutait.*

Elle se versa un bol de lait et y ajouta des céréales. Le téléphone se mit à sonner. Elle décrocha à la huitième sonnerie.

— Miss Crow, c'est Ronnie, l'agent de sécurité. J'ai à la barrière quelqu'un qui désire vous voir. Son nom est Bill King. Il vient de la part du docteur Casey.

Qui était le docteur Casey ?

— Je suis désolée, Ronnie...

La pièce était enfumée par la marihuana.

— Miss Crow, le gars a un badge du FBI. Il veut vous poser quelques questions...

Il y eut un silence.

— Non... Pas poser des questions... Juste vous demander votre avis sur un problème médical.

Le FBI ? Un problème médical ?

Il n'était pas question de le faire entrer ici ! Pas avant qu'elle n'aère la pièce.

— Ronnie ?

Gagner du temps.

— Oui, Miss Crow.

— Dites-lui que je le rejoins au bord de la piscine. Qu'il m'attende là-bas.

Elle pourrait l'observer à son insu.

— Celle qui est en bas de chez vous ?

— C'est ça, dit Kate en raccrochant.

Elle aéra la pièce, vida le cendrier dans les toilettes et tira la chasse. Elle reprit une douche, la quatrième de la journée, se lava les dents, et mit un short et un tee-shirt. Elle s'approcha de la fenêtre.

Il y avait un type en manteau gris qui faisait les cent pas. Il jetait de temps à autre des regards en direction de la façade. Il avait une allure de grand flic fouineur. Qu'est-ce qu'il lui voulait ? Qui était ce docteur Casey ?

Autant crever l'abcès. Kate enfila un pull-over, mit une paire de lunettes noires et sortit. Elle se regarda dans le miroir de l'ascenseur. Soudain, comme un éclair silencieux qui traverserait la nuit, un élément de réponse vint insidieusement correspondre aux questions que ses découvertes soulevaient dans son esprit.

3

— Je suis le docteur Crow, dit Kate en s'asseyant dans l'un des fauteuils près de la piscine.

Cette fille avait sur les lèvres un sourire qui ne trompait pas, observa King en s'installant en face d'elle. C'était bien sa chance ! Être venu jusqu'ici pour y rencontrer un membre du corps médical défoncé. Un repère de plus qui foutait le camp.

Il jeta un regard autour de lui et soupira. Malgré le froid, dans la piscine, une vieille femme maquillée comme un clown faisait des bassins ; elle nageait comme un chien, prenant garde à ne pas mouiller sa coiffure.

Ostensiblement King posa son badge sur la table.

— Le docteur Casey pense que vous pouvez me renseigner.

Qui était ce Casey auquel ce type n'arrêtait pas de faire allusion ? Kate eut un geste d'incompréhension.

— Je ne connais pas de docteur Casey, Monsieur...

— King. Bill King. Actuellement, *Agent spécial* King. Le docteur Casey est le directeur du Centre National de Prévention du Sida.

— Oh !

Il y avait une nuance de rire dans sa voix. Cette Crow avait l'air mal en point. King ne tirerait rien de cette entrevue. Autant retourner chez Casey et tenter de parler à un membre de son service.

— De quel problème médical s'agit-il, *Monsieur* King ?

Elle avait enlevé ses lunettes. Les pupilles étaient rétrécies ; le regard ne manquait pas d'aplomb. Elle n'avait pas l'air troublée par l'arrivée d'un agent fédéral. La plupart des gens l'étaient.

— Mon problème médical s'appelle Victoria Berkowitz, Docteur. Que pouvez-vous me raconter sur son cas ? Ses antécédents ? Que savez-vous de sa maladie ? Était-elle malade ?

King avait une mâchoire carrée et des yeux gris qui couvaient des sentiments bizarres. Il n'y avait plus trace de sourire dans l'expression de Kate. Son visage était sérieux, tourmenté, observa King.

— Vous l'avez retrouvée ?

King acquiesça d'un hochement de tête.

— Où est-elle ?

King se racla la gorge.

— Elle est morte.

Le docteur Crow ne reprit la parole qu'après s'être maîtrisée. Il remarqua qu'elle s'efforçait de cacher son émotion.

— Est-ce que je peux voir le corps ?

— En fait, dit King, il faudrait un permis d'exhumer.

La vieille femme avait terminé ses longueurs. Elle sortit de l'eau, s'enveloppa dans un peignoir et leur adressa un sourire.

— Y a-t-il un rapport d'autopsie ? demanda Kate.

King dissimula sa surprise. Le docteur Crow avait l'air de s'intéresser autant que lui à Victoria Berkowitz. C'était tout sauf de la fascination morbide ; autant continuer à lui fournir des réponses pour voir ce qu'elle avait derrière la tête.

— J'ai le compte rendu de l'Institut médico-légal. Elle a brûlé dans sa voiture à la suite d'un accident.

— Vous ne pouvez rien me dire de plus ?

Elle décroisa ses jambes nues. King suivit involontairement le mouvement en posant sa question.

— Pas grand-chose... Sa maladie était-elle contagieuse ?

Redevenu sérieux, il l'observait de l'autre côté de la table. Elle accusa le coup.

— Vous pensez qu'elle a contaminé quelqu'un ?

— Un truc comme ça, dit King à tout hasard.

Il attendait sa réaction, jouant négligemment avec les clés de sa voiture.

Kate se leva. Elle remit ses lunettes.

— Venez, dit-elle en frissonnant. Allons chez moi, on gèle ici.

Il ramassa son insigne et la suivit.

Affalé sur le divan, King sirotait un *Diet Pepsi* ; une calorie par boîte, affichait l'encart. Kate revint de la cuisine avec une tasse de café noir et s'assit sur le tapis, repliant ses jambes sous elle.

— Docteur Crow, à votre tour de me dire ce que vous savez !

— Laissez tomber le « docteur Crow ». Je m'appelle Kate.

— Et moi Bill, dit King en se redressant.

On en était aux prénoms. L'appartement était arrangé de manière agréable ; les meubles avaient l'air de provenir de la brocante du coin plutôt que d'achats par mensualités.

Drôle de fille, pensa King. Une vague odeur de marihuana collait aux coussins. Il s'en foutait.

Kate reposa sa tasse. La caféine produisait son effet. Elle avait l'esprit plus clair.

— Victoria Berkowitz est un cas complexe. Je pensais qu'elle avait été infectée par un sous-groupe HIV rare que nous appelons O, par opposition au groupe M, plus répandu.

— Ce n'est pas le cas ?

— Pas exactement.

— Je ne comprends pas, dit King.

Kate le regardait d'un œil inquisiteur. Elle était prise entre le désir de confesser ses pensées et la nature secrète de son caractère. Elle n'avait jamais eu affaire à la police, encore moins au FBI. Comme tout citoyen elle savait qu'elle n'était pas tenue de parler si elle n'en éprouvait pas le désir.

— Vous vous demandez si vous pouvez me faire confiance ? demanda Bill.

— Exact. Je n'ai pas mis mon patron au courant du résultat de ma... découverte.

King prit une profonde inspiration.

— Vous comptez le faire quand ?

— Demain matin.

— Bien. Voilà ce que je vous propose : vous me racontez tout ce que vous savez et je garde ça pour moi. Demain après-midi je me pointe à votre service et j'interviewe votre patron. Comment s'appelle-t-il ?

— S'appelle-t-elle. C'est une femme. Rosamond Hopper.

— Joli nom.

Kate sourit. King gardait sur son visage une expression d'invitation silencieuse.

— Qui vous dit que je sais quelque chose ?

— Ce que vous savez n'est pas l'histoire d'une femme qui se balade pieds nus sous la pluie et meurt d'une pneumonie. C'est à vous de décider. Bien entendu, vous pouvez vous taire.

Kate reprit d'une voix plus sourde :

— En quoi la mort de Victoria Berkowitz est-elle un crime fédéral ?

On y était, se dit King. Les gens allaient trop au cinéma.

— J'accepte votre proposition, dit Kate, interrompant net le flot de pensées négatives de King. Moi aussi j'ai besoin d'en connaître plus sur elle. Disons que c'est lié à l'aspect… médical de son cas. Vous comprendrez pourquoi quand...

Elle avait laissé la phrase en suspens.

— Vous voulez un autre *Pepsi* ?

— Non merci.

Elle alla à la cuisine remplir sa tasse de café. King eut un hochement de tête. C'était une bonne psychologue et il aurait de la difficulté à la manipuler. Elle utilisait des méthodes de flic ; elle lui ménageait un moment d'isolement destiné à forcer sa décision. L'intelligence et les sentiments chez cette fille résidaient dans ses yeux ; il avait vu, sans erreur possible, qu'elle était sincère. Il pouvait lui en dire plus sans compromettre l'enquête.

King ne s'était pas déplacé de Washington pour un simple accident de voiture, pensa Kate. Il existait peut-être d'autres cas comparables à celui de Victoria. Le FBI enquêtait discrètement pour ne pas affoler la population. Dans ce cas, ils auraient dû contacter officiellement le CDC. Ils ne l'avaient pas fait. Pourtant, l'aspect médical relevait de sa juridiction.

Il y avait autre chose. Un intérêt personnel poussait King sur les traces de Victoria. Elle le sentait.

Le soir tombait. Dehors, les pelouses plongeaient dans l'obscurité. Elle s'arrêta pour allumer une applique avant de s'installer près de lui sur le canapé, sa tasse de café coincée entre les genoux.

— Marché conclu, dit-il. Que voulez-vous savoir sur Victoria Berkowitz ?

Kate se tourna à demi et le regarda. Elle repensa tout à coup à Philip Klein.

— Est-ce que le nom de Joseph Beckman vous dit quelque chose ? demanda-t-elle.

4

1

Il fallut du temps à Michael Satcher pour réaliser où il se trouvait. Le gris de la moquette, le jour qui filtrait à travers les rideaux lui paraissaient étrangers. Puis il se souvint. Il était à Washington dans une chambre d'hôtel. Ce matin, il se sentait perdu, sans dessein véritable, indifférent. Il avait oublié jusqu'à Nelly Stern.

Il jeta un regard au cadran lumineux du réveil. Neuf heures trente. Il avait dormi plus de dix heures. Il se sentait mal. Il avait la tête lourde, il transpirait. Il pressa les paumes de ses mains contre ses paupières pour compenser la sensation d'écrasement qui venait de l'intérieur. Il voulut se lever ; une violente douleur l'obligea à se rasseoir. La douleur était localisée au-dessous du nombril. Il réussit à se mettre debout et fit quelques pas. Sa bouche était amère, accompagnée d'une drôle de sensation sur la langue ; comme si on l'avait passée au papier de verre. Il ouvrit les rideaux et posa son front contre la vitre. Elle était glacée. Il avait dû geler cette nuit. Dans la rue, des torrents de vapeur s'échappaient par les grilles des caniveaux ; des sans-abri en guenilles dormaient, recouverts de journaux.

On l'avait prévenu. Il risquait de ressentir des malaises, surtout entre deux injections. Il s'était piqué la veille ; il respectait scrupuleusement les intervalles indiqués ; il dépendait de ces piqûres. Il ne comprenait pas pourquoi il se sentait si mal.

Satcher se racla la gorge ; une brûlure lui déchira les poumons. Il avait pris froid. C'était la seule explication. Il tituba jusqu'à la salle de bains. Il remplit un verre d'eau qu'il avala d'un trait. Elle avait la consistance du limon. Il fut repris d'une quinte de toux qui le secoua. Il n'eut pas le courage de se baisser pour soulever le couvercle des toilettes. Il urina dans le lavabo en se regardant dans le miroir. Ses paupières étaient enflées, ses yeux gonflés ; le tissu conjonctif irrité.

Il abaissa son regard. Il vit une flaque rouge ! Le lavabo était devenu une immense flaque écarlate ! Il crut à une hallucination, puis il vit son sexe. Un sang clair, brillant, s'en échappait comme d'une fontaine répugnante en jets brefs et saccadés. Il ferma les yeux puis les rouvrit. Rien n'avait changé.

Ses genoux tremblaient. L'air lui manquait. Il avait envie de s'en aller ; désespérément envie de quitter cette salle de bains.

Tout à coup l'écoulement s'arrêta. Il réalisa qu'il n'allait pas mourir dans l'instant.

2

Dans sa suite du Sherry Netherlands à New York City, Nelly Stern achevait de se préparer pour la première des *Contes d'Hoffmann*.

Le matin, elle avait été l'invitée de NBC pour la parution de son livre, *Inside Washington Politics ;* dix années d'indiscrétions, de secrets mal gardés, de médisances et de faiblesse humaine.

— Dépêche-toi, nous allons être en retard. J'en suis à mon troisième verre, lui cria Charlayne Bates, une femme d'une soixantaine d'années, rédactrice en chef de *Woman's Look*, un magazine féminin qui, dix ans auparavant, avait lancé la mode des filles aux silhouettes sans formes.

— J'arrive, dit Nelly.

Elle sortit en trombe de la chambre à coucher.

— Tu n'es pas raisonnable, Charlayne, remarqua Nelly en enfilant son manteau.

Aucune boisson n'était trop forte, aucune soirée trop longue, pour ce personnage de la mode mondain et égoïste.

— Je suis trop vieille pour trouver un mari, la vie manque de charme, et je bois, répondit-elle. Mais toi ? Pourquoi n'épouses-tu pas un de ces nababs qui te tournent autour ?

Nelly haussa les épaules.

— J'ai déjà essayé les hommes. Au quotidien ils ne me conviennent pas.

Elle ramassa son sac sur la coiffeuse, l'ouvrit, en vérifia le contenu avant d'y glisser la clé de sa chambre d'hôtel. Elle vit les deux préservatifs qu'elle avait pris dans la poche de Michael Satcher ; elle les transférait sans cesse d'un sac à l'autre, dans l'attente d'une occasion. L'athlète du parking, malheureusement, s'était révélé homo.

Elle en sortit un et l'agita devant le nez de Charlayne.

— Je t'expliquerai dans la voiture les avantages de ce truc, dit-elle. Le type qui a inventé ça va faire fortune. Allons-y !

3

C'était la version des *Contes d'Hoffmann* telle que l'auteur l'aurait souhaitée, grâce au manuscrit inédit de trois cents pages qu'un certain Michael Kaye avait acheté à une vente aux enchères, précisait le programme.

Les premiers malaises de Nelly commencèrent juste

au début de l'acte de *Giuletta.* Une faiblesse ? Une chute de tension ? Une hypoglycémie passagère ? Nelly s'était levée à l'aube et avait déjeuné d'une salade. Une journée épuisante, passée à courir d'un rendez-vous à l'autre au milieu d'une circulation impossible en ces fêtes de fin d'année.

Sur la scène les acteurs tremblaient comme dans les tourbillons d'un manège ; la musique devenait un vrai supplice. Ça ne passait pas. Elle n'arrivait pas à se débarrasser de cette hallucination pour retrouver la réalité. Elle s'enfonçait davantage dans un paysage où les contours s'estompaient, les détails disparaissaient, s'effritaient comme des biscuits secs. Elle tremblait d'effroi. Elle n'avait jamais rien ressenti de pareil. Autour, personne n'avait l'air de s'inquiéter. Nelly grinçait des dents et avait un goût fade dans la bouche. Elle toussa dans son mouchoir. Il était taché de sang. Elle poussa un cri plaintif qui fut mal interprété. Charlayne se pencha vers elle et chuchota :

— Tu détestes ?

Nelly eut l'impression qu'une éternité s'écoulait avant qu'elle puisse répondre.

— Je ne me sens pas bien. Il faut que je sorte, réussit-elle à dire.

— Mon Dieu ! Qu'est-ce qui t'arrive ? Tu es pleine de sang ! s'écria Charlayne en la dévisageant.

Nelly porta son mouchoir à ses lèvres. Elle sentait son estomac se remplir ; des litres et des litres d'un liquide lourd. Quelque chose remontait ; quelque chose que son estomac refusait de garder. Une boule grossissait et obstruait sa gorge. Elle réussit à se lever. Ses doigts s'ouvrirent, laissant tomber le mouchoir à ses pieds.

— Mon sac ! N'oublie pas mon sac ! gémit-elle.

Charlayne l'avait saisie par la taille. Elle la soutenait, essayant de se frayer un passage en direction de l'allée.

— Je vous en prie ! Laissez-nous passer ! C'est une urgence !

Nelly essayait de se retenir. Les contractions de son

estomac devenaient de plus en plus violentes. Elle ne put rien empêcher. Elle se mit à vomir ; un flot sombre, parsemé de particules noirâtres, qui sur la robe de Charlayne prirent l'aspect de limaces. Nelly voulait parler, mais le sang dans sa propre gorge l'étouffait.

Elle refusait de mourir ; il lui restait tellement à faire. Demain, elle avait sa première séance de signature chez Bloomingdales pour la sortie de son livre ; la nouvelle administration se mettait en place, avec son essaim de scandales et de misérables secrets.

Elle s'effondra dans l'allée, le corps secoué de convulsions, une toutes les deux ou trois secondes. Il y eut quelques cris et, horrifiés, les spectateurs les plus proches détournèrent la tête.

L'hémorragie continuait bien que l'estomac se soit vidé. Les spasmes avaient fait éclater des vaisseaux de la région frontale. Du sang coulait de ses narines, maculait ses joues ; sur la moquette rouge de la salle, les éclaboussures et les traînées restaient invisibles.

— Trop de *bloody mary* ! laissa échapper un spectateur dégoûté.

Charlayne pleurait doucement. Inconsciente, Nelly contemplait une obscurité profonde, insondable, sans la moindre sensation. Elle était dans le coma. Dès que la civière où elle avait été transportée franchit les portes du Mount Sinaï Hospital, docteurs et infirmières branchèrent sur son corps des appareils de contrôle. Cette patiente était en état de choc ; un choc consécutif à une hémorragie massive. La quantité de sang dans le corps était insuffisante pour maintenir la circulation. La pression artérielle était voisine de zéro. Elle respirait avec difficulté ; elle risquait un arrêt cardiaque.

Le docteur Adler, responsable des urgences, se tourna vers la femme au visage décomposé qui se tenait près de la civière. Au bord de l'hystérie, elle leva la main, montrant sa robe maculée et ses cheveux poisseux.

— Que s'est-il passé ? demanda Adler.

— Je n'en sais rien, cria Charlayne. Nous étions à

l'opéra et subitement elle s'est mise à vomir du sang. Elle a vomi sur moi !

Nelly Stern fut mise en réanimation. Elle ne reprit pas conscience et cessa de vivre moins d'une heure après son admission. Le docteur Adler n'avait aucune idée des causes de l'hémorragie ; c'était le premier cas de la sorte qu'il observait. La couleur du vomi le perturbait. Il mit en marche la machine administrative. Le corps de Nelly Stern fut transporté à la morgue de l'hôpital. Adler demanda que des échantillons du sang de Nelly Stern soient adressés au CDC pour une vérification, et Charlayne Bates fut mise en observation.

5

Kate se pencha en avant, les coudes sur les genoux, et prit son visage entre ses mains. King venait de lui apprendre que Victoria Berkowitz avait mentionné ce nom, Joseph Beckman.

— Il faut retrouver Philip Klein.

— Pourquoi ? demanda-t-il avec une lenteur calculée.

Kate se mit à parler. Elle ne s'adressait pas à lui ; elle réfléchissait tout haut, secouant la tête avec une expression d'incrédulité.

— Lui aussi a fait référence à Joseph Beckman.

King sentit un frisson d'excitation lui remonter jusqu'au cœur. Il resta silencieux, partagé entre sa faim d'informations et la crainte de voir ses espoirs anéantis.

— Drôle d'histoire, fit-il prudemment. Qu'en pensez-vous ?

Elle se mordit la lèvre.

— C'est une coïncidence bizarre. J'ignore qui est Philip Klein. Il a prononcé ce nom... Beckman, au chevet d'un de mes malades. Appelons-le Willy.

— Klein et Willy se connaissaient ?

Kate esquissa une grimace.

— Ils ont eu une aventure à l'étranger. Ils sont gays tous les deux.

— Vous étiez présente quand Klein a fait cette visite ?

— Non. J'ai vu Willy un samedi et je suis repartie le lendemain matin. Klein est passé dimanche en début d'après-midi.

Incapable de résister, King demanda :

— Willy a-t-il le Sida ?

Elle se redressa et croisa son regard.

— En quelque sorte.

— Vous pensez que Klein l'a contaminé ?

— Oui.

Il s'écoula plus d'une minute avant qu'il ne reprenne la parole.

— Comment ?

Elle le dévisagea.

— Je commence à croire que je vous en ai trop dit.

Elle était loin d'avoir donné tout ce qu'elle avait. Il décida de lâcher du lest.

— Victoria Berkowitz pourrait avoir contaminé un dénommé Arnold Kaplan, un producteur de Hollywood.

Kate accusa le coup. Il y eut une longue pause, puis elle déclara :

— Je n'ai jamais vu cette fille !

King fronça les sourcils. Il fouilla dans sa poche, prit la photo que lui avait remise Evans et la tendit à Kate.

— C'est elle.

Victoria Berkowitz se tenait appuyée à un arbre, les mains enfoncées dans les poches d'une courte jupe de tennis blanche, ses longues jambes bronzées recouvertes d'un fin duvet blond. Une masse de cheveux dorés recouvrait ses épaules et collait à son front. Elle avait un regard intense, déconcertant.

Kate retrouvait dans ce regard celui de Jennifer Baldwin. Son expression était bouleversée, lointaine, d'une infinie tristesse. Ce changement dépassait la compréhension de King. Cette photo suscitait chez Kate un trouble profond.

— Elle ne s'appelle pas Victoria Berkowitz mais

Tanya Snell, dit-il. Son père et sa demi-sœur sont morts dans une explosion criminelle. Il y a eu d'autres attentats de ce type.

Kate sentit une main se poser sur la sienne.

— Ça va ?

La pression sur sa main se fit plus forte. L'image qui l'obsédait l'abandonna ; son esprit recommençait à intervenir.

— Oui... merci.

Elle devinait le visage de King, empreint de sollicitude et de curiosité.

— Ce n'est rien, dit-elle. Un fantôme.

Elle se força à se lever et se dirigea vers une table recouverte d'un tapis vert où traînait un ordinateur portable. Elle fouilla dans la corbeille à papier et finit par y trouver un menu de restaurant.

— Chinois, ça vous va ?

King était embarrassé. Il regarda sa montre.

— Il est tard, dit-il. Je préfère revenir demain.

— Non, et d'ailleurs je suis sûre que je ne dormirai pas cette nuit.

Kate jeta un rapide coup d'œil au menu.

— Poulet au gingembre, crevettes au safran et riz cantonais. C'est ce qu'il y a de moins gras.

— D'accord.

Elle passa la commande, avertit la sécurité, alla dans la cuisine et rapporta deux bières.

— J'ai une cassette à vous faire écouter, dit-elle en décapsulant sa bouteille.

Dix minutes après, King, qui n'avait pas touché à sa bière, leva les yeux vers elle et déclara :

— Ce type est une ordure. Pour mettre la main dessus il va me falloir plus que cet enregistrement. J'ai besoin de rencontrer Willy… ou *Dave*, comme Klein l'appelle.

Kate lui jeta un regard en coin. King n'avait qu'un prénom.

— Impossible, répondit-elle. Il est en train de mourir et je me suis engagée à ne pas trahir sa confiance.

Résigné, King prit sa bière et en but une gorgée.

— Dans ce cas oubliez Philip Klein, dit-il brutalement. Il doit en exister des centaines dans le pays.

On sonna à la porte. C'était le livreur. Kate disposa les boîtes en carton paraffiné sur la petite table du salon et tendit une paire de baguettes à King.

— Il fait chaud dans l'appartement, vous n'êtes pas obligé de garder votre veste. La vue de votre arme ne me coupera pas l'appétit.

King haussa les épaules et obéit à la suggestion. Les médecins et les avocats, tenus par leur foutu secret professionnel, n'étaient pas ce qui se faisait de mieux comme informateurs. Son enquête s'ensablait sur une piste prometteuse et il ne fallait pas compter sur le docteur Crow pour mettre le treuil en route.

Il se rendit compte qu'en réalité il ne savait plus très bien qui il cherchait. Les auteurs des attentats ou ce qui était arrivé à Victoria ?

— Une description de Klein ne servira à rien, marmonna-t-il pour lui-même.

Il avait faim. Les biscuits diététiques étaient loin. Il plongea ses baguettes dans l'une des boîtes et attaqua le riz.

Il s'aperçut que Kate ne le quittait pas des yeux et ne perdait pas un seul de ses gestes. Il s'arrêta, surpris.

— J'ai fait une bêtise ? dit-il en jetant un regard sur sa cravate et sur le tapis.

— Eh bien ! déclara Kate d'un ton enjoué. Je n'ai jamais vu quelqu'un manger aussi vite avec des baguettes sans faire tomber un grain de riz.

Il fit une pause.

— J'ai vécu en Extrême-Orient, en Thaïlande. Le riz n'est pas mauvais. Que donnent les crevettes ?

Il se remit à manger. Kate déplia ses jambes. Elle s'était assise en tailleur.

— Piquantes. Avec une gorgée de bière c'est okay, dit-elle. Que faisiez-vous en Thaïlande, le FBI a une antenne là-bas ?

Il y avait des filaments rouges de safran qui baignaient dans la sauce. Les crevettes étaient fermes et juteuses.

King constata qu'il avait terminé sa bière. Il reposa la bouteille vide sur le verre de la table.

— La DEA, je travaillais pour la DEA. La répression du trafic et de l'*usage* des narcotiques. Vous croyez que Klein et Victoria ont cherché délibérément à infecter leurs partenaires parce qu'ils se savaient condamnés ?

Kate lui lança un regard moqueur et se leva.

— Où allez-vous ?

— Vous chercher à boire.

— Ne bougez pas. Je n'ai plus soif. Je fais... une sorte de régime. La bière donne de l'estomac.

— Les narcotiques, avez-vous dit ?

King hocha la tête.

— Trafic et *usage.*

— J'avais compris. Vous permettez que j'aille me chercher une bière ? Je ne suis pas persuadée que ce soit le motif... lança-t-elle avant de disparaître dans la cuisine.

— De quel motif parlez-vous ? dit-il, élevant la voix pour être entendu.

Elle était de retour. Elle se tenait adossée à la cloison, buvant sa bière à petites gorgées, une expression soucieuse sur le visage.

— Que Victoria et Klein aient agi parce qu'ils se savaient condamnés.

Il s'apprêtait à lui répondre quand elle pointa un doigt dans sa direction.

— Votre expérience de l'*usage* des narcotiques va vous servir, Bill.

C'était la première fois qu'elle l'appelait par son prénom.

— Je n'en doute pas, fit King d'un ton qu'il voulait plein de sous-entendus.

Elle décolla son dos du mur et s'approcha de lui. Elle avait des yeux couleur d'ambre.

— Victoria se shootait à l'héroïne. Le saviez-vous ?

Elle lut dans son regard autant d'étonnement que d'hésitation et il se rendit compte qu'elle le manœuvrait depuis le début.

— Je prendrais bien une autre bière, dit-il, s'enfonçant dans le canapé.

Il n'y avait rien d'impressionnant à ce que Tanya se came à l'héroïne, se dit King. Cette drogue redevenait à la mode dans les milieux qu'elle fréquentait.

— Son bras portait des traces de piqûres et son sang contenait des traces d'héroïne, dit Kate.

Elle faisait les cent pas dans le living-room.

— J'ai le sentiment, Kate, que vous essayez de me dire quelque chose ?

King avait posé la question avec un tel sérieux qu'elle lui répondit sans plaisanter.

— Non, Bill, je n'ai pas cette impression.

— Pourtant, insista-t-il, comme s'il avait la certitude de ce qu'il affirmait, il y a un trait commun entre ces deux affaires... un élément... un rapprochement que j'ignore, et que vous avez découvert.

— Vous vous y connaissez en virus ? demanda-t-elle.

— J'essaie de me tenir éloigné de ce genre de fréquentations.

Elle ne releva pas et continua.

— Je ne peux pas me prononcer de façon formelle ; je dois procéder à une vérification supplémentaire. Prenons comme hypothèse que Victoria ait infecté son producteur et que Klein ait fait de même avec Willy. Vous me suivez ?

— Continuez.

— Tous les deux ont le Sida. L'évolution s'étend sur des années. La destruction du système immunitaire est causée par un virus appelé HIV.

— Je sais ça, dit King. Où est le problème ?

— Le problème c'est que pour Dave, la maladie a atteint son stade final en quelques semaines. Pour Kaplan je ne sais pas.

— Qu'y a-t-il d'extraordinaire ?

— Un virus est comparable à un tueur en série. Il ne change pas de *modus operandi*. Depuis plus de quinze ans le HIV attaque le système immunitaire de la même manière, expliqua Kate. Et là...

— Là ? intervint King.

Elle écarta les mains.

— Il n'y a pas de HIV.

King se redressa.

— Attendez une minute. Vous allez trop vite pour moi. Comment ça, il n'y a pas de HIV ? Ce Willy-Dave a bien le Sida ?

Kate secoua la tête.

— Oui... et non. Le HIV est en quantité trop faible dans l'organisme de Willy pour justifier son état. Pour Kaplan, il nous faudrait son dossier médical, ou des échantillons de son sang.

— Il est mort, dit King. Cela me paraît difficile. J'ai l'impression que vous vous égarez. Je ne vois pas le rapport avec Victoria.

Agacée, elle éleva la voix pour requérir son attention.

— Laissez-moi terminer. Je vous ai dit que la charge en HIV n'expliquait pas le stade avancé de la maladie, je ne vous ai pas dit que je n'avais rien trouvé d'autre.

King eut l'air soulagé. Les médecins avaient une tendance naturelle à compliquer les faits, comme les avocats.

— C'est une autre *souche*, celle dont a parlé le docteur Casey, fit King d'un ton suggérant qu'il était au courant.

— Dans ce genre-là. Je l'ai trouvée dans le sang de Dave ; Victoria avait une souche très proche dans le sien.

— Et après ! Qu'est-ce que cela prouve ? Ces merdes traînent partout. Une coïncidence.

— Je ne crois pas. Vous vous souvenez que le sang de Victoria contenait des traces d'héroïne ; eh bien, cette héroïne était complexée à une grosse molécule, une protéine dont la structure et la fonction sont inconnues. Je pense que c'est une sorte d'inhibiteur, de limitateur pour le virus. C'est pour cela que Victoria et Philip Klein ne contractent pas la maladie. Ils sont immunisés. Ce sont de simples réservoirs, des vecteurs de transmission.

King se mit à rire. Il n'avait pas envie de la suivre sur ce terrain.

— Ma foi, Docteur, je vous avoue que je ne lis pas de romans de science-fiction.

— Vous devriez !

— Que vient faire l'héroïne là-dedans ? dit King, haussant les épaules.

— Elle les rend dépendants de celui qui fournit l'inhibiteur. Avez-vous entendu parler du virus Ébola ?

King fronça les sourcils, réfléchissant.

— Ce truc assez épouvantable qui se trouve en Afrique ? Est-ce qu'on en meurt toujours ?

— Dans quatre-vingts pour cent des cas. Il y a dans le sang de Victoria des marqueurs propres à Ébola et des marqueurs en très faibles proportions des HIV du groupe O, la souche dont vous a parlé Casey. Il y a aussi des traces du groupe M, le plus répandu. Tous ces marqueurs se retrouvent dans le sang de Willy, et je parierais qu'il en est de même chez Klein et Kaplan. Ce n'est pas une coïncidence.

King était visiblement impressionné par cet exposé technique.

— Je ne comprends pas. Si Willy a dans son sang l'Ébola, pourquoi présente-t-il les symptômes du Sida ? Vous m'avez dit tout à l'heure que les virus ne changeaient pas leur *modus operandi.*

— C'est exact, dit Kate d'une voix mesurée. Ce n'est pas un virus.

— C'est quoi alors ?

— Un monstre, créé en laboratoire.

Elle termina sa bière et la posa sur la table.

6

1

Bill King était reparti d'Atlanta pas convaincu par cette histoire de virus. Cette fille s'était roulé quelques pétards de trop. Elle ne pensait pas qu'il allait avaler une salade pareille.

Il demeurait dans une expectative prudente. Il avait promis d'essayer de retrouver Philip Klein. On relèverait peut-être sa présence sur une liste de passagers en provenance du Brésil ; avec un numéro de carte de crédit on remonterait un morceau du chemin.

King n'avait pas contacté Rosamond Hopper et Kate ne s'était pas décidée à présenter son dossier. Elle attendait d'avoir une connaissance plus précise de la structure du virus trouvé chez Dave Weinfeld et Victoria.

Elle avait une autre idée en tête dont elle n'avait pas parlé à King. Elle avait besoin de temps et de chance pour étoffer son intuition.

King semblait obsédé par Victoria. Kate n'avait pas osé lui demander pourquoi. Elle imaginait les agents du FBI différents. King était cool, paumé, et prévisible. Il avait dû avoir un côté dur qui s'effritait avec l'âge.

L'état de santé de Dave se dégradait de jour en jour, et Vanessa n'était pas sûre qu'il verrait l'année nouvelle. Kate avait jugé inutile de l'alarmer en lui parlant d'Ébola ; elle lui avait demandé de lui faire parvenir des échantillons de son sang, de ceux d'Angela et des infirmières qui s'occupaient de Dave, pour une vérification de routine.

Les pieds posés sur le bureau, la blouse ouverte, elle mâchouillait nerveusement un crayon qui lui noircissait les lèvres ; elle rongeait son frein en détaillant les structures lumineuses du faux plafond.

Le bruit d'une batterie complexe d'ordinateurs la reliait à la réalité. Le programme qui tournait était conçu pour analyser les séquences d'ADN et d'ARN et établir la carte du gène que l'on étudiait. DATAVIR, une base de données du gouvernement où se trouvaient compilées les découvertes en matière d'information génétique sur des centaines de virus, servait de comparaison. Kate avait choisi comme références dans DATAVIR les filovirus Ébola et les rétrovirus HIV ; le programme allait chercher des analogies entre leurs séquences génétiques et celles du virus inconnu présent dans le sang de Dave et Victoria.

L'imprimante s'était mise à cracher des pages qui s'accumulaient sur le sol. Le téléphone sonna. Kate sursauta mais ne décrocha pas. La sonnerie cessa. Son beeper se mit à vibrer. Un court message s'affichait : *Passez me voir dès que vous pourrez. R.H.*

Une alarme feutrée se déclencha : le décryptage était terminé. Kate se leva, contempla la pile de feuillets, puis se dirigea vers la porte. Autant faire durer le suspense et voir tout de suite ce que Hopper désirait.

2

— Connaissez-vous Nelly Stern ? interrogea cette dernière.

Rosamond Hopper avait des yeux d'un gris translucide. Elle faisait tourner entre ses doigts un crayon à la mine impeccablement taillée. Elle était vêtue d'un chemisier de soie beige et d'une jupe assortie.

— Non, dit Kate.

— Elle est morte dans des conditions suspectes. Le Mount Sinaï Hospital nous a envoyé des échantillons de sang pour analyse. Je voudrais que vous vous en occupiez personnellement. Je sais, dit Hopper en levant la main, vous êtes sur votre programme Ébola.

— Oui, dit Kate. La fondation a renouvelé le budget pour l'année prochaine. J'ai reçu une version modifiée de l'antiviral pour une nouvelle série de tests.

— J'ai vu ça, dit Hopper. Combien de temps a survécu votre meilleur singe ?

— Quatre jours supplémentaires, avec la dose maximale.

Hopper eut une moue qui affichait un manque de conviction dans l'efficacité de ces produits. Une boîte en polystyrène était posée sur le bureau. Hopper intercepta le regard de Kate.

— Ce sont les échantillons de sang. Ça ne vous prendra que quelques heures. Stern a eu une hémorragie stomacale massive, inexpliquée, en pleine première à l'Opéra. Peut-être un cas de fièvre jaune.

— Le vomi était noir ? demanda Kate, surprise.

— C'est ce que dit le rapport du médecin.

Avant de sortir, Kate se retourna.

— Vous la connaissiez ?

— De réputation. Une journaliste politique très influente à Washington et très...

Rosamond Hopper laissa le silence engloutir des conjectures inexprimées.

7

Le brouillard envahissait les rives du Potomac. Pendant des années Michael Satcher avait eu la hantise de suivre le chemin de son père ; cloué sur un lit d'hôpital, des sondes s'échappant de ses extrémités, frappant indéfiniment à la porte du royaume des morts.

Il avait envoyé un message, et on lui avait ordonné de quitter son hôtel pour se rendre dans ce motel sordide et d'attendre sans quitter sa chambre. Il n'avait pas désobéi aux instructions, et il avait eu raison. Il était revenu à la vie. Son organisme s'était refusé à mourir et avait triomphé. Il était épuisé.

Satcher pensait à sa propre solitude. La Bible était son bouclier. Il la prit, et lut quelques passages soulignés. S'agenouillant sur le tapis effrangé, il posa son front sur les draps douteux et se mit à prier. Pour vivre, pour être encore meilleur dans sa croisade. Pour être fidèle à ses engagements.

Quand il eut terminé, il s'aperçut qu'il avait faim. Il n'avait rien mangé depuis deux jours. Il ressentait une impression désagréable, un poids au niveau de ses cellules, une tension qui envahissait ses terminaisons nerveuses. Dans la minable salle d'eau il se rasa, se brossa les dents, se nettoya comme il put. Il s'observa dans le miroir. Son visage était pâle, émacié ; une pâleur exsangue.

Il s'habilla, enfila un manteau et noua une écharpe

autour de son cou. Il était quatre heures du matin. Dehors la brume était collante et glacée. Gelé jusqu'aux os, il marcha sur le trottoir désert à la recherche d'un établissement ouvert. Une enseigne rouge et jaune se détachait dans la brume. Il franchit la porte d'un restaurant où flottait une odeur de cuisine lourde et épicée ; de celle qu'affectionnent ceux qui vivent la nuit et dînent à l'aube. Une demi-douzaine de Noirs étaient assis sur des tabourets ou appuyés contre le bar. Au centre de la salle, des tables recouvertes de nappes en papier rouge étaient occupées par d'autres Noirs qui mangeaient et buvaient en silence. Sur sa gauche, le similicuir jaune des banquettes le fit cligner des yeux. Il s'était fourvoyé dans le *mauvais* endroit.

La faim fut plus forte que la peur qui affleurait sa conscience. Il s'assit. La serveuse traînait le pas, aussi haute que large ; les traits ronds de son visage n'offraient aucune expression. Les yeux hagards, il passa sa commande ; une bière, un steak à l'os, et une double ration de pommes de terre. Elle lui apporta sa bière sur-le-champ. Les premières gorgées déclenchèrent des nausées ; elles disparurent quand il eut terminé la bouteille. Il s'essuya la bouche avec le dos de la main. Il mangeait goulûment, avalant plutôt que mâchant les bouchées de viande saignante.

Michael Satcher se sentait mieux. Il récupérait ses défenses. Il enverrait un message indiquant qu'il était de nouveau opérationnel. Il recommanda un steak et de la bière.

Dans la rue, les deux ombres qui l'avaient suivi se battaient les flancs pour lutter contre le froid. Elles avaient pour instruction d'abattre Satcher s'il s'approchait d'un hôpital ou du cabinet d'un médecin.

8

Kate se dirigea vers le laboratoire central, la boîte contenant les échantillons de sang de Nelly Stern sous le bras. Dans son rapport, le médecin de garde avait précisé que la violence de l'hémorragie l'avait surpris ; incapable de l'enrayer, il n'avait pu en déterminer la cause. Kate haussa les épaules. Elle s'occuperait des analyses après avoir examiné les résultats du test.

Il était cinq heures. Les labos n'allaient pas tarder à se vider. Kate retourna dans la salle informatique.

Qui avait organisé la mort de Dave Weinfeld ? Pourquoi se débarrasser d'un sénateur en le contaminant par un virus ? Il était plus simple de l'assassiner, surtout lors d'un déplacement à l'étranger.

Weinfeld et Philip Klein ; Victoria et Kaplan... Quel rôle commun jouait Joseph Beckman dans ces affaires ? S'agissait-il d'une fantaisie de son imagination ?

En premier examen, tout était ridicule. L'idée qu'intentionnellement on ait cherché à « fabriquer » un virus de cette nature était absurde. « Officiellement » les militaires n'exploraient plus ce genre de possibilités.

Elle était en présence d'un accident génétique, d'une mutation induite par des causes naturelles et inconnues. Depuis le début elle avait suivi une fausse piste et abouti à des conclusions erronées à partir d'observations réelles.

Le doute battait en elle comme une horloge. C'était le moment de vérité. Elle se baissa et ramassa le paquet de feuilles qui s'étaient empilées. Il y avait une cinquantaine de pages. Les premières énuméraient les séquences repérées des acides nucléiques du virus inconnu. Le programme les avait ensuite comparées à celles connues des HIV et des filovirus, les références choisies.

La dernière page donnait les résultats cumulés.

Entre 3 % et 4 % de chances que le matériel génétique du virus inconnu soit celui d'un HIV 1 subtype B, le plus répandu dans le pays.

Entre 20 % et 23 % qu'il émane d'un HIV 1 du groupe O.

Entre 55 et 59 % qu'il provienne d'un Ébola Zaïre !

Kate examina une à une les données. Pour Dave et Victoria elles étaient presque identiques. L'hypothèse d'une contamination, c'est-à-dire la probabilité que le sang de Dave et de Victoria ait été souillé de manière identique étant quasiment nulle, les résultats confirmaient ses appréhensions. Une partie du matériel génétique d'Ébola se trouvait recombinée avec celui des HIV au sein d'un hybride inconnu dont le *modus operandi* différait de celui des « parents ».

Le « succès » d'un organisme tel que le virus du Sida résidait pour une part dans son « invisibilité » à se propager, et dans son aptitude à agir silencieusement durant des années. Le virus savait se multiplier sans tuer les cellules ; plus vite la cellule mourait, moins elle avait de chances de produire des virus. Dans les premiers stades de la maladie, une sélection semblait favoriser des défenses immunitaires actives au détriment d'un effondrement rapide, capable lui de tuer la cellule dans un délai plus court.

En revanche, Ébola n'était jamais passé inaperçu. Il tuait vite, en pleine lumière, aux yeux du monde entier. Sa capacité à se répandre s'autodétruisait par la nature de sa virulence.

Le sens du pendule avait changé. On avait donné à Ébola une arme précieuse pour sa propagation ; on lui avait fourni un silencieux, sans changer sa capacité de destruction. Il n'arrivait plus au galop mais à pas feutrés. Quand au HIV, il bénéficiait d'un accélérateur redoutable. On avait tiré le « meilleur » des deux.

Le virus trouvé dans le sang de Dave Weinfeld et de Victoria n'existait pas dans la nature. Il sortait, sans aucun doute possible, des tubes à essai d'un laboratoire.

Kate n'éprouvait ni euphorie ni sentiment de triomphe ; pas même la satisfaction d'avoir mené à terme un travail difficile.

Gelée, elle releva le col de sa blouse. Quelqu'un avait touché au thermostat de l'air climatisé. Au mur, la jauge de mercure indiquait vingt-quatre degrés. Dans la pièce, la température n'avait pas bougé.

Le calme régnait dans les couloirs désertés. Pour Kate, l'atmosphère avait changé. La certitude d'une menace laissait pressentir d'autres ramifications. Aucune raison pour que Weinfeld et Kaplan soient les seuls !

Elle s'installa devant un terminal d'ordinateur. Dans la mémoire centrale du système se trouvaient stockées les statistiques de mortalité de tout le pays. Les rapports en provenance des hôpitaux, consciencieusement dépouillés par le CDC pour recenser les malades atteints du Sida, ne lui seraient d'aucune utilité.

New York City, Miami, Washington, Los Angeles, Chicago venaient en tête de liste, en raison de leur population de défavorisés à haut risque ; ce n'était pas dans ces couches sociales qu'elle trouverait ce qu'elle cherchait. La confirmation, s'il en existait une, dormait quelque part dans les statistiques du programme MECISP[1], un programme mis en place en 1986 par le CDC pour pallier le manque d'informations sur l'origine des morts subites, le résultat des autopsies, et les conflits entre les juridictions.

1. Medical Examiner and Coroner Information Sharing Program (Base de données commune aux médecins légistes et aux coroners).

Les médecins légistes et les coroners étaient responsables des investigations en cas de mort soudaine ou violente, de morts suspectes ou inattendues, de morts sur les lieux de travail, et de morts causées par un agent infectieux ou une maladie constituant une menace pour la santé publique. Ils étaient supposés établir pour chaque cas un rapport complet et un constat de décès qui incluait les résultats d'un examen *post mortem* ou d'une autopsie.

Elle cessa de taper sur son clavier et se frotta les yeux. Sur l'écran, les lignes imprimées s'étaient mises à onduler. Elle avait passé du temps à sélectionner les paramètres pour ne pas se retrouver avec des milliers de documents à dépouiller.

Elle regarda la pendule fixée au mur. Huit heures et demie. Quelles empreintes identifiables surgiraient au bout de cette piste brouillée ?

Kate n'avait aucune illusion sur la communauté scientifique. Les jalousies, les rivalités, les egos passaient avant l'intérêt général. Des mois s'écouleraient avant que l'on ne cautionne ses hypothèses sur le virus ; il se trouverait dans le pays, et ailleurs, des dizaines de chercheurs pour mettre tout en doute, pour contester chacune de ses affirmations. Le CDC serait le premier à la discréditer et à prendre ses distances.

Si une volonté de destruction existait à une échelle supérieure, elle la trouverait dans ces statistiques de mortalité. Il lui serait plus facile de se faire entendre du FBI. Quand on parlait crime, ces gens-là accordaient leur attention. L'arme importait peu. Ce qui comptait c'était l'intention ; l'intention de donner la mort. Certains virus étaient des tueurs, et ils offraient l'avantage d'être invisibles et muets.

Les informations tardaient à arriver. Kate mit à profit cette attente pour préparer une recherche d'anticorps viraux sur le sang de Nelly Stern.

9

Kate avait laissé plusieurs messages et King ne l'avait toujours pas rappelée. Il n'avait trouvé qu'une seule information sur Philip Klein, qui ne figurait sur aucune liste de passagers en provenance du Brésil. King avait étendu sans succès sa recherche à d'autres capitales d'Amérique du Sud. S'il avait été à la place de Klein, il aurait brouillé sa piste en faisant escale sur un autre continent. Sans l'aide de Willy, le gars que Klein avait contaminé, il perdait son temps. Quant à Joseph Beckman, il y en avait des centaines, disséminés aux quatre coins du pays. L'impasse !

On était le 3 janvier. Au Bureau, les spéculations sur le choix du nouveau directeur allaient bon train. L'*Assistant Director* Riley venait de le convoquer.

La pièce était grande, avec une moquette claire, des sièges en cuir et des meubles en teck bruni. Trônant derrière son bureau, Riley prenait l'air avantageux de celui qui est dans le coup. Peut-être n'était-ce après tout qu'une impression.

— Asseyez-vous, Bill. Comment s'est passé ce réveillon ? s'enquit Riley d'un ton affable.

— Plutôt calme, Monsieur, répondit King pour renvoyer une banalité.

— Un chocolat, proposa Riley en indiquant une boîte qui se trouvait sur le bureau.

Il se passa une main sur le foie en esquissant une grimace.

— J'ai abusé de ces trucs-là. Je suis pire qu'une femme divorcée dans une séance de thérapie de groupe.

King refusa d'un signe de tête. Il se demanda si c'était l'ultime douceur avant la pilule amère que Riley comptait lui refiler.

— Où en est votre enquête, Bill ?

Riley s'était renversé dans son siège. S'il cherchait à jouer les imbéciles, il ne se donnait pas trop de mal, pensa King.

— Laquelle ? dit King, jouant les mystérieux.

Il observait la réaction de Riley. Ce dernier arborait un nouveau costume ; un fil-à-fil dans des bleus très optimistes, il ne lui manquait qu'un gardénia à la boutonnière.

Riley demeurait silencieux. On aurait pu croire qu'il réfléchissait à ce que la question de King soulevait. Il hochait la tête avec une gravité forcée sans quitter des yeux la boîte de chocolats.

— Vous pensez que je ne vous aime pas ? lâcha-t-il.

King fut surpris. Il ne s'attendait pas à une attaque de front. Riley était trop amical, trop coopératif. Quelle que soit la réponse à cette question, King décida qu'il valait mieux ne pas découvrir ses batteries et rentrer dans son jeu.

— Ce que je pense n'a pas d'importance. Le Bureau ne me paie pas pour mes convictions mais pour mon efficacité, dit King, regrettant sa phrase.

— C'est précisément de cela qu'il s'agit, Bill, réagit Riley en se ruant dans la brèche. Voilà plus d'une année que vous êtes sur l'affaire des attentats et nous n'avons rien vu.

King soutint son regard avec un calme imperturbable.

— C'est un peu facile. Ceux qui ont fait ça ne sont pas de vulgaires petits amateurs. Ils ont pris leurs précautions... et ils continuent de les prendre. Ces gens-là ne parlent pas, ne laissent pas de traces ; à croire qu'ils sont remarquablement bien informés sur la manière dont nous travaillons. Peut-être ont-ils cherché à noyer le poisson ?

Riley s'éclaircit la gorge. Il fixait un point dans l'espace, comme s'il était à l'affût d'une mouche.

— Que voulez-vous dire ?

Il semblait sincèrement surpris. « Sincèrement », ce mot avait-il un sens ? pensa King.

— En multipliant les attentats pour éviter que l'on ne s'intéresse à l'un d'entre eux en particulier. Cette affaire ne va pas dans la direction où l'on a envie de regarder. Vous risquez d'avoir de mauvaises surprises.

— Vous plaisantez ?

— En ai-je l'air ?

Riley se leva, contourna le bureau, et fit trois pas dans la pièce. King immobile attendait la suite. Riley fit demi-tour.

— Hackett, le futur secrétaire de la Maison-Blanche, est un ami. Il m'a assuré que le Président tenait à ce que la lumière soit faite dans cette affaire.

Le ton avait changé. Il était chargé de conviction. Sincère ?

— C'est une nouvelle administration, Bill, elle a besoin de victoires. Vous pouvez comprendre ça !

King se pencha, ouvrit la boîte et prit un chocolat.

— Je vous tiendrai au courant, dit-il, la bouche pleine.

King avançait sur les cases d'un damier périlleux et il était un peu tard pour reculer. Il se leva, traversa le bureau, tourna la poignée et arrêta son geste.

— Monsieur ? demanda-t-il en se retournant.

— Oui ?

Tenté une fraction de seconde de lâcher la question qui lui brûlait les lèvres à propos de l'existence du mémo et du piratage de son ordinateur, il hésita, puis ébaucha une grimace complice.

— Les chocolats sont excellents.

King réalisa que Riley ne l'avait jamais invité un vendredi après-midi à déguster un scotch dans le petit salon qui prolongeait son bureau.

Deux étages plus bas, dans un bureau au mobilier plus économique, il tenta de résumer l'affaire.

Elle se présentait sous deux angles différents. Celui de l'enquête sur les attentats, et cette histoire soulevée par la fille du CDC. Y avait-il un lien entre les deux ?

Pouvait-on faire confiance à Riley ? Il manœuvrait dans son dos. C'était un monde où chacun exploitait les faiblesses de l'autre à son avantage. Si Riley cherchait à en savoir davantage sur la piste qu'il suivait, quelle organisation extérieure au Bureau renseignait-il ?

Au cours de sa carrière King avait été confronté à tant de duplicité que dix vies n'auraient pas suffi à en voir autant.

Cette fille du CDC lui avait parlé d'héroïne. La drogue ! On en revenait là. Elle corrompait des gouvernements entiers. Victoria était morte et on posait difficilement des questions à un cadavre. Celui-là avait livré tout son mystère. Ou presque.

Il hocha la tête. Il manquait une pièce importante au puzzle. S'il existait une conspiration, il n'en voyait pas le but.

C'était l'heure du déjeuner. Il se leva et sortit. Une fois dans le couloir, il se dirigea vers les toilettes. Il ressentait un besoin urgent de se laver les mains sans comprendre pourquoi. Dans le miroir, il se trouva grossi et fatigué.

Il aurait dû faire interroger Kate Crow par le Bureau d'Atlanta, et mettre la pression sur elle pour qu'elle révèle l'identité de Willy.

10

1

— Mon nom est Kate Crow, j'appartiens au CDC. Je désirerais parler au docteur Adler.

Cela faisait la cinquième fois que Kate répétait la même phrase. Le Mount Sinaï Hospital à New York était un cauchemar téléphonique.

Elle traquait Adler de service en service, de secrétaire en secrétaire, jetant de temps à autre un regard sur le résultat des analyses de Nelly Stern.

— Il est en ligne, lui répondit-on. Cela risque de durer. Vous rappelez ou je vous mets en attente ?

— J'attends, dit Kate.

Elle brancha le speaker, se leva, et regarda par la fenêtre. Elle se trouvait dans une petite pièce au mobilier anonyme qu'on utilisait pour questionner les patients. La vue donnait sur un parking ; plus loin elle apercevait des arbres dont les branches dépourvues de feuilles se détachaient dans le bleu pâle du ciel.

Elle avait la bouche sèche et les mains moites. Depuis la veille, elle avait du mal à conserver son sang-froid ; son cœur battait de façon irrégulière.

— Docteur Adler à l'appareil.

Kate sursauta. Elle retourna vers le bureau et décrocha le récepteur.

— Docteur Adler, dit-elle en s'éclaircissant la gorge. Je suis le docteur Crow, Service de Pathologie Virale du CDC. Vous nous avez adressé pour analyse des échantillons de sang appartenant à une dénommée Nelly Stern, décédée dans des conditions suspectes.

Adler mit quelques secondes avant de confirmer.

— C'est exact. Vous avez trouvé quelque chose ?

Il avait une voix jeune et agréable.

— Avant d'en arriver là, j'aimerais vous poser quelques questions.

— Tout est dans mon rapport.

Kate ignora la réponse.

— Lorsque cette femme est arrivée à l'hôpital, était-elle dans le coma ?

— Oui. Elle avait la pire des hémorragies internes que j'aie jamais vues.

— Cela mis à part, avait-elle l'air normal ?

— Qu'entendez-vous par là ?

Adler semblait surpris par la question.

— Présentait-elle des signes extérieurs suspects ? Maigreur, fonte musculaire, rougeurs, éruptions cutanées, forte fièvre ?

— Vous pensez à quoi ?

— Vous l'avez examinée. Vous n'avez rien relevé de particulier ?

— Non. Je n'ai rien remarqué d'inhabituel ; rien qui puisse être en rapport avec son hémorragie. Ni quoi que ce soit d'autre.

— Je suppose que vous avez fait une recherche d'anomalies sur ses organes internes ?

Le docteur Adler marqua une hésitation avant de répondre.

— Juste une fibroscopie au niveau de l'estomac. Pas d'ulcère. Elle est morte une demi-heure après son arrivée, malgré les transfusions. Cela ne servait à rien de poursuivre les examens.

— Avez-vous pratiqué une autopsie ?

— Non. C'est le boulot des légistes, pas le mien. Je ne m'occupe que des vivants.

Il poursuivit d'un ton agacé, où perçait un fond d'inquiétude.

— Pourquoi tant de mystères ? Avait-elle quelque chose de contagieux ? J'ai été en contact avec cette malade ; d'autres personnes ont...

— Je voudrais que vous regardiez dans votre ordinateur pour me dire si une autopsie a été pratiquée, coupa Kate.

— Une seconde. Restez en ligne.

Il se montrait coopératif. Les yeux fixés sur le résultat des analyses, elle attendait.

— Désolé, dit Adler revenu au bout du fil. Aucune autopsie.

— Vous voulez dire pas encore pratiquée ? répliqua Kate, surprise.

— Non. Pas d'autopsie du tout. Le corps a été rendu à la famille après un examen *post mortem* qui a conclu à une cause naturelle ayant entraîné la mort. Le labo a fait quelques tests ; pas de traces de stupéfiants ou de substances toxiques dans son sang.

Il y eut un silence.

— Quel est le groupe sanguin de Nelly Stern ? demanda Kate.

— Je ne me souviens pas. Je dois vérifier.

Kate regarda sa feuille : A +.

— A+, confirma Adler. Qu'avez-vous trouvé ? s'enquit-il à nouveau.

— Je n'ai rien trouvé du tout pour la bonne raison que...

— Parfait. Je vais pouvoir laisser partir son amie. Je vous remercie, Docteur...

L'attention d'Adler s'était relâchée.

— Attendez une seconde ! De quelle amie parlez-vous ?

— D'une femme qui accompagnait Stern au théâtre. Stern a vomi sur elle. Nous l'avons mise en observation dans l'attente de vos résultats.

Kate ne prit pas le temps de réfléchir.

— Gardez-la quarante-huit heures de plus. J'aimerais la voir.

— Pourquoi ? Vous venez de me dire que tout était en ordre. Je ne pense pas que cela soit possible.

— Les analyses ne sont pas terminées, affirma Kate. A propos, qui a fait les prélèvements de sang sur Nelly Stern ?

— Une infirmière.

— Connaissez-vous son nom ?

— Oui, je connais son nom. Qu'est-ce que tout cela veut dire ?

— Comment s'appelle-t-elle ?

— Maria. Autant que je me souvienne.

— Vous étiez près d'elle ?

— J'étais tout près, pas assez près pour lui tenir la main quand elle a enfoncé l'aiguille dans la veine, si c'est cela que vous voulez savoir. Je ne vois pas où vous voulez en venir avec vos questions.

— Je serai au Mount Sinaï après-demain matin au plus tard, dit Kate en raccrochant.

Elle retourna au laboratoire. Le secrétariat n'avait rien pour elle. Elle appela son répondeur ; King ne faisait plus parler de lui et ne retournait pas ses appels. Elle classa dans une chemise les éléments qu'elle avait recueillis, prit la carte de visite que lui avait laissée l'agent du FBI, et repartit vers le hall d'un pas rapide.

Elle dévisageait avec méfiance les gens qu'elle croisait. Elle se retourna à plusieurs reprises, cherchant à identifier une présence hostile.

King lui avait spécifié d'utiliser un téléphone public pour le contacter.

2

Il faisait beau et froid. Bill King décida de marcher pour faire passer le sandwich au pastrami et les deux verres de Chianti ; un moment de répit avant de se remettre à expédier la routine en épluchant les rapports des centaines d'agents qui surveillaient tout et n'importe quoi, des extrémistes aux farfelus, soit la moitié du pays à en croire Riley qui avait établi personnellement le tableau de quadrillage.

King fut de retour au siège du FBI à une heure et demie, avec une bonne demi-heure de retard sur ses habitudes. Dans le couloir, il croisa sa secrétaire qui partait déjeuner. Vaguement euphorique, il lui adressa un sourire charmeur teinté de culpabilité et reçut en retour un haussement d'épaules agacé.

— Jolie, la couleur de votre chemisier, lança-t-il par-dessus son épaule.

On se vengeait avec ce qui vous tombait sous la main.

King avait reçu des appels à caractère personnel. Son fils avait téléphoné d'Israël pour lui souhaiter bonne année ; sa femme de ménage le prévenait qu'elle serait absente la semaine ; deux anciens collègues de Miami, dont il gardait un mauvais souvenir, étaient en visite dans la capitale et cherchaient un guide pour une virée nocturne très chaude.

L'un des *post-it* jaunes disposés sur son bureau monopolisa son attention. Il cligna des yeux et relut chaque ligne du message. L'heure était notée : 1h25. Cinq minutes avant son retour.

Quelqu'un avait appelé de la part de Joseph Beckman et rappellerait à quatre heures précises.

La providence débloquait la situation. Rien ne se passait, et d'un coup tout se mettait à bouger. D'un geste mécanique King regarda sa montre. Il avait la possibilité de mettre une équipe en attente pour tracer l'origine de l'appel, puis foncer pour coincer son correspondant.

C'était ce que le manuel recommandait. Ce que son intuition lui suggérait, c'était de prendre l'appel et de voir venir. La solution offrait l'avantage de laisser Riley et ses maîtres provisoirement hors du coup. Il lui suffirait de s'installer au café du coin devant une boisson chaude et un cognac et demander qu'on le joigne là-bas.

Il se mit à préparer la pile de rapports demandés par

Riley, effectuant un tas de vérifications ponctuées d'une série de bâillements. Il n'avait pas l'habitude de boire du vin à midi et il faisait trop froid pour chercher à suivre un régime.

A trois heures, il était attablé devant un *espresso* et un cognac, le regard fixé sur le trottoir. Une fille aux cheveux clairs cherchait désespérément à stopper un taxi et n'arrêtait pas de gesticuler.

La fille s'était tournée dans sa direction. Il lui sourit et lui adressa un signe de la main. Il reçut en retour un regard noir. Pourquoi n'arrivait-il pas à s'en dénicher une, juste une, dans ce style ; des jambes interminables et des seins tellement haut perchés. Une avec qui il partirait. Il but une gorgée de cognac.

Si tout continuait de la sorte, King se voyait devenir très vite vieux et fatigué ; une calvitie, des yeux cernés que feraient ressortir un teint blafard, un ventre en ballon de rugby.

Il s'imagina à l'ombre d'un marronnier sous le soleil de Californie, avec une bouteille de cognac, caressant une paire de jambes bronzées. Une de ces sacrées après-midi, où on n'en finit plus de baiser, et où le soleil refuse désespérément de se coucher. Comme au cinéma.

Il y avait la fille du CDC, l'adepte de la fumette ; un sacré morceau, dans le genre grenade dégoupillée.

Son beeper se mit à vibrer. Il écarta sa veste. On cherchait à le joindre d'Atlanta. Quand on parle du loup, se dit-il.

Il avait le temps de retourner l'appel. Il se leva. Dehors, un taxi freina brutalement et la blonde s'engouffra à l'intérieur. Avant de refermer la portière, d'un air détaché, elle lui fit un bras d'honneur.

King composa le numéro. Au bout du fil, c'était bien Kate.

— J'ai un document à vous montrer, dit-elle.

La voix était teintée d'inquiétude.

— Où êtes-vous ? demanda King.

Kate se trouvait dans le hall du CDC au milieu

d'une foule de visiteurs étrangers qui venaient de débarquer pour un tour guidé du Centre et qui se bousculaient dans une cohue digne d'un jour de soldes chez Macy's.

— Dans une cabine publique.

— Quoi de neuf ?

— Je serai à New York après-demain matin. On peut se retrouver là-bas ?

King garda le silence. Il valait mieux essayer d'en savoir plus avant de se déranger. Il se méfiait des élucubrations de cette fille.

— King ?

— Je suis là. Je réfléchis.

— Vous voulez peut-être que je raccroche, ça vous aiderait !

La voix, à présent, laissait filtrer une note d'exaspération.

— Non, pas de problème. J'ai besoin d'en savoir plus.

— Je ne peux rien expliquer au téléphone. Nous devons absolument nous voir.

King regarda sa montre : 3 h 45.

— Je ne sais pas si ce sera possible, dit-il. Je peux vous donner une adresse. Expédiez-moi ce que vous avez trouvé, je vous promets de regarder ça minutieusement.

Il y eut un nouveau silence. Plus long.

— Vous travaillez toujours pour le FBI ?

— Jusqu'à preuve du contraire.

— Je peux m'adresser à l'un de vos supérieurs si vous n'êtes pas intéressé.

King soupira.

— D'accord. Donnez-moi une heure et un endroit.

Kate fouilla dans ses souvenirs.

— A trois heures. A l'angle de la 55ᵉ et de Madison. Un pub. Je ne me souviens plus du nom. Vous trouverez facilement. C'est à côté de l'hôtel Wallis.

Il n'aimait pas ce plan. Dans l'immédiat, il n'en avait pas de rechange.

— J'y serai, fit-il à contrecœur. Dites-moi en un mot, de quoi s'agit-il ?

— En deux, répondit Kate. Crime et conspiration.

A l'autre bout de la ligne, King poussa un sifflement.

— Ça résonne comme le titre d'un roman russe. Il serait peut-être préférable de me mettre au courant tout de suite.

— Nous en parlerons quand nous nous verrons.

Elle avait raccroché.

— Putain de merde ! jura-t-il.

Depuis l'assassinat de J.F. Kennedy, le pays entier voyait des conspirations partout. Il appela les renseignements et demanda le numéro du Wallis. Le réceptionniste de l'hôtel lui confirma qu'il y avait bien un pub tout près, le Ohara's.

King retourna à sa table de mauvaise humeur. Il s'absorba dans ses pensées. Après tout, revoir cette Crow n'était pas ce qu'il y avait de plus désagréable ; ses histoires révélaient un côté nettement paranoïaque mais la fille valait le coup.

A quatre heures moins cinq, il commença à marteler nerveusement le rebord de la soucoupe avec sa cuillère. Il avait envie de commander un deuxième cognac. Il lançait des regards circulaires. Le ciel s'était couvert d'une fine pellicule grise. Les trottoirs étaient noirs de monde et la foule accélérait le pas. La température avait dû tomber de plusieurs degrés.

Le café se remplissait de gens bruyants qui commandaient des chocolats chauds, du thé et des pâtisseries.

— Monsieur King ?

— Oui ?

Il se retourna. Une des serveuses se tenait devant lui.

— On vous demande au téléphone.

Il n'avait pas eu un tel trac depuis sa première mission à la DEA.

— Qui est à l'appareil ? demanda-t-il, se tournant vers le mur, collant le combiné contre son oreille pour s'isoler du brouhaha des conversations qui montait de la salle.

— Vous êtes bien Bill King ? demanda une voix nasillarde et métallique.

Un gadget acheté dans un magasin spécialisé et qui excluait toute identification en cas d'enregistrement, jura intérieurement King.

— En personne. A qui ai-je l'honneur ?

— Il est trop tôt pour vous donner mon nom, fit la voix anonyme.

— D'accord, pas de nom. En quoi puis-je vous aider ?

Il entendait une respiration sifflante, déformée.

— Voulez-vous savoir ce qui est arrivé à Richard Snell ?

— Je le sais déjà.

— Je parle de ceux qui l'ont tué, Monsieur King. Je parle des assassins de Timothy Evans.

— Qui êtes-vous ?

— Nous perdons du temps. Je suis prêt à vous rencontrer.

— Où ça ?

— N'importe où sauf à Washington.

Un haut fonctionnaire qui souhaitait décharger sa conscience, se dit King. Les rats quittaient le navire avant qu'il ne sombre.

King piétinait depuis des mois ; la perspective d'avancer le rendait nerveux.

— New York City ?

— Quand ?

— Après-demain.

— Parfait.

— Comment allons-nous nous retrouver ?

— Je vous contacterai. Laissez-moi un numéro de téléphone.

King fit semblant de réfléchir. Pas question de donner son numéro de portable, il était sur écoute.

— Appelez-moi au Ohara's Pub à deux heures. C'est au coin de la 55e et de Madison.

— A jeudi, fit son correspondant, coupant la communication.

Songeur, King retourna à sa table. Si l'affaire s'engageait bien, il laisserait un message pour Crow. Elle patienterait. Cette fille s'imaginait avoir une information vitale à lui communiquer.

11

En lisant le journal dans l'avion qui la conduisait à New York, Kate apprit la mort de Dave Weinfeld. Une forme assez rare de cancer avait foudroyé le sénateur en moins de trois mois, disait la presse. La nouvelle avait jeté la consternation parmi ses collègues. Les obsèques auraient lieu dans l'intimité ; l'ex-Président y assisterait, mais l'événement ne bénéficierait d'aucune couverture médiatique.

Kate ferma les yeux. Elle manquait de sommeil. Elle avait passé une partie de la nuit à préparer un dossier pour King. Elle avait somnolé deux heures, avant de foncer pour attraper son vol qui décollait à sept heures du matin.

A New York, il gelait. Elle n'était pas équipée pour affronter ce climat. Elle s'était contemplée dans le miroir des toilettes de l'aéroport. Deux jeans l'un sur l'autre, deux paires de chaussettes. Pour le bas elle était parée. Le haut posait un problème. Elle avait l'allure d'un sac rempli de linge à repasser. Elle avait enfilé tout ce qui constituait une barrière contre le froid, et elle transpirait dans la cabine surchauffée.

Elle se déchaussa et finit par s'endormir en pensant à Vanessa. Elle se réveilla après l'atterrissage, quand l'appareil s'immobilisa sur le parking.

Elle monta dans un taxi conduit par un Pakistanais. Elle eut un mal fou à se faire comprendre. Le chauffeur demanda son chemin à d'autres chauffeurs pakistanais, gesticula, fit de nombreux détours, avant de se retrouver le premier surpris devant l'entrée du Mount Sinaï Hospital. Kate régla sa course et se précipita à l'intérieur des bâtiments.

Il y faisait plus chaud que dans l'avion. Elle enleva sa veste qu'elle fourra dans son sac à dos et se dirigea vers le bureau d'information. A la manière dont l'employée la dévisagea, elle décida d'adopter un ton péremptoire. Elle sortit sa carte du CDC et la posa sur le comptoir.

— J'ai rendez-vous avec le docteur Adler, dit-elle d'une voix ferme.

La fille jeta un regard apathique sur la carte, et prit son temps pour consulter un épais classeur, un sourire de fausse sympathie sur les lèvres.

— Lequel ? finit-elle par répondre en portant la main à ses cheveux.

— Pourquoi ? Il y en a plusieurs ? s'étonna Kate.

— Il y a deux docteurs Adler, Mademoiselle, expira-t-elle, l'air de s'adresser à une demeurée.

— Attendez, dit Kate.

Elle fouilla dans son sac, sortit le dossier de Nelly Stern et chercha le rapport envoyé par Adler.

— Matthew, le docteur Matthew Adler, précisa-t-elle en se redressant.

— Il n'est pas de service aujourd'hui, laissa tomber la fille, ravie.

Elle passa de nouveau la main dans ses cheveux. Kate hocha la tête, conservant son calme.

— Aucune importance. Annoncez-moi à un administrateur.

Au bout d'une dizaine de minutes, un type au visage sévère et aux chaussures impeccablement cirées sortit d'un ascenseur et se dirigea vers elle. Le pli de son pantalon ne présentait aucune cassure. Les différents tons de gris de son costume, de sa chemise, de sa cravate, devaient constituer selon lui une gigantesque enseigne de discrétion et d'efficacité.

— Howard Flick, se présenta-t-il, avec dans le

regard une nuance du genre : « Je vous connais bien. Je connais aussi toutes vos attitudes de petit docteur provincial dont je n'ai que faire ; mais il y a ce physique, et je vais régler ça en cinq minutes. »

Kate lui expliqua le but de sa visite. Il hochait inlassablement la tête pour témoigner de l'attention qu'il lui accordait.

— Comment s'appelle la malade que vous souhaitez voir ? demanda-t-il.

— Charlayne Bates, dit Kate en consultant le dossier.

— Nous allons vérifier si elle est toujours chez nous.

Il se tourna vers la réceptionniste et donna ses instructions. La fille effaça ce qu'il y avait sur l'écran de son terminal et chargea le fichier des patients résidents.

— Elle est au G, chambre 459. Son départ est prévu pour demain neuf heures.

Adler ne lui avait pas joué de sale tour.

— Le G est le bloc où nous isolons nos patients, expliqua Flick.

Il fit le tour du bureau et examina la fiche.

— Il n'y a pas de preuve d'infection. Le docteur Adler a pensé qu'il valait mieux la mettre en observation. Je vais vous expliquer où se trouve le service. Je préviens l'infirmière en chef de votre arrivée. Si vous avez besoin de quoi que ce soit, n'hésitez pas !

Kate saisit le badge qu'on lui tendait et d'un pas pressé prit la direction du bâtiment. Elle suivit une succession de couloirs recouverts de linoléum vert où se pressaient docteurs, infirmières, malades sur des fauteuils roulants surmontés de perfusions, et visiteurs perdus tournant en rond sans but apparent.

Elle franchit des portes marquées « Réservé au personnel médical », et se retrouva nez à nez avec une femme d'origine asiatique, qui lui tendit une blouse, un bonnet et un masque.

Elle enfila l'uniforme de protection sans mettre le masque.

— La 459 se trouve sur votre droite, précisa l'infirmière. Voilà le dossier médical de Mme Bates.

Elle ajouta :

— Vous voulez que je vous accompagne ? C'est une malade assez difficile.

— Ça ira, dit Kate.

— Je serai à mon bureau quand vous aurez terminé.

Kate franchit la double porte électronique qui servait de sas à l'enceinte du bloc. Elle frappa au 459 et entra.

Charlayne Bates était étendue au milieu d'un lit inclinable à hauts barreaux. Elle était en pleine conversation sur un téléphone portable et paraissait très agitée. Elle lança un regard irrité à Kate, secouant la tête comme pour la prendre à témoin et coupa brutalement la communication. Elle jeta le téléphone sur les couvertures.

— Je ne peux pas diriger un journal clouée sur un lit d'hôpital. J'espère que vous ne venez pas m'annoncer votre intention de poursuivre cet emprisonnement.

— Ne vous inquiétez pas, dit Kate en s'asseyant.

— Eh bien, moi, je suis assez inquiète. Il paraît qu'on attend le résultat d'analyses qui doivent être faites je ne sais où, grinça-t-elle, les deux mains crispées sur la bordure du drap.

Kate parcourut le dossier.

— Vous êtes nouvelle dans le service, c'est la première fois que je vous vois !

— Calmez-vous, dit Kate. Les analyses sont pratiquement terminées.

Elle passa à un sujet plus sensible.

— Ce que je vais vous demander est assez pénible. J'aimerais que vous me racontiez ce qui s'est passé la nuit où Nelly a eu son hémorragie.

Charlayne avait d'autant plus de mal à oublier la fin de Nelly que les circonstances avaient été épouvantables. Elle n'épargna à Kate aucun détail, comme si elle cherchait à se défaire une dernière fois de l'idée que la mort frappait aussi soudainement.

— Elle vomissait un liquide sombre, avec comme des grains de café à l'intérieur. Nous n'avions pas dîné ; je ne comprenais pas d'où cette odeur épouvantable provenait. Je ne suis jamais entrée dans un abattoir. Je suppose qu'on doit y trouver la même odeur. Tout ce sang...

Charlayne frissonna et ferma les yeux.

— A aucun moment je n'ai soupçonné sa maladie, reprit-elle. Nelly était en pleine forme et excitée par la sortie de son livre.

— Ni à l'hôtel ni durant le trajet elle ne vous a fait part de malaises, de fatigues qu'elle aurait eus ?

— Pas du tout. Elle se sentait rajeunie après son aventure.

— Quelle aventure ?

— Je ne me souviens pas de son nom. Nelly avait du succès avec les hommes plus jeunes. Elle avait rencontré celui-là au cours d'une soirée à Washington, deux jours avant son départ pour New York.

— Est-ce que Nelly prenait des précautions ?

Charlayne parut surprise. Elle releva la tête, le front plissé par la perplexité.

— C'est bizarre que vous me posiez cette question.

— Pourquoi ? Elle n'en prenait pas ?

— Si. Elle m'a fait cadeau d'un préservatif que ce type utilisait. Un truc assez extraordinaire, d'après Nelly. Pas encore sur le marché.

Kate avala sa salive. D'un seul coup le vide s'était fait dans sa tête.

Vous l'avez conservé ?

— Je l'ai mis dans mon sac. Il doit se trouver avec le reste de mes affaires.

— Cela vous dérangerait de me le confier ?

La question arracha un rictus à Charlayne.

— Vous pensez que je n'en aurai pas l'utilisation ?

— Pas du tout. Tous les préservatifs sont soumis à des normes, je dois m'assurer que le fabricant les a respectées.

— Je plaisantais. Je ne m'intéresse plus au sexe depuis des années. Il faudra vous débrouiller avec l'hôpital qui a confisqué mes affaires, à cause du sang, dit-elle avec une grimace de dégoût.

La sonnerie du portable la fit sursauter. Elle agrippa l'appareil, prête pour une nouvelle empoignade. Kate en profita pour se lever. En quittant la chambre elle adressa un signe de la main à Charlayne qui affecta de l'ignorer.

Elle retourna au bureau de la surveillante et se débarrassa de sa tenue de protection.

— J'aimerais qu'une prise de sang soit faite à Mme Bates. Demandez au docteur Adler de l'expédier à mon attention au CDC. Demandez-lui aussi d'attendre mon appel avant de laisser sortir cette patiente. Je voudrais interroger une infirmière qui se trouvait dans la salle des urgences le soir où Mme Bates a été admise, demanda Kate. Je ne connais que son prénom, Maria.

— Je vais vérifier, dit l'infirmière, reprenant le dossier de Charlayne des mains de Kate et y inscrivant sa requête.

Elle décrocha le téléphone.

— Il s'agit de Maria Conti. Elle est de service. Je la fais appeler. Asseyez-vous en attendant. Nous avons du café chaud. Vous en voulez une tasse ?

— Merci, dit Kate.

Le nom de Maria Conti s'ajouta à la liste diffusée par les haut-parleurs. Kate se frotta les yeux, rougis par le manque de sommeil. Après avoir questionné Maria, il lui faudrait revoir Flick et remplir un tas de formulaires pour qu'une partie des affaires de Charlayne lui soit confiée. Flick se ferait un plaisir d'expédier les formalités.

Le préservatif et le sang séché de Nelly Stern, c'est tout ce dont elle avait besoin.

Son rendez-vous avec King la préoccupait. Elle n'était pas certaine qu'il ferait le déplacement.

Elle en était à son deuxième café quand une jeune fille en blouse blanche, le teint mat, les cheveux courts enserrés dans un calot, se présenta à la porte du bureau.

— Je suis Maria Conti.

Elle regarda Kate et demanda avec une certaine agressivité :

— C'est vous qui désirez me voir ?

— Oui. Je viens du CDC pour vous poser quelques questions.

Sur la tempe de Maria, une veine s'était mise à battre de façon visible. Kate eut du mal à ne pas y fixer ses yeux.

— Allons dans le couloir, dit-elle à Maria.

Kate prit son sac et referma la porte derrière elle.

— Vous étiez de service lorsque cette journaliste, Nelly Stern, a été emmenée aux urgences ? demanda Kate.

Intimidée, la fille fit un effort pour se souvenir et hocha la tête.

— C'est vous qui avez effectué les prélèvements de sang, le docteur Adler me l'a confirmé.

— Je n'ai fait aucune erreur, lança Maria Conti, sur la défensive.

— Je sais, dit Kate.

Elle se baissa, fouilla dans son sac, et en sortit trois tubes à essais. Elle en tendit un à Maria.

— Vous savez ce qui est inscrit sur l'étiquette ?

Maria prit le tube et s'approcha d'une croisée.

— Le nom du malade, la date... et les initiales de la personne qui a fait le prélèvement.

— Il y a bien marqué Nelly Stern, et M.C. pour Maria Conti ?

— Oui.

— C'est vous qui avez noté ces informations ?

Kate avait haussé le ton. L'infirmière avait l'air égaré.

— Prenez votre temps, reprit Kate d'une voix apaisante.

Maria semblait hypnotisée par le tube vide qui tremblait dans sa main. Elle le tourna, le regarda dans tous les sens.

— Vous avez fait correctement votre travail, Maria, dites-moi simplement la vérité.

Maria leva les yeux et rompit le silence.

— C'est bien un tube de l'hôpital, mais ce n'est pas mon écriture.

— Et ceux-là ? dit Kate en lui tendant les deux autres.

Maria fut catégorique.

— C'est pareil, je ne comprends pas...

Kate remit les tubes dans son sac.

— Merci, dit-elle.

— C'est tout ? demanda l'infirmière.

— Oui, Maria. C'est tout, fit Kate d'une voix lasse.

12

1

Bill King arriva au Ohara's à midi. Il avait conduit en passant son temps à élaborer des plans d'action. Il était impatient de découvrir qui se trouvait au bout de cette sale affaire, mais dans ce climat de coups fourrés, de trouble, de paranoïa, personne ne savait de quoi l'avenir serait fait. Il y avait des pierres qu'il valait mieux ne pas soulever.

Il avait laissé sa voiture à Kennedy Airport et pris un taxi. La circulation était difficile et il se félicita de s'être donné une marge d'avance.

Le pub était bondé. Il n'y avait pas une table de libre. L'atmosphère était agréable et King repéra quelques jolies filles. Il s'installa au bar et inspecta le menu. On servait une cinquantaine de bières différentes et un tas de plats sur lesquels il préféra faire l'impasse.

Un barman, qui se donnait l'air britannique, s'approcha avec le menu et prit sa commande. Un sandwich au rosbif et une eau minérale. King résista à son envie d'alcool, il avait besoin de garder l'esprit clair.

— Je m'appelle Bill King, dit-il, glissant sur le comptoir un billet de dix dollars. J'attends un appel téléphonique vers deux heures. Pas de haut-parleur. Si je ne suis pas au bar, je serai dans la salle. Prévenez-moi discrètement. Comment vous appelez-vous ?

— Frank. Pas de problème, Monsieur King, je garde un œil sur vous.

Il posa la main sur le billet et le fourra dans sa poche avec un sourire de connivence.

Son contact était dans la salle ou ne tarderait pas à arriver. Il l'appellerait d'un portable, enfermé dans les toilettes ; il le baladerait dans la moitié de la ville, lui ferait décrire une boucle pour le ramener à son point de départ, histoire de le mettre en position d'infériorité en l'attendant au chaud deux tables plus loin.

Un appel téléphonique de ce genre était monnaie courante. S'il voulait avancer, il serait contraint de faire exactement ce que l'autre désirait.

Une bande joyeuse et agitée de jeunes Anglais qui rentraient dans la salle dissipa sa réflexion. Ils s'agglutinèrent au bar, parlant fort, avec un accent que les gens de la côte Est s'efforcent désespérément d'imiter. Un homme d'une cinquantaine d'années, les cheveux gris, le teint basané, un journal sous le bras, entra derrière eux d'un pas rapide. Il s'arrêta, parcourant la salle du regard comme s'il cherchait quelqu'un ou une table vide. Il s'installa au bar à quatre tabourets de King et ouvrit son journal à la page des sports.

D'un air dégagé King se mit à observer les gens. Il essayait de se faire une idée de son correspondant. La quarantaine, les cheveux courts, des lunettes, l'air d'un étudiant comme la plupart des types qui travaillaient dans les ministères ; un trench-coat et une allure furtive. Il s'amusa à compter les consommateurs qui avaient une vague ressemblance avec ce portrait robot imaginaire. Il en repéra huit. Trois faisaient face à la porte d'entrée ; ils étaient accompagnés. King les élimina d'office.

Il descendit de son tabouret, enleva son manteau et son écharpe. Le barman apporta sa commande. King étala sur les tranches de pain de seigle une couche de moutarde et mordit dans son sandwich. La moutarde était forte et lui piqua le nez. Deux hommes assis en bordure du passage le regardaient à la dérobée. Ils avaient le genre new-yorkais dans le coup. Il se désintéressa d'eux. Il pressa le quartier de citron dans son eau minérale italienne.

Vers une heure et demie le pub commença à se vider. La foule regagnait les bureaux.

Après un coup d'œil à sa montre, King fit signe au barman, et alla s'installer à une table qu'il avait repérée. Il avait dans son champ de vision une bonne partie des consommateurs, et contrôlait les nouveaux clients qui entraient.

Les Anglais avaient quitté le bar et pris place à une table proche de la sienne. Ils buvaient leur bière dans des pichets d'un litre ; leur rapidité et leur détermination devenaient inquiétantes. Toutes les dix minutes, l'un d'eux se levait et filait aux toilettes.

A deux heures moins le quart, une jeune femme vêtue d'une parka bleu marine, un sac à dos en bandoulière, s'assit à moins de trois mètres de lui. Elle portait des lunettes noires et avait les cheveux ramenés sous un béret. Il lui lança un regard distrait. Belle fille ! Elle alluma nonchalamment une cigarette, tira une bouffée et fit signe à une serveuse. Il l'entendit commander un *irish coffee*.

C'était une bonne idée, se dit-il, surtout s'il devait ressortir dans le froid. Il leva la main pour attirer l'attention de la serveuse. A la dernière seconde il se ravisa et demanda qu'on lui apporte un café.

A deux heures dix l'impatience effleura les nerfs de Bill King. Son correspondant avait du retard. Cela ne lui ressemblait pas ; la fois précédente il avait appelé à l'heure. A deux heures quinze, le barman à qui il avait donné les dix dollars vint à sa table.

— On vous demande au téléphone, annonça-t-il, avec un air qui sous-entendait que King n'avait plus à s'inquiéter. Les dix dollars étaient mérités.

King remercia d'un signe de tête, repoussa sa chaise et le suivit. Frank passa derrière le bar et lui tendit le combiné. King se retourna et jeta un rapide coup d'œil. Il y avait une quarantaine de clients assis dans la salle, et une dizaine au comptoir. Le type basané aux cheveux gris était plongé dans la lecture de son journal. Les Anglais buvaient toujours et lançaient des plaisanteries qui tombaient à plat. Pas de téléphone portable en vue.

— Allô ! dit King.

La ligne était muette. On avait raccroché.

— Frank, dit-il, agitant le récepteur pour attirer l'attention du barman.

Ce dernier s'approcha.

— Il n'y a personne, constata King.

Frank haussa les épaules en signe d'ignorance.

— Vous êtes certain que c'est moi qu'on demandait ?

— Oui, Bill King. Je me souviens de votre nom.

— Une voix d'homme ou de femme ?

Le barman poussa un soupir en secouant la tête. D'un geste machinal, il essuya le comptoir devant lui.

— Je n'ai pas fait attention.

— Dommage, fit King à mi-voix.

Il tourna le dos au comptoir.

— Vous partez ? demanda Frank.

— Je ne bouge pas. Au cas où on rappellerait.

Il alla jusqu'au fond de l'établissement et croisa la fille au béret et à la parka bleue. Elle lui sourit. Il prit le couloir jusqu'aux toilettes. Elles étaient vides. Il ressortit, fouilla dans sa poche, trouva quelques *quarters,* et s'approcha d'un téléphone public. Il appela sa ligne directe. Sa secrétaire décrocha. Il tint le combiné à distance de son visage ; l'idée que des centaines de personnes collaient ce truc sur leur oreille et sur leur bouche, postillonnaient et bavaient dessus, le dégoûtait.

— C'est moi, fit-il.

— Quelle surprise ! Vous êtes en vacances ?

— J'y songe. Des messages ?

Il y en avait, mais pas de son correspondant anonyme ; pas de celui qui prétendait connaître la donne dans une partie de poker où personne ne découvrait ses cartes.

— Autre chose ?

— La routine. Riley vous a demandé trois fois.

— Dites-lui que je serai au bureau demain matin.

Il raccrocha. Riley désirait-il être l'ami que l'on a désespérément cherché toute une vie ?

De retour dans la salle, il renonça aux spéculations inutiles. Il était contraint d'attendre au cas où l'autre rappellerait. Il était trois heures. King buvait son deuxième café. Une silhouette familière franchit les portes du pub. Il leva le bras.

Kate semblait gelée. Elle s'assit et souffla dans ses mains jointes pour les réchauffer. Elle était bizarrement accoutrée.

— Je viens de faire un demi-mile à pied, dit-elle. Il y a tellement de circulation que j'ai préféré laisser mon taxi. Je tenais à être à l'heure.

King eut un grognement d'approbation. Il se demanda s'il passerait sa frustration sur elle en jouant les flics soupçonneux et mal embouchés.

— Vous faites une drôle de tête, remarqua-t-elle, contrariée. La tête du type qui s'apprête à me passer les menottes et me tabasser pour l'avoir dérangé.

Elle était assise en face de lui, les joues rosies par le froid. Jolie, constata-t-il. Elle avait une ombre de maquillage sur les paupières et les lèvres humides. Il se demanda si elle avait un boy-friend.

— J'ai quelques problèmes, concéda-t-il.

Une serveuse vint prendre la commande de Kate. Une soupe de légumes et un verre de Cabernet Sauvignon.

— Un autre *espresso*, demanda King, regardant les tables voisines.

— Qu'est-ce que Kate Crow, le génie du CDC, a à me montrer ? dit King sarcastique.

Kate le dévisagea avec une expression de surprise sur le visage. Elle posa son sac et se baissa pour fouiller à l'intérieur. Elle se redressa, un dossier à la main.

— Tenez, dit-elle doucement. Il vous sera facile de vérifier ces informations.

— C'est le fameux dossier Crime et Conspiration ? ricana-t-il.

Kate acquiesça de la tête et but une gorgée de vin. Cet agent du FBI commençait à lui porter sur les nerfs.

King avait autre chose en tête. Il prit négligemment le dossier et le posa à côté de lui.

— Vous n'avez pas l'intention de l'ouvrir ? s'enquit Kate.

— Je le lirai à tête reposée.

Kate chercha son regard.

— Vous êtes un dur, King, un vrai mec. Qu'est-ce que vous vous imaginez ? Que je vous ai demandé de me retrouver ici parce que ça me donne des frissons d'être assise en face d'un taré du FBI !

King tournait sa cuillère dans la tasse. La crème dorée de l'*espresso* s'était dissoute. Il but une gorgée de café. Kate entama sa soupe en silence. Il se rendit compte qu'il n'avait pas devant lui une groupie à la recherche d'un artifice pour épater la vedette de ses rêves.

— Vous avez marqué un point, reconnut-il. Que voulez-vous ?

— Lisez ce putain de dossier !

2

King releva le menton. Sa première marque d'intérêt depuis qu'il avait ouvert le dossier.

— Comment êtes-vous tombée là-dessus ? demanda-t-il d'un air incrédule.

— Vous aviez Victoria et Kaplan ; de mon côté, j'avais Klein et Willy. J'ai éliminé le hasard et cherché un fil conducteur, une corrélation. Je voulais un scénario logique. Le programme MECISP a fait le reste.

— Bon Dieu ! jura King.

Il aurait pu y penser ! Il n'avait pas avalé cette histoire de virus. Il avait eu tort.

— Je cherchais des morts subites, reprit Kate, des morts brutales par maladie, des suicides liés à de soudaines infections mortelles. Dans la majorité des cas il n'y avait pas d'autopsie, juste un certificat de décès établi par le légiste ou le coroner, mentionnant l'état physique des corps. On ne meurt pas du Sida en deux mois. Les signes extérieurs étaient évidents ; je n'ai pas eu de mal à les interpréter.

— Aucune chance que ce soit un hasard ?

— La probabilité calculée par l'ordinateur est de 1 pour 7 000.

King demeurait pensif.

— Financiers, banquiers, journalistes, animateurs de radio ; des gens probablement influents à leur niveau, dit-il en parcourant du doigt les professions. Combien y en a-t-il ?

— Neuf cent soixante-trois, répartis sur plusieurs États et sur une période de dix-huit mois. C'est une première estimation.

King, sceptique, secoua la tête.

— Je n'arrive pas à croire que ces morts n'aient pas éveillé les soupçons.

— Deux morts supplémentaires par jour pour l'ensemble du pays, vous croyez que ça attire l'attention ! dit-elle, le regardant dans les yeux. Le but n'est pas de déclencher une alerte en envoyant d'un seul coup la moitié de la population dans les hôpitaux ; le but est de noyer ces victimes dans les milliers de décès quotidiens.

— Je croyais que le CDC enquêtait sur toutes les maladies suspectes ?

Kate eut un geste désabusé.

— C'est bien ce que j'ai fait.

— Je ne parle pas de vous.

— Officiellement le CDC ne peut agir que si les autorités sanitaires de l'État le demandent. Essayez de comprendre ! L'effondrement des défenses immunitaires et la panoplie d'infections qui l'accompagnent sont les symptômes classiques du Sida ; et il y a plus d'un million de séropositifs dans le pays. Le doute réside dans le fait que le matériel génétique du virus n'est présent qu'à l'état de traces. Il faut d'abord écarter un tas de causes probables avant de songer à…

— Quelles causes probables ?

— La nature du test qui détermine la charge virale, les antécédents du malade, la possibilité d'un sous-type inconnu, etc. Nous sommes loin d'avoir fait le tour de la diversité du HIV. Pourquoi chercher une autre volonté que celle de la nature derrière ces morts ?

— Comment sont-ils contaminés ?

— Par voie sexuelle ; sperme, fluides vaginaux… un contact avec du sang contaminé. Il doit y avoir des dizaines de Philip Klein et de Victoria Berkowitz qui se baladent dans le pays ; Phoenix, Dallas, San Diego, Miami, Indianapolis… Ils sont partout.

King la regarda comme si elle sortait tout droit d'un cauchemar.

— Ils ne choisissent pas leurs cibles au hasard. Vous avez remarqué les noms des victimes ?

Il ne fit pas attention à la question.

— Je ne comprends pas comment ce truc ne tourne pas à l'épidémie générale, dit-il.

— Deux jours après avoir eu un rapport sexuel avec Klein, Willy a été contraint de s'aliter, et son état n'a fait qu'empirer. L'incubation est quasi instantanée ; c'est un facteur limitant.

Elle se pencha vers lui.

— Vous avez remarqué les noms ? répéta-t-elle.

— Je ne vous suis pas, fit King, surpris.

— Vous jouez à l'imbécile ?

Il fit celui qui n'avait pas entendu et réexamina le dossier, clignant des yeux, relisant chaque ligne.

— Nom de Dieu ! jura-t-il. Je n'avais pas fait attention. Les noms... ils sont tous...

— Juifs, termina Kate. Toutes les victimes sont juives !

— Bon Dieu ! C'est invraisemblable !

— Vous croyez encore au hasard ?

Il voulait y croire, mais les informations dansaient devant ses yeux, pareilles à un ballet macabre.

— *Ils* échangent les prélèvements de sang dans les hôpitaux, dit Kate. Vous êtes au courant pour Nelly Stern ?

— C'est l'une des...

— Elle est morte au Mount Sinaï Hospital dans des conditions différentes des autres. Son sang a été envoyé au CDC pour être analysé. Je m'en suis occupée personnellement.

— Vous avez trouvé une autre cochonnerie ?

— Je n'ai rien trouvé du tout.

— Je ne comprends pas.

— Le sang appartenait à un individu de sexe masculin.

— Quoi !

— J'ai fait un caryotype [1]. Habituellement nous ne le faisons pas dans une recherche de virus, mais j'avais des soupçons. Je suis tombée en plein dessus. L'infirmière qui a fait les prélèvements sur Nelly Stern n'a pas reconnu son écriture sur l'étiquette des tubes envoyés au CDC. J'ai un moyen de savoir...

Une idée traversa l'esprit de King. Kate était-elle son contact anonyme ?

— Vous avez cherché à me joindre au pub, vers deux heures ? demanda-t-il, lui coupant la parole.

— Non, dit-elle, surprise, en buvant une gorgée de son verre.

King baissa les yeux.

— Je suppose que Willy et Dave Weinfeld ne font qu'un, fit-il remarquer à Kate.

— Qui ?

— Dave Weinfeld, le sénateur. Son nom figure sur votre liste.

Elle marqua un temps d'arrêt puis hocha la tête.

— C'est une preuve, une sacrée preuve ! Je n'aurais jamais deviné que ce type était gay. D'autres devaient le savoir.

1. Étude des chromosomes dans le noyau. Dans ce cas précis, identification des chromosomes sexuels au niveau des globules blancs.

Le sénateur Weinfeld avait dû être une de leurs plus grosses cibles. King était entraîné à voir le danger en face. Il l'avait croisé, parfois sans s'en rendre compte. Après toutes ces années de métier il se sentait menacé et désarmé. L'organisation qui avait commandité ces assassinats surveillait tout et ne reculait devant rien. Il jeta un regard autour de lui.

— Pourquoi plus spécialement les juifs ? demanda Kate, interrompant son silence.

— C'est une vieille histoire, nous avons toujours servi de boucs émissaires. Ce ne sont pas les néonazis et les antisémites qui manquent dans notre pays. Ils ont simplement changé de méthode.

— L'Amérique n'est pas l'Allemagne nazie, Bill. Comment arrivent-ils à recruter leurs agents ? Berkowitz, c'est un nom juif, Tanya Snell ne l'était pas. Pourquoi se faire passer pour juive ? Quel but cherchent-ils à atteindre ?

King réfléchissait à toute vitesse. Il entrevoyait vaguement une direction, mais il n'arrivait pas à établir la connexion avec la série d'explosions.

— A part d'être juives, les victimes doivent avoir autre chose en commun, continua Kate.

Contrarié, King regarda sa montre ; son correspondant ne s'était pas manifesté.

— Le virus, Kate ! C'est votre partie, bon sang ! De quel type d'installation ont-ils besoin ? dit-il avec force.

Kate haussa les épaules.

— D'un congélateur.

— Vous vous foutez de moi ?

— Non. Une fois produite, la souche se conserve au froid. Indéfiniment.

King avala sa salive. Il lui lança un drôle de regard.

— Parlez-moi de l'inhibiteur, cette protéine qui immunise leurs tueurs.

C'était la première fois que King employait ce mot. Tueurs.

— C'est plus cher et plus compliqué. Ils doivent la synthétiser, la complexer...

King eut un geste d'impatience.

— Qu'importe ! Où la produisent-ils ?

— Il existe des centaines d'industries qui synthétisent des milliers de molécules ; vitamines, hormones, médicaments, etc., reprit Kate. Ils ont pu racheter l'une de ces compagnies. C'est une hypothèse. A vrai dire je n'en sais rien.

Elle se pencha vers lui.

— Que comptez-vous faire ?

King referma le dossier et le posa sur la table. Ils étaient dans ce pub, entourés de gens à mille lieues de se douter de ce qui se tramait. Kate n'avait pas terminé sa soupe et le café de King était froid.

— Le CDC peut-il confirmer officiellement ce que vous avez trouvé ? demanda-t-il.

Kate hésita.

— Je ne crois pas. Avant de se prononcer il lui faudra des mois d'études. Souvenez-vous du HIV.

Elle désigna le rapport.

— Ça ne vous suffit pas ?

King gardait les yeux baissés sur la table. Il évitait d'affronter son regard.

— C'est insuffisant.

— Et Vanessa Weinfeld ? C'est la fille d'un sénateur, elle peut…

— Il vaut mieux la laisser en dehors pour le moment. Elle doit être surveillée.

Il s'efforçait de paraître calme. Il jugeait inutile d'inquiéter Kate davantage ; inutile de lui confier que sa position au FBI n'était pas des plus solides, qu'il était sous surveillance, et que ce qu'elle venait de soulever était proche de l'explosion atomique. Les organisateurs de ce massacre étaient méthodiques, discrets, efficaces ; habitués au secret. Professionnels.

— Ce qu'il faudrait, c'est coincer l'un de ces fanatiques, suggéra-t-elle. J'aurais une preuve scientifique de ce que j'avance.

King écoutait.

— Vous, de votre côté, vous remontez la filière, conclut-elle naïvement.

Il faisait tourner entre ses doigts sa tasse de café.

— Il nous sera difficile de remonter, comme vous dites, la filière. Ce type d'organisation terroriste a une structure particulière qui protège les chefs. C'est une hydre sans tête. Chacun accomplit sa besogne dans l'ignorance de ce que fait l'autre.

Il fallait éviter les imprudences, calculer son coup, et trouver une stratégie en conséquence.

— La presse ? Les organisations juives ? Il faut les prévenir !

— Pas maintenant, dit-il, réfléchissant tout haut. Nous sèmerions la panique. Ils s'enterreraient. Non, nous ferions leur jeu... D'un autre côté, le nombre de victimes va augmenter.

— Le Président ?

King eut un geste désabusé.

— Sur quelles bases nous écouterait-il ?

Il agita le dossier et dévisagea les consommateurs les plus proches.

— C'est insuffisant ! Insuffisant pour n'importe lequel des abrutis qui nous entourent, à plus forte raison pour un président.

— Vos chefs ?

King secoua la tête.

— A vous écouter il n'existe aucune solution, dit Kate, angoissée, regardant sa montre.

— Il en existe une. Nous n'allons pas la trouver là, tout de suite. Il faut creuser davantage, en silence, et ne pas rater notre coup. Je vais avoir besoin de vous.

Kate regarda à nouveau sa montre et se leva en prenant son sac.

— J'ai un coup de téléphone à donner. Je reviens dans cinq minutes.

Elle devait repasser au Mount Sinaï pour récupérer le préservatif, la robe de Charlayne Evans et si possible les échantillons de sang. Les formalités, malgré la bonne volonté de Flick, s'étaient avérées plus complexes qu'elle ne l'imaginait ; le règlement de hôpital exigeait la signature d'un deuxième administrateur sur le document de remise. Flick lui avait promis de faire le nécessaire. Attendre l'aurait mise en retard à son rendez-vous avec l'agent du FBI.

— Les téléphones sont dans le couloir au fond à droite, jeta King.

Elle se retourna et eut un geste de la main. Elle avait besoin de se passer de l'eau sur le visage. Ses joues étaient en feu, elle se sentait vidée. Elle traversa la salle et gagna les toilettes.

Creuser davantage ! Qu'est-ce qu'il entendait par là ? Creuser sa tombe ?

Pas question de lui en demander plus. Le FBI, la CIA, et ces organisations supposées défendre le peuple américain n'avaient qu'à se démerder !

Pour la première fois, elle regrettait d'avoir choisi ce métier. Elle avait envie de s'asseoir sur le carrelage et de fumer un joint. Demain, elle rejoindrait sa sœur en Italie. Elle trouverait un job dans un hôpital, un laboratoire privé, n'importe quoi. Tout se brouillait dans son esprit. Elle s'essuya avec une serviette en papier et ressortit dans le couloir.

Un homme se tenait devant l'un des téléphones, le combiné à l'oreille. Il tourna la tête dans sa direction. Il avait une sale gueule. Il raccrocha et repartit vers la salle, un journal sous le bras.

Kate sortit la carte de visite que Flick lui avait remise. Ne devait-elle pas prendre l'avion pour Rome le lendemain ? Elle haussa les épaules. Elle avait souhaité se retrouver en plein inconnu, à la recherche de germes mortels ? Elle y était !

Le virus, c'était sa découverte. Elle ne lâcherait pas King au moment où il avait le plus besoin d'elle. King appartenait au FBI, une agence fédérale, puissante, efficace, qui comptait des milliers d'agents. Ils la protégeraient. Peut-être mettraient-ils leur laboratoire à sa disposition durant l'enquête ? Elle en savait plus que quiconque sur ce virus. Elle respira lentement, cherchant à calmer les battements de son cœur. Elle glissa un *quarter* dans l'appareil et composa le numéro de l'hôpital.

Il était quatre heures et demie. Flick n'était pas dans son bureau. On la mit en attente. Son avion était à dix heures du soir, elle avait du temps devant elle.

Pour King, l'atmosphère du pub était devenue pesante. Il avait dénoué sa cravate, et sa chemise était trempée. Il relisait les éléments réunis par Kate. Il lui aurait fallu le feu vert du Président, deux mille agents et des pouvoirs spéciaux pour ratisser le pays et déterrer ces scorpions là où ils se tapissaient.

— Bill King au téléphone, annonça un haut-parleur.

Surpris d'entendre son nom il leva la tête. L'équipe de barmen avait changé. Il jeta un coup d'œil à sa montre. Son correspondant anonyme avait plus de trois heures de retard.

Il referma le dossier, le glissa dans la poche de sa veste. Il recula sa chaise et se leva. Il se dirigea vers le bar. Il était arrivé à hauteur de l'appareil posé sur le comptoir quand l'un des consommateurs se retourna, trébucha, et chercha maladroitement à se rattraper à lui pour ne pas tomber.

— Je suis désolé, fit le type d'une voix pâteuse.

— Ce n'est rien, répliqua nerveusement King en le repoussant.

D'une démarche mal assurée l'autre gagna la sortie. King s'aperçut que la manche gauche de sa veste était humide ; une large tache s'y étalait. Il sentait le liquide mouiller son avant-bras. Cet abruti avait renversé son verre !

Le téléphone était muet, pour la deuxième fois. Il raccrocha brutalement. Il fourragea dans ses poches. Il n'avait pas de mouchoir. Il ne lui restait plus qu'à se rendre aux toilettes pour nettoyer sa veste.

Dans le couloir, Kate était toujours en attente.

— C'est vous qui m'avez demandé ? dit-il en s'avançant.

Il avait l'air furieux.

— Non. Je suis en ligne avec l'hôpital.

Il s'approcha d'elle.

— Quel hôpital ?

Son ton était menaçant. Il lui arracha l'appareil des mains.

— Vous êtes fou ? dit Kate en reculant.

Il voulut porter le combiné à son oreille. Il ne termina pas son geste. Il poussa un grognement et s'affaissa.

— Qu'est-ce qui vous arrive ? cria-t-elle en se précipitant vers lui.

Elle s'agenouilla. Il avait le front couvert de sueur.

— Un étau dans ma poitrine, j'étouffe, gémit-il.

— Ne bougez pas !

Elle prit son pouls. Il était irrégulier et fuyant. King était en train de faire une crise cardiaque.

— J'appelle une ambulance, dit-elle.

Il agrippa son bras. Il venait de comprendre.

— Kate ! La manche de ma veste... l'odeur.

Elle le regarda dans les yeux. Son visage était livide, crispé par la douleur. Elle se pencha vers lui. Elle sentit d'abord une forte odeur d'alcool, puis arriva un relent d'amandes amères.

Elle ravala le hurlement qui montait dans sa gorge. Dans le sang de King circulait à présent un composé à base de cyanure.

Kate fut prise d'une nausée. Elle détourna la tête et vomit. Secouée de spasmes, elle pressa ses doigts sur la carotide de King. Les pulsations faiblissaient, il était en train de mourir.

Ce n'était plus une affaire de minutes mais de secondes. Elle était impuissante. Elle lui prit la main et se mit à pleurer.

— Tout va bien, Bill. Tout va bien, murmura-t-elle, penchée sur lui.

Il se mit à parler, réunissant ses dernières forces.

— Le type au bar... Le dossier est dans ma poche... Il y a un carnet dans ma veste. Beverley Williams, Meyer Epstein, leurs numéros sont... dans le carnet... Partez ! Ne faites confiance à personne d'autre... Pas... la... police.

Il eut un sursaut, son regard se voila. Sous ses doigts elle ne sentait plus rien. King était mort.

En état de choc, Kate hocha la tête et ferma les yeux. Elle se mordit les lèvres et s'obligea à prendre le dossier et le carnet.

Elle chancelait, ses genoux refusaient de la porter. Retenant ses sanglots, elle se baissa et ramassa son sac. Des larmes coulaient sur ses joues. Elle franchit la porte du couloir et tourna à droite au lieu de repartir vers la salle. Elle s'empêchait de regarder autour d'elle. Au-dessus d'une porte elle aperçut un panneau lumineux et les lettres SORTIE inscrites en rouge. Elle poussa la porte, traversa un corridor encombré de caisses, et se retrouva dans la rue.

Indifférents à tout, les piétons se pressaient sur les trottoirs. L'air était glacé et figeait ses larmes. Elle marcha comme un automate jusqu'à la Cinquième Avenue.

King avait été assassiné sous ses yeux. Elle ne savait pas si elle courait un danger. *Il avait parlé d'un type au bar.* Kate fit le rapprochement avec l'individu qui téléphonait quand elle était sortie des toilettes. Elle se retourna, au bord de la panique, cherchant à le repérer.

Pas la police ! C'étaient les dernières paroles de King. Elle ne comprenait pas pourquoi. Elle était capable d'identifier ce type ; demain, les journaux pourraient diffuser en première page son portrait-robot. *Pas la police !*

La foule compacte marchait en rangs serrés et refusait de s'écarter. Kate se laissa porter par le flot, renonçant à poursuivre un itinéraire précis. Elle avait froid. Elle s'arrêta et acheta un gobelet de café qu'elle but à petites gorgées sans se soucier de la brûlure que lui causait le breuvage. Quelqu'un avait piégé King. Peut-être s'agissait-il d'une affaire qui n'avait rien à voir avec le contenu de son dossier. Pourquoi s'imaginer une histoire pareille ? Le type aurait pu la supprimer sans difficultés, elle était seule dans ce couloir. Et s'il l'avait suivie pour la tuer en pleine rue ? Elle n'était pas en sécurité. N'importe qui pouvait s'approcher et lui verser cette saloperie sur la peau. La peur lui nouait le ventre. Elle pressa le pas. Elle avait envie de se précipiter dans le premier commissariat venu. Un taxi ! Prendre un taxi et filer au Mount Sinaï. Elle se sentirait protégée dans l'enceinte d'un hôpital. C'était son univers. Elle regarda sa montre. Cinq heures. Elle aurait du mal à trouver un taxi libre.

Elle se rapprocha de la bordure du trottoir, réchauffant ses mains autour du gobelet. Elle sursauta en poussant un cri d'angoisse. Quelqu'un lui avait saisi le bras !

Une jeune femme se tenait à ses côtés. Un visage régulier trop maquillé, des yeux cachés derrière des lunettes noires, un béret. Kate l'avait déjà vue ! La fille se trouvait au Ohara's à deux tables d'eux. C'était sa complice ! Elle l'avait suivie, attendant le moment propice pour lui régler son compte.

— Qu'est-ce que vous me voulez ? demanda Kate.

Sa voix tremblait, même si elle s'efforçait d'en maîtriser les tremblements. Le gobelet de café était à moitié plein. Kate se prépara à l'envoyer à la figure de l'inconnue.

— Ne craignez rien, Kate, dit la fille, relâchant sa pression.

Elle recula, prit un morceau de papier dans la poche de son anorak et le lui tendit.

— C'est avec moi que King avait rendez-vous. J'ai eu tort de ne pas lui faire confiance. Ne parlez à personne, vous entendez, personne ! Laissez un message pour Eva Stone à ce numéro. Eva Stone. N'oubliez pas ! Appelez d'une cabine. A bientôt, *Kate*.

D'une voix mal assurée Kate demanda :

— Comment connaissez-vous mon prénom ?

La fille eut un sourire.

— Il y a trois heures je l'ignorais.

Elle lui tourna le dos.

— Qui êtes-vous ?

L'inconnue fit demi-tour et enleva ses lunettes.

— Je m'appelle Victoria Berkowitz, lança-t-elle, avant de s'éloigner aussi soudainement qu'elle était apparue.

13

1

Greenwood eut un bref regard circulaire puis se dirigea d'un pas nonchalant vers un banc où était assis un homme vêtu d'un manteau au col relevé et d'un chapeau.

— Vous êtes en avance, fit remarquer *Ramsès*, regardant le bassin devant lui.

— Vous aussi, répliqua Greenwood en prenant place à l'autre extrémité.

Ils ne se serrèrent pas la main. Le froid condensait leurs mots en petits halos de vapeur blanchâtre. Il faisait presque nuit. Au loin, la Maison-Blanche jetait un dôme de lumière sous un ciel bas et sans étoiles.

— Vous portez un micro ?

— Non.

De sa poche, *Ramsès* sortit un appareil qui avait la taille d'un boîtier de télécommande. Il le promena à quelques centimètres de la poitrine et des jambes de Greenwood.

— La mort de King était-elle nécessaire ? demanda-t-il en remettant l'appareil dans sa poche. Je vous avais dit qu'il était contrôlé *de l'intérieur*.

Greenwood hocha la tête et enfonça ses poings dans

les poches de sa veste fourrée. Il portait une casquette et un cache-col noué autour du cou.

— Il dérapait dans la bonne direction.

— Vous n'êtes pas assez vigilant ! Nous avons pris des mesures pour empêcher que l'on se pose des questions inutiles, continua *Ramsès.* Vous avez lu la presse ; officiellement il s'agit d'une crise cardiaque. Au FBI on pense qu'il s'agit d'un vieux contrat, du temps où King était à la DEA. Nous n'aimons pas intervenir directement. Ce sera la première et la dernière fois !

Greenwood serra les mâchoires mais n'éleva pas la voix. Sa haine transparaissait malgré son apparent détachement professionnel.

— King s'est fait avoir. Cela peut arriver au meilleur d'entre nous.

Ramsès ne releva pas. Ses amis et lui n'étaient mus ni par le désir de régler de vieux comptes ni par celui d'assouvir une vengeance personnelle ; pour eux c'était une question de pouvoir et de logique.

Un couple enlacé s'approchait. Il y eut un silence. Ils les virent s'éloigner, marchant en titubant, riant aux éclats.

— Que faisait-il dans ce bar à New York ?

Greenwood haussa les épaules.

— Un rendez-vous. Il y avait une fille avec lui. D'après le signalement il pourrait s'agir de cette fille du CDC.

— Quelle fille du CDC ?

Ramsès jeta un coup d'œil à sa montre pour cacher son irritation. Greenwood dissimulait des informations vitales.

— Elle s'appelle Kate Crow. Elle travaille au service de pathologie virale. King s'était mis en rapport avec elle. J'ignore pourquoi.

Greenwood jugea inutile de parler de la visite de Kate à Dave Weinfeld ; c'était un détail, comme l'« accident » de Timothy Evans. Inutile de préciser qu'il avait dû liquider Philip Klein pour s'être rendu chez le sénateur. Une opération de cette importance comportait toujours des éléments imprévisibles.

— Je n'ai pas encore éliminé la fille, continua-t-il. Je ne voulais pas donner à King le moindre soupçon. Maintenant qu'il est mort...

Ramsès réfléchissait. Il ne voulait pas prolonger cette entrevue pour des questions de sécurité. D'un autre côté, Greenwood traitait à la légère un aspect vital de l'opération. Cela valait la peine de s'attarder.

Cette fille devait être neutralisée au plus vite, se dit *Ramsès*. Il avait quelqu'un au CDC pour vérifier immédiatement ce qu'elle trafiquait.

— Vous souhaitez qu'on s'en débarrasse ? demanda Greenwood comme s'il lisait dans ses pensées.

— Où est-elle ?

— A Atlanta. Elle est rentrée par le vol de jeudi soir.

— A-t-elle assisté à la mort de King ?

— Je pense que oui. Notre homme l'a vue filer par la porte de service. Elle avait l'air bouleversée. Il ne l'a pas suivie. Il n'avait pas d'instructions.

Ramsès l'écoutait attentivement. Une erreur supplémentaire. L'élimination de King avait laissé des traces.

Greenwood était-il remplaçable ? A ce stade, *Ramsès* ne voyait personne d'autre capable de contrôler sur le terrain une organisation de cette envergure qui fonctionnait comme les compartiments étanches d'un sous-marin. Greenwood était le meilleur et il le savait.

— Elle n'a contacté personne depuis. Ni le FBI ni la police, conclut Greenwood d'un ton rassurant.

Bon et mauvais, se dit *Ramsès*, alarmé. Ce n'était pas une réaction normale.

— Elle a peur. Elle a dû découvrir quelque chose. Il vous faut trouver une solution discrète. Il ne s'agit pas de descendre tout le monde pour se faire remarquer. Fouillez son passé, son domicile, remontez s'il le faut jusqu'à sa naissance. Vérifiez si elle cherche à contacter des collègues, des relations de King ; des gens en qui il avait confiance. Mettez-les sur écoute. Je veux un rapport quotidien sur tous les appels passés et reçus.

Greenwood se tourna vers *Ramsès*.

— Pour Stern, j'ai fait le nécessaire. Le sang envoyé au CDC a été changé et on l'a enterrée sans poser de questions. Satcher, l'homme qui s'est occupé d'elle, est en forme, mais...

— Avez-vous prévenu Joseph Beckman de ce qui est arrivé à Nelly Stern ?

— Pour l'instant il n'est pas joignable. Il faut attendre.

Ramsès eut un geste d'agacement. Attendre était contraire à sa nature, surtout en face de problèmes dont il ne maîtrisait pas les données. Il n'aimait pas se trouver confronté à des dilemmes.

— Et les autres *Soldats* ?

— Ils sont sous surveillance permanente. J'ai deux cents fourgons d'observation et quatre cents hommes sur le terrain.

— D'où viennent ces hommes ?

— Je vous l'ai déjà dit. Du mauvais côté de la loi.

Ramsès hocha la tête, consulta de nouveau sa montre et se leva.

— Nous devons liquider ces *Soldats*, dit Greenwood que l'affaire Stern indisposait.

Ramsès prit l'air étonné.

— Pour quelle raison ?

Greenwood le fixa d'un regard dur, implacable.

— Par précaution. A cause de Stern. Vous avez eu ce que vous vouliez ; *Operation Rescue* est terminée. Inutile de prendre des risques supplémentaires.

Ramsès secoua violemment la tête.

— Pas question ! Nous n'avons pas dépensé 70 millions de dollars et mis sur pied une opération de cette envergure pour en rester là. Nous continuons !

Il y eut un silence, puis Greenwood parla d'une voix contenue, comme si ce qu'il avait à dire lui était pénible.

— Quand serez-vous en mesure de proposer de nouvelles nominations ?

Ramsès releva le col de son pardessus et enfonça son chapeau. La nuit tombait.

— Vous pensez à qui ?

— Au général Tyler, pour l'USAMRIID [1]. Pour continuer nous avons besoin de la couverture des militaires. Il nous faut un laboratoire et une équipe pour contrôler l'évolution des choses.

Ramsès avait une bonne douzaine de généraux disponibles sous la main, mais Greenwood avait identifié le meilleur profil. Il ne laissa rien paraître.

— Nous verrons. Tâchez plutôt de limiter vos conneries. Vous vieillissez, *Mother Goose* !

Il n'avait plus rien à ajouter. Il regarda en silence les voitures qui défilaient sur New Hampshire Avenue. Il s'éloigna sans ajouter un mot.

Quand la silhouette de *Ramsès* eut disparu, Greenwood se leva à son tour. Il avait du mal à conserver son calme ; personne ne lui avait jamais parlé de cette manière. Il arracha sa casquette et la fourra dans sa poche. Il ne sentait plus l'air glacé. Il transpirait. Ce salopard s'imaginait qu'il vieillissait !

Il partit d'un pas rapide en direction de sa voiture parquée deux blocs plus loin. Au passage, il s'arrêta devant un banc où un clochard s'était installé pour la nuit ; une forme allongée recouverte de vieux journaux. Il lui décocha un coup de pied haineux dans l'estomac et reprit son chemin.

Il se sentait mieux. Il se procurerait les relevés téléphoniques de King pour les trois derniers mois. Ce type d'informations nécessitait l'autorisation d'un magistrat ; une demande soumise à l'appréciation d'un juge. Greenwood s'en foutait. L'Agence à laquelle il appartenait ne s'embarrassait pas de ces détails.

Il monta dans sa voiture et démarra. Derrière lui, vautré sur le sol, le clochard vomissait ses tripes.

1. Voir page 43.

2

Vers le milieu des années 80, Greenwood avait pour nom de code *Mother Goose* et menait pour le compte de la CIA une dangereuse collecte de renseignements sur l'organisation du terroriste palestinien Abou Nidal. Il avait pénétré l'organisation en recrutant certains de ses membres, et en créant un éventail de sociétés commerciales qui étaient entrées en affaires avec les agents d'Abou Nidal en Europe et en Afrique du Nord. Ces sociétés s'étaient mises à vendre à l'organisation du matériel paramilitaire et de l'équipement électronique.

Au fur et à mesure du déroulement de l'opération, *Mother Goose* avait découvert que d'autres sociétés américaines fournissaient Abou Nidal ; certaines étaient des devantures du Mossad, qui, de son côté, utilisait une tactique identique. *Mother Goose* avait pris un plaisir particulier à démanteler ces sociétés et à faire condamner leurs dirigeants. Le Mossad lui en avait gardé rancune, et *Mother Goose* avait fait l'objet d'attaques virulentes de la part d'une poignée de politiciens américains mis au courant par Tel-Aviv.

Une fois l'orage passé, Greenwood avait été transféré dans une agence qui ne figurait sur aucun budget gouvernemental. Là, il avait enfin exprimé sur une vaste échelle son goût et son talent à manipuler les événements et les hommes. Sans se donner beaucoup de mal, il était devenu le trait d'union entre la *Fuerza Democrática Nicaragüense,* une armée anticommuniste de cinq mille guérilleros connus sous le nom de *Contras*, leurs soutiens financiers, et un trafiquant de drogue de Los Angeles.

Des tonnes de cocaïne, exportée par les cartels colombiens, avait pris le chemin de la Californie pour être transformée en *crack* et revendue par les gangs dans les ghettos noirs.

L'aventure avait permis à Greenwood de se faire beaucoup d'amis au sein de sa propre agence, de s'attirer l'animosité d'une section de la DEA dirigée par

Bill King, et de tisser un réseau de connections parmi les trafiquants de drogue.

Aujourd'hui, il utilisait ce réseau pour surveiller les *Soldats,* et pour supprimer ceux qui comme Philip Klein mettaient l'opération en danger.

Greenwood se gara dans l'allée et descendit de voiture en prenant garde de ne pas faire claquer la portière.

La maison correspondait en tout point à celle du cadre américain moyen. Trois chambres à coucher, deux niveaux, un toit en fausse tuile et un morceau de jardin, fermé à l'arrière par une clôture de bois blanc patiné par le soleil et les pluies, où le dimanche on recevait les amis pour des barbecue-parties. Elle était située à une cinquantaine de miles de la résidence personnelle du nouveau Président. Les autres maisons du voisinage étaient bâties sur le même modèle et abritaient d'honnêtes fonctionnaires du gouvernement.

Il entra par la porte de la cuisine et enleva sa veste, son cache-col et sa casquette. Il s'assit et mordit dans le sandwich que sa femme lui avait préparé ; du blanc de dinde, une farce aux herbes et aux oignons doux, de la laitue et des rondelles de tomate. La bière était tiède ; il alla en prendre une fraîche dans le réfrigérateur.

Il termina son sandwich. Il monta l'escalier. Sa femme dormait. Il éteignit le poste de télévision, se déshabilla et mit son linge sale dans le panier prévu à cet effet. Il entra dans son dressing-room et prépara sa tenue du lendemain. En homme organisé, il ne portait que des costumes sombres, infroissables, avec des chaussures à semelles inusables. Il en possédait six paires, des *Die Hard,* toutes du même modèle, qu'il mettait à tour de rôle jusqu'au samedi. Le dimanche était le jour des *Nike* blanches.

Il prit une douche, enfila un pyjama propre et redescendit dans son cabinet de travail, qui était à l'origine une véranda et qui donnait sur la salle à manger. Il entrouvrit la fenêtre et mit à brûler un bâton d'encens.

Il alluma en toute quiétude un cigare. L'odeur passerait inaperçue. Il ouvrit son coffre et prit la bande vidéo qui s'y trouvait ; celle qui avait permis à *Ramsès* d'obtenir le feu vert pour *Operation Rescue*. Il la glissa dans le magnétoscope et mit l'appareil en route.

Il resta planté là, regardant défiler les eaux grises du fleuve, les falaises rouges... C'était il y a trois ans, quand pour la première fois il leur avait parlé de Joseph Beckman et de sa solution. Il arrêta la projection et rangea la bande vidéo dans son coffre.

Ramsès envisageait une rallonge à l'opération, et Greenwood n'aimait pas ça. La nomination du général Tyler devenait une nécessité ; il était le dernier jalon vers un dégagement que Greenwood estimait indispensable.

Il s'installa devant son ordinateur. Pour la fille du CDC, il avait un scénario tout prêt. Il aurait pu la faire abattre, mais il avait envie de s'amuser un peu. Il prenait bientôt sa retraite.

La porte de la pièce s'ouvrit. Greenwood se retourna. C'était sa femme.

— Tu es déjà levé, Samuel ?

Il jeta un coup d'œil à sa montre. Six heures du matin. Il ne s'était pas couché. Il bâilla et éteignit son ordinateur. Il en avait terminé avec la fille.

14

1

Depuis son retour de New York City, Kate désertait son bureau et ne quittait pratiquement plus les laboratoires du niveau 4. C'était l'endroit où elle se sentait le moins menacée.

A New York, au milieu d'une volée d'injures, elle avait réussi à se jeter la première à l'intérieur d'un taxi. Au Mount Sinaï Hospital une enveloppe plastique à triple fermeture et une boîte en polystyrène l'attendaient. Flick avait bien fait son travail.

Le taxi l'avait emmenée à l'aéroport. Réfugiée dans la pénombre d'un bar, calmée par deux verres de bourbon, elle avait établi avec précision une liste de tests à pratiquer sur le sang de Nelly et de Charlayne ; le préservatif serait confié à l'un de ses collègues pour un examen au microscope électronique.

A l'appel de son vol, elle avait gagné discrètement la porte, donné sa carte d'embarquement, et franchi le tunnel. Elle s'était retrouvée saine et sauve dans l'avion. Personne ne paraissait l'avoir suivie.

Victoria Berkowitz était vivante ; qui était morte à sa place ? Kate l'avait à peine reconnue ; son maquillage lui donnait dix ans de plus que sur la photo. Cette rencontre lui redonnait un peu d'espoir. Elle s'y cramponnait comme un naufragé à un morceau de bois.

La nouvelle de la mort tragique de Bill King figurait dans l'édition du vendredi après-midi du *Post*. La police et le Bureau retenaient la thèse de la mort accidentelle : l'agent fédéral avait été foudroyé par une crise cardiaque. Suivait un bref commentaire sur les états de service de King et l'hommage que lui rendraient ses collègues au cours d'une cérémonie privée qui se tiendrait au quartier général du FBI le lundi suivant. Pas un mot sur la femme qui se trouvait avec King au Ohara's.

2

Retranchée à l'intérieur de sa combinaison stérile, Kate travaillait à isoler le virus soupçonné d'être la cause du décès de Nelly Stern. Charlayne Evans pouvait quitter l'hôpital, elle n'était pas contaminée.

Kate utilisait comme support de culture des cellules particulières, des cellules de reins provenant de singes d'Afrique ; une seule épaisseur de cellules qui sous le microscope ressemblait à un sol carrelé.

Le sang de Nelly Stern, récupéré sur la robe de Charlayne Evans et mis en solution, avait été déposé dans les flacons de culture. Si le virus possédait une composante Ébola identique à celle trouvée chez Dave et Victoria, les cellules dans la culture commenceraient à mourir dans trois ou quatre jours. Peut-être avant.

Kate jeta un regard à l'incubateur. L'hémorragie brutale de Nelly Stern pointait vers l'existence d'un second virus, encore plus « efficace » que le premier.

Elle débrancha son alimentation en air comprimé et se résigna à suivre l'interminable procédure de décontamination qui conduisait au monde extérieur.

La cafétéria, très fréquentée la semaine, était déserte. Elle prit un plateau, y posa une bouteille d'eau minérale en plastique, un cake, et un café. Elle était à bout de nerfs et le café n'arrangerait rien. Elle choisit une table près d'une baie vitrée.

Les nuages filtraient la lumière, le ciel avait un aspect hivernal et les pelouses étaient couvertes de feuilles mortes. Elle entendait vaguement les rares conversations dans la salle.

Pour la première fois de la journée, elle sentait le fardeau de la tristesse peser.

Elle prit le carnet de King et le posa devant elle. Il avait appartenu à un homme qui travaillait pour une agence gouvernementale, une agence puissante, crainte. Malgré ça, on l'avait assassiné. Le FBI ne bougeait pas et la presse parlait de crise cardiaque !

Elle feuilleta les pages du carnet. Beverley Williams habitait Los Angeles, Meyer Epstein, Washington. Avant de mourir, King avait mentionné ces deux noms. Elle irait voir Epstein, et lui fournirait tous les éléments qu'elle serait susceptible de réunir sur le virus. C'est tout ce qu'elle pouvait faire.

Elle revoyait, dans une image au ralenti, King s'effondrer. Agenouillée près de lui, elle avait été impuissante à prolonger sa vie. Un flot de culpabilité l'envahit et elle toussa pour dénouer ce qu'elle avait au fond de la gorge. Quel jeu jouait Victoria Berkowitz ? Pourquoi King ne lui avait-il pas parlé de ce rendez-vous ?

Elle mordit dans le cake et but une gorgée de café. Elle avait peur. Ce soir, elle dormirait au niveau 4 ; elle utiliserait une chambre réservée au personnel soupçonné de contamination.

Le fait que son nom n'ait pas été cité dans les journaux, que la police ne se soit pas manifestée, en disait long sur la puissance de ceux qui étaient aux trousses de King, et probablement aux siennes. Il valait mieux ne pas y penser pour ne pas céder à la panique.

En se levant, elle renversa son plateau. La tasse à café explosa sur le sol. Kate poussa un cri de surprise.

Elle se baissa en regardant nerveusement autour d'elle, et ramassa les morceaux. Laissant les débris et le plateau sur la table, elle quitta précipitamment la cafétéria pour retourner au laboratoire.

Sous la douche, l'odeur du phénol sur sa peau faillit la faire vomir. Elle s'adossa au mur carrelé et ferma les yeux, laissant l'eau brûlante couler sur sa nuque et ses épaules.

Elle s'appelait Kate Crow, elle était médecin et travaillait au CDC ! Ressaisis-toi, Kate ! Il lui fallait se concentrer sur son programme de travail, ne penser qu'à ça. C'était la seule façon de lutter contre le désespoir qui la gagnait.

Une vingtaine de singes étaient arrivés à l'animalerie pour servir de cobayes au nouvel antiviral. Pour l'instant, il valait mieux parier sur Ébola, se dit-elle, s'apprêtant à revêtir sa combinaison. En l'examinant, elle remarqua quelque chose de bizarre. Le gant droit relié à la manche présentait au niveau de l'index une minuscule déchirure ; une rupture dans la principale barrière de protection qui la séparait des virus. Kate regarda sa main droite et son cœur rata plusieurs battements.

Il y avait une marque rouge sur son index. Pas une coupure ; une meurtrissure plutôt. Kate l'examina attentivement. La peau ne semblait pas entamée en profondeur, mais ça ne voulait rien dire. Elle était incapable de se souvenir si la déchirure dans la combinaison était présente lorsqu'elle l'avait retirée avant d'aller à la cafétéria ; troublée par le meurtre de King, elle avait peut-être manqué de vigilance dans ses manipulations. Ces choses-là arrivaient. Elle ne se rappelait pas non plus s'être coupée en ramassant les morceaux brisés de la tasse de café.

Kate avait jeté dans un container spécial ses autres gants, les gants de chirurgien, ceux qu'elle enfilait avant de passer sa combinaison. Le container avait été remplacé pendant son absence. Impossible de vérifier si ces gants présentaient eux aussi une déchirure à l'index droit.

Il n'y avait rien d'autre à faire qu'espérer. Kate plongea son doigt dans un récipient rempli de désinfectant, puis, après avoir enfilé sa combinaison, elle ligatura l'entaille sur le gant avec de la toile adhésive.

Dans l'animalerie, les macaques, libérés de leurs trente jours de quarantaine, étaient enfermés dans des cages individuelles. La société qui les importait les gardait par centaines dans d'immenses hangars, sous la surveillance de vétérinaires en raison des épidémies. Dissimulé à l'intérieur d'invisibles moisissures, le virus de la fièvre hémorragique du singe se propageait par voie aérienne ; un accès de toux, un éternuement, et l'animal contagieux projetait dans l'atmosphère des millions de particules virales qui pouvaient effacer en une semaine une cargaison entière.

A la vue de Kate, les singes commencèrent à hurler et à remplir la salle de leur tapage. Ils manifestaient leur anxiété ; instinctivement, ils sentaient qu'elle représentait une menace.

Elle s'approcha de la cage d'un jeune mâle pour vérifier sa ration d'eau et de nourriture. Son attention fut détournée par un voyant qui clignotait sur le tableau de contrôle principal. Le sas de décontamination était en route ! Un visiteur entrait dans le laboratoire !

Seuls Rosamond Hopper et trois autres médecins disposaient de cartes d'accès. Aucun d'eux n'avait un projet en cours au niveau 4 ce samedi ; sur le planning, elle était seule à utiliser les installations. Elle regarda la montre digitale fixée au mur. 5 h 25. Elle pouvait utiliser un passage intérieur pour regagner le labo. Elle emprunterait le deuxième sas mais n'échapperait pas à la décontamination.

Kate coupa l'éclairage de l'animalerie, ne laissant qu'une veilleuse. Elle se glissa dans le couloir de communication. Elle dut patienter sept minutes sous les vapeurs de la douche chimique qui stérilisait sa combinaison. A travers la buée, elle fixait le levier qui commandait l'ouverture de la porte. Elle se décida à l'actionner. Le panneau s'ouvrit dans un bruit de pneu qu'on dégonfle. Elle s'avança prudemment. Tendant le bras, elle saisit la première colonne d'air et la brancha sur la valve d'admission. La buée disparut du hublot. Elle risqua un œil vers la profondeur du laboratoire.

Un inconnu lui tournait le dos. La silhouette, revêtue d'une combinaison identique à la sienne, se tenait devant l'incubateur. Kate la vit prendre un flacon et le lever vers un scialytique. Elle se mordit les lèvres. Elle ne cherchait pas à se faire peur dans un monde merveilleusement mystérieux ; elle allait de cauchemar en cauchemar ; la déchirure sur le gant prenait une autre signification.

Dominant le sifflement de l'air comprimé, le bruit de sa propre respiration l'effrayait. Elle fit quelques pas, s'assurant que le tuyau d'alimentation se déroulait librement. Elle s'accroupit devant une armoire et tourna la poignée. Les instruments de chirurgie s'alignaient impeccablement. Leur éclat réduisit son angoisse. Elle prit un scalpel à double tranchant et se redressa. La main crispée sur le manche, sans quitter des yeux l'intrus, elle s'avança vers l'autre extrémité du laboratoire.

15

A mesure qu'elle se rapprochait de l'inconnu, l'assurance de Kate s'envolait. S'il manifestait la moindre hostilité, elle n'hésiterait pas. Le scalpel découperait la combinaison. Elle imaginait les points vulnérables, là où les artères vitales affleuraient. Son bras droit était raide. Elle se força à détendre ses muscles sans relâcher sa prise sur le manche de l'instrument.

A bout de course, la descente d'air stoppa son avance. Elle tâtonna de la main gauche à hauteur de sa ceinture pour trouver la valve d'admission. D'un geste hésitant, elle tourna la molette de sûreté qui maintenait en place la conduite. Le sifflement se perdit dans le ronronnement des *revcos* [1]. Elle se raccorda à une nouvelle descente.

L'étranger venait de s'asseoir sur un tabouret. Il examinait les fioles qu'elle avait mises à incuber. Tendue, étouffée par sa propre respiration, Kate voulut rebrousser chemin. Elle hésita, se retourna, et d'un seul coup franchit les derniers mètres pour poser sa main sur l'épaule de l'intrus.

L'homme était doué d'un sang-froid particulier. Il ne sursauta pas. Il se contenta de reposer le flacon qu'il

1. Freezer à ouverture supérieure.

tenait à la main et pivota sur son tabouret pour faire face.

Derrière la vitre plate de son hublot, le docteur Vogel la regardait droit dans les yeux.

— Oh ! c'est vous, dit-il.

Abasourdie, Kate fit un pas en arrière.

— Que faites-vous ici ? demanda-t-elle d'une voix altérée.

— Cela me paraît évident, répliqua Vogel. Je m'intéresse à votre travail.

Il se leva de son siège. Kate ne bougea pas.

— A quel titre ?

— A vrai dire, je me demandais si vous n'étiez pas en train de craquer. Cela arrive aux débutants qui fréquentent cet endroit.

Il souriait.

— Merci de votre sollicitude. Qu'est-ce que vous voulez ?

— Savoir ce qu'il y a dans ces fioles. Elles ont un aspect inhabituel.

— Vous vérifiez mon travail ?

Elle n'arrivait pas à dissimuler l'agressivité de sa question.

— Vous vous méprenez. Je suis désolé que vous preniez ça tellement à cœur. Le fait est que vous nous posez des problèmes depuis le jour où vous avez été engagée. Vous gérez une dotation privée, la responsabilité du Centre est engagée. Si vous comptez publier, il est normal que vos résultats soient recoupés par des confrères ayant plus d'expérience. La fraude scientifique est une menace grandissante dans le domaine de la recherche.

Il prit la fiole qu'il avait posée sur la paillasse et la tint devant ses yeux.

— Ce type de culture me paraît être en dehors des travaux qui vous sont confiés !

Kate avait ressenti une vague sympathie pour cet homme, qui, en d'autres circonstances, avait fait preuve de courage et d'efficacité lors de l'explosion de l'Ébola au Zaïre ; le fait est qu'elle le voyait changer devant ses yeux.

Vogel avait travaillé de nombreuses années pour les militaires à Fort Detrick ; sa présence au niveau 4, ses propos ravivaient ses inquiétudes. La leçon qu'il essayait de lui donner était sans objet. Derrière la transparence du hublot, le visage avait perdu toute ouverture, toute honnêteté. Vogel dissimulait les vraies raisons de sa présence. Qui l'avait envoyé ?

Elle avait les mains moites et la gorge serrée. Elle se força à refouler l'angoisse qui montait.

— Je ne pense pas que cela vous regarde.

— Qu'est-ce que vous cachez ? demanda Vogel.

— Votre nom n'est pas au tableau de programmation et vous connaissez le règlement aussi bien que moi. Je vous demande de quitter le laboratoire.

Vogel se mit à rire. L'écho résonna à l'intérieur de sa combinaison. Kate crut percevoir une trace d'hésitation derrière l'assurance qu'il affichait. Elle ne chercha pas à fournir d'explications.

— Sortez ! dit-elle d'une voix plus ferme.

Vogel ne bougea pas.

— Si vous n'avez rien à dissimuler, je ne vois pas en quoi ma présence vous gêne. Au contraire, vous avez tout à y gagner, reprit-il.

— Dois-je comprendre que vous n'avez pas l'intention de sortir ?

— Exactement, répondit Vogel. Pas avant de savoir ce que vous trafiquez.

Il la regardait, s'efforçant de prendre un air détaché, persuadé qu'elle finirait par se ranger à ses arguments.

— C'est vous qui avez saboté ma combinaison !

Vogel ne répondit pas. D'un geste brusque il lui saisit le bras.

— Que cachez-vous derrière votre dos ?

Kate eut un sursaut et se dégagea. Vogel aperçut le scalpel. Il n'avait guère l'habitude de faire face à une situation de ce type. Un blocage s'était opéré, l'empêchant de coordonner ses gestes et sa pensée.

Kate fit un pas en avant. Il était à portée.

— Posez cette fiole et sortez ! hurla-t-elle.

— Calmez-vous !

Menaçante, elle leva le scalpel. Vogel tendit les mains dans un geste d'apaisement, les paumes tournées vers elle.

— Attendez, nom de Dieu !

Il essayait de reprendre le contrôle. C'était trop tard. Leurs regards étaient rivés l'un à l'autre. Ce qu'il lisait dans les yeux de Kate le fit reculer. Avec des précautions exagérées il reposa le flacon qu'il tenait à la main.

Kate continuait d'avancer. Vogel débrancha son tuyau d'alimentation.

— Vous êtes folle ! dit-il avant de disparaître dans le sas. Complètement paranoïaque !

Le panneau se referma derrière lui.

Furieux, Vogel passa à la décontamination. Ce samedi, il était allé au niveau 4 vérifier ce qu'elle trafiquait. Les cultures qu'il avait examinées paraissaient inhabituelles, et la réaction de cette fille était surprenante. Elle semblait persuadée qu'il avait saboté sa combinaison ; qu'il n'était là que pour la démasquer. Démasquer quoi ? Kate Crow était un chercheur de portée insignifiante.

Il irait rapporter l'incident à celui qui s'intéressait à elle, sans poser de questions.

Vogel avait aussi bien pu faire une fausse sortie, se dit Kate. Les sas possédaient un mécanisme de verrouillage intérieur ; on avait la possibilité de les désengager de l'extérieur grâce à une clé que détenait Rosamond Hopper. Kate lâcha le scalpel, et courut actionner la fermeture des sas. Stoppée dans son élan, elle poussa un cri, s'imaginant avoir été saisie. Le flexible était à bout de course. Elle se libéra, et engagea les verrous de sécurité.

En venant au CDC, elle avait cru pouvoir mener la vie qu'elle désirait. L'aboutissement de dix années de travail, le sacrifice d'une vie privée perdaient toute importance ; sa découverte la renvoyait dans un monde de frayeurs et d'interrogations ; un monde où la menace du pire la laissait seule, vulnérable, désarmée.

Kate ne distinguait rien, son hublot était recouvert d'une épaisse buée. Des larmes brouillaient sa vue. Elle avait envie d'arracher sa combinaison et de fuir cet endroit. Elle fit trois pas en avant, balayant maladroitement l'espace, comme plongée dans le noir absolu, et finit par se saisir d'une arrivée d'air.

Elle repoussa le tabouret où Vogel s'était assis et en prit un autre. A bout de nerfs, elle posa sa tête sur la paillasse, cherchant à faire le vide dans son esprit, et se redressa aussitôt.

Qu'avait dit Vogel en parlant du contenu des fioles ? « Elles ont un aspect inhabituel. »

Elle se redressa. Elle plaça l'une des cultures sur la platine d'un microscope. Il lui fallut une éternité avant de mettre au point la focale. Elle changea la profondeur de champ pour regarder la partie supérieure, faisant glisser le liquide d'un bord sur l'autre.

— Mon Dieu ! laissa-t-elle échapper.

Dans le cercle de lumière, elle ne voyait que des cellules éclatées ; un tissu désintégré par une décharge de chevrotines. Des sections entières broyées, réduites en pièces, hachées en morceaux. Des milliers de cellules qui flottaient dans le sérum, pareilles à des épaves. Toutes les cultures placées dans l'incubateur présentaient le même chaos.

Les débris d'une explosion.

Elle songea à une contamination bactérienne provenant des vêtements de Charlayne Evans. Certaines bactéries, inoffensives pour l'homme, se faufilaient parfois dans les laboratoires et détruisaient les cultures. A l'opposé des virus, leur prolifération dégageait une odeur caractéristique. Elle se refusa à l'idée de retirer sa combinaison, de déboucher la fiole, et de sentir ce que ce cimetière dégageait.

S'il s'agissait d'un virus, il avait réalisé en trois heures ce qu'Ébola mettait quatre jours à accomplir !

Pour lever l'ambiguïté, les cellules devaient être examinées au microscope électronique. L'appareil se trouvait dans l'un des sous-sols. Elle consulta sa montre. Vogel risquait de rôder.

Ici, dans ce lieu sinistre, elle se sentait en sécurité. Elle attendrait minuit.

C'est alors qu'elle pensa aux singes.

Dans la pénombre, les yeux du jeune mâle luisaient d'un reflet ambré. Sa poitrine se soulevait à un rythme rapide. Il se redressa et bloqua l'ouverture de la cage. La combinaison empêchait l'odeur de l'homme, à présent familière, de se répandre. Dans la mémoire de l'animal, Kate devenait une créature terrifiante, impossible à identifier.

Le macaque crissait des mâchoires pour l'intimider. Elle se mit à lui parler. Il poussa un hurlement, un cri aigu qui brisa le silence ; un cri d'alerte qui résonna comme si des profondeurs de la forêt des chasseurs surgissaient. Dans l'animalerie, d'autres ombres se mirent à bondir et à crier.

Kate manœuvra les tiges qui permettaient de rapprocher le fond de la cage, réduisant l'espace et la capacité de mouvement de l'animal. Elle piqua le singe avec une seringue fixée à un manche de plastique. Au bout d'une minute, l'éclat de ses yeux se réduisit à un point brillant. La kétamine faisait son effet. Il s'affaissa sur le plancher.

Kate réprima une nausée. Elle détestait ce qu'elle allait faire, un aspect de ce monde scientifique auquel elle préférait ne pas penser. Il n'existait pas de méthode propre, nette, humaine.

Elle ouvrit la porte, sortit l'animal, fit un prélèvement de sang, puis injecta dans sa cuisse une solution contenant un extrait des cultures qu'elle avait mises à incuber. Elle inscrivit sur une fiche la date et l'heure de l'injection. Ébola ne faisait aucune différenciation entre l'homme et le singe, ce qui n'était pas le cas du HIV. Il était impossible d'inoculer le HIV à des primates et de s'en servir comme cobayes.

Après un dernier regard à l'animal, elle traversa la salle, brancha la caméra de surveillance, et reprit le couloir de communication vers l'unité centrale. Elle avait du mal à imaginer qu'un autre virus, plus redoutable, ait été mis en circulation. Charlayne Evans avait été aspergée par le sang de Nelly Stern et rien ne lui était arrivé. Il y avait des exceptions.

A onze heures et demie, Kate préleva un échantillon de culture, le plaça dans un tube à essais, et mit le tube à centrifuger. Les débris cellulaires, les cellules agonisantes, se concentrèrent au fond, formant un culot.

L'opération terminée, elle élimina le liquide qui surnageait et retira à l'aide d'une spatule en bois le minuscule culot. Elle le stérilisa et le plongea à l'intérieur d'une résine spéciale.

Le moment était venu de gagner le sous-sol du bâtiment où se trouvait le microscope électronique.

Les néons clignotèrent puis envahirent la salle d'une lumière sans ombre. Au fond du couloir, une équipe de nettoyage disparaissait, poussant un chariot. Pas de trace de Vogel. Kate referma la porte.

La pièce mesurait environ dix mètres sur huit. Au centre, une console regroupait une batterie de cadrans et un écran géant. Le microscope à électrons se trouvait derrière une épaisse paroi de verre ; il avait la taille d'une armoire frigorifique.

Kate fixa le bloc de résine sur la platine d'une guillotine à lame de diamant. Les coupes seraient examinées sous l'objectif du microscope ; plus d'une heure s'écoulerait avant que les images en trois dimensions analysées par un logiciel apparaissent.

Elle fila jusqu'au distributeur automatique et prit un coca. Elle vida la boîte en quatre ou cinq gorgées, la jeta dans la corbeille, et retourna dans le laboratoire. Elle se mit à arpenter la pièce. Le diagnostic de Vogel la concernant retentissait dans ses oreilles.

« Vous êtes folle ! Complètement paranoïaque ! »

Elle se remémora les événements des dernières semaines. D'abord ce virus, ces gens infectés, ces morts suspectes, puis Bill King et Victoria Berkowitz ; enfin Vogel, et l'élimination de Nelly Stern.

Kate avait franchi une frontière invisible ; celle qui séparait sa réalité d'un univers incompréhensible. Elle avait besoin d'aide. Dès lundi elle se confierait à Rosamond Hopper, elle lui raconterait tout. Continuer ainsi était un suicide. Elle n'avait pas les moyens de se protéger.

Et si Rosamond Hopper avait envoyé Vogel ?

Comment être sûre de ne pas faire un faux pas ? Fallait-il rechercher la lumière ou se réfugier désespérément dans l'obscurité ? King lui avait recommandé de se tenir éloignée de la police ; Victoria, de ne parler à personne.

Une pile de dossiers se trouvait sur le bureau. Le premier portait son nom. Elle le prit. Il y eut un bruit de pas et la porte s'ouvrit. Kate sursauta, laissant échapper le dossier dont le contenu s'éparpilla sur le sol. Son cœur allait exploser dans sa poitrine.

Le gardien portait un uniforme de couleur prune, avec l'insigne du CDC cousu sur le haut de la manche. Il fit deux pas à l'intérieur de la pièce. Il était âgé et semblait inoffensif.

— Excusez-moi, dit-il.

Kate leva la main. Elle avait les joues en feu et son cœur battait à tout rompre.

Je dois avoir tout de la folle apeurée, pensa-t-elle.

Le garde vérifia sa montre et jeta un bref regard.

— Vous travaillez rudement tard pour un samedi soir, Docteur. Il est minuit passé.

Il haussa les épaules en signe d'incompréhension. Sur le badge épinglé à la poche de la veste Kate lut son nom.

— Sidney, dit-elle juste avant qu'il ne quitte la pièce, vous avez vu le docteur Vogel ?

— Si vous le cherchez, ça fait un moment qu'il est parti.

Il porta deux doigts à sa casquette.

— Bonsoir, dit-il en refermant la porte.

Sur le sol s'étalait une série de photos. Kate se baissa et ramassa une épreuve. C'était un cliché de la paroi du préservatif pris au microscope électronique et grossi des milliers de fois. La structure, différente de celle du latex, ressemblait à un réseau de mailles. Les pores étaient larges, trop larges ; cent fois plus gros que le diamètre du virus. La régularité du réseau excluait tout défaut dans le processus de fabrication.

Les villosités excitaient les terminaisons nerveuses et irritaient la muqueuse utérine ou anale en créant de minuscules lésions. A l'éjaculation, l'ampoule qui recueillait le sperme était en surpression ; le virus, par le simple jeu d'une loi physique, était expulsé à l'extérieur. La composante Ébola étant plus « virulente » que celle du HIV, il suffisait de quelques rapports sexuels pour infecter le partenaire.

Cette protection n'était qu'un décor destiné à rassurer ; une protection imaginée pour se prémunir contre d'éventuels soupçons. Personne n'irait faire de lien entre la maladie soudaine et ce partenaire masculin qui avait pris ses précautions.

Quel stratagème utilisaient les femmes pour contaminer leurs conquêtes ? Les images en provenance du microscope électronique prenaient forme. Kate interrompit sa réflexion et s'installa devant la console de commande.

Elle revoyait, décrite par Charlayne Evans, l'hémorragie cataclysmique qui avait emporté Nelly Stern. Son intuition lui soufflait que le virus, instable, avait muté.

Grossie des milliers de fois, la coupe ressemblait à une photo satellite. Elle révélait un paysage de forêts vierges, de rivières sinueuses, de lacs, de marécages baignés d'ombres lunaires froides et brillantes. Une cellule dont la paroi avait la couleur d'un geai bleu dessinait un arc de cercle et occupait l'écran. Kate réduisit la focale et déplaça le champ. Un morceau appartenant à une autre cellule apparut ; la masse sombre d'un noyau remplissait l'espace, au centre de l'image.

— Toujours rien, murmura-t-elle.

Ce qu'elle avait sous les yeux était à l'opposé d'une structure saine, organisée, répétitive ; c'était un lendemain de champ de bataille, jonché de débris de matières autrefois vivantes. Un charnier. Elle augmenta la focale, parcourant le champ, examinant image après image. Un couple de mitochondries à la surface lacérée lui sauta au visage. Elle pressa deux fois sur le bouton de la souris pour quadrupler la puissance de la focale.

Contre la membrane déchiquetée d'une cellule, entassés comme d'épais tronçons charbonneux, se trouvait la plus forte concentration de virus qu'elle ait jamais eu l'occasion d'observer.

Un silence particulier planait sur le laboratoire. Kate, les épaules rentrées, les bras croisés, regardait l'écran. Sa raison se fendait comme une mince pellicule de glace. Chaque bâtonnet représentait un virus dont une partie du matériel génétique s'était modifiée pour exprimer de nouvelles propriétés ; leur forme rappelait grossièrement une lettre de l'alphabet, la lettre K.

Klein avait transmis à Weinfeld le virus original ; Nelly Stern avait été infectée par le mutant.

Le mutant dépassait en virulence la souche qui lui avait donné naissance. Sa puissance de destruction était supérieure.

Le processus avait un côté troublant, qui ne cadrait pas avec une stratégie naturelle ; à savoir persister le plus longtemps possible chez son hôte.

Kate introduisit une disquette dans l'ordinateur et fit une copie de ce qu'elle voyait à l'écran.

Glissant la disquette dans la poche de sa blouse, elle récupéra les coupes, le dossier d'analyse du préservatif, éteignit les lumières, et quitta la pièce.

Elle sortit du bâtiment, courut jusqu'à l'ascenseur et descendit au niveau 4. Elle se doucha, le cœur soulevé par le phénol. Après avoir examiné sa combinaison, elle l'enfila et regagna le laboratoire.

Un test sur le sang de Nelly Stern confirma qu'il contenait bien une souche virale parente de celle qui avait infecté Weinfeld.

Victoria était-elle porteuse du virus mutant ? Il suffisait à Kate de mettre en culture un échantillon de son sang et de vérifier si les effets étaient aussi dévastateurs.

Elle s'en voulut de ne pas y avoir songé avant. Elle était fatiguée, éprouvée ; elle ne s'en sentait pas la force.

Kate s'assit sur un tabouret. Peu à peu, sa conscience s'échappa.

Un craquement lui fit pousser un cri de frayeur ; un deuxième craquement suivit aussitôt.

Kate ouvrit les yeux. La pendule indiquait huit heures vingt. Elle avait dormi plus de six heures.

Les hurlements continuaient. Des hurlements d'animaux, stridents, durs. Désorientée, elle mit quelques secondes à réaliser qu'ils provenaient de l'animalerie. Un glapissement strident la fit sursauter et l'arracha à son siège.

Lorsqu'elle arriva dans la salle, les macaques, pris d'une frénésie inexplicable, se cognaient furieusement la tête contre les barreaux. Elle s'approcha du mâle qu'elle avait piqué.

Il hurlait à la mort. Des rigoles brunes coulaient de ses narines et de tous les orifices possibles. Le plancher était couvert de sang, d'urine, de matières fécales. Il avait évacué ses intestins ; une masse pourpre et gluante pendait sous sa queue. L'odeur du sang affolait les autres singes. Kate détourna son regard. Douze heures à peine avaient suffi au virus pour détruire un animal en pleine santé. Dans un hoquet, le macaque vomit un paquet de sang qui l'éclaboussa.

Elle repartit vers le boyau, perdit sept minutes dans la décontamination, et revint, une seringue remplie de poison à la main. Le singe agonisait. Il n'eut aucune réaction lorsque l'aiguille s'enfonça dans son cou. Il mourut sans un tressaillement. Elle alla chercher un sac à triple paroi, l'étala sur une table à roulettes, et ouvrit la cage. Elle se saisit du singe et le déposa à l'intérieur du sac. Les fermetures Éclair remontées, elle transporta la cage jusqu'à une cabine de stérilisation. Elle consacra une heure à désinfecter le sol avec un antiseptique puissant. Elle se sentait coupable, frustrée. De nouveau elle se mit à pleurer.

Elle ne cherchait pas à retenir ses larmes, elle pleurait une perte qu'elle ressentait sans pouvoir l'identifier. Elle poussa le chariot jusqu'à la table de dissection du laboratoire principal, se soumettant une fois de plus à la décontamination.

Avant de commencer l'autopsie elle s'assura que les caméras étaient débranchées. Quand Kate incisa l'estomac de l'animal, il explosa comme s'il avait été surgonflé. Le sang suintait de tous les organes internes.

Elle en avait assez vu. Elle replaça le singe dans le sac et rinça une dernière fois ses gants dans le bac d'hypochlorite. Elle mit l'incinérateur en route, brûla le cadavre du singe, les échantillons de sang de Weinfeld, la robe de Charlayne, et toutes les cultures sauf une.

Après avoir récupéré le culot, elle le transvasa dans un tube plastique qu'elle ferma hermétiquement.

Il lui restait le dérisoire privilège de donner un nom à sa découverte ; à ce morceau de conscience primitive, à ce virus qui échappait à ceux qui l'avaient créé, et qui détruisait son hôte avec une rapidité suicidaire. Elle prit un marqueur et sans hésiter inscrivit en lettres rouges sur l'étiquette : Kamikaze.

Dehors, un vent glacé soufflait, faisant tourbillonner quelques rares feuilles mortes. Dans l'animalerie, les singes s'étaient remis à hurler et à frapper avec un rythme sauvage le plancher de leurs cages.

16

Le bruit de leurs pas rapides résonnait dans les couloirs de la Maison-Blanche. Accompagné par deux agents du service secret, le Président Donovan regagnait ses appartements. Il sortait d'une séance du *National Security Council*[1] en comité restreint, qui l'avait retenu jusque tard dans la nuit.

D'après Garrison, son conseiller pour la sécurité nationale, et les experts du Pentagone, on s'attendait aux manœuvres habituelles de Saddam Hussein. L'Irakien ne manquerait pas l'occasion de tester la résistance de la nouvelle administration.

La situation dans l'ancienne URSS était préoccupante. Le gouvernement russe réclamait une aide de vingt milliards de dollars pour faire face à un hiver catastrophique et des magasins d'approvisionnement vides. Le chantage à la vente des stocks d'armes nucléaires s'insinuait dans la salle de négociations.

La stabilité de la Russie était capitale pour l'équilibre de la région et du monde, affirmait Garrison. Il suffisait d'une ou deux têtes thermonucléaires cédées à un pays belliqueux pour que la planète entière soit assise sur un volcan.

1. Conseil National de Sécurité. Créé en 1947, il est placé sous le contrôle du président des États-Unis.

Donovan commençait à se rendre compte que sa marge de manœuvre était aussi étroite que la corniche du dernier étage d'un gratte-ciel ; le mur d'un côté, le précipice de l'autre.

Sur son passage, il ouvrit la porte du bureau de Hackett. Ce dernier était toujours plongé dans ses dossiers. Le Président aimait voir ses collaborateurs peiner sous le joug. Ils arrivaient le matin l'air aussi fatigué qu'ils étaient partis. Donovan était un lève-tôt. Il ne dormait pas plus de cinq heures par nuit, ce qui lui donnait un avantage.

Hackett s'était levé.

— Restez assis, Ted. A demain, six heures trente. N'oubliez pas que nous devons trouver une faille juridique pour foutre ces émigrés dehors. Planchez là-dessus avec le ministre de la Justice et mettez-moi cinquante putains d'avocats au tapin ! C'est une priorité, bon Dieu !

Ragaillardi — il n'abandonnerait pas toutes ses promesses électorales —, il repartit, laissant la porte ouverte derrière lui.

Quand il pénétra dans ses appartements, sa femme était au téléphone. Le Président lui envoya un baiser du bout des doigts et s'enferma dans la salle de bains. Il prit un bain chaud, se sécha vigoureusement, passa un pyjama en coton et une robe de chambre en soie. Il se rendit dans la chambre à coucher, s'allongea sur le lit, se calant avec de nombreux oreillers.

Son plateau était prêt. Un sandwich au pain complet et au fromage maigre, deux feuilles de laitue et une tranche de tomate ; une pomme faisait office de dessert. Sur les conseils de son médecin, Donovan suivait un régime. Le taux de cholestérol du Président comptait parmi les indicateurs sensibles du pays.

Il alluma la télévision, but deux gorgées d'un gin-tonic préparé par Linda, saisit la télécommande et changea de chaîne jusqu'à tomber sur celle qui diffusait les prévisions météo. La vague de froid se poursuivait ; le commentateur affirmait qu'elle se renforcerait dans les prochaines quarante-huit heures. Le Président eut un sourire satisfait. La marche contestataire du lendemain ne poserait aucune difficulté ; ces putains de défenseurs de l'avortement allaient se geler les couilles.

Détendu, il attaqua son sandwich. Dans l'autre pièce, Linda avait raccroché. Elle vint s'allonger près de lui et le regarda. Son corps mou et poilu avec l'âge lui inspirait une certaine tendresse. Son mari habitait un univers qui n'échappait pas à son contrôle ; il était parfois puéril, et elle continuait à l'aimer.

Elle était chez elle ici. Elle n'avait eu aucune peine à endosser la panoplie de Première Dame du pays. L'épouse de l'ancien Président l'avait appelée dans l'après-midi pour lui donner quelques conseils. Elles avaient plaisanté une bonne demi-heure ; Linda aurait été incapable de répéter ce que cette femme lui avait suggéré.

Son destin s'écrivait. Elle ne voulait plus d'autre existence que celle-ci.

— Ton fils était au téléphone, dit-elle à son mari.

La bouche pleine, Donovan hocha la tête. Il reposa son sandwich. Linda ne le lâcherait pas, surtout quand la situation de leur fils unique était en jeu.

— Il veut savoir ce que tu comptes faire.

— Aucune décision n'a été prise, Linda, mentit Donovan.

— Il a peur que tu ne tiennes pas tes promesses, à cause des fuites.

Il a raison, pensa Donovan. L'affaire du *Shadow* était délicate, en partie à cause des médias alertés par l'article de cette journaliste, Nelly Stern. Donovan s'était engagé avec le président de Norton Aircraft Enterprises et d'autres groupes intéressés ; mais ça, c'était juste avant d'être élu. Cette couverture de satellites coûtait beaucoup trop cher ; il serait obligé d'augmenter certaines taxes pour la financer. Sa popularité diminuerait. Il n'y aurait pas de second mandat pour Jack Donovan.

— N'oublie pas que tu es lié avec tous ces gens qui ont soutenu financièrement ta campagne, lui rappela Linda.

Donovan reprit son sandwich pour éviter d'avoir à

lui répondre. Il ne serait pas le premier Président à oublier le lendemain ses promesses de la veille.

Linda se leva et se mit à faire les cent pas dans la pièce, préoccupée et lointaine. Elle ne s'était pas changée pour la nuit. Elle portait une robe en lainage à col montant. Son maquillage était parfait ; elle paraissait dix ans de moins que son âge.

Linda avait prévu la réaction de son mari. On ne vit pas un quart de siècle avec un homme sans en connaître les faiblesses ; Donovan de son côté se doutait que sa femme n'en resterait pas là. Elle ne laisserait pas tomber ; elle avait un caractère opiniâtre et il était difficile de la faire changer d'avis.

Elle faisait toujours ça, les cent pas, avant d'abattre ses cartes. Une sentinelle sur un chemin de ronde, prête à décocher une flèche.

Le Président attendait.

— J'ai parlé à Garrison ce matin, annonça Linda en s'arrêtant.

Elle le regardait. Elle était irritée, agacée.

— De quoi s'agit-il ? demanda Donovan.

Il s'était levé. Il secouait les miettes de sa robe de chambre.

— Tu as été élu sur un programme, Jack. Tu ne peux pas tourner le dos à ceux qui t'ont soutenu.

Donovan prit la télécommande et se mit à changer de chaîne. Il sembla s'intéresser tout à coup à une publicité pour une huile de voiture.

Linda regarda son mari bizarrement.

— Garrison dit que ce projet est capital pour la défense de notre pays, et je pense qu'il a raison.

Elle avait parlé d'un ton appuyé ; insistant sur la dernière partie de sa phrase.

— Je suis le Président, dit Donovan sèchement, fuyant le regard de sa femme.

Lundi

1

Le téléphone sonna. Kate émergea du trou noir où les comprimés de somnifère l'avaient plongée. Le jour était levé, la lampe de chevet allumée. Le réveil indiquait onze heures. Elle décrocha. La ligne était muette. Elle reposa le combiné à côté de l'appareil.

Elle avait la tête lourde, la bouche pâteuse, et un abîme au milieu du cerveau. Elle resta allongée sur le dos, le regard accroché au plafond, attendant que son esprit se décide à fonctionner. Elle avait passé la journée de dimanche et une partie de la nuit à classer les éléments dont elle disposait. Toute cette histoire lui donnait la nausée.

Elle se leva à contrecœur, ouvrit les rideaux, et d'un seul coup se mit à pleurer. La crise dura dix minutes, et quand elle eut cessé, Kate se dirigea vers la salle de bains. Elle se brossa les dents, se lava le visage à l'eau froide, et finit par renoncer à mettre de l'ordre dans sa coiffure.

Elle retourna à la fenêtre et posa son front sur la vitre glacée. Le ciel avait la couleur de la banquise ; il paraissait débarrassé des relents de pourriture. Elle ne se sentait pas en état d'affronter Rosamond Hopper.

Les questions fuseraient, et Vogel avait dû faire un rapport sur ce qui s'était passé au laboratoire.

Pour chasser l'effet du somnifère, elle hésitait entre un sauna suivi d'une douche glacée ou une course désespérée. Elle opta pour la course. Elle enfila un survêtement bleu, mit ses chaussures, et ramassa ses cheveux sous un bonnet de laine.

Tandis qu'elle allongeait la foulée dans une rue où passaient de rares voitures, l'air brûlait ses poumons, son cœur cognait. Elle n'entendait plus que le claquement de ses semelles sur l'asphalte.

C'était un moment où tout ce qui vivait et bougeait autour d'elle disparaissait, se dissolvait. Elle s'imagina être le dernier survivant de la planète. Une pensée lui traversa l'esprit : les tueurs avaient-ils survécu à la mutation du virus ?

2

Les *Soldats* agonisaient. Une agonie fulgurante. Le virus mutant, insensible à l'inhibiteur, les décimait.

Cette hécatombe servait les plans de Greenwood. L'air venu du pôle figeait le pays dans la stupeur, et les gens avaient autre chose à faire que de fourrer leur nez dehors.

Greenwood, depuis l'épisode Nelly Stern, avait relogé les *Soldats* dans des planques à travers tout le pays et resserré leur surveillance. Sa procédure de nettoyage était prête. Le réseau de *voice mails* avait regorgé d'appels de détresse. Il était resté silencieux.

Le dispositif mis en place pour enlever les cadavres des *Soldats* était des estafettes portant la marque de sociétés spécialisées dans la dératisation. Les équipes de Greenwood arrivaient en tenue de protection, les bras chargés de seaux, de balais, de bidons de désinfectant, et repartaient trois heures après avec un gros sac dont le contenu ne soulevait aucune question.

Revêtu d'une combinaison protectrice, Greenwood en personne avait accompagné l'une des équipes à la planque d'un de ces *Soldats du Christ,* comme ils aimaient à se baptiser. Il était vital qu'il juge lui-même des dégâts faits par le virus et de la bonne exécution de ses ordres.

A côté du lit en désordre, le corps de l'homme achevé d'une balle dans la tête gisait au sol. Il baignait dans un liquide qui sentait le sang, l'urine, et les fèces.

Greenwood avait retenu son souffle ; la cartouche filtrante de son masque bloquait les virus mais pas les odeurs. Il était écœuré par le spectacle, mais aussi en admiration devant tant de puissance dévastatrice.

Des effets secondaires que Joseph Beckman n'avait pas prévus, pensa-t-il en rigolant intérieurement.

Les lieux avaient été méticuleusement désinfectés et les cadavres évacués vers des usines d'incinération de déchets animaux. Ce n'était pas la première fois qu'on utilisait ce type de combustible. Un moyen pratique de faire disparaître des corps. Les chaudières crachaient une fumée plus épaisse ; quelques degrés s'ajoutaient à l'eau chaude des cumulus ; les résidus enrichissaient un compost pour rosiers. Personne n'irait se plaindre.

Operation Rescue s'effondrait, mais sans nuage de poussière pour attirer l'attention. Greenwood, en pro efficace, faisait place nette. En d'autres circonstances, il n'est pas impossible qu'il eût accepté de continuer. Il se foutait des conneries idéologiques humanitaires et n'avait aucune considération pour les politiciens. Il n'était pas expert en matière de bien et de mal ; on payait des gens pour ça. Il arrêtait parce qu'il jugeait le moment venu.

En politique, le secret du succès consistait à choisir ses ennemis, à les désigner comme boucs émissaires, et à trouver une justification morale à leur élimination. Ce principe, *Ramsès* risquait de le lui appliquer. *Ramsès* et ses amis étaient engagés dans un autre combat ; un combat qui ne l'intéressait pas.

Greenwood devenait le point faible de l'édifice. Son instinct lui commandait de mettre un terme à son rôle dans l'opération. Se retirer, c'était le but qu'il s'était fixé. Se retirer à temps.

La nomination du général Tyler à la tête de l'USAMRIID était le pas vers la sortie de secours qu'il se ménageait.

Il avait besoin des militaires pour une opération plus délicate que celle de se débarrasser de ces cadavres. Il avait besoin des militaires de l'USAMRIID pour décontaminer un site.

Le général Tyler ne lui refuserait rien. Le général Tyler était un enfoiré qui à l'heure actuelle taillait des crayons dans un placard du Pentagone, et Greenwood allait manœuvrer *Ramsès* pour le sortir de là.

Greenwood occupait des locaux au neuvième étage d'un building qui servait aux opérations secrètes de l'Agence. Une poignée de sociétés fictives y avaient leur siège.

Greenwood but une gorgée de café dans une tasse qui portait le logo de Microlink, une société de services informatiques qui servait de façade à ses activités. La société payait son salaire, celui de ses agents, et un impôt sur les bénéfices. Microlink employait trois cents personnes réparties à travers le pays, directement aux ordres de Greenwood. Des sommes en liquide provenant des caisses noires de la CIA et versées sur des comptes aux îles Caïmans et à Jersey alimentaient les réseaux parallèles de Microlink.

L'*Operation Rescue* était financée par des fonds privés déposés dans des banques à Punta del Este, en Uruguay.

Le café était froid. Greenwood le recracha. De l'autre côté des fenêtres, les arbres dépouillés ne cachaient plus la vallée du Potomac. Il y avait des congères de neige partout.

A deux heures de l'après-midi, il sortit de son bureau. Il ne laissait rien transparaître de sa frustration mais son visage en disait long. Au fond du couloir, se trouvait la salle des ordinateurs dont les possibilités étaient illimitées.

Il glissa sa carte magnétique dans un senseur, attendit quelques secondes, et entra une combinaison à six chiffres sur un clavier lumineux fixé au mur. La porte s'ouvrit.

La pièce était ovale. Elle ressemblait à la tourelle de combat d'un sous-marin nucléaire. Une douzaine de techniciens en blouse blanche manipulaient nuit et jour des claviers ultra-sophistiqués. Ces hommes pouvaient accéder à n'importe quel système central du pays ; ils pouvaient modifier un dossier, créer une identité, injecter de fausses informations dans les ordinateurs de la police, ou piller une banque de données. Rien n'était inaccessible, sauf les réseaux du Pentagone et de la Maison-Blanche.

Tout était illégal. Qui s'en souciait ! L'Agence avait été créée pour réaliser des opérations fantômes que la CIA, trop sur la sellette, ne pouvait plus accomplir. Ces opérations, qui échappaient à tout contrôle par le secret même qui les entourait, étaient décidées et exécutées par des professionnels qui ne défilaient pas en uniforme la main sur le cœur comme une troupe de boy-scouts.

— Pour la fille, c'est réglé ? aboya-t-il.

L'un des opérateurs se retourna et acquiesça. Greenwood referma la porte. Il ne s'était pas senti aussi exposé depuis cette affaire du terroriste palestinien, quand des membres du Congrès voulaient sa peau.

Il se rendit au sous-sol, sortit une télécommande de sa poche, l'actionna deux fois, faisant coulisser la porte latérale d'un van Oldsmobile anthracite aux vitres fumées. Le van stationnait près de l'une des sorties. Installés à l'arrière, deux hommes engoncés dans des canadiennes, des casques d'écoute aux oreilles, une boîte de bière à la main, discutaient.

Ils tournèrent la tête. Encastrée dans la paroi, une batterie d'enregistreurs à bandes magnétiques tournait.

— La fille n'a pas appelé, dit le plus âgé des deux en retirant son casque.

— Je veux un rapport toutes les heures. Jetez-moi ça ! ordonna Greenwood, désignant les boîtes de bière.

Il referma la portière. Heureusement que King était un solitaire, ou plutôt un isolé. Ses hommes avaient sélectionné six personnes sur le relevé téléphonique de l'agent du FBI ; six personnes à mettre sur écoute. Pour plus de sécurité Greenwood avait étendu ce nombre à quatorze.

Il pariait sur Epstein. C'était le seul juif.

3

Meyer Epstein était un vieil homme discret. Une moitié de son appartement servait à héberger des *étudiants* en provenance d'Israël ; l'autre abritait sa modeste organisation. Officiellement une organisation chargée de distribuer des bourses ; une organisation composée de deux personnes : lui-même, et une secrétaire à l'allure austère qu'on appelait Madame Feldman.

Personne ne connaissait le prénom de Madame Feldman, pas même Meyer.

L'appartement se trouvait au troisième étage d'un immeuble ancien, à Alexandria, une banlieue résidentielle de Washington. La moquette était défraîchie, le mobilier déglingué, mais l'hiver le chauffage marchait bien. Epstein gérait un maigre budget de fonctionnement, suffisant pour un homme qui savait où mettre les pieds.

Meyer était un espion à la retraite. Depuis quelques années, il aidait le Mossad à surveiller des ressortissants du Moyen-Orient installés aux États-Unis qui collectaient des fonds pour déstabiliser les régimes arabes favorables à Israël. Dans le passé, au moment des discussions secrètes entre Arafat et l'État hébreu, Meyer avait récolté des informations qui avaient permis au chef palestinien d'échapper à un attentat.

Ce lundi matin, à huit heures et demie, Meyer Epstein se tenait derrière le fauteuil pivotant de son bureau, mordant dans un *bagel* farineux tartiné de *creamcheese* sans cholestérol.

C'était un homme d'allure trapue, au crâne dégarni ; ses yeux, remplis de douceur, contrastaient avec le reste de son visage. Il portait un pantalon en velours bleu et une chemise à carreaux sur laquelle il avait passé un cardigan en laine brute tricoté à la main.

Le téléphone sonna. Madame Feldman décrocha et écouta quelques secondes. Il n'y avait personne. Elle haussa les épaules et reposa le combiné sur son support. Le *caller ID*[1] affichait une succession de zéros au lieu du numéro du correspondant. Elle décrocha à nouveau. La ligne était morte.

Elle lança un regard noir à Epstein qui secouait la tête en signe d'incompréhension. Elle actionna le bouton de mise en marche de son ordinateur. L'écran s'alluma. Elle chercha la tonalité du modem ; il n'y en avait pas.

— Nous n'avons plus de téléphone, dit-elle en se dirigeant vers la fenêtre. Ce n'est pas la première fois que ça arrive. Tous les hivers c'est la même merde !

Elle écarta le rideau et observa la rue. Elle pivota sur ses talons.

— Ces maudits ouvriers sont sur la boîte du central. Avec tout l'argent que cette fichue compagnie gagne, elle pourrait payer des gens plus compétents.

Elle enfila son manteau, noua une écharpe, et sortit sur le palier en claquant la porte. Elle adressa un signe au garde assis sur une chaise. Il portait l'uniforme d'une société de sécurité ; une société qui appartenait au Mossad. Madame Feldman marcha jusqu'au carrefour. La fourgonnette de Bell Atlantic, qu'elle avait aperçue par la fenêtre, était toujours en stationnement. Deux techniciens en combinaison de travail étaient appuyés tranquillement contre le mur, une bouteille

1. Appareil qui permet d'identifier le numéro d'appel.

Thermos à leurs pieds. Ils soufflaient dans des gobelets remplis d'un liquide brûlant. Ils la saluèrent d'un hochement de tête. Les battants d'une armoire métallique étaient ouverts ; un réseau de fils s'en échappait.

— Vous comptez finir rapidement ? leur demanda-t-elle sèchement. J'habite dans la rue et ma ligne est coupée. Je suis une personne âgée, je ne peux pas rester sans téléphone !

— Vous êtes sûre d'avoir payé votre facture ? dit le plus grand en rigolant.

Elle les fusilla du regard.

— Ne vous fâchez pas, M'dame. Vous êtes plus de deux cents dans ce cas. Y en a pour un quart d'heure. Pardonnez le dérangement. Le froid a endommagé les connecteurs.

C'était un mensonge, mais comment Madame Feldman aurait-elle pu le savoir ?

Mardi

1

Dans les rues de New York les gens s'écartaient sur le passage de Victoria, et c'était ce qu'elle désirait. Elle était plus cinglée que ceux qui l'avaient manipulée. Ils s'imaginaient avoir fabriqué une bête disciplinée, une force domestiquée qui retournerait à sa mangeoire le soir venu ; un esprit vide, prisonnier d'une hallucination. A la place, ils avaient donné naissance à un animal sauvage dont le cerveau travaillait vite ; un animal que la confusion n'affolait pas et qui avait échappé à leur surveillance.

Une arme mortelle prête à se retourner contre eux.

Malgré sa jeunesse et sa beauté, Victoria n'avait pas d'illusions. Son organisme avait réussi à prendre le dessus sur une entité supposée indestructible qui s'était transformée ; mais chaque goutte de son sang contenait des millions de particules létales, et, jour après jour, heure après heure, Victoria devenait de moins en moins sensible aux émotions. Elle n'avait plus que l'apparence d'un être humain.

Des mois d'errance solitaire et de clandestinité avaient fait d'elle quelqu'un capable de se terrer des semaines entières. Elle ne laissait pas de traces, payait en espèces et n'utilisait aucune carte de crédit. Un permis de conduire enregistré sous un faux nom dans le fichier informatique de Californie lui servait de couverture.

Une rafale de vent la fit frissonner. Elle s'arrêta chez un marchand ambulant et acheta un beignet à la cannelle. Elle enleva ses gants et les fourra dans la poche gauche de son anorak. Le pistolet pesait lourd dans l'autre ; un Beretta 9 mm acheté dans les rues de Los Angeles ; une arme sans passé, munie d'un silencieux et d'un chargeur de dix coups. Les balles creuses à tête de plomb pouvaient stopper la charge d'un bison adulte et le mettre à genoux. Elle disposait de deux chargeurs supplémentaires dissimulés dans son sac à dos.

A travers le papier, la chaleur du beignet lui réchauffait les doigts. Elle s'éloigna sur le trottoir et descendit dans une bouche de métro. Elle s'adossa à un pilier et termina ce qui lui servait de petit déjeuner. Elle s'essuya les mains et enleva ses lunettes noires. Elle patienta quelques instants, s'assurant que personne ne dévalait l'escalier derrière elle. Rassurée, elle s'approcha d'un taxiphone et composa le numéro de sa messagerie.

Il n'y avait aucun appel de Kate Crow. Contrariée, elle raccrocha. En aucune façon elle ne s'approcherait de cette fille, c'était trop dangereux.

Elle s'avança sur le quai. Une équipe d'ouvriers se livrait à un concours de plaisanteries salaces. Elle remit ses lunettes et ses gants. La rame arriva au bout de quatre minutes. Elle était presque vide. Elle s'assit au fond du wagon, près d'une portière. Elle se débarrassa de son sac, le posa entre ses genoux et mit les mains dans ses poches. Allongés sur une banquette, deux ivrognes ronflaient, cuvant un alcool frelaté. Elle changea à trois reprises de ligne, pour émerger dans le Bronx.

Les immeubles étaient délabrés, les escaliers étroits et mal éclairés ; dans les halls, les boîtes aux lettres étaient éventrées.

Le parking était à ciel ouvert. Elle remit son ticket à

un employé mal réveillé, tassé dans une guérite, et qui ne lui prêta aucune attention.

Un voyage de trois mille kilomètres l'attendait. Un voyage qu'elle ne pouvait plus différer.

Elle ignorait si sa survie était définitive ou passagère.

Victoria conduisait depuis cinq heures et avait six États à traverser avant d'arriver à destination. La Pennsylvanie, l'Ohio, l'Indiana, l'Illinois, l'Iowa, et le Nebraska.

En raison du mauvais temps elle avait du mal à garder une vitesse constante sur l'Interstate. D'énormes camions roulaient au ralenti. Malgré le chauffage, elle avait froid. Elle décida de s'arrêter, n'ayant dans l'estomac que le beignet à la cannelle mangé dans le couloir du métro. Elle prit une sortie qui conduisait à un amas de restaurants et de stations-service. Après avoir fait le plein, elle acheta des cigarettes puis examina les voitures stationnées dans les parkings. Les flics n'avaient aucune raison de s'intéresser à elle, mais Victoria se tenait à l'écart des rencontres inutiles.

La salle du restaurant était bondée. Elle dut patienter un quart d'heure avant d'avoir une table.

Victoria commanda un steak, une tarte aux pommes et du café. Elle mangea, paya l'addition et se dirigea vers le fond de l'établissement. La cabine téléphonique puait le tabac refroidi, et toujours pas de message de Kate Crow.

Victoria renonça à appeler le CDC. Elle avait appris à être prudente ; ceux qui l'avaient formée n'avaient pas gaspillé leur temps.

2

Le vent glacé chassait temporairement ses incertitudes et ses peurs. Malgré le froid, Kate avait baissé la capote de la VW.

Juste en face du CDC, se trouvait un café. Elle se gara dans le parking et prit le *Washington Post* dans un distributeur. La tête baissée elle alla s'asseoir au fond de la salle. Il était huit heures du matin. Elle commanda un jus d'orange et un thé.

Dans le *Post,* il n'était question que des nouvelles nominations décidées par le Président. Pas une ligne sur King. Le FBI n'était plus concerné. Pourtant ces gens-là avaient la réputation d'être féroces quand on assassinait l'un des leurs. Un simple officier de police en uniforme, à vingt-deux mille dollars par an, avait été tué dans le quartier de Baltimore où elle vivait ; en moins d'une demi-heure, l'endroit grouillait de flics ; il y en avait des centaines. Deux hélicoptères rôdaient au-dessus des maisons ; le voisinage avait été bouclé et personne n'avait dormi. Armés de fusils à pompe, ils fouillaient les jardins, les garages, les recoins ; des chiens reniflaient partout. Toute la police de la ville s'était donné rendez-vous. A l'aube, ils avaient coincé le type. Les journaux en avaient parlé pendant une semaine.

Là, personne ne réagissait. Le FBI et la police mentaient. La mort de King n'était pas accidentelle ; elle avait senti le cyanure et vu le meurtrier.

L'image du virus se superposa à ces réflexions. Il se transmettait par les fluides du corps ; le sang, le sperme ; la salive peut-être. Ceux qui avaient créé cette entité ne s'étaient souciés que du but malsain qu'ils poursuivaient : disposer d'une arme silencieuse et efficace pour tuer sans éveiller les soupçons.

Le virus avait dévié de la *trajectoire* assignée. Il ne passerait plus sous silence, pareil à une peste invisible et indétectable. Il sortait de l'ombre, et ceux qui se trouvaient derrière ne pouvaient pas l'ignorer.

S'adapter à son nouvel environnement devenait pour Kate une nécessité. Elle sursauta et eut un mouvement de recul ; la serveuse se tenait devant elle, une carafe de jus d'orange à la main. Kate secoua la tête. Il lui semblait qu'un silence particulier régnait dans la salle, que les gens avaient un air soupçonneux, qu'ils la regardaient comme s'ils se doutaient de quelque chose. Elle regarda sa montre. Neuf heures. Il était temps.

De lourds nuages chargés de pluie ou de neige s'amoncelaient à l'ouest. Elle replia la capote de la VW, monta dans sa voiture et démarra. La perspective de se confier à Rosamond Hopper ne l'enchantait plus. Si Vogel avait fait un rapport, autant ne pas entrer dans son jeu.

Elle prit la direction du laboratoire *Special Pathogens.*

Le couloir était désert. Elle avait besoin d'occuper son esprit de façon concrète, pour dissiper son angoisse, ne plus penser aux doutes qui brouillaient son jugement. Un dernier test pour vérifier si le sang de Victoria contenait le virus mutant ; peut-être un autre singe à sacrifier.

Elle inséra sa carte dans le lecteur magnétique qui commandait l'ouverture du niveau 4. Au lieu de l'habituelle lumière verte et du chuintement de l'air comprimé, un voyant rouge s'alluma. Sur le boîtier, les cristaux liquides s'étaient assemblés pour former le message suivant : ACCÈS REFUSÉ.

Elle réessaya à plusieurs reprises, sans succès. La tête basse, elle quitta les lieux. Rien ne viendrait la soulager de ses angoisses à propos de l'avenir. Plus maintenant. Vogel avait dû prendre les devants.

Elle reprit l'ascenseur. Au quatrième étage elle suivit comme un automate la bande verte qui menait au bureau de Hopper, se retournant parfois, convaincue que les gens qu'elle croisait chuchotaient sur son passage.

La secrétaire leva les yeux. Kate s'efforça de parler d'une voix mesurée.

— Maggie, j'ai un problème avec ma carte. Est-ce que Rosamond est là ?

— Elle est en réunion, expliqua la secrétaire, fuyant son regard. Pour la carte, je ne suis pas au courant.

Elle déplaça quelques papiers sur son bureau.

— J'ai une convocation pour vous, docteur Crow, dit-elle, tendant à Kate une feuille dactylographiée.

Kate la lut et pâlit. Elle la lut à nouveau. Après une minute embarrassante, elle eut un sourire figé pour la secrétaire.

— Merci, dit-elle en s'éloignant.

Elle était convoquée devant le conseil de discipline à trois heures.

Elle pénétra dans les toilettes et se rinça le visage. Dans la glace, ses yeux étincelèrent. Le visage de Vogel trouait l'obscurité. Elle était bien décidée à utiliser *tous* les arguments qui lui tomberaient sous la main. La fameuse nuit, les caméras dans le labo ne tournaient pas, elle en était certaine. Ce salaud de Vogel le lui paierait. C'était sa parole contre la sienne.

Kate se trompait. Elle n'avait pas la moindre idée de ce qui l'attendait.

Poussée par le vent qui soufflait en rafales, la tempête se rapprochait.

3

Donovan regardait par la fenêtre. Le décor avait l'aspect d'un freezer et les manifestants avaient annulé leur marche devant la Maison-Blanche. La bonne nouvelle venait de lui parvenir.

Plusieurs gouverneurs réclamaient une aide fédérale pour leur État sinistré. Le Président ferait une tournée, serrerait des mains, et dégagerait des crédits. Les sondages grimperaient de quelques points après son intervention. Il rappellerait au peuple ses promesses : l'Amérique avant tout. Ce serait une excellente opération de relations publiques.

Il y avait aussi ces types qui grouillaient à la Maison-Blanche, leur sac de golf bien en évidence dans un coin du bureau. Eh bien, par un temps pareil, ils l'auraient dans le cul.

Le Président haïssait le golf. Ses prédécesseurs parlaient de leur handicap comme de leur bulletin de santé, persuadés que le pays entier se sentait concerné.

— Qu'est-ce que c'est ? demanda-t-il en se retournant, souriant à la réjouissante pensée qu'il venait d'avoir.

L'homme dont le nom de code était *Ramsès* venait de déposer sur le bureau une pile de dossiers haute de cinquante centimètres.

— Vos recommandations pour de nouvelles nominations, répondit *Ramsès*.

Le Président l'examina à la dérobée. Veston croisé, chemise bleu pâle, cravate discrète ; l'air sûr de lui.

— Des subalternes ? demanda Donovan, s'asseyant à son bureau.

Ramsès refusa le café qu'un serveur philippin lui proposait. Donovan eut un geste d'humeur. Il n'aimait pas régler les détails. Il ouvrit la première chemise.

— Qui est ce général Tyler et pourquoi l'USAMRIID ?

— Le Pentagone lance un programme de défense de 400 millions de dollars pour mettre au point un système de détection des germes *airborne* que des terroristes pourraient disséminer sur notre sol.

— Je sais tout ça. Je n'ai jamais entendu parler de ce Tyler. Quels sont ses états de service ?

— Tyler est un conservateur pur et dur. Un militaire au passé irréprochable, mis sur la touche par les libéraux. Un catholique, expliqua *Ramsès*, éludant la question.

— Bon. Quel âge a-t-il ?

— Cinquante-quatre ans. Marié. Il est solide, très croyant.

Le Président leva la tête.

— Cela ne sort pas de mes prérogatives ?

— Pas du tout. Le fait que vous l'ayez choisi renforcera son autorité.

Donovan n'avait rien choisi du tout. Il regarda la pile de dossiers.

— Je ne vais pas me mettre à intervenir dans les affectations de tous les militaires du pays.

Ramsès avait un argument tout prêt.

— Vous avez besoin de gens qui pensent comme vous à tous les niveaux stratégiques. L'USAMRIID est notre bouclier pour tout ce qui est menace bactériologique. L'Irak, la Corée du Nord, la Syrie, l'Iran, même la Chine ont des programmes pour fabriquer ce genre de friandises. C'est moins cher et aussi dévastateur que le nucléaire.

Donovan parut se satisfaire de ces explications. Il acquiesça de la tête et ouvrit la seconde chemise. *Ramsès* savait que le Président n'irait pas plus loin. A la troisième signature, il lui balancerait le paquet à la figure. *Ramsès* n'avait besoin que des deux premières. Comme tous les caractériels, Donovan était facilement manipulable.

— Vous vous foutez de moi ? dit-il rageusement en se levant et en retournant à la fenêtre.

Il était à peine onze heures. Donovan commençait à devenir nerveux. Il s'accordait son premier gin à midi, camouflé dans une citronnade. Une pastille pour l'haleine...

— Monsieur le Président, déclara pompeusement *Ramsès*. Je vous demande de prendre en considération l'importance du CDC dans la lutte contre le Sida. Le laxisme dont le directeur de cet organisme a fait preuve pour préserver notre jeunesse de ce fléau n'est plus tolérable.

Donovan se retourna.

— Comment ça ?

— C'est un Noir.

Donovan fit celui qui n'avait pas entendu. S'il le virait sans motif, la presse allait lui tomber dessus. Ne pas les nommer, oui ; les foutre dehors, il fallait un prétexte. Il y avait ces putains de sondages de popularité avec lesquels on gouvernait, et ils risquaient de ressembler à des *roller coaster* [1] si on ne prenait pas ses précautions.

— Sous sa direction, la maladie a été banalisée, ajouta *Ramsès*. La pire chose qui puisse arriver.

1. Montagnes russes.

Résultat : nous en sommes aux tests anonymes vendus en supermarchés, et les hôpitaux sont remplis de jeunes qui agonisent, convaincus qu'il n'y a pas de différence entre le Sida et n'importe quelle banale MST.

Le Président garda le silence et se frotta le menton.

— Vous avez raison.

Il semblait excité. Il avait un motif, et sacrément valable. Les pédés, les drogués, les dégénérés, les nègres, les juifs ; les pollueurs de la jeunesse blanche de ce pays. Il les oubliait. C'était exaspérant.

— Vous en avez fait un thème bien accueilli dans vos discours, renchérit *Ramsès.*

Donovan ne s'en souvenait pas. Il avait fait tellement de discours.

— Ce type prendra le CDC en main, expliqua *Ramsès.* C'est un médecin connu, qui respecte nos idées. Il a travaillé avec les militaires. Il est méthodique, efficace, discipliné. Il nous rendra compte. C'est un ancien colonel, je lui fais confiance.

Le Président, surpris, leva les yeux. Il reprit le dossier et regarda par la vitre. Il signerait cette nomination, exceptionnellement. Il n'aimait pas récompenser des gens qui n'avaient rien fait pour lui.

Il recevrait dans l'après-midi une délégation de congressistes qui l'avaient soutenu dans sa campagne. Il distribuerait quelques postes d'ambassadeur.

Linda était revenue à la charge avec son sermon sur les promesses à tenir. Voilà le genre de bêtises qui risquait de l'envoyer au tapis. Le Congrès, les libéraux, la presse ne le ménageraient pas s'il débloquait *Shadow*. Tous ces groupes qui fournissaient l'armée ne pensaient qu'à l'argent du gouvernement. *Shadow* représentait des dizaines de milliards de dollars ; sans compter les dépassements qui interviendraient en cours de route. Le président de Norton Aircraft lui avait téléphoné quatre fois, mais Donovan n'avait pas pris ses appels.

— Je ne sais pas, murmura Donovan, soudain de mauvaise humeur. Comment s'appelle cette perle rare que vous avez dénichée ?

— Le docteur Vogel, annonça *Ramsès*.

Vogel, c'était une idée à lui. Vogel lui avait confirmé le comportement bizarre de cette fille ; Vogel ne savait rien d'*Operation Rescue* mais son ambition le rendait très manipulable. *Ramsès* avait besoin d'un homme comme lui à la tête du CDC pour la poursuite du programme. Il n'y aurait plus de fouineurs dorénavant.

— Vogel ? C'est un nom juif. Bravo ! Vous perdez la tête ? répliqua Donovan, agacé.

— J'ai fait une enquête approfondie. Il n'y a rien à craindre.

— Je veux bien vous croire. Vous connaissez ma position. Je ne veux pas de juifs et de... *noirs* dans mon administration ; en tout cas pas aux leviers de commande. J'ai assez d'emmerdements comme ça sans que ce bureau devienne une succursale de la Knesset ou la cuisine d'un KFC[1].

Le Président lança le dossier sur le bureau.

— Je vous le signerai après déjeuner. Pour les autres, démerdez-vous !

Sur le bureau, des lignes clignotaient. *Ramsès* enfonça la première touche et décrocha.

— C'est notre nouvel ambassadeur en Corée, annonça-t-il en raccrochant brutalement. Il est là.

L'ambassadeur fut introduit dans le bureau. Donovan, un sourire aux lèvres, s'avança vers lui la main tendue.

— Dites-moi, Jim, est-ce que vous jouez au golf ? demanda le Président d'un ton sarcastique.

4

Kate arpentait le couloir depuis trois quarts d'heure quand on lui fit signe d'entrer. Dans la salle, assis à une table de conférence, trois personnes l'attendaient.

1. Kentucky Fried Chicken.

L'administrateur général, un homme d'une cinquantaine d'années qui perdait ses cheveux, affichait un masque glacial ; les deux médecins en blouse blanche qui l'encadraient se donnaient l'air de fonctionnaires du Kremlin jugeant un renégat du Parti.

Kate s'avança. Il n'y eut aucune formule de politesse. D'un geste, l'administrateur lui fit signe de prendre place en face de lui.

Rien n'allait se dérouler comme elle l'avait imaginé. L'absence de Vogel et de Hopper était un signe.

L'angoisse, la tension nerveuse, l'appréhension faisaient naître dans ses yeux un regard de bête traquée. Mal à l'aise, Kate s'assit, droite, sur le rebord d'une chaise. Elle avait attendu des heures dans la cafétéria, grignotant des chips et des cacahuètes, buvant du coca. Le mélange lui soulevait le cœur.

La porte s'ouvrit et une sténographe entra. Elle s'installa à l'une des extrémités de la table et ouvrit son bloc. L'administrateur feuilletait un dossier ouvert devant lui. Il en sortit un formulaire.

— Miss Crow, déclara-t-il sans lever les yeux. Reconnaissez-vous ce document ?

Il le fit glisser en direction de Kate. Elle y jeta un coup d'œil.

— Oui, dit-elle. C'est ma demande d'admission au Centre.

Kate eut l'impression que la procédure n'était qu'une parodie. Sa présence ne changeait rien ; la sanction était décidée.

— Voulez-vous la relire, s'il vous plaît. Votre signature figure bien à la dernière page ?

Perplexe, Kate prit le formulaire et le parcourut. Elle eut une seconde d'hésitation.

— Je ne comprends pas, dit-elle en relevant la tête.

— Prenez votre temps. Examinez chacune de vos réponses, continua-t-il.

Kate relut une nouvelle fois le document.

— Il n'y a rien à changer.

— Vous reconnaissez que les informations vous concernant sont exactes ?

Où voulait-il en venir ?

— Oui, admit-elle en hésitant. Pourquoi ces questions ?

L'administrateur hocha la tête et regarda subrepticement les deux médecins. Il y eut un silence qu'il finit par combler.

— Docteur Crow, avez-vous fait l'objet d'une condamnation en justice ?

La question la surprit. Elle demeura décontenancée.

L'administrateur répéta :

— Avez-vous été condamnée...

— Non, s'exclama Kate, reprenant ses esprits. Je n'ai jamais été condamnée.

L'administrateur prit une feuille dans le dossier et la poussa du bout des doigts dans sa direction.

— Comment expliquez-vous ceci ?

Elle s'efforçait de comprendre, son attention déviait, la panique lui serrait la gorge. Dans son égarement, elle refusait de croiser le regard des trois hommes qui lui faisaient face ; elle avait l'air d'un coupable pris en flagrant délit. Elle s'enfonçait. Ses joues brûlaient.

— Il s'agit d'une condamnation, docteur Crow ; une condamnation qui remonte à trois ans.

— C'est absurde ! s'écria Kate.

— Nier ne vous servira à rien. Il s'agit d'un document officiel.

Kate éprouvait de la difficulté à s'exprimer.

— C'est un faux ! Je n'ai commis aucun délit !

— Un faux ? Vous avez été condamnée le 6 février à trois mois de prison avec sursis par un tribunal de Baltimore pour avoir délivré des ordonnances de complaisance concernant des stupéfiants à usage médical.

— Quoi ! hurla Kate, se dressant brusquement.

— Gardez votre calme, *Miss Crow.* Cette attitude ne vous mènera nulle part. Le conseil a déjà pris sa décision.

Kate avait la conviction qu'elle allait s'évanouir. L'énormité de l'accusation la laissait sans défense. Ils étaient là, attendant en silence qu'elle baisse les bras, qu'elle avoue. Elle eut une lueur d'espoir. Il leur suffisait de vérifier auprès du *John Hopkins Hospital*.

Elle se rassit. La chaise vacillait et elle essayait de se maintenir en équilibre. Elle prit une profonde inspiration.

— Écoutez, dit-elle, ce jugement est vieux de trois ans. J'ai continué à exercer à *John Hopkins* durant tout ce temps. Il vous suffit de les appeler.

L'administrateur se pencha vers elle et la considéra avec mépris. Elle comprit qu'il essayait de lui faire reconnaître sa faute.

Elle se força à soutenir son regard.

— Miss Crow, dit-il, nous l'avons déjà fait.

— Qu'ont-ils répondu ? demanda Kate.

— Qu'ils n'en savaient rien, reconnut-il en repartant en arrière tel un balancier.

Elle ne comprenait plus.

— Vous ne trouvez pas ça curieux ? Que l'hôpital n'ait pas réagi ; que là-bas ils n'aient pris aucune sanction ? souleva-t-elle.

Ils allaient trouver une explication à cette méprise.

— Ça ne change rien. Vous avez très bien pu…

— Pu quoi ? dit-elle, les larmes aux yeux.

— Il existe un tas de possibilités. Le jugement porte un numéro d'ordre, il est inscrit au greffe et la signature d'un juge en exercice y figure. Dans notre esprit, il n'y a aucun doute possible.

Kate regarda l'administrateur, les deux médecins, puis ses propres mains crispées. L'administrateur semblait satisfait.

— Miss Crow, communiquer de faux renseignements en vue d'obtenir un poste dans un établissement fédéral est un crime passible d'emprisonnement.

Il ajouta :

— Toutefois, à la demande du docteur Hopper, nous avons décidé de ne pas vous poursuivre. Votre renvoi du CDC a été décidé. La décision est sans appel.

Kate ne savait plus quoi dire pour sa défense. L'administrateur se leva, imité par les deux médecins.

— Si vous décidez d'aller devant les tribunaux, nous porterons plainte pour fraude, conclut-il.

Elle éprouvait de la difficulté à s'exprimer tant elle était bouleversée. Elle avait glissé dans un piège. Elle ne voyait pas comment. Elle en avait assez. Inutile de se donner en spectacle.

— Je suppose que je dois remercier Vogel, dit-elle en ramassant son sac.

L'administrateur eut un sourire qui n'avait rien d'amical.

— Pour votre gouverne, Miss Crow, le docteur Vogel doit être promu directeur du CDC.

Il consulta sa montre.

— Sans trop m'avancer, je pense qu'il l'est déjà.

Son rêve n'existait plus. Il s'était transformé en un tunnel sombre où une volonté malfaisante la traquait. L'indignation, la honte, l'injustice la faisaient trembler.

Ce jugement la suivrait partout où elle irait. Son avenir dans le milieu médical était terminé. A jamais. Son cas ne susciterait aucune sympathie. Elle avait perdu sa crédibilité.

Comment s'y étaient-ils pris pour falsifier une partie de son existence ? Elle l'ignorait.

Devant les trois membres du conseil de discipline elle avait été incapable d'expliquer clairement ce qu'elle savait, comme elle en avait eu l'intention. Elle ne s'était pas préparée à faire face à une attaque de la sorte.

Quelle était la prochaine étape ? Ceux qui avaient assassiné King étaient à ses trousses. Ils avaient choisi un moyen différent pour la retirer de l'échiquier.

Ils allaient la harceler jusqu'à ce qu'elle craque et finisse par se tuer.

Sur une impulsion, elle s'arrêta dans un drugstore et acheta une bouteille de tequila. Elle s'engagea dans l'allée d'Oak Grove. Il faisait sombre et ses phares étaient allumés. Elle croisa une voiture de police. Elle se gara et éteignit son moteur. Les feux arrière du véhicule de police disparurent.

Réprimant une nausée, elle courut jusqu'à l'ascenseur. La voiture de patrouille avait déclenché une réaction de peur. Elle réalisa pourquoi. Les dernières paroles de Bill King... pas la police !

La police était une émanation du gouvernement et il ne fallait pas compter sur ces gens-là pour vous protéger.

Elle introduisit sa clé dans la serrure, ouvrit la porte et tourna le commutateur. Son regard fit le tour de la pièce.

Quelqu'un était venu !

Elle se précipita vers la table qui lui servait de bureau. L'enveloppe qui contenait les clichés du virus, le préservatif, le tube où se trouvait le culot de centrifugation, l'ordinateur portable avaient disparu. Les disquettes manquaient. L'enregistrement que lui avait envoyé Vanessa aussi. Le dossier ! Il ne restait rien de son enquête ! Elle n'avait plus rien à montrer, et l'accès aux laboratoires du CDC lui était définitivement interdit.

On était entré chez elle, on avait violé son intimité. Elle tourna la tête. La porte d'entrée était ouverte. La peur, d'un seul coup, consumait ses forces ; il lui sembla qu'elle ne parviendrait pas à rassembler l'énergie suffisante pour aller la fermer. A bout de résistance, perdue, elle se laissa tomber dans le canapé.

Elle se redressa brutalement. Une idée insensée lui traversait l'esprit : la police était venue chez elle ! Son instinct lui disait qu'elle ne se trompait pas. Une mise en scène ! Tout ça n'était qu'une mise en scène pour détourner son attention.

Le flic avait caché de la drogue. Il avait planqué de l'héroïne, de la cocaïne, du crack, Dieu sait quoi ! Le département de police d'Atlanta avait mauvaise réputation ; les officiers corrompus pullulaient. Ils allaient revenir avec un mandat de perquisition.

Affolée, elle se mit à fouiller partout. Elle ouvrit le réfrigérateur, regarda dans le bac à glaçons ; elle inspecta les placards de la cuisine, renversa le pot à café et à sucre. Elle ouvrit les robinets de l'évier et fit tourner le broyeur ; elle retourna les matelas ; elle vida les tiroirs, les poches de ses vestes et de ses pantalons. Elle termina par la salle de bains, soulevant le couvercle du réservoir des toilettes, dévissant le pommeau de la douche, examinant le lavabo et l'armoire à pharmacie.

Elle ne trouva rien. Une heure s'était écoulée. Elle était en nage, mais durant ce laps de temps elle avait oublié de s'apitoyer sur elle-même.

Que la police aille se faire foutre !

Elle prit une douche, enfila une chemise en coton et se versa un verre de tequila. Désespérée, elle s'assit par terre, posa la bouteille à côté d'elle et alluma la télévision. Au cinquième verre, elle sombra dans un sommeil lourd.

Elle reprit conscience. A travers un brouillard, elle entendait vaguement des sons qu'elle était incapable d'identifier. Progressivement, elle comprit qu'il s'agissait d'une voix, de sa propre voix. Elle prononçait des paroles incohérentes que son cerveau était incapable d'interpréter.

Elle ouvrit les yeux. Elle avait la bouche pâteuse et la langue gonflée. La bouteille de tequila était à moitié vide. Elle se redressa, vacilla, puis finit par se stabiliser et regarda sa montre. Minuit passé. Dans la salle de bains, elle s'agenouilla devant la baignoire et mit la tête sous le jet glacé. Elle se sentit mieux. Son appartement avait un aspect inconnu, sinistre. C'était celui d'une étrangère. Elle ne supporterait plus de tourner en rond, de rester là, à attendre qu'on vienne la chercher.

En quittant Atlanta sur-le-champ elle pourrait être à Washington en fin de matinée. Elle contacterait Meyer Epstein. Peut-être la croirait-il ?

Elle n'avait plus rien à lui offrir ; juste sa propre conviction... et l'existence de Victoria.

Kate fourra dans un sac de toile une trousse de toilette et quelques vêtements. Sur la table de chevet, la photo avait disparu. Désemparée, elle s'appuya au montant de la porte. Elle n'était plus à l'abri de rien.

Elle retrouva son passeport et préleva un chèque dans son carnet. Les cartes de crédit et les chèques étaient dangereux à utiliser. Elle découpa les rectangles de plastique et déchira le reste du chéquier. Elle jeta les morceaux dans les toilettes et tira la chasse.

Sa banque avait des succursales dans tous les États. Demain, à l'ouverture, elle irait retirer l'argent qui restait sur son compte. Elle vendrait la voiture. Le premier *dealer* ferait l'affaire. Elle exigerait d'être payée cash.

Après, il serait difficile de la retrouver. Elle prendrait le car, passerait la frontière, et irait au Mexique. Elle attendrait là-bas que les choses se tassent. Partir sur-le-champ pour Milan mettrait sa sœur en danger.

Tout ce qu'elle avait à faire avant de disparaître, c'était de mettre en contact Meyer Epstein et Victoria.

Kate n'eut pas un regard derrière elle lorsqu'elle ferma la porte de son appartement. Elle gagna le parking, posa le sac sur le siège et s'installa au volant. Elle démarra et sortit de la résidence. Au bout de la rue, se trouvait une station-service ouverte la nuit. Elle fit le plein, vérifia la pression des pneus, acheta quatre barres de *Mars*, une bouteille d'eau minérale, et trois bidons d'huile. Elle fit la monnaie pour pouvoir téléphoner. Le moment était venu de contacter Victoria Berkowitz. Kate composa le numéro et laissa le message suivant :

Pour Eva de la part de Kate. C'est après moi qu'ils en ont. J'ai été renvoyée du Centre aujourd'hui. J'ai deux noms : Meyer Epstein à Washington, et Beverley Williams à Los Angeles. L'homme avec qui j'étais à New York m'a dit que je pouvais leur faire confiance. Je commence par Washington. Vous êtes mon seul espoir. Il est indispensable que nous nous rencontrions.

Après avoir laissé les numéros de téléphone d'Epstein et de Beverley, Kate raccrocha. Elle retourna à l'intérieur de la station-service, se versa un café dans un gobelet en polystyrène qu'elle ferma avec un couvercle en plastique. Un téléviseur était allumé ; un présentateur météo donnait des conseils. Elle jeta un regard sur l'écran. A Washington la température était au-dessous de zéro. Le froid était le dernier de ses soucis.

5

Michael Satcher s'allongea dans un bain brûlant. Il était sorti de l'enfer ; miraculeusement son corps avait résisté à un bouleversement. Il avait bien encore quelques saignements, mais rien de grave ou d'inquiétant. Il ne cherchait pas à comprendre ; il était vivant et sa croisade pouvait continuer.

Michael Satcher ne se posait aucune question car il était convaincu d'avoir toutes les réponses. Il allait sur sa lancée, continuant de faire ce pourquoi on l'avait programmé.

Les paroles du révérend étaient toujours dans sa tête.

« Ils ont donné des dizaines d'avions de combat aux juifs, fourni une aide sociale de plusieurs milliards de dollars aux nègres ; ils ont dilapidé une fortune à maintenir des dictateurs dans des pays inconnus. Ils ont refusé d'aider la classe ouvrière blanche de ce pays. »

Un après-midi, alors qu'au milieu de l'été les esprits s'abandonnaient au fil des rêves vers des lointains inouïs, Satcher avait retrouvé le révérend à la bibliothèque de Fort Collins. Il y faisait un froid glacial ; des sans-abri, fuyant la canicule, ronflaient dans des fauteuils.

Dorf leur avait jeté un regard dégoûté et lui avait dit :

« Montre-moi un seul juif qui ne soit pas un suceur de sang ? Soixante-deux pour cent de l'immobilier, de l'industrie, des banques, de la finance de ce pays, sont dirigés ou appartiennent à des juifs. La presse et le cinéma le sont à 100 %. Ce sont des faits. Ce sont eux qui ont détruit ta famille et vous ont mis à la rue. »

Puis il lui avait tendu un livre.

« Ouvre-le à la page que j'ai marquée. Tu trouveras la prière juive du *Kal Nidre*, la prière qui absout tous leurs vœux et leurs promesses au *Yom Kippour*, le Jour des Expiations. Je veux que tu la lises, que tu la retiennes, et je veux que tu en tires tes conclusions. Tu comprendras pourquoi leur parole ne vaut rien et qu'aucune confiance ne peut leur être accordée. Tu comprendras le mal qu'ils font à notre pays. »

« Tous les vœux, tous les serments que nous aurons pu faire, toutes les interdictions ou toutes les sentences promettant l'anathème que nous aurons pu prononcer sur nous-mêmes, toutes les renonciations que nous aurons pu nous imposer, par simple affirmation, par vœu ou par serment, entre le dernier Kippour et celui que nous atteignons aujourd'hui dans la paix, nous les rétractons. De même que nous rétractons à l'avance tous ceux que nous pourrions proférer, entre le Kippour d'aujourd'hui et le prochain dont nous espérons également qu'il nous trouve en paix. Qu'ils soient tous considérés comme invalides, annulés, dissous et non avenus. Veuillez accepter, Seigneur, qu'ils n'aient ni force ni valeur ; que nos vœux ne soient pas regardés comme des vœux ni nos serments comme des serments. »

Les juifs étaient la progéniture du Démon, le produit d'une copulation entre Satan et Ève dans le Jardin d'Éden ! Les Anglo-Saxons étaient les seuls et véritables descendants des tribus bibliques d'Israël ! Voilà ce que le révérend affirmait.

Voilà pourquoi lui, Michael Satcher, continuait. Il était l'un des meilleurs, et sa cause la plus juste.

L'organisation l'avait pris en charge, il n'avait à se soucier de rien. Par prudence, on ne le logeait plus à l'hôtel ; il avait droit à un deux-pièces meublé dans un quartier discret de Washington, déserté la journée par ses habitants. Il n'avait ni cartes de crédit ni compte en banque. On lui remettait de l'argent liquide pour couvrir ses dépenses ; il prenait ses instructions et donnait de ses nouvelles sur sa *voice mail*.

Il sortit du bain devenu tiède et se sécha avec un

drap de bain couleur ciel. Ses cheveux bruns étaient coupés court, les tempes rasées. Il avait maigri. On lui avait promis qu'il irait se retaper en Floride après sa mission.

Il s'agenouilla, et récupéra sous son lit une trousse en cuir où se trouvaient des seringues et plusieurs ampoules. Il prit une ampoule et alla la placer quelques secondes dans le four à micro-ondes pour tiédir le produit. Il retourna dans la chambre, s'assit sur le lit, remplit la seringue et la posa sur la table de nuit. Il entoura son biceps d'un élastique et nettoya la peau avec un coton imbibé d'alcool. Il enfonça l'aiguille dans la veine saillante et poussa le piston.

Il se sentait bien. Son plaisir n'avait rien de sexuel ; sa respiration, sa circulation s'étaient ralenties ; son sang était plus chaud. Il continuait à se piquer, obéissant aux instructions, ignorant que ce n'était plus que l'héroïne que son organisme réclamait ; l'inhibiteur n'avait aucun effet sur le virus mutant.

Il retira l'aiguille en frissonnant et défit l'élastique.

« Allonge-toi, dit-il à haute voix. C'est pour ton bien. »

Il se laissa tomber en arrière. Tout se détachait de lui.

Plus tard il se prépara un thé au ginseng avec du sucre brun non raffiné. La veille, il était allé chercher la Honda Civic ; un modèle de l'année passée, doté d'une boîte automatique. Les vitres étaient recouvertes d'un film sombre. Elle était garée dans le parking, le plein était fait. Il n'avait jamais utilisé de voiture pour un déplacement.

Il passa un jean délavé, enfila un tee-shirt et un pull à col roulé. Il s'installa dans un fauteuil et ouvrit sa bible.

« Un siècle avant Jésus-Christ notre Seigneur, avait noté le révérend sur la page de garde, les Pharisiens de Babylone introduisirent le judaïsme dans Jérusalem. Aujourd'hui les juifs prient devant le mur des Lamentations du roi Hérode qui fit tuer les premiers-nés du Vrai Israël dans sa tentative d'assassiner Jésus. Les juifs échouèrent à nouveau quand ils crucifièrent le Christ innocent. Plus tard, tuant autant de Chrétiens Israélites qu'ils pouvaient, les juifs abandonnèrent le pays ravagé. La Bible dit que rien par la suite ne fut changé. Ils s'évertuent à essayer de revivre dans une terre qui ne leur appartient pas. Peu importe que l'État juif soit un imposteur, ce qui nous importe c'est que les juifs n'ont rien à faire dans notre pays. L'Amérique n'est pas leur Terre promise. Leurs livres sacrés ne la mentionnent pas ! »

Mercredi

1

Transie de froid, les yeux rougis par le manque de sommeil, Kate quitta l'Interstate 85. Il lui restait moins de trois heures avant d'arriver à Washington.

Elle finit par trouver une cabine téléphonique. Elle arrêta sa voiture de façon à la masquer, sortit de la VW et fit quelques mouvements pour rétablir la circulation dans ses membres engourdis. Dans le carnet de Bill King, elle chercha le numéro de Meyer Epstein.

La sonnerie retentit cinq fois.

— *Foreign Student Bureau,* j'écoute, fit sèchement une voix de femme qui n'avait pas l'air aimable.

— Je voudrais parler à Meyer Epstein, demanda Kate.

— Comment avez-vous eu ce numéro ?

— J'appelle de la part d'un ami commun.

— Qui êtes-vous ?

— Mon nom ne vous dira rien.

— Que voulez-vous ?

— J'ai besoin de Meyer Epstein. Je pense qu'il est en mesure de m'aider.

— Il n'est pas là pour le moment. Rappelez plus tard.

— Attendez ! Ne raccrochez pas ! J'ai besoin de lui parler. Je vous en prie !

A l'autre bout du fil, il y eut une hésitation.

— Qui est cet ami commun dont vous vous recommandez ? demanda la voix.

Elle ne franchirait ce barrage que si elle en disait plus.

— Bill King, murmura-t-elle, comme si on lui arrachait ces mots de force.

— Je n'ai rien entendu, dit la voix. Parlez plus fort.

Exaspérée, Kate hurla dans le combiné :

— Bill King !

A l'autre bout du fil, la femme prenait le temps de réfléchir.

L'opératrice interrompit la communication et réclama un dollar et vingt-cinq cents. Kate posa le récepteur sur la tablette et prit une poignée de *quarters* dans sa poche. Elle tremblait, ses doigts ne voulaient plus fonctionner. Elle laissa tomber la pièce. Elle en saisit une autre et parvint à la glisser dans l'appareil. Elle continua de la sorte jusqu'au montant exigé.

— Vous êtes toujours là ? demanda-t-elle, inquiète, en reprenant l'écouteur.

Une voix d'homme lui répondit.

— Je suis Meyer Epstein.

Le ton était calme et rassurant. La voix, celle d'un homme âgé.

— Monsieur Epstein, dit Kate. Je suis en route pour Washington. J'arriverai en début d'après-midi. Cet ami dont j'ai donné le nom… il n'est pas mort par accident. Il a été assassiné. J'étais là.

— Je vois… D'où téléphonez-vous ?

— D'une cabine sur la route.

— Restez en ligne.

Il n'y avait ni incrédulité ni suspicion dans le ton de son correspondant. Kate en profita pour glisser d'autres pièces dans l'appareil.

— Dès votre arrivée à Washington, fit Epstein revenu au bout du fil, entrez dans le premier café et appelez-moi. Je vous enverrai quelqu'un.

Epstein avait ses raisons pour utiliser cette procédure, mais Kate espérait se rendre à son bureau.

— Comment le reconnaîtrai-je ?

— De quoi avez-vous l'air ?

— J'ai l'air désemparée.

— L'homme qui viendra s'appelle Ari. Il se présentera comme le neveu de Madame Feldman.

Kate hésita une seconde. Epstein demanda :

— Vous vous souviendrez ?

— Oui, je n'oublierai pas.

— J'attends votre appel.

— Monsieur Epstein ?

— Oui ?

— Une jeune femme, Eva Stone, risque de se mettre en rapport avec vous. C'est moi qui lui ai donné votre numéro.

— C'est noté.

Epstein n'ajouta rien, ne fit aucune remarque. Il y eut un déclic et un bourdonnement. Il avait raccroché.

Il s'agissait de tenir quelques heures, le temps de retirer l'argent et de vendre la voiture. Elle espérait que Meyer Epstein s'arrangerait pour la faire sortir du pays. Croirait-il à son histoire ?

Tout en conduisant, les paroles de Philip Klein lui revinrent en mémoire.

« Un cadeau de Joseph Beckman. »

La bande qui contenait la conversation entre Philip Klein et le sénateur Weinfeld ! Vanessa avait sûrement gardé l'original. Elle tenait un début de preuve ; Vanessa confirmerait la mort suspecte de son père. Meyer Epstein se laisserait convaincre plus facilement.

Kate se sentit moins effrayée. Elle se frotta les yeux, luttant contre la sensation de dérive après sa nuit passée au volant. La bouteille d'eau et les *Mars* n'étaient qu'un souvenir. Malgré sa faim, elle ne prendrait pas le risque de s'arrêter à nouveau.

A Washington, le ciel était d'un noir de cendres. Elle crut y discerner une fragile espérance.

2

Il s'appelait Ari Elazar. Il était étudiant. Il avait fait son service militaire en Israël dans les services de renseignements de l'armée. Il travaillait à l'occasion pour Meyer Epstein. Son boulot consistait à surveiller des gens ignorant qu'ils étaient surveillés.

En fait, il exécutait pour son véritable employeur des missions plus sérieuses qu'il cachait à Epstein. Le FBI avait questionné Elazar à trois reprises, il s'en était toujours tiré.

Il jeta un regard à la montre lumineuse du tableau de bord : 15 h. Il accéléra.

Meyer lui avait demandé de prendre livraison d'une fille et de la mettre en sécurité. Elle attendait dans un café de Pennsylvania Avenue.

Il était presque arrivé quand il vit les gyrophares bleus dans son rétroviseur. La voiture de police restait collée à son pare-chocs. Elle avait surgi de nulle part.

Il ne savait pas s'il avait respecté ou non la limitation de vitesse. Il n'avait pas regardé le compteur. Il se gara sur le côté, au milieu d'un passage piétonnier.

Le flic était blanc et nerveux.

— Descendez, ordonna-t-il.

Elazar ouvrit sa portière et obtempéra. Le flic arracha des mains d'Elazar son permis de conduire, la carte grise, et repartit vers son véhicule. Elazar s'adossa à la portière.

Au bout d'un quart d'heure, le flic revint et se mit à lui dresser un procès-verbal pour excès de vitesse. Il prenait son temps pour remplir le formulaire, comme s'il avait de la difficulté à transcrire les informations qu'il lisait. Elazar ne montrait aucun signe d'impatience. Il connaissait la psychologie élémentaire adaptée à ce type de situation.

Le flic lui tendit le procès-verbal et se mit à le sermonner. Elazar remercia pour les précieux conseils. Le flic s'éloigna. Elazar remonta dans sa voiture et prit soin de mettre son clignotant pour déboîter.

Il n'avait perdu qu'une demi-heure. La fille ne bougerait pas. Elle n'avait nulle part où aller.

3

Kate était assise dans un coin du café, les yeux rivés à la porte, observant les clients qui entraient. Avec la vente de la voiture et ce qui lui restait sur son compte en banque, elle disposait de vingt-sept mille deux cents dollars ; assez pour tenir le coup quelques mois avant que l'affaire n'éclate au grand jour.

Elle avait mangé une tarte aux noix de pécan, bu deux tasses de thé, et déposé un billet de dix dollars sur la table. Elle n'attendait pas la monnaie et n'arrêtait pas de consulter sa montre.

L'homme envoyé par Epstein n'arrivait pas !

Un individu vêtu d'un pantalon en flanelle grise et d'un manteau kaki entra. Il semblait chercher quelqu'un, il regardait les consommateurs en hochant la tête. Il examina brièvement Kate. Elle lui fit un signe discret de la main ; il ne parut pas intéressé. Il ressortit précipitamment.

Elle entendit une voiture s'arrêter bruyamment et une portière claquer. Elle se tassa sur sa chaise. Une silhouette pénétra dans l'établissement et la localisa au premier coup d'œil. Elle leva les yeux.

— Je suis Ari, le neveu de Madame Feldman, dit l'inconnu d'une voix calme.

Il s'assit à côté d'elle.

— Comment vous appelez-vous ?

Elle le détailla ouvertement. Tout juste la trentaine, un visage sévère et doux, un corps svelte et musclé ; une allure d'étudiant sportif. Kate se décontracta et répondit :

— Kate Crow.

Il sourit.

— Venez, sortons d'ici. Ne perdons pas de temps.

Il se baissa pour prendre le sac de Kate. Ils sortirent du café. Il lui ouvrit la portière et posa le sac à ses pieds. Il fit le tour du véhicule et s'installa derrière le volant.

Il n'avait pas l'air effrayé. Il se comportait comme quelqu'un avec qui on se sent en sécurité.

— Où allons-nous ? interrogea-t-elle.

— Détendez-vous. Tout ira bien. Mettez votre ceinture.

Il lançait de fréquents regards dans le rétroviseur.

— On nous suit ? dit-elle, essayant de se retourner, gênée par la sangle.

Il éclata de rire. Ce rire fit du bien à Kate.

— Quand êtes-vous arrivée à Washington ?

— J'ai quitté Atlanta hier soir et j'ai roulé toute la nuit. Je n'ai pas fermé l'œil.

— Où est votre voiture ?

— Je l'ai vendue.

Il hocha la tête en signe d'approbation.

— Vous ne m'avez pas dit où vous m'emmeniez ?

— A l'aéroport. Nous prenons l'avion.

Kate sursauta. Envisageaient-ils de lui faire quitter le pays ? Peut-être étaient-ils déjà au courant ?

— Pour l'étranger ? demanda-t-elle, pleine d'espoir.

— Non, pour Reno.

— Reno ?

A nouveau, il éclata de rire.

— Rassurez-vous ! Nous n'allons pas nous marier. Là-bas vous serez en sécurité. Meyer nous rejoindra ce week-end.

Elle acquiesça en silence. Elle ferma les yeux.

— Comment connaissez-vous Bill King ?

— C'est une longue histoire, murmura-t-elle.

— Vous aurez tout le temps pour la raconter.

— Vous avez un léger accent, remarqua-t-elle. D'où êtes-vous ?

— Je suis né à Nataniya. C'est une petite ville sur les bords de la mer Méditerranée.

Kate étouffa un bâillement. Elle était épuisée. Toute

la tension nerveuse accumulée se relâchait. Elle était vidée.

— Ne vous endormez pas, nous sommes arrivés.

Elle entrouvrit les yeux. Ils roulaient devant le Cimetière National d'Arlington. Sur sa gauche, le Potomac condensait un brouillard qui masquait l'autre rive.

Dans la carlingue, il faisait sombre. Des passagers lisaient sous le faisceau des spots, d'autres dormaient. Sur la rangée de droite, un homme attira l'attention de Kate. Elle l'avait déjà rencontré. Elle essayait de se souvenir où ; le sang lui battait les tempes. Conscient d'être observé, l'homme tourna la tête dans sa direction. Leurs regards se croisèrent.

Elle ressentait le besoin de vomir, d'expulser la souffrance qui lui vrillait l'estomac.

Le meurtrier de Bill King ! L'homme était celui qu'elle avait croisé au Ohara's, avant la mort de l'agent du FBI.

Il était dans l'avion !

Il avançait dans l'allée. Il arrivait à sa hauteur. Elle appréhendait de lever les yeux. Elle ne voyait que ses jambes et son buste. Il tenait *un verre* à la main.

Le verre était plein d'un liquide où flottaient des glaçons. L'homme titubait, perdait l'équilibre, tombait sur elle.

Le visage de King figé de douleur se surimposa. L'impression de *déjà vu* était totale.

Ce visage était à présent le sien. Kate poussa un hurlement et ouvrit les yeux. Au-dessus d'elle, une hôtesse posait un verre sur la tablette d'Ari.

— *C'était bien un* Schweppes, *de la glace et du citron ?*

L'hôtesse souriait.

— Ça ne va pas ?

Ari posa la main sur son bras. Kate sursauta. Elle ne reconnaissait pas le visage du passager à ses côtés.

— Un mauvais rêve, dit Ari à l'hôtesse.

Kate appuya sa tête contre le dossier, tentant d'effacer la vision d'un meurtre qu'elle croyait être le sien.

— Vous voulez boire quelque chose, mademoiselle ?

— Non merci, dit-elle d'une voix nouée.

Elle détacha sa ceinture de sécurité et se leva.

— Nous nous posons dans trente minutes, précisa l'hôtesse.

Kate acquiesça mollement. Elle se dirigea d'un pas hésitant vers les toilettes. Elle se rinça le visage, se recoiffa et s'adossa à la cloison. Vivre sa propre agonie lui faisait perdre le sens des réalités.

Le voyant lumineux s'était allumé. Elle devait regagner sa place. Elle dut s'agripper aux sièges pour avancer. Elle s'assit dans la pénombre.

— Vous vous sentez mieux ? demanda Ari d'un ton amical.

Kate acquiesça sans conviction.

— Tenez, buvez. Un verre d'eau glacée vous fera du bien.

Il avait l'air de s'inquiéter pour elle. Kate prit le gobelet qu'il lui tendait. Elle but d'un seul trait.

— Je suis désolée, dit-elle en coinçant le gobelet vide dans le soufflet du siège devant elle.

— De quoi ?

— De ma réaction, tout à l'heure.

— Ne vous tracassez pas.

— L'homme qui a tué King, précisa-t-elle. Je l'ai revu dans mon rêve. Il était penché sur moi. Ce verre... Je ne savais plus où j'étais.

— Essayez d'oublier. Je sais que c'est plus facile à dire qu'à faire. Je connais ce genre de sensations.

Une hôtesse remontait l'allée, vérifiant que les ceintures étaient bien attachées. Kate continuait de lancer des regards indécis en direction des autres passagers.

Une voiture les attendait au parking. Meyer Epstein paraissait disposer d'un réseau organisé. Certainement un réseau israélien, se dit Kate. Elle n'avait rien à craindre. Ces gens n'étaient pas des amateurs.

Il était plus de minuit. Ils roulaient vers le sud. Elle

avait baissé sa vitre. L'air n'avait pas la même odeur qu'à Washington ; il sentait le désert et la forêt à la fois.

— Est-ce que vous aimez le saumon du Pacifique ? demanda Ari.

Il se baissa sans perdre la route des yeux et prit un objet dissimulé sous le siège.

— Tenez. Mettez-le dans votre sac.

Il lui tendit un automatique.

— D'accord pour le saumon, dit Kate en souriant.

Ari lui lança un coup d'œil surpris.

— Qu'y a-t-il de drôle ?

— Je ne sais pas. Vous me tendez un revolver et vous me demandez ce que j'aimerais pour dîner.

Ari se mit à rire.

— Je regrette. Cela n'a pas tellement de rapport, n'est-ce pas ?

— Pas exactement, dit Kate en prenant l'arme.

— C'est un automatique, calibre 9. Vous savez vous en servir ?

— Non, dit Kate en manipulant l'arme.

— Attention ! prévint-il. Il y a une balle dans le canon.

Il tendit le bras pour lui montrer où se trouvait la gâchette. Le fait d'avoir Ari à ses côtés la détendait. Elle ouvrit la fermeture Éclair de son sac et y laissa tomber l'automatique.

— Pourquoi me donnez-vous ça ? dit-elle en se redressant.

— On ne sait jamais.

Il y eut un moment de gêne. Ari gardait le silence.

— Parlez-moi de vous ?

La question le fit sourire.

— Je suis étudiant, dit-il sans perdre son sérieux.

— Vous êtes sûr que vous ne pouvez pas m'en dire plus ?

Il eut une brève hésitation. Il secoua la tête, l'air embarrassé.

— Je suis désolé.

— Je comprends. Je n'ai jamais rencontré de gens comme... vous comprenez ce que je veux dire.

Ari venait de ralentir. Il bifurqua sur une route latérale.

— Et vous ? Que faites-vous ?

Kate eut un haussement d'épaules.

— Je n'aurais pas dû vous demander ça.

Elle se retourna vers lui, les deux mains posées sur les genoux. Elle le fixait intensément.

— Je ne dis pas ça pour vous consoler, Kate. Meyer fera l'impossible pour vous aider. Je l'ai vu faire des miracles.

C'était la première fois qu'il l'appelait par son prénom. Elle ouvrit davantage la vitre. La route descendait au milieu de collines sombres. L'air était plus humide.

A un détour, les phares éclairèrent une surface argentée. De nombreuses résidences se dissimulaient dans les pins ; de hautes maisons, en pierre et en bois, vers lesquelles montaient des allées éclairées.

— C'est magnifique, s'exclama-t-elle. Je ne suis jamais venue ici. Le lac Tahoe est loin ?

— Moins d'un mile. Vous aimerez l'endroit. Personne ne viendra vous chercher ici.

D'un seul coup, tout lui parut lointain, irréel.

Le chalet se trouvait à l'écart de la route, elle entrevoyait sa façade à travers les pins.

— Nous y sommes, déclara Ari, s'arrêtant sous une soupente qui servait de garage.

Il descendit de voiture et fit signe à Kate de le suivre.

— Je vais ouvrir. Jetez un coup d'œil au paysage.

Elle fit quelques pas. L'air était humide et glacé. Une rafale lui cingla le visage ; elle frissonna.

Le lac était immense, d'un gris métallique, et loin sur l'autre rive, des lumières vacillaient. Une jetée en planches courait le long de la berge.

Les fenêtres de la maison s'éclairèrent. La silhouette d'Ari se dessina sous le porche.

— Vous entrez ? Il y a de l'eau chaude si vous voulez prendre une douche.

Le chalet était propre et sentait la résine. Il y avait trois chambres à coucher, avec leur salle de bains, et un salon séparé de la cuisine par un bar. Des tapis recouvraient un parquet en lattes cirées.

Ari tira les doubles rideaux et arrangea les coussins.

— Le désordre ne me dérange pas, le rassura-t-elle.

Il vérifia que tout était en place. Il indiqua une vaste cheminée.

— J'allume ce truc-là.

Assise sur le bord d'un canapé, Kate le regarda empiler du papier journal et du petit-bois. Il gratta une allumette. Le bois s'enflamma d'un seul coup. Il prit des rondins et les disposa adroitement sur les chenets. Il jeta un coup d'œil par-dessus son épaule et lui sourit. La tête penchée, elle contemplait le feu.

— Installez-vous dans la chambre qui vous plaît. Les draps ont été changés. On passe à table dans une demi-heure.

— Il me faut moins de temps que ça, dit-elle en se levant.

Kate choisit la plus petite des chambres. Elle posa son sac sur le lit et se déshabilla. Elle alla dans la salle de bains. La baignoire était curieuse, d'un modèle ancien, reposant sur des pieds en forme de feuille.

Elle régla le débit des robinets. Au-dessus du lavabo se trouvaient une armoire à pharmacie et un miroir. Elle avait des cernes marqués ; le résultat de sa nuit sans sommeil, et de la tension des jours précédents.

Kate enjamba le rebord de la baignoire et tira le rideau. La douche était brûlante. Elle s'efforça d'oublier son désespoir et la précarité de sa situation.

Lorsqu'elle revint dans le séjour, Ari était accroupi devant la cheminée. Elle se laissa tomber dans un canapé.

— Je vous sers un verre ? demanda-t-il en se redressant. Le poisson est cuit.

Il avait disposé une nappe devant la cheminée et mis le couvert.

— Qu'est-ce que vous avez ?

— Un Chardonnay, ça vous va ?

— Parfait.

Il y avait un seau à glace posé sur une petite table et une bouteille déjà ouverte. Il remplit deux verres, lui tendit le sien et alla s'asseoir dans un fauteuil.

— Comment trouvez-vous l'endroit ?

— Magnifique. Combien de temps vais-je y rester ?

Il but une gorgée de vin.

— J'ignore pourquoi vous êtes ici. Tout ce que je sais, c'est que votre vie est menacée et que Meyer m'a chargé de vous protéger. Le reste dépend de ce que vous allez lui raconter.

Il ne semblait pas pressé de la questionner. Elle le regarda longuement. Il avait l'air incroyablement jeune et inoffensif.

— J'ai vingt-neuf ans, dit-elle. Et vous ?

— Trente, le mois prochain.

Il se leva d'un bond.

— Le poisson ! J'espère qu'il n'est pas trop cuit.

Assis face à face, ils avaient surtout parlé d'elle. Il écoutait avec plaisir les propos décousus qu'elle tenait, et le besoin de lui parler de ce qui la tourmentait s'estompait. L'intérêt d'Ari et le son de sa voix étaient plutôt rassurants.

Ils avaient terminé la bouteille de vin. Elle avait bu plus que lui ; il n'en était qu'à son premier verre.

Elle sentait la chaleur des flammes sur sa peau. Elle retroussa les manches de son sweat-shirt.

— A quoi pensez-vous ? demanda-t-il.

Il attendait qu'elle se décide à parler. Elle réfléchissait.

— A rien. J'ai l'esprit vide. Tout à l'heure j'étais déprimée. Ça va mieux.

Elle sourit et ajouta :

— Grâce à vous.

Il eut un geste de la main qui signifiait que tout cela n'avait pas d'importance.

— Et vos parents, vous les avez prévenus ?

Elle secoua la tête. De nouveau l'inquiétude.

— Mes parents sont morts. J'ai une sœur qui vit en Italie. Est-elle en danger ?

Ari mit quelques secondes à répondre.

— Pour votre sœur, il n'y a aucune raison de s'inquiéter.

Elle se détendit et allongea les jambes. Elle avait l'estomac plein ; le vin et la chaleur produisaient leur effet.

— Ça vous ennuie si je m'installe sur le divan ? demanda-t-elle.

— Allez vous reposer.

Elle s'allongea, le visage tourné vers la cheminée. Elle l'entendit s'agiter dans la cuisine ; elle le vit passer et remettre une bûche dans le feu. Elle se redressa sur un coude.

— Est-ce qu'Eva a appelé ? demanda-t-elle.

Il se rctourna, surpris.

— Eva ?

— Meyer Epstein ne vous en a pas parlé ?

Ari haussa les épaules.

— Je ne m'occupe que de vous. Parlez-moi d'Eva.

— Pourquoi ?

— Je ne sais pas. De quoi a-t-elle l'air ? Est-elle aussi jolie que vous ?

— Plus jolie.

— J'en doute, lança-t-il par-dessus son épaule en retournant à la cuisine.

Elle sentait le sommeil la gagner. Dans un brouillard, elle le vit à nouveau faire le tour du canapé, décrivant un demi-cercle, jusqu'à sc placer entre elle et les flammes qui éclairaient la pièce, puis les lampes s'éteignirent. Elle s'endormit, en gémissant comme une petite fille qui s'apprête à faire de mauvais rêves.

4

Au moment où Kate et Ari quittaient Washington pour Reno, Victoria arrivait à destination. La nuit précédente, elle était restée éveillée dans sa chambre, à observer le plafond, à marcher sur une moquette aux couleurs criardes, à écouter le silence se remplir de craquements suspects. Elle avait saigné de nouveau. Le virus n'avait jamais cessé de lui rappeler sa présence.

Les faubourgs de Cheyenne disparaissaient dans le vent et la pluie. Sur sa droite, dans le lointain, les sommets enneigés des Rocheuses perçaient dans un coin de ciel vaguement bleu. Durant une année elle avait visualisé ce moment. Une vague douloureuse venue de très loin l'enveloppait.

Elle ne savait pas comment elle avait été choisie. Lui l'avait prise pour une victime à la recherche d'un guide. Elle avait une sœur et un père à venger. Avec maîtrise, il avait calmé son désarroi.

Pour Victoria, les contours du passé se dévoilaient, prenaient forme.

La longue crinière blanche, le cou rigide, les mains qui pressaient douloureusement ses seins. Il avait commencé par s'allonger à ses côtés pour communier dans la prière.

Il évoquait les souffrances, l'injustice, la frustration ressentie. Il sortait le grand jeu avec l'astuce et la ruse dont il était capable.

Debout devant elle, faisant glisser son pantalon sur ses hanches, il savourait l'instant, montrant un sourire compréhensif, un sourire qu'il croyait tendre. Plus tard, un rictus de plaisir tordait ses lèvres tandis qu'il la violait.

Il ne voulait pas la contenter pour témoigner de sa virilité ; il s'imaginait lui donner plus précieux : il la purifiait. Il lui communiquait sa force. Il éprouvait un simulacre de remords, puis se mettait à rire, se laissant envahir par le plaisir qu'il venait d'avoir.

Il venait tous les soirs, plein de révélations et de prophéties, pressé de recommencer l'expérience. Isolée, perdue, elle avait supporté cet enfer.

La cigarette lui brûlait les lèvres. Elle l'éteignit dans le cendrier. Ses yeux piquaient ; elle était incapable de dire si c'était la fumée, ou si, quelque part, elle se sentait toujours vivante. Ce matin, sous la douche, l'eau glacée avait figé ses paupières, durci ses mâchoires, embrasé sa peau.

La flèche de la *Fort Collins Church of Christ* était en vue. Elle serait à l'heure pour le sermon du dernier mercredi du mois.

Son message n'était qu'un enchevêtrement de fausses théories, de vérités maquillées ; une supercherie universelle qu'à l'époque elle avait acceptée sans en questionner le fondement. Dorf l'avait endoctrinée et Joseph Beckman l'avait transformée en animal de laboratoire.

En passant devant l'église, elle imagina Dorf perdu dans le silence de son bureau, enlevant sa veste noire, faisant les cent pas, se masturbant la nuit venue au souvenir d'une étreinte, le regard balayé par les ombres.

Les parkings étaient bondés. Elle se gara sur un terre-plein et marcha vers l'église, silhouette perdue au milieu d'une foule qui se pressait dans le froid du crépuscule.

Elle s'installa tout en haut. Dorf avait déjà pris place derrière son pupitre.

— Voici ce qui se trouve dans le *Talmud*, la tradition orale, le livre sacré des juifs ! commença-t-il ; *Libbre David 37*, la référence pour ce passage : « S'ouvrir aux *autres* de notre religion équivaudrait à condamner à mort tous nos frères, car si les *autres* se doutaient de ce que nous enseignons à leur sujet ils nous tueraient ouvertement. »

Il allait et venait sur l'estrade, le poing levé vers l'auditoire.

— Ces autres, s'écria-t-il, c'est nous !

Victoria regarda autour d'elle. L'église était remplie, et les fidèles subjugués.

— Que pensez-vous de cette citation ? continua-t-il. *Baba Mecia 114, 6* : « Les juifs sont des êtres humains, mais le reste des nations du monde ne sont que des bêtes. » Et de celle-ci ? *Midrasch Talpioth, 225-1* : « Jéhovah a donné forme humaine au non-juif pour que les serviteurs du juif n'aient pas l'apparence de bêtes. Le non-juif est un animal à forme humaine destiné à servir le juif nuit et jour. » Ou de celle-là ! *Libbre David 37* : « Si un juif est appelé à expliquer une partie de l'un des livres rabbiniques, il doit fournir une fausse explication. Lequel violera cet ordre sera puni de mort. »

Dorf s'était avancé au bord de l'estrade.

— Voilà ce qui nous est réservé ! Et il en existe comme ça des milliers, plus terribles encore... *Hadarine, 20, B ; Schulchan Aruch, Choszen Hamiszpat 347* : « Un juif peut faire subir à un non-juif tout ce qu'il lui plaira. Il peut le traiter comme il traiterait un vulgaire morceau de viande. » *Schulchan Arusch, Choszen Hamiszpat 348* : « Les biens de toutes les autres nations appartiennent aux juifs qui sont en droit sans scrupules de s'en saisir. Un juif orthodoxe n'est pas tenu de se conformer à des principes de moralité envers les non-juifs. Il peut agir sans morale s'il agit dans son intérêt propre ou de celui du peuple juif en général. »

Il hochait la tête dans un effet théâtral. Il anticipait la satisfaction d'une victoire qui allait suivre.

— Je mets au défi la Ligue anti-diffamation ou n'importe quel rabbin de n'importe quelle organisation juive d'apporter la preuve qu'aucune instruction de cette nature ne figure dans leur *Talmud*, cria-t-il. Je les mets publiquement au défi ! Je les mets au défi devant tous ceux ici présents et tous ceux qui nous écoutent à travers le pays.

Le révérend paraissait fixer chaque visage de l'assemblée. Victoria baissa la tête. Personne n'avait jamais songé à vérifier ses élucubrations, songea-t-elle ; il avait l'air si convaincant. Ceux qui venaient l'écouter n'étaient pas là pour douter mais pour trouver une justification à leur haine.

Le ton du révérend s'était enflammé.

— Frères et Sœurs, à la lumière de ce que contiennent leurs textes sacrés ne sommes-nous pas en droit de nous demander comment légalement et moralement un juif peut prêter serment et occuper une position dans notre administration ? Frères et Sœurs, à la lumière de ce que contiennent leurs textes sacrés ne sommes-nous pas en droit de nous demander quelle est la validité de leur témoignage devant nos tribunaux ? Frères et Sœurs, à la lumière de ce que contiennent leurs textes sacrés ne sommes-nous pas en droit de nous demander si les juifs sont dignes d'éduquer la jeunesse blanche de ce pays ?

Il marquait une pause, puis agitait la main comme s'il cherchait à réduire en miettes tout ce qui se trouvait à sa portée.

— En sont-ils dignes ? Eh bien, de célèbres compatriotes, après avoir étudié la nature égoïste de ce peuple et compris que ces individus appliquaient une série d'enseignements où il n'était question que de racisme et de valeurs morales décadentes, ont répondu à ces questions. Ils ont compris que ces individus se souciaient peu de ce qui pouvait arriver aux autres ; ils ont compris que ces gens-là plaçaient l'argent au-dessus de toute valeur morale.

De la poche de sa veste il avait sorti un paquet de feuilles.

— Voici quelques-unes de leurs citations. Le *général Ulysses S. Grant* : « Les juifs, en tant que classe sociale, violent chaque règlement établi par le Département du Trésor. »

George Washington : « Les juifs travaillent plus efficacement à notre perte que les armées ennemies. Ils sont des centaines de fois plus dangereux pour nos libertés et pour la grande cause que nous défendons... Nous ne pouvons que nous désoler que les autres nations, bien avant nous, ne les aient pas chassés comme la peste et comme les pires ennemis du bien-être de l'Amérique. » *Benjamin Franklin, lors de la Convention Constitutionnelle de Philadelphie, en 1787* : « Je suis en plein accord avec le général Washington quand il s'agit de protéger cette jeune nation d'une insidieuse et néfaste influence. La menace, messieurs, ce sont les juifs. Quel que soit le pays où les juifs se sont installés en grand nombre, ils ont affaibli sa conscience morale et dévalué son intégrité commerciale ; ils se sont isolés en refusant de s'assimiler ; ils ont dénigré les principes de la religion chrétienne sur laquelle la nation était fondée ; ils ont formé un État dans l'État. Contrés, ils ont tenté d'étrangler financièrement ce pays, comme l'Espagne et le Portugal. Pendant plus de 1700 ans ils se sont lamentés sur leur triste destin d'avoir été exilés de leur terre natale, qu'on appelle Palestine. Mais messieurs, même si le monde la leur rendait gratuitement, beaucoup d'entre eux trouveraient une bonne raison pour ne pas y retourner. Pourquoi ? Parce que ce sont des vampires, et que les vampires ne vivent pas sur le dos d'autres vampires. Ils ne peuvent pas vivre uniquement entre eux. Il leur faut subsister sur le dos des chrétiens et de tout autre peuple qui n'est pas de leur race. Si vous ne les excluez pas de ces États-Unis et de leur Constitution... ils s'incrusteront ici en si grand nombre qu'ils domineront et dévoreront cette terre et changeront notre forme de gouvernement, pour lequel, nous, Américains, avons répandu notre sang, donné nos vies, notre essence, et compromis notre liberté. Si vous ne les excluez pas... nos descendants travailleront dans les champs pendant qu'ils se frotteront les mains. Je vous avertis, messieurs, si vous ne les excluez pas à jamais vos enfants vous maudiront dans vos tombes. Les juifs sont une menace pour ce pays si nous les laissons entrer. Ils doivent être exclus par cette Convention. »

Dorf laissait glisser son regard sur la foule, puis sur les documents qu'il brandissait.

— Jusqu'à *Charles Lindbergh* : « Je suis perturbé par l'influence juive sur la presse, la radio, et le cinéma. »

Son bras retomba.

— Le plus grand des holocaustes a été perpétré par les juifs sur les chrétiens. Frères et Sœurs, ces compatriotes célèbres ne se livraient pas à des commentaires sur les particularités génétiques de ce peuple, telles que la forme de leur nez ou la couleur de leur peau ; ils exprimaient simplement leur opinion sur la conscience de ce peuple, le comportement de ce peuple, l'attitude raciste de ce peuple, et son mépris des vertus chrétiennes d'égalité, de charité, et d'altruisme.

Le révérend demeura silencieux, puis reprit :

— Que les patriotes blancs d'Amérique se lèvent et déclarent au monde que nous entérinons les lois proposées par Benjamin Franklin ! Que les patriotes blancs d'Amérique se lèvent pour protéger nos valeurs contre toute tentative de destruction ! Que les patriotes blancs d'Amérique se lèvent et obéissent au 11e Commandement !

Un tonnerre d'applaudissements emplissait la voûte. Victoria attendait la suite. Elle avait vu le show plusieurs fois ; ce soir, il prenait l'aspect d'une grotesque mascarade.

Sur l'estrade, la tête baissée, les yeux au ciel, le révérend tremblait.

— Seigneur, implorait-il, en ce jour béni, toi qui m'assailles comme une tempête, ne me laisse pas reprendre mon souffle. Frappe-moi par tes miracles ! Montre à tes serviteurs ce qui doit arriver bientôt !

Au premier rang, l'un des fidèles s'était levé.

— Là ! hurlait-il, montrant du doigt le révérend. Là ! Regardez ! Les stigmates !

Dorf avait levé les poings au ciel. Des rigoles de sang coulaient vers ses poignets. Il était tombé à genoux et ouvrait les bras en croix.

Victoria en avait assez vu. Elle quitta l'église, tandis que la chorale, vêtue de blanc et de bleu, entamait frénétiquement son chant.

Dans les forêts qui couvraient les Rocheuses, l'air charriait d'invisibles flocons.

Comme tous les charlatans de génie qui faisaient le commerce de Dieu, Dorf avait le pouvoir de transformer le désarroi de ses concitoyens en une foi inébranlable et un paquet de dollars ; le révérend vidait leur portefeuille pour la plus grande gloire de Dieu et pour la sienne.

Le pays débordait d'égarés en quête d'idéal mystique, d'abrutis dont la masse cervicale dégénérait.

Cela faisait plus de vingt ans qu'il puisait dans le réservoir ; ce truc se remplissait plus vite qu'on ne le vidait.

Grâce à la sélection d'individus dont il avait défini le portrait — blanc, mâle ou femelle, inadapté et immature, dérouté, envahi par l'injustice et la frustration, mais enclin au mysticisme —, le révérend dirigeait leurs pas, les manipulait, les persuadait qu'il était capable de remodeler leur avenir et celui de l'humanité entière.

Les bureaux de *Fraternité Chrétienne* prolongeaient l'église. Le rez-de-chaussée comportait une suite de pièces équipées de matériel électronique qui servaient de salles d'études pour les classes du dimanche ; il y avait aussi une bibliothèque, un amphithéâtre pour les projections, un jardin intérieur, et une cafétéria de deux cents places. Le premier étage était réservé au révérend.

Dorf se lava soigneusement les mains, et défit l'appareillage relié à la poche de sang artificiel fixée sur sa poitrine par de la bande adhésive. Les miracles étaient nécessaires pour maintenir la ferveur du troupeau. Il enferma le tout dans un tiroir, mit une chemise propre, quitta sa loge et traversa un couloir pour pénétrer dans son bureau.

Par la baie vitrée, Dorf devinait au loin les murailles enneigées. Le jour, la neige ressemblait à un tapis de flanelle blanche.

Donovan avait été élu Président. Il prendrait un train de mesures efficaces dès qu'il aurait mis la main sur les leviers du pouvoir et posé son pied sur la pédale du frein. Le frein anti-juif.

Dorf avait adressé un télégramme de félicitations au couple Donovan, et la Première Dame l'avait invité à Washington. Les temps étaient meilleurs et le FBI lui foutrait la paix.

A voir le chemin parcouru, Dieu avait écouté ses prières.

Puis il pensa à *elle*. Il crut percevoir le bruit de son rire qui montait comme une griserie et qui s'en allait.

Sa passion avait pris la forme d'un immense

archange noir qui lui perçait le cœur. Comment l'oublier ? Il appelait ça le « Trou de l'Enfer ». Une vilaine souche à l'abandon qui traînait dans sa mémoire, et une brûlure comme un vent chaud d'orage qui se répandait dans son ventre chaque fois qu'il se souvenait de son corps.

Dans le faisceau des phares, le panneau indiquait *Fort Collins Church of Christ.* Victoria quitta la route et prit l'allée qui conduisait au parking. Deux lampadaires à vapeur de sodium projetaient une lumière jaunâtre éclairant une Ford Explorer toute neuve.

Elle observa les alentours, puis gara son véhicule derrière un bouquet d'arbres, laissant ses yeux s'accoutumer à l'obscurité. Elle allait revoir son visage, les cernes bleuis, les cheveux collés par le gel et la sueur ; et le regard, qui dévoilait son urgence extrême, son manque permanent.

Large et sombre, l'église ressemblait à une pyramide lugubre. Victoria prit une lampe électrique dans le coffre de sa voiture.

Elle se glissa jusqu'à une porte latérale et introduisit la clé qu'elle avait conservée. Dans l'église, les battements de son cœur traînaient derrière elle comme une piste évidente. Une vague lueur suintait par les vitraux, dévoilant l'immense croix de bronze. Sa respiration était courte, animale. Ses yeux devinaient les contours sombres des obstacles en travers de sa route. Le pinceau de lumière dessina une tache de la grosseur d'un ballon sur les marches qu'elle gravissait deux par deux.

L'escalier s'arrêtait en face du bureau. Victoria colla son oreille au battant. Elle n'entendait rien. Elle tourna la poignée. La pièce était obscure. Elle entendait la respiration ; longue, sifflante.

Dorf dérivait dans ses fantasmes. Allongé sur le divan, dans la pièce rectangulaire qui lui servait de bureau, Dorf écoutait d'une oreille lointaine le *Laudate Dominum Vesperae Solennes* de Mozart. Un fil ténu le reliait aux trois thèmes qui animaient sa vie : Dieu, l'argent, et le sexe.

Les murs, revêtus d'une isolation phonique, étaient plaqués de chêne verni ; une console, équipée de six haut-parleurs, d'un puissant magnétophone et de différents lecteurs, clignotait comme un avion cargo.

Les ténèbres lui procuraient un sentiment de vide et d'excitation ; le sentiment d'avoir livré une bataille, de l'avoir gagnée, sans en toucher la récompense. Cette nuit, il cherchait à recréer la vision spécifique qui ne manquait jamais de l'émouvoir. En dehors de la voix du *soprano* il en entendait une autre, qui se logeait insidieusement dans son esprit. Elle le guidait vers une limite extrême qu'il ressentait dans toutes les parties de son corps. Il avait perdu le contrôle de ses émotions ; il respirait pesamment ; il avait une perception aiguë de son sexe.

Elle levait les yeux vers lui. Il entourait sa taille, il touchait le dessin ferme de ses seins ; il pressait son corps contre le sien.

Cette nuit, il la revoyait secouée de tremblements imperceptibles, avec dans ses grands yeux cette lueur suppliante d'oiseau apeuré qui l'excitait tant. Il éprouvait pour elle une passion forcenée qui dévorait son âme. Il priait pour son retour, ou pour en trouver une autre qui ait le pouvoir de déclencher ce sentiment : celui de s'élever au-dessus de sa propre destinée, d'être plus qu'un homme, d'être presque Dieu.

Les putains à mille dollars la nuit qu'il faisait venir ne satisfaisaient qu'un besoin physique ; ses orgasmes se limitaient à ses parties sexuelles ; son sperme était dépourvu de cette phosphorescence magique lorsqu'il luisait sur son ventre à elle et entre ses cuisses.

Depuis son départ il se forçait à mener la même vie parce que tout changement dans ses habitudes aurait éveillé les soupçons ; et parce que l'argent et son emprise sur les âmes arrivaient à le distraire de ce tourment.

Il restait étendu sur le dos. Il contemplait le plafond, torturé par le désir de ce corps. Cette nuit, il lui semblait qu'elle était plus proche que d'habitude. Il se sentait partir. Tout son sang refluait vers son pénis en érection. D'un seul coup le fantasme disparut.

Il avait cru entendre, ou sentir, quoi ? Un bruit ? Un infime changement ? Une présence dans la pièce ? Il ne savait pas.

Ses sens étaient en alerte. Il se redressa. Comme la proie qui flaire le prédateur, les nerfs à vif il fouillait l'obscurité. Un glissement. Un frôlement. On marchait sur le plancher.

Il y eut un deuxième mouvement, à peine perceptible.

Une ombre se tenait là où il n'avait pas l'habitude d'en voir.

Il fixait désespérément l'espace devant lui. Il était incapable de bouger ou de parler. Figé, il continuait de regarder, n'osant pas respirer.

Une voix familière, dominant celle du *soprano*, troua l'obscurité.

— Bonsoir, Dorf.

Pétrifié, Dorf restait muet devant ce qu'il découvrait.

C'était elle !

Il reconnaissait la courbure de son visage, la palpitation au-dessus du cou ; une pulsation sous la peau qui avait la chaleur de la fièvre.

Il la regardait, les yeux égarés, à la lumière de la bougie qu'elle avait allumée. Il cherchait à se convaincre qu'il ne rêvait pas. Des gouttes de sueur perlaient à la racine de ses cheveux et glissaient sur ses épaules.

Il voyait la forme de son corps, et ses hanches qui se dessinaient dans le contre-jour. Tout le génie du Créateur se trouvait résumé dans le corps de cette fille.

Chef-d'œuvre de Dieu, pensa-t-il.

Assis au bord du divan, fasciné, il la vit cambrer les reins et défaire les boutons de son jean. Il se mit intérieurement à remercier le Seigneur d'avoir répondu à ses prières. Il murmurait des paroles qui n'avaient de sens que pour lui.

Le « Trou de l'Enfer » ne charriait plus ses eaux noires aussi épaisses que les ténèbres originelles.

Dieu le récompensait, comme Il l'avait toujours fait. Il avait mis devant lui ces mois de solitude, cette longue épreuve, et Dorf, le dernier prophète, celui qui avait découvert le sens caché des Écritures, l'avait traversée comme on traverse un désert, assoiffé, brûlé, se soumettant à sa volonté, sans perdre sa foi.

Quand la fermeture Éclair glissa, il sut qu'il était *son* Élu. Il se mit à prier. Un triangle de peau claire apparut ; il contrastait avec le tissu sombre.

Lorsqu'elle se débarrassa de son jean, le révérend vit ses jambes, et les muscles effilés, tendus, qui creusaient l'intérieur des cuisses. Elle leva les bras pour retirer son tee-shirt ; elle le fit naturellement, gardant les yeux sur lui. Ses seins hauts et parfaits semblaient remplis de toute la lumière divine. Elle défit le chignon qui retenait ses cheveux, et s'approcha de lui, un sourire sur les lèvres.

Dorf ressentait une angoisse soudaine ; une angoisse née de l'attente et du désir refoulé. Cela faisait des mois qu'il espérait. Il tentait de maîtriser le halètement qui soulevait sa poitrine. Il approcha la main pour caresser du bout des doigts là où la peau était plus claire, plus douce, plus tiède.

Sans dire un mot, elle se pencha vers lui et posa un doigt sur ses lèvres. Docile comme un enfant, il se laissa aller, guider.

Dorf ne semblait pas étonné de la revoir. Il ne manifestait aucune frayeur.

Le révérend n'était qu'un rouage, un pion minable resté dans l'ignorance de ce qu'elle était devenue ; de sa mission ; du virus mortel qu'elle avait dans le sang.

Elle sourit et ôta son doigt. Dorf sentait encore la pression sur ses lèvres engourdies. Il percevait son odeur, étonné de la reconnaître après tout ce temps. Elle glissa une cuisse entre ses jambes, s'agenouilla, et d'un geste lent dégrafa sa ceinture. Elle continua de le déshabiller, patiemment, délicatement. Il ferma les yeux, les rouvrit aussitôt. Il ne voulait rien perdre du spectacle.

Le visage et le corps que Victoria découvrait ne lui faisaient plus peur. Elle ne voyait que l'image d'un vieillard décharné ; un fossile qui tremblait et qui se raidissait. Elle se mit à cheval sur lui. D'une main ferme, elle le guida à l'intérieur de sa chair. Elle se mit à remuer des hanches, donnant une cadence lente à son mouvement. Il agrippa les seins de Victoria, y enfonça ses ongles, les pressant violemment.

Elle entendait ses cris et ses grognements, et les mots qu'il murmurait, et les obscénités qu'il gémissait comme des incantations ; mais Victoria était ailleurs. Elle n'éprouvait rien.

Elle lui caressa les lèvres, puis elle se pencha et il sentit sa langue chercher la sienne. Elle poussa une plainte douce. Ses hanches oscillaient d'avant en arrière, le rythme devenait plus rapide.

Le souffle court, il l'avait saisie par la taille ; il la secouait éperdument, cherchant à précipiter, à faire exploser ce qui mettait ses nerfs à vif.

Victoria glissa une main sous la nuque de Dorf. Elle avait dans sa bouche le goût salé de son propre sang, qui suintait de la morsure qu'elle venait de s'infliger.

Dorf fut emporté dans sa tourmente. Elle se raidit, lui mordit la lèvre dans un simulacre d'excitation, enfonçant sa langue plus profondément, mélangeant leurs salives, leurs sangs, tandis que le révérend se vidait en elle en poussant une plainte pour remercier l'Éternel.

Il dormait sur le dos, son pantalon baissé sur ses mollets. Ce serait une belle journée pour Dorf. Il vomirait son dîner, au pire son breakfast du lendemain. C'est le temps que mettrait le virus pour s'installer dans le corps du révérend.

Victoria déplaça doucement la main qu'il avait laissée entre ses cuisses. Elle se leva silencieusement pour aller à la salle de bains. Ses seins lui faisaient mal ; ils portaient les marques des ongles de Dorf.

Elle se lava, frottant les parties de son corps qu'il avait touchées. Elle effaça ses empreintes et retourna dans la pièce. Elle ramassa ses vêtements, s'habilla sans bruit, prit son sac, remit ses gants, et lança un dernier regard au révérend endormi. Sur le bureau, la bougie s'était consumée. Elle alluma sa torche.

D'abord ce fut une voix lointaine, un murmure dans sa tête qu'elle n'avait pas envie d'écouter. Aveuglée par son désir de vengeance, elle n'avait pas réfléchi. En l'infectant, elle avait commis une erreur. Elle s'était signalée.

Elle continuait de l'observer, évitant d'éclairer son visage. Dans son sommeil, il gardait un sourire de triomphe. Elle aurait voulu voir un masque de terreur surgir et elle fut tentée de le réveiller. Il emporterait son odeur et sa chaleur. Elle s'en voulut de lui avoir fait ce cadeau. C'était trop tard. Dieu et le Diable n'étaient que les deux faces d'une même pièce.

Le brouillard dans ses yeux se dissipa. Elle sortit le Beretta de la poche de son anorak et posa un coussin sur le visage du révérend. Le halo de la torche faisait une ellipse sur le velours pourpre parsemé de motifs bleus ; le canon de l'arme brillait d'une lueur sans reflets.

Le crâne de Dorf éclata. Elle le sentit se défaire, avec un curieux bruit, comme une citrouille que des gosses crèvent à coups de pierres. Le corps conserva sa posture naturelle. Il avait l'air d'une momie desséchée par le temps ; vieille et affreusement triste.

Victoria jeta un rapide regard autour d'elle et ramassa la douille de cuivre qui traînait sur le sol. Au cadran de sa montre il était deux heures du matin. Dans la pièce, l'odeur du sang troublait l'acidité de la cordite.

Un ordinateur se trouvait sur la table de travail. Bien que promu par les circonstances, Dorf devait peut-être conserver des détails, des noms, des endroits. Elle s'installa devant le clavier et alluma l'écran.

Le disque dur ne renfermait que des informations sans intérêt sur *Fraternité Chrétienne ;* essentiellement les sermons de Dorf et l'agenda de ses tournées. En fouillant les tiroirs du bureau, elle trouva, au milieu d'un fatras de recueils de psychologie et de religion, une boîte de plastique noir qui contenait des disquettes d'ordinateur. Elle examina les étiquettes. L'une d'elles portait la mention : *Révélations, par le porte-parole de Dieu.* Peut-être une version de l'Apocalypse réécrite par Dorf ?

Intriguée, Victoria glissa la disquette dans le lecteur. Les fichiers étaient protégés par un mot de passe. Elle se tourna vers la forme affaissée sur le divan. Une image refusait de quitter son esprit ; celle d'une ombre qui se matérialisait comme un sinistre volatile noir. Elle passa sa langue à l'intérieur de ses lèvres. La boursouflure était gonflée, douloureuse.

La sonnerie du téléphone interrompit sa réflexion. La femme de Dorf devait s'inquiéter. Elle n'avait plus le temps de jouer aux devinettes. Victoria frappa sur le clavier les lettres de son prénom. Cinq astérisques se logèrent dans le rectangle au centre de l'écran : T.A.N.Y.A.

Elle appuya sur la touche « entrée », et eut un sourire sans joie en découvrant qu'elle avait vu juste.

La disquette contenait trois fichiers. Le premier énumérait les diverses ramifications de *Fraternité Chrétienne* à travers le pays ; dans le second, Dorf avait classé par générosité les donateurs. Lorsque Victoria ouvrit le troisième, une liste de noms vint s'afficher à l'écran.

Elle les compta. Il y en avait cent sept. Le sien figurait en dernier. Des noms sans visages ; des femmes et des hommes : les cobayes du projet Beckman.

De nouveau la sonnerie du téléphone remplit la pièce. Victoria mit la disquette dans sa poche et éteignit l'ordinateur. Elle alla jusqu'à la fenêtre et écarta les rideaux. Elle n'apercevait pas le bosquet qui cachait sa voiture. Elle prit la montre du pasteur et l'argent qui se trouvait dans son portefeuille, traversa le bureau, ferma la porte et dévala l'escalier. Il commençait à pleuvoir. Elle s'éloigna du bâtiment et disparut.

Dehors, la nuit paraissait immobile.

Jeudi

1

Le jour se levait sur les *mesas*. Aux commandes du Cessna, Greenwood approchait de la piste d'atterrissage dont le tracé se détachait sur le sable clair du *Jornada del Muerto*.

A l'ouest, le Rio Grande déroulait son ruban bleu pâle ; au-dessous, le paysage monotone, blanchi par le soleil, n'était troublé que par des tourbillons de poussière soulevée par le vent.

Le Cessna vira sur l'aile à angle aigu, puis repassa à l'horizontale. Du coin de l'œil, Greenwood scrutait les abords de la piste. Satisfait, il fit atterrir l'avion et roula jusqu'à l'autre extrémité. Il fit faire demi-tour à l'appareil et coupa les réacteurs.

Devant un camion militaire, six hommes l'attendaient. Ils étaient en uniforme, ce qui n'en faisait pas pour autant des soldats de l'armée régulière. Greenwood descendit l'échelle. Les hommes se rapprochèrent, faisant cercle autour de lui. Greenwood les voyait pour la première fois.

— L'équipement est dans le camion ? demanda Greenwood.

Nul n'était encouragé à poser des questions ou à spéculer. L'un d'eux acquiesça.

— Allons-y ! Nous neutralisons et nous dégageons, dit Greenwood.

Le chauffeur avait la peau sombre et les cheveux noirs ; il conduisait vite, fredonnant en espagnol un air de salsa. Greenwood n'aimait pas ce genre de musique ; quelque part il s'en foutait. Cette équipe avait passé la frontière durant la nuit ; avant la tombée du jour elle serait dispersée, évanouie. Aucun des hommes ne se connaissait. De simples exécutants.

Greenwood avait déplié une carte de la région et la tenait sur ses genoux. Son objectif, marqué d'un cercle au crayon gras, était proche de Trinity Site, le lieu du premier essai nucléaire sur le sol américain. De temps à autre, il indiquait au conducteur un changement de direction.

Ils avaient parcouru une trentaine de miles. La piste était en mauvais état, remplie d'ornières et de pierres branlantes ; projetées par les roues, elles heurtaient la carrosserie dans un bruit sourd. Il n'y avait ni circulation, ni poteaux, ni fils électriques indiquant l'existence d'une base ou d'une agglomération.

Un faucon prenait de l'altitude, battant l'air de ses ailes, un rongeur entre ses serres. Plus haut, un autre rapace planait, scrutant ce qui bougeait à la surface du sol. Le ciel se voilait d'une brume sombre.

Surgi de nulle part, un tronçon de route apparut. Étroit, il ne permettait le passage que d'un véhicule. Au bout d'un mile ils passèrent devant un triangle de signalisation jaune qui indiquait : DÉCHETS TOXIQUES RESTEZ À L'ÉCART.

Le camion avait ralenti. Un mile plus loin, un second panneau mentionnait :

DANGER
ZONE D'ESSAIS MILITAIRES
ENTRÉE INTERDITE

La route continuait. Le périmètre de sécurité fait d'un couloir de barbelés et de poteaux en ciment se trouvait trois miles plus avant. Entre les rangées de barbelés, des chiens de garde patrouillaient.

Ils franchirent un poste de garde désert et stoppèrent devant un bâtiment sans fenêtres de couleur sable qui ressemblait à un vieux *pueblo*.

Greenwood fut le premier à descendre. Il souleva la bâche du camion et fit signe aux hommes de le rejoindre.

Un véhicule était garé sous un filet. Quatre silhouettes revêtues d'une combinaison spatiale orange de l'USAMRIID terminaient de brûler au lance-flammes des piles de bacs en plastique remplis d'ampoules. La chaleur du napalm dépassait deux mille degrés et faisait éclater les fines parois de verre dans une série de détonations qui rappelait les volées de pétards du nouvel an mexicain.

Les spécialistes de la décontamination fournis par le général Tyler ne leur prêtèrent pas attention. Ils continuaient d'arroser le sol de gelée enflammée. Quand il estima son travail fini, l'un des hommes se dirigea vers le groupe. Il n'y eut pas de présentations. Il échangea un signe de tête avec Greenwood.

— Dans vos tenues, dit-il, vous serez en surpression d'air. En cas d'accroc, fermez le plus rapidement possible l'ouverture par de la bande adhésive pour ne pas perdre de pression.

Il leur montra comment enfiler les combinaisons et leur expliqua ce qu'il y avait à faire.

— Les batteries vous donnent une autonomie respiratoire de quatre heures. C'est plus que suffisant.

Greenwood jeta un regard sur les hommes qui l'accompagnaient. Ils finissaient de s'équiper. Pas un seul mot n'avait été prononcé. Ils suivirent l'homme à la combinaison orange jusqu'à une curieuse cabine de douche installée à l'extérieur.

— Si vous vous coupez ou déchirez votre tenue, venez immédiatement vous doucher. Même procédure quand vous quitterez les lieux. Quand vous aurez fini, nous brûlerons les équipements à l'intérieur.

Il s'éloigna vers le tas de cendres où quelques flammes s'élevaient.

Les six hommes, portant chacun un pulvérisateur de

désinfectant, pénétrèrent dans le cœur du bâtiment. Greenwood leur emboîta le pas.

Il venait ici pour la dernière fois. Dans moins de quatre heures, le laboratoire où se trouvaient stockés le virus et la réserve d'ampoules contenant le complexe héroïne-inhibiteur serait gazé à l'aldéhyde formique. Pas question de laisser la moindre chance au virus de s'éparpiller.

Le personnel avait abandonné les lieux la veille et quitté le territoire américain. L'avion de tourisme qui les transportait s'était écrasé dans les montagnes du Costa Rica. Aucun survivant.

Greenwood avait choisi l'endroit pour son nom : *Le Voyage du Mort,* un morceau de désert qui redeviendrait aussi innocent qu'une étendue de sable nue et vide. Un bunker qui reprendrait son aspect désolé. Le virus devenu incontrôlable, il n'était plus question de prendre des risques sur la base du jugement d'autrui. Greenwood fauchait l'herbe sous le pied de *Ramsès*, extirpant les racines. La piste qui remontait jusqu'au virus était brouillée.

Celle de Greenwood ne tarderait pas à l'être. Greenwood était un homme de l'ombre et n'avait aucune intention d'en sortir.

2

Sous l'œil des caméras et le faisceau des projecteurs, Linda Brouillard-Donovan visitait une institution d'attardés mentaux dont elle était la marraine. Le Président s'était décommandé à la dernière minute, prétextant une réunion importante sur la situation en Irak. Il s'évitait d'avoir à prononcer un discours qui n'avait aucune diffusion nationale.

Saddam Hussein promenait une brigade motorisée à travers son pays. D'après les informations satellites, la brigade tournait en rond. Au Pentagone, les supputations allaient bon train. Dans le Golfe Persique, la flotte avait été mise en alerte et les *tomahawks* programmés.

CNN interviewait des généraux à la retraite qui faisaient des prévisions stratégiques, l'air d'être dans le secret.

Le Président était préoccupé. Pas par Saddam Hussein. En réalité, il se foutait de Saddam Hussein ; l'Irak n'avait jamais été une menace pour les États-Unis. Ce que cherchait l'Irakien, c'étaient quelques pétards sur la gueule pour renforcer autour de lui un sentiment national qui s'effritait. Un vieux truc, usé jusqu'à la corde, pour se maintenir au pouvoir. Les prédécesseurs de Donovan étaient à chaque fois tombés dans le panneau. A leur décharge, la mesure était appréciée de part et d'autre.

Ce qui tracassait Donovan, c'était sa femme. Linda manœuvrait dans son dos et il n'aimait pas ça. Il se passait des choses dont il n'était pas informé.

— Arrêtez vos grands airs mystérieux, dit le Président à son interlocuteur. Que se passe-t-il ?

— Je ne peux rien dire pour l'instant, Monsieur.

— Un problème ?

L'homme secoua la tête.

— Ce serait plutôt une bonne nouvelle. J'attends la confirmation avant de vous donner des détails. Samedi... je pense.

Le Président le regarda. L'autre ne détourna pas les yeux. Donovan le tenait pour un homme habile, au jugement mesuré.

— Comme vous voulez, dit-il.

Intrigué, il fit mine de s'absorber dans ses pensées. Les deux hommes réfléchirent en silence. Donovan émit un ricanement.

— Ça concerne les nominations que vous vous êtes empressé de me faire signer ?

L'autre se racla la gorge et répondit d'un air faussement détaché :

— Lesquelles ?

Le Président lui jeta un regard soupçonneux.

— J'espère qu'il s'agit d'une mesure populaire, assena-t-il. Il me faut des mesures populaires, vous entendez ! Pas de coups foireux ! N'oubliez pas que la presse est à l'affût ! dit le Président en retournant s'installer devant la fenêtre.

3

Le jour filtrait à travers les rideaux. Lorsque Kate ouvrit les yeux, elle connut une détresse absolue, puis son esprit fut de retour. Il n'y avait aucun bruit autour d'elle. Elle voulut se remémorer le reste de la soirée, elle n'y parvint pas. Elle était couchée sur un canapé dans une pièce qu'elle voyait pour la première fois.

Elle s'efforça de remettre de l'ordre dans ses pensées. Le nuage noir était toujours là ; il flottait au-dessus de sa tête comme un papillon de nuit qui refuse de battre en retraite.

Elle prit une douche glacée, croyant dissiper la confusion dans son esprit. Le souffle coupé elle s'habilla rapidement et sortit sur le porche. La brume masquait les bois et la surface du lac. Tout autour, les montagnes étaient couvertes de neige. Ari surgit, s'arrêta gauchement, puis passa devant elle avec réticence.

— Bonjour, dit Kate.

Elle reçut un drôle de regard en retour. Plus tard, elle essaya de l'interpréter, mais en vain. C'était un mélange d'indifférence et d'intérêt. La réponse se fit attendre et lorsqu'elle vint, ce fut un murmure qui aurait pu signifier n'importe quoi. Kate suivit Ari dans la cuisine. Il s'assit et se versa une tasse de café. D'un geste vif il se passa la main dans les cheveux.

— Je ne sais pas ce que vous prenez le matin. J'ai préparé des toasts, à tout hasard.

Il désigna une serviette en papier dans laquelle il avait enveloppé des tranches de pain grillé. Kate s'assit en face de lui. Ils restèrent à se regarder. Ils ne se connaissaient pas. Kate sentit que derrière tout cela, il y avait quelque chose ; elle ne savait pas ce que c'était, mais c'était là.

— Ça ne va pas ? dit Kate, cherchant à rompre un silence qui devenait gênant.

— Qui êtes-vous ?

Il avait posé cette question d'une voix soupçonneuse. Ses yeux semblaient fouiller son visage. Kate crut y déceler un éclair de défiance. Il se méfiait d'elle.

Surprise, elle répondit dans un murmure :

— Je m'appelle Kate Crow. J'*appartenais* au CDC.

Elle ferma les yeux. Le temps s'arrêta. Un vent de détresse soufflait, l'isolant du reste du monde. Sa voix venait de loin. Elle n'était ni hostile ni amicale, juste une voix.

— Qui fuyez-vous ?

Si elle lui disait tout, la croirait-il ?

— Pourquoi êtes-vous ici ?

Elle ouvrit les yeux. Évitant les détails scientifiques et le jargon médical, elle parla de Dave Weinfeld et de Philip Klein, de sa découverte dans le laboratoire de pathologie, de l'assassinat de Bill King et de la fausse accusation qui avait entraîné son renvoi du CDC. Elle ne lui parla pas de Victoria Berkowitz.

La gorge nouée, elle finit par s'interrompre. Elle but une gorgée de café. Ari voulut parler mais elle le devança :

— Je n'ai aucune idée de qui a organisé tout ça, ni dans quel but. Tout ce que je sais, c'est que ces gens sont dangereux. J'ai vu de mes yeux ce qu'ils sont capables de faire.

Elle se tut. La balle était dans son camp. Il y eut un silence. Le sang lui battait les tempes.

— Continuez, dit-il.

— C'est tout. J'ai eu de la chance, si on peut appeler ça de la chance.

Il se leva et s'adossa au mur.

— Êtes-vous sûre qu'ils ne cherchent à infecter que les juifs ?

Elle décelait de l'inquiétude et de la colère dans sa

voix. Il restait maître de lui-même, tout en accusant le coup.

— J'en suis certaine. King, l'agent du FBI, pensait à un groupe néonazi.

— Et vous ? Que pensez-vous ?

— Je pense que c'est beaucoup plus sérieux que ça. Pourquoi êtes-vous si calme ?

Il serra les poings.

— Nous savons qui nous sommes et pourquoi nous en sommes là. Même quand on nous persécute !

Elle détourna la tête.

— Je voudrais un verre d'eau, demanda-t-elle.

Il acquiesça. Il ouvrit le réfrigérateur, prit une bouteille d'eau minérale et lui versa un verre.

— A part vous, qui d'autre est au courant pour le virus ?

Elle garda les yeux baissés.

— Personne.

— Vos collègues du CDC ?

Kate se mordit les lèvres, des larmes embuèrent ses yeux.

— Non, dit-elle. Personne.

— Et cette fille dont vous m'avez parlé hier soir, Eva ?

— Juste une amie. Elle ignore tout.

Victoria était sa dernière carte. Elle préférait la garder pour Epstein. Elle se tut d'un air définitif. Comprenant qu'elle n'avait pas l'intention d'aller plus loin, il s'approcha d'elle.

— Écoutez, fit-il. Je vais m'absenter, des courses à faire pour le dîner. A mon retour nous ferons un tour en canot. Ça nous changera les idées.

Kate jeta un regard autour d'elle.

— Le chalet n'a pas le téléphone ?

— Non. J'ai un portable mais je préfère ne pas l'utiliser. Il y a une cabine sur la route si vous avez un appel à donner.

— Pas d'appel, répondit Kate. Vous allez prévenir Meyer ?

— Oui, dit-il. Il n'y a pas une seconde à perdre. Il saura ce qu'il faut faire.

Après le départ d'Ari, Kate se mit à errer dans la cuisine. Son avenir reposait entre des mains inconnues. Elle avait perdu le contrôle de sa propre existence ; elle était à la dérive, attendant d'être repêchée.

Elle inspecta le réfrigérateur, ouvrit les tiroirs, lava les deux tasses de café et les posa dans l'égouttoir. Elle but un verre d'eau. Elle ouvrit les rideaux, plia la couverture qu'elle déposa sur l'accoudoir d'un fauteuil.

Kate se demanda si Victoria avait trouvé son message et appelé Epstein. Elle se souvenait de son regard. Ce n'était plus celui de l'adolescente de la photo.

Elle fit quelques pas à l'extérieur et frissonna. Rebroussant chemin, elle rentra précipitamment dans le chalet et prit le revolver qu'Ari lui avait remis. Le brandir suffirait peut-être en cas de mauvaise rencontre. Elle trouva dans un placard une veste qu'elle enfila, resserrant frileusement les pans autour de sa poitrine.

4

Venant des cimes enneigées, des ondées glaciales se répandaient sur le paysage. L'Interstate 70 coupait les montagnes Rocheuses en direction de l'Utah.

Victoria tentait de se souvenir comment tout avait commencé. Par la vitre ouverte, rabattues par les rafales de vent, des gouttes de pluie cinglaient son visage.

Un vent chaud d'orage s'est levé. Perdue dans les collines du Texas, la maison est déserte. Dans l'escalier, elle serre contre sa poitrine la bible que Dorf lui a remise ; elle a le courage des désespérés, des élus de Dieu ; un père et une sœur à venger. Elle est devenue un Soldat du Christ. *Elle a prêté serment.*

Sur le palier, derrière une fenêtre vitrée, elle aperçoit une femme brune en blouse blanche qui lui fait un signe. Elle frappe et, sans attendre la réponse, entre dans la pièce. Elle se trouve face à un homme.

— Shalom, *Tanya. Assieds-toi !*

Elle a un mouvement de recul. Le temps s'écoule dans un silence absolu. Il éclate de rire. Il lui parle dans une langue qu'elle ne comprend pas.

— *C'est de l'hébreu, explique-t-il. Ça te servira. Je m'appelle Roni, je suis ton instructeur.*

Il prend une feuille de papier blanc et commence à écrire en grosses lettres afin qu'elle puisse lire au fur et à mesure.

— *Victoria Berkowitz, c'est ton nom, dit-il.*

— *C'est un nom juif, constate-t-elle. Pourquoi ?*

— *Tu comprendras plus tard.*

Un mois s'est écoulé. Elle a appris les règles à respecter. Elle ne pose plus de questions. Elle connaît la signification des symboles de la culture et de l'art juifs ; elle sait aussi qu'il existe dans son pays trois principaux courants religieux juifs : les réformés, les conservateurs, les orthodoxes. Elle ne voit pas très bien où cela va la mener. Elle n'a de contact avec personne en dehors de Roni et de Hannah, la femme qu'elle a vue le premier jour et qui pose sur elle son étrange regard. Ses yeux sont cerclés d'un filet de petites rides. D'ailleurs, ils ne s'appellent ni Roni ni Hannah, et ils ne sont pas juifs.

Elle apprend à cuisiner des plats qui viennent d'un autre continent ; étudie les fêtes juives et leur signification. Les semaines qui suivent sont le prélude à cette pièce dont elle va devenir l'un des acteurs. Elle ne le sait pas encore. Tanya Snell n'est plus qu'une tache de lumière, une photo surexposée, une tache aux contours indistincts. Elle agit, pense, se comporte comme Victoria Berkowitz. Elle va au-devant d'une nouvelle existence, où son passé est un secret qu'elle doit préserver. On lui apprend à haïr un ennemi qui a chassé son père de sa ferme, qui a assassiné sa famille. Pour mieux le combattre, elle doit mieux le connaître. Elle doit passer pour juive.

Pour se débarrasser de l'ennemi, il n'y aura ni menaces, ni discours, ni défilés. Ceux qui la manipulent ont tiré la leçon de l'Histoire.

Elle avait froid. La pluie tombait en rideaux opaques, le ciel était parcouru d'éclairs, le tonnerre résonnait dans les montagnes ; un grondement isolé, métallique. Devant elle, la foudre frappa parmi les arbres dans un déchirement qui ébranla la vallée.

Sa langue était brûlée par la fumée. Sa lèvre inférieure lui faisait mal. Un étau enserrait sa poitrine. Une nouvelle crise arrivait.

Victoria avait renoncé à rêver. Pourtant, elle cherchait désespérément à survivre. Tout au fond de ses cellules, l'instinct du parasite qu'elle abritait la poussait peut-être à se révolter et à combattre.

Sur sa table de chevet, le réveil sonne. C'est sa première sortie depuis trois mois. Elle va jusqu'à Houston avec Hannah. Elles ont trois heures de route avant d'arriver à la clinique où elle doit subir un contrôle médical. Elle est en pleine forme, même si elle a maigri. Il ne s'agit que d'une routine, lui a dit Roni la veille.

Les examens ont duré la matinée. Elle sent les doigts du gynécologue qui la pénètrent. Elle est humiliée. Il lui reste un long chemin à faire.

Son cœur battait à tout rompre. Elle s'agitait, tentant de trouver une position plus confortable. Dans son bas-ventre, la douleur lançait des signaux répétés. Elle se gara dans un parking de dégagement réservé aux poids lourds. Sur l'aire de béton noyée par des torrents d'eau, deux semi-remorques stationnaient.

L'après-midi, Hannah l'emmène essayer des robes, des chemisiers, des pantalons ; des vêtements chers. Devant le miroir ovale de la cabine d'essayage, elle se contemple. Le résultat lui plaît. Elle se trouve jolie. Elle sourit à son reflet. Elle repart les bras chargés de paquets.

Les souvenirs l'envahissaient. Aucun effort n'était désormais nécessaire pour les faire revivre. Victoria plaqua sa main sur sa bouche ; des filets de sang coulaient entre ses doigts. Elle tourna la tête, la pluie ruisselait sur sa joue gauche. Une lueur teintait la masse mouvante et noire du ciel. Elle tendit la main et inclina le rétroviseur, se regardant avec ce sentiment d'irréalité qu'on éprouve parfois devant sa propre image. Elle avait l'air de se consumer.

Son visage ne reflétait ni angoisse ni désespoir. Question d'entraînement, pensa-t-elle, désabusée.

Hannah est assise en face d'elle. Elle porte une robe bleu foncé ; des fils gris apparaissent sur sa chevelure. Elle lui indique un fauteuil. Elle se penche et lui prend les mains.

— J'ai de mauvaises nouvelles, Victoria, dit-elle après un bref silence.

Il y a une note irrémédiable dans sa voix.

Victoria continue à sourire mais son cœur bat la chamade. Elle ne s'est pas montrée à la hauteur ! Ils vont mettre un terme à sa mission !

— De quoi s'agit-il ? demande-t-elle d'une voix tendue.

Hannah la regarde avec une expression singulière.

— Nous avons le résultat de tes examens médicaux.

Surprise, Victoria s'efforce de masquer un sentiment de malaise.

— Qu'est-ce qui ne va pas ?

Hannah soutient son regard anxieux puis baisse la tête.

— Tu es séropositive, murmure-t-elle.

La pièce tournoie. Victoria ne sait plus où elle est. Le sang reflue de son visage. Au prix d'un immense effort, elle tente de reprendre le contrôle d'elle-même. Ce qu'elle a enduré, ses projets soigneusement échafaudés : quelle importance ! C'est sans espoir.

Elle ne peut plus continuer. Qui est responsable ? Elle ne sait pas. Elle songe à Dorf, mais chasse aussitôt cette idée. Il s'agit peut-être... Qu'importe ! Elle a la certitude aiguë qu'elle ne peut plus accomplir le but qu'elle s'est fixé. La nouvelle brûle comme une croix enflammée.

— Je suppose que c'est fini ? déclare-t-elle d'une voix blanche.

Hannah scrute son visage.

— Jusqu'où es-tu prête à aller ?

Victoria est déconcertée. Elle reste silencieuse.

— Tu as compris ? répète Hannah, avec plus de dureté dans la voix. Jusqu'où es-tu prête à aller ?

Victoria lève les yeux ; un muscle tressaute sur le visage de Hannah ; leurs regards se croisent.

— Jusqu'au bout. J'irai jusqu'au bout, dit Victoria.

Lutter sans quartier ni espérance, c'est son unique orgueil. Ne pas battre en retraite.

Hannah paraît réfléchir. Elle tourne le dos à Victoria.

— Il y a peut-être une solution, dit-elle tout bas.

Elle traverse la pièce, s'approche du téléphone et compose un numéro. De là où elle est, Victoria entend la sonnerie d'appel. Un déclic l'interrompt.

— Elle veut continuer, explique Hannah.

Elle hoche la tête, écoute sans bouger son interlocuteur, puis murmure « d'accord » avant de raccrocher. Victoria attend. Hannah ne la quitte pas des yeux. Elle a gardé une main sur le combiné.

— Je ne sais pas, fait-elle. Je ne sais pas si tu es assez forte pour ça.

— Forte pour quoi ? demande Victoria.

Elle est prête à tout ; à aller au-delà de ce qu'ils lui demanderont. Hannah secoue la tête, comme si elle doutait.

— Pour le projet Joseph Beckman, ajoute-t-elle en la regardant froidement.

D'une main tremblante, Victoria s'essuya le front. Le voile de souffrance se déchirait. La crise s'éloignait. Au-dessus d'elle, les pics couverts de neige se détachaient comme les dents d'un requin.

5

De petites vagues glissaient en ellipses incolores et venaient remuer une mince bande de sable clair. La brume se dissipait.

Kate suivait un chemin qui bordait le lac. Elle marchait vite, évitant les racines et les branches basses.

Hors d'haleine, elle s'arrêta pour reprendre son souffle. Elle s'en voulut de cette faiblesse. Elle s'approcha de la berge. Les arbres avaient cédé la place à des buissons.

Elle arrivait à la lisière du bois. Devant, s'ouvrait une vaste clairière. De l'autre côté, au bout d'une avancée de terre, elle distingua une villa à demi cachée par un bosquet. Au milieu de la clairière se dressait un arbre étrange ; sa forme rappelait celle d'un immense totem, comme il en existe au Nouveau-Mexique. On aurait dit un squelette. Le squelette d'un arbre gigantesque pétrifié par la foudre. Dans le ciel, les ailes déployées, un busard voguait, dans l'attente d'une proie. Mû par une force invisible, il tournait en orbite autour de l'arbre, pareil à un satellite.

Une voiture troubla le silence et l'oiseau s'éloigna. La voiture se dirigeait vers le chalet. Kate revint sur ses pas. Lorsqu'elle arriva en vue de la maison, elle distingua la silhouette d'Ari. Il se tenait les bras croisés, aussi impassible qu'un chat. Il la regardait venir vers lui.

— Ce n'est pas prudent, fit-il remarquer.

Il avait l'air absorbé, grave, les sourcils froncés. Il portait des lunettes noires.

— Je n'étais pas seule, dit Kate avec un maigre sourire.

Elle sortit de sa poche l'automatique et le lui montra.

— Ce n'est pas prudent, répéta-t-il.

— Vous avez appelé Meyer ? demanda Kate.

— Il arrive demain en fin d'après-midi.

Kate releva le col de sa veste et croisa les bras autour de sa poitrine.

— Eva n'a pas appelé ?

— Si elle l'avait fait, Meyer m'en aurait parlé. Je ne lui ai pas posé la question.

— Que comptez-vous faire ?

— Pour votre sécurité… et pour la nôtre, il vaut mieux que vous restiez dans l'ignorance de nos plans.

Il se baissa et ramassa le sac et les deux cannes à pêche qui étaient à ses pieds.

— On y va ? proposa-t-il d'un ton encourageant, désignant le lac. Nous ne pouvons rien faire d'autre pour l'instant.

— Va pour la pêche, murmura-t-elle en le suivant.

Le canot était d'un modèle ancien, avec une coque en acajou verni et des chromes qui luisaient. Ari s'était dirigé à pleine vitesse vers le milieu du lac. Le vent avait quelque chose de pur et de grisant tandis que les vagues s'évasaient en petits murs liquides vert et blanc.

Ari avait stoppé et ils s'étaient installés sur la plage arrière. Il avait mis deux lignes à l'eau.

« Une affaire de patience », avait-il dit en s'allongeant.

Il regardait autour de lui. Kate était incapable de deviner s'il réfléchissait à ce qu'elle lui avait appris, ou s'il était à la recherche d'une éclaboussure, d'une ombre sous la surface qui signaleraient la présence d'un poisson.

Il paraissait désorienté et concentré à la fois. Il ouvrit un panier en osier, et sortit des sandwichs au fromage et deux bières.

Kate s'adossa au plat-bord. Elle enleva la veste qui commençait à lui peser. Elle remonta la manche de sa chemise, prit une boîte de bière, et plongea le bras dans le lac. L'eau était glacée. Elle ne sentait plus rien. Elle retira son bras et arracha la languette de la boîte. Elle but quelques gorgées. Ari l'imita. L'idée ne lui paraissait pas mauvaise. Kate remarqua des lettres bleuies sur son avant-bras.

— Vous avez un tatouage ?

— Oui, répondit-il.

Les signes étaient curieux.

— Ça représente quoi ? demanda Kate, intriguée.

— C'est de l'hébreu, répondit Ari.

— Le nom d'une petite amie ? suggéra Kate en reposant sa bière.

Elle mordit dans son sandwich.

— Oui. Elle s'appelait Betsheeva. Elle est morte en Israël il y a une dizaine d'années.

— Je suis désolée.

— Des terroristes ont mitraillé le bus où elle se trouvait, continua Ari. Elle avait seize ans.

Il avait fermé les yeux, attendant que dans sa mémoire la page se tourne.

— Les poissons n'ont pas l'air d'aimer nos appâts, dit-il, se retournant pour actionner le moulinet de l'une des cannes.

Il tourna la tête en direction de Kate.

— Nous allons faire un essai à la traîne. Il y a un poulpe en plastique dans le sac sur la banquette avant. Pouvez-vous me le passer ?

Le sac était en toile bleue, fermé par un lacet blanc. Kate se pencha et desserra le cordonnet. Elle agrandit l'ouverture. Le poulpe était tacheté de paillettes d'argent, au milieu d'autres leurres et de bobines de fil. Kate le saisit et poussa un cri comme si elle s'était brûlé les doigts. Il y avait des gouttes de sang sur son pouce et son majeur. Elle s'était piquée avec l'hameçon, un grappin aux branches pointues monté à l'envers.

— Vous vous êtes fait mal ? demanda Ari.

— Rien de grave.

— J'arrive, dit-il.

Le canot glissait vers la jetée. Kate sauta sur les planches et tendit la main pour saisir l'amarre. Ari souriait ; elle repensait à son geste, après qu'elle se fut piquée. Il était venu près d'elle ; il lui avait pris la main et avait posé ses lèvres sur les marques rouges laissées par les pointes du grappin. Il avait aspiré doucement. Elle avait été surprise ; elle n'avait pas osé le regarder. Elle avait pris la boîte de bière tiède et bu une longue gorgée, en retirant sa main.

Sur le chemin du retour, tandis qu'ils longeaient la berge à petite vitesse, il n'avait pas cessé de la regarder, de s'intéresser à elle, de lui poser des questions. Confuse, désorientée, elle avait souri à une ou deux reprises, perdue entre la futilité des propos qu'il tenait, la beauté du paysage qui l'entourait, et la solitude qui enserrait sa gorge.

Elle réalisa que, debout sur le quai, il l'admirait.

— Une vraie fille de la Nouvelle-Angleterre, murmura-t-il. Tellement réservée.

Elle se massa les tempes pour se donner une contenance. Elle ne savait pas quoi répondre.

— J'ai mal à la tête, réussit-elle à articuler. Je voudrais rentrer.

A l'intérieur du chalet elle alla s'asseoir sur le canapé. Ari alluma un feu de cheminée et revint avec un verre.

— C'est du bourbon, dit-il, ça vous détendra.

Une voix s'éleva dans la pièce. Elle reconnut la chanteuse Sheryl Crow. Bercée par la musique, la chaleur et l'alcool, Kate ferma les yeux et appuya sa tête sur le dossier du sofa.

L'obscurité dans la pièce grandissait. Elle s'endormit. Le lac était froid et silencieux et les étoiles ne brillaient pas encore.

6

Les roulements de tonnerre s'estompaient. L'orage s'éloignait. Emporté vers l'est, le front nuageux se désagrégeait.

Victoria démarra et s'engagea sur l'Interstate. Elle ne ressentait plus dans le ventre qu'un élancement douloureux, supportable. Il lui restait deux cents miles avant de quitter le Colorado. Elle alluma une cigarette et décida de ne pas s'arrêter avant l'Utah.

Elle marche d'un pas vif, les épaules rejetées en arrière et la tête haute. Le vent chaud du Texas plaque sa robe contre ses hanches et ses cuisses. Il soulève les pans, découvre ses jambes brunies. Des arbres et des buissons abritent la maison des regards.

Elle fait partie du projet qu'ils appellent le projet Joseph Beckman. Pas à pas, ils la guident vers son extrême limite. La première injection l'a glacée jusqu'à la moelle.

Elle se pique deux fois par semaine. Le produit est supposé la protéger contre l'action du virus du Sida. Il augmente en même temps sa capacité de destruction. C'est ce qu'on lui a expliqué.

Il y a une autre substance dans les ampoules. Une drogue que son corps réclame. Petit à petit, sa mélancolie, sa jeunesse, ses souvenirs s'évanouissent. Ils se détachent d'elle comme un fantôme d'un cadavre. A l'intérieur, son cœur est aussi froid qu'un iceberg.

Ce matin, elle est réveillée par une crispation, une crampe douloureuse, qui durcit son ventre. Les draps sont tachés de sang. Elle a les yeux ouverts mais ne paraît pas se rendre compte de la présence des gens dans la pièce.

— Tout va bien, la rassure Hannah.

La crise la laisse anéantie. Elle a les cheveux mouillés et emmêlés.

— Tu es forte et douée, affirme Roni.

Il ne se départ jamais de son impitoyable bienveillance. Elle commence à supputer à quoi on la destine. Ce n'est pas ce qu'elle imaginait. Elle ne se souvient plus de ce qu'elle imaginait.

Avec lenteur, comme si elle sortait d'une transe, Victoria réalisa qu'elle roulait au pas derrière un gros convoi militaire qui vomissait une fumée épaisse et qui peinait dans la montée. Les arbres démesurément hauts tendaient un rideau vert qui se perdait au loin dans la brume. La couleur, la forme des nuages assombrissaient le ciel. Elle n'avait qu'une envie, appuyer sa tête contre le volant et dormir. Pour lutter contre le sommeil, elle baissa la vitre. L'air avait une odeur de feuilles mouillées et de pétrole.

Elle passe sa dernière journée étendue sur l'herbe devant la maison. De temps à autre un frisson frôle sa peau ; ce qu'on lui injecte a sur ses organes des effets rapides et inexplicables. Les crises qui la laissent meurtrie, brisée, anéantie s'espacent. La fièvre n'est plus qu'une sensation diffuse, une vibration au fond de ses cellules.

Elle est prête. Elle part pour la Californie, pour Los Angeles. Elle n'éprouve aucune inquiétude ; elle a répété son rôle tant de fois. Au-dessus d'elle, un curieux oiseau se tient immobile.

L'homme s'appelle Arnold Kaplan. Elle sait tout de lui. Ce qu'elle ignore, c'est pourquoi il a été choisi. Il est juif donc nocif. Pour les Soldats du Christ, *les défenseurs de la nouvelle Amérique dont elle fait partie, c'est l'ennemi désigné. Ce sont eux qui ont assassiné sa famille.*

Cela devrait lui suffire, pourtant elle a un doute. Oh, ce doute n'est ni précis ni absolu ; juste une toute petite perturbation dans le fonctionnement si parfait de la machine qu'ils ont mise au point ; un frémissement imperceptible dans ce gouffre d'eau croupie qu'elle est devenue.

Elle habite Pacific Palisades, conduit une BMW cabriolet, et dîne deux fois par semaine chez Morton's.

Son appartement est sur la colline ; une baie s'étend devant elle, entre deux côtes écartées ; tous les soirs, de sa terrasse, elle voit le soleil disparaître derrière l'île de Catalina.

Elle n'a ni gaieté ni chagrin. C'est au Beverly Hills Country Club qu'elle est supposée rencontrer Kaplan.

Elle est assise au bord de la piscine en tenue de ten-

nis. Un serveur arrive portant un seau à glace posé sur un trépied. Il le place près de sa table, sourit, et s'en va. Elle boit un cocktail à base de jus de fruits. Elle aperçoit des visages connus ; elle a refusé leurs invitations. Elle donne l'apparence d'une jeune fille riche, désœuvrée et glaciale ; le piège parfait pour quelqu'un comme Kaplan.

Elle devine qu'ils lui ont menti. Elle n'a jamais été séropositive. Ils lui ont inoculé quelque chose d'omniprésent et d'inexpugnable qu'elle n'avait pas. La manière dont son corps réagit, les crises qu'elle surmonte, leurs discours et leurs omissions... Se surimpose l'image de Dorf ; il a été le premier à exploiter ses incertitudes et ses frayeurs, à prétendre réconcilier les composantes désordonnées de sa vie, à se dresser en prophète exterminateur, à la livrer à cette organisation. Sa jeunesse et son tempérament la poussent hors du chemin tracé par ses sélectionneurs. Leur haine n'est plus la sienne ; elle fond au soleil de Californie.

Ils ont rabattu un lourd couvercle ; elle est plongée dans une prison aux murs de verre. Elle se doute qu'ils ne sont jamais très loin et qu'ils la surveillent.

Les rayons éclairent les franges des palmiers. Elle sent qu'on l'observe et lève les yeux. Arnold Kaplan se tient en face d'elle. C'est un homme d'une quarantaine d'années, distingué et poli. Il enlève ses lunettes de soleil. Il continue de la fixer ; il fouille ses iris clairs, guettant le moindre tressaillement de cils, la moindre lueur qui trahirait un intérêt. Rien ne perce, rien ne se manifeste. Le regard de Kaplan est amusé et amical. Une impression troublante s'impose à elle ; son instinct ouvre une brèche et laisse percer sa conscience ; la conscience qu'elle a de n'être qu'un pantin, la certitude que des faux prétextes l'ont égarée. Elle soupçonne que derrière tant de certitudes se cache une intention qui n'a rien à voir avec Dieu, le Christ, et la sauvegarde d'une Amérique menacée. Ses vêtements lui irritent la peau, son dos la brûle, et chacune des facettes de sa personnalité combat l'autre.

Elle songe aux raisons qu'elle s'est fabriquées, aux

commandements secs et inflexibles qu'elle a reçus. Le rôle qu'ils lui ont attribué prend l'aspect d'une abstraction confuse. Ses choix ne s'inscrivent plus dans cette arithmétique particulière que des esprits experts et autoritaires lui ont enseignée. Elle doute que son père et sa sœur aient été les victimes d'une quelconque conspiration juive pour affaiblir l'Amérique.

Sur le vert de la pelouse, les fleurs semblent des taches de sang frais. La lumière accentue l'ombre sur le visage de Kaplan et la blancheur de son polo.

C'est par le sang qu'elle doit transmettre la mort ; ses instructeurs sont formels. La mort est un sujet qu'elle a analysé à loisir sous des angles différents. La musique du sang qui coule dans ses veines est un requiem.

Elle revient de l'hôpital. Après son opération, elle cessera de s'injecter le contenu de ces ampoules qui sont censées la maintenir en vie. Elle accepte le risque. Les crises de manque seront terribles, à cause de la drogue, mais elle est décidée à briser le cercle, à disparaître, à leur échapper. A se venger ou à mourir.

Dorf était le premier sur sa liste. Et le seul. En dehors de ses instructeurs qui se sont volatilisés, elle ne sait rien de l'organisation qui a cherché à l'utiliser.

L'Interstate s'écartait de la Colorado River et pénétrait dans l'Utah. Victoria flottait dans un monde intermédiaire entre le sommeil et l'éveil ; la sensation, imprécise, anesthésiait ses sensations. Sa vigilance s'estompait. Elle avait besoin d'une pause, de dormir jusqu'au soir. Seul un reste de conscience lui ordonnait de téléphoner avant de fermer les yeux. Elle quitta l'Interstate. La route menait à un village divisé par une rue principale. Elle gara sa voiture devant un supermarché à l'aspect désuet en dépit des constructions récentes qui l'entouraient. Une église toute blanche semblait fermer l'extrémité de la rue ; un gosse à bicyclette zigzaguait entre les poteaux gris qui sortaient du trottoir. Il y avait deux téléphones publics dont le bleu tranchait sur la couleur fatiguée de la façade du supermarché ; un distributeur automatique de billets affichait une série d'autocollants plastifiés.

Victoria décida de s'accorder cinq minutes avant de descendre. Sur l'Interstate, dans un grondement sourd et intermittent, les files de camions roulaient vers l'ouest, attirés par un soleil qui refusait de s'enfuir.

Elle défit sa ceinture de sécurité, et appuya sa nuque contre le dossier. Une somnolence irrésistible la gagnait.

Le soleil étirait les ombres sur le trottoir blanc de poussière. Victoria avait dormi deux heures, derrière le volant. Le gosse sur la bicyclette avait disparu. Près des cabines, deux vieux étaient affalés sur un banc. Le plus maigre portait des souliers jaunes et un veston neuf. Ils avaient des visages aussi fripés que le dos d'un éléphant et le vide du ciel se reflétait dans leurs yeux. Quand elle passa, ils marmonnèrent une phrase qu'elle ne comprit pas.

Elle décrocha un téléphone, mit quelques pièces, et composa le numéro de sa messagerie. Le signal sonore l'avertit qu'elle était en ligne, puis l'ordinateur lui demanda d'entrer son mot de passe. Elle avait un message de Kate. Elle s'adossa au mur et recopia les informations concernant Epstein et Beverly Williams sur un paquet de cigarettes. Après avoir raccroché, elle entra au supermarché, se rendit aux toilettes et plongea sa tête dans le lavabo rempli d'eau. Elle se sécha avec des serviettes en papier et se brossa les cheveux. Elle acheta un paquet de biscuits et une bouteille de jus de fruits, tendant un billet de vingt dollars à la caissière qui se trompa deux fois en lui rendant la monnaie.

Sur le banc, les deux vieux se serrèrent l'un contre l'autre pour lui faire de la place. Elle étendit ses jambes et enleva ses lunettes noires. Elle termina les biscuits qui avaient un goût de miel, et but la moitié du jus de fruits. Les vieux demeuraient silencieux, faisant craquer leurs articulations, hochant la tête avec une lenteur de ruminants en Celluloïd.

Victoria termina sa cigarette. Elle se leva et retourna

vers les cabines, jetant un coup d'œil à sa montre et à l'aire de stationnement. Sa communication avec Meyer Epstein dura trois minutes.

Victoria retourna au supermarché, acheta un shampooing, une teinture pour cheveux garantissant des reflets roux, de la laque et une paire de ciseaux à bouts ronds. Cette fois, la caissière ne se trompa pas. Dans un aveu de faiblesse, elle regarda simplement dans une autre direction en lui tendant son reçu. Lorsqu'elle ressortit, Victoria fixa la rue comme s'il s'agissait d'un horizon tourmenté et menaçant.

7

Le meurtre du révérend pesait comme le signe avant-coureur d'une maladie grave. Greenwood reposa la dernière page du rapport de police qui contenait les détails sur l'assassinat de Dorf. Il réfléchissait, avec encore dans les oreilles le sifflement des réacteurs du Cessna.

La maison était vide. Sa femme lui avait laissé un mot. Retenue par une soirée de charité, elle rentrerait tard. Il alla dans la cuisine. Il y avait du milk-shake à la fraise dans le réfrigérateur ; il s'en servit un verre, et retourna s'enfermer dans son bureau. Il but une gorgée de son verre ; c'était velouté mais avec un arrière-goût pâteux. Sa jambe droite était agitée d'un tic ; il mit un certain temps avant de le contrôler.

Il reconstituait en pensée les événements. Il écartait d'emblée l'hypothèse retenue par la police de Fort Collins : la prostituée et le vol. Ces flics de province étaient incapables de faire la différence entre un meurtre et une exécution. Dorf avait été tué d'une balle de 9 mm en pleine tête, tirée à moins de trente centimètres à travers un coussin. Rien de timide ou d'hésitant. Ni effraction ni lutte. Un travail très propre. Une professionnelle qui connaissait les habitudes de Dorf et effaçait ses propres traces. Elle s'était envoyé le révérend, lui avait pété la cervelle en le laissant déculotté sur le canapé. Dorf aurait pu leur causer des ennuis mais il se tenait à carreau. *Ramsès* s'était opposé à son élimination. Le révérend ignorait les dessous de l'opération et pouvait s'avérer utile dans le futur.

Quand Tanya Snell alias Victoria Berkowitz avait échappé à ceux qui la surveillaient et s'était évanouie dans la nature, Greenwood avait pris la décision de la faire passer pour morte ; de la rayer officiellement des registres de l'état civil. On avait utilisé le cadavre d'une inconnue du même âge, acheté une voiture avec un permis de conduire à son nom, et brûlé le tout.

Son instinct lui disait que Berkowitz venait de faire surface. Greenwood quitta son fauteuil et se dirigea vers la fenêtre. Que son contrôle sur le cercle étroit des *Soldats* n'ait pas été absolu était ce qui l'inquiétait le plus. En acceptant la fille de Richard Snell, il avait commis une erreur.

Les poings serrés dans les poches de sa veste, il contempla le reflet de son visage dans la vitre. Peut-être vieillissait-il, après tout ! Il croisa son propre regard sans s'attarder, préférant fixer les cristaux de neige qui recouvraient le gazon de la pelouse. A contrecœur, il se résigna à l'éventualité que Berkowitz ait réapparu, même si en supprimant le pasteur elle lui avait rendu service.

La journée avait été longue et éprouvante. Il lui attribua ce qu'il avait entrevu au fond de ses yeux. Il éliminerait cette foutue zombie. Au besoin, il s'en chargerait personnellement. Il rectifierait son erreur. Il disposait de peu de temps. Il était engagé dans une course contre la montre, et à la moindre alerte *Ramsès* le ferait abattre.

8

Ramsès, les mains derrière le dos, le regard perdu dans les motifs du tapis, arpentait son bureau de la Maison-Blanche dans un exercice méthodique qui consistait à mener simultanément deux raisonnements différents. La porte était fermée à clé.

Il en était à son quatre-vingt-septième tour et avait fait mille sept cent soixante-quatorze pas.

La disparition de Joseph Beckman, le regrettable assassinat de Dorf, la mort des *Soldats* ne constituaient pour *Ramsès* que des péripéties mineures dans la poursuite de leur programme de destruction lente du lobby juif américain.

« L'Amérique n'est pas leur Terre promise. Leurs livres sacrés ne la mentionnent pas ! » prêchait le révérend Dorf.

Il n'était pas question de faire machine arrière. Le *nettoyage* continuerait sur sa lancée. En silence. Incognito. L'idée des *Soldats*, excellente, était limitée. Il fallait voir grand. Ces égarés, manipulés pour donner la mort, avaient fait leur travail en martyrs. L'Histoire, *Ramsès* se surprit à le regretter, ne leur élèverait aucune stèle.

Ramsès était un patriote fier de son drapeau, avec des amis puissants qui partageaient son point de vue et avaient de grands projets pour le pays. Leur cause était juste. Elle ne s'appuyait pas sur une passion mystique mais sur une logique raisonnée et froide. L'entreprise visait à créer une Amérique plus indépendante, plus forte, plus pure. Dans toute révolution, l'important demeurait le triomphe de la justice, *Ramsès* en était convaincu.

Donovan n'offrait pas de difficulté majeure. Le chef de l'exécutif était une marionnette pathétique et sans pouvoir. S'il se refusait à fermer les yeux, *Ramsès* avait de quoi l'envoyer à la niche.

Au *Jornada del Muerto* la souche originale était disponible, et d'autres méthodes de contamination seraient imaginées.

En pensant à l'avenir, *Ramsès* avait du mal à refréner son excitation ; son inquiétude aussi. Il n'ignorait pas que tous — lui le premier — marchaient sur une corde raide au-dessus d'un gouffre. Le temps des doubles discours arrivait plus tôt que prévu. On assassinerait d'une main ce qu'on prétendrait cajoler de l'autre.

Un début d'érection le troubla. C'était un bon signe, à moins que ce ne soit le souvenir de la rousse au décolleté plein de taches de rousseur qu'il avait embarquée dans un cocktail. Il adorait les rousses.

Il terminait son centième tour. Il s'arrêta, se versa un gobelet d'eau minérale avant de s'installer devant le clavier de son ordinateur. Un voyant rouge clignota sur l'un des appareils téléphoniques. Le Président l'appelait. Tandis qu'il se levait et ramassait une pile de dossiers, il eut l'intuition que brusquer les événements serait à son avantage. La frustration de ne pas agir l'emportait sur la crainte de jeter le masque. Il s'était engagé auprès de ses amis à obtenir gain de cause. Il n'avait plus le choix.

Il quitta son bureau, affichant pour lui-même un sourire rassurant. Nul doute ne minait ses certitudes. Il avait la situation bien en main. Il ne redoutait rien, convaincu que c'était ce qu'on craignait le plus qui finissait un jour par arriver.

Vendredi

1

Kate se débattait contre un poids terrible et une force supérieure à la sienne. Elle tenta de le repousser mais comprit qu'elle n'y parviendrait pas. Elle cessa de lutter et accepta sa défaite. Il écarta ses jambes et s'enfonça au plus profond d'elle. Kate n'en tirait aucune sensation, ni agréable ni désagréable. Il cessa de s'agiter. Son sexe la brûlait et un liquide poisseux coulait entre ses jambes. Elle imagina que son sperme s'échappait d'elle et se répandait. Il s'épanouissait comme le sang d'une blessure.

Elle était étendue sur le dos, les bras le long du corps, les poings serrés. Les rideaux étaient décorés de motifs abstraits. Kate voulut bouger mais chaque geste lui demandait un nouvel effort.

Il se releva. Il lui tournait le dos. Docile, elle le regardait d'un air absent. Il quitta la pièce en se retournant. Elle pleurait en silence, de peur qu'il ne revienne.

Son visage n'avait rien d'humain, c'était celui d'un singe.

Le cauchemar vacilla, et une bulle de conscience décolla du fond de son esprit. Pareille à un plongeur asphyxié, Kate la suivit, abandonnant les profondeurs du rêve pour remonter vers la surface. Elle ouvrit les yeux. La chambre avait un aspect différent. Des gouttes de pluie ruisselaient sur les vitres ; le jour blafard tentait de faire fuir la pénombre. De nouvelles rafales vinrent frapper les carreaux.

Désorientée, maladroite, elle renversa la lampe de chevet en l'allumant. L'abat-jour se brisa. Sous le coup de la terreur qui l'avait tirée du sommeil, la pesanteur écrasait ses poumons. Elle respirait par bouffées. Le malaise s'attardait, comme un relent. Elle voulut appeler Ari mais n'y parvint pas. Les mots, douloureux, restaient collés à sa gorge ; elle n'arrivait pas à avaler. Elle fut prise d'une quinte de toux. Ses muscles lui faisaient mal ; ses seins étaient durs, gonflés ; ses oreilles bourdonnaient. Elle gardait l'écho d'un bruit inexplicable entendu dans son rêve.

Kate repoussa les couvertures et fit un effort pour s'asseoir. Elle ramena ses jambes sous elle, pivota maladroitement et posa ses pieds nus sur le bord du tapis. Elle se mit debout tant bien que mal, se retenant des deux mains au mur pour ne pas tomber. Un vertige la contraignit à fermer les yeux.

Se traîner jusqu'au living-room ! Le sol tanguait et se dérobait comme sous l'effet d'un tremblement de terre. Sur la petite table, devant la cheminée, elle vit une bouteille de bourbon aux trois quarts vide et un verre. Aucun souvenir des dernières heures de la soirée.

Son esprit flottait, sans volonté. Elle claquait des dents, la peau hérissée. Elle prit une couverture sur le canapé et s'en enveloppa. Au plafond, les poutres noires lui parurent les mailles d'une toile d'araignée.

— Ari ?

Kate réussit à prononcer son nom, à deux reprises. Pas de réponse.

Dans la cuisine, le cadran lumineux du four à micro-ondes indiquait 8 h 35. Elle écarta les rideaux. La surface du lac était mangée par des nappes de brouillard qui se déplaçaient telle une armée de fantômes.

Elle déglutit, les lèvres sèches, les yeux emplis de

larmes. Quelque part, un détail lui revenait, déplaisant ; un souvenir confus qu'elle n'arrivait pas à identifier ; une ombre redoutée qui refusait de tomber dans son champ de vision.

Le chalet, silencieux, revêtait l'aspect gris et solitaire d'un univers souterrain. Accablée, elle s'appuya contre l'évier. Elle n'éprouvait qu'une surprenante et soudaine répulsion pour elle-même.

Elle cria de douleur. Quelque chose, semblable à une poche de liquide qui se rompt brutalement, se défaisait dans son ventre, coulait sur ses cuisses.

Elle saignait ! Ses doigts étaient pleins de sang.

Pas de panique.

Le saignement avait une explication. Elle était indisposée. Les frissons, les courbatures, les nausées ? Elle avait pris froid dans le canot, abusé du bourbon ; elle ne se souvenait même pas d'avoir regagné sa chambre.

Kate baissa la tête. Les contours d'une flaque d'un rouge écœurant se modifiaient sur le sol.

Saigner autant ne lui était jamais arrivé.

Confusément, il lui sembla que son cycle menstruel avait raccourci. Ses pensées tournaient autour d'une obsédante question : que lui arrivait-il ?

Poser le problème avec plus de rigueur. Elle était médecin. Justement ! Les symptômes n'étaient ni familiers ni rassurants. Une pointe aiguë au niveau des ovaires la plia en deux. Son pouls battait, irrégulier.

Sa conscience refusait d'admettre ce que son instinct savait déjà.

Elle était contaminée !

La panique lui faisait imaginer toutes sortes de constructions. Les vagues arrivaient dans sa tête avec un bruit effrayant, faisant s'écrouler comme une digue de sable le peu de logique qu'elle dressait en rempart.

Elle devenait folle !

Une nouvelle douleur lui tordit le ventre. Elle étouffa une plainte.

L'entaille dans la combinaison, la meurtrissure sur son doigt. Elle avait commis une imprudence ! Elle n'arrivait plus à se rappeler ses gestes.

L'air refusait de pénétrer dans ses poumons. Kate n'osa pas regarder ses mains. Sur les dalles de grès mexicain, un liquide de plus en plus sombre n'en finissait pas de s'étaler.

Il n'y avait plus de doute.

Aussi vorace qu'un insecte, la peur se précipita pour engloutir ses derniers espoirs. Ses jambes se dérobèrent. Elle s'écroula avec un bruit sourd dans un immense bassin noir.

2

Kate se remit debout et ouvrit le congélateur. Le froid ! Quelque chose de froid pour freiner l'hémorragie ! Le bac à glaçons était vide. *L'icemaker* ne fonctionnait plus. La veille, elle avait bu son bourbon avec des glaçons !

Elle s'effondra d'un coup, voulut se rattraper à une table, et entraîna dans sa chute plusieurs bouteilles qui éclatèrent sur le carrelage.

Kate gisait sur le dos. La pièce entière tremblait au rythme irrégulier de ses battements de cœur. Les poutres du plafond disparaissaient dans un tourbillonnement rouge qui l'aveuglait.

Une obscurité sans pensées, sans souvenirs, viendrait l'envelopper d'une seconde à l'autre.

Elle se mit à parler ; des mots sans suite, pareils à des signaux de détresse, qui sortaient frénétiquement de sa gorge ; ils partaient, se répercutaient, rebondissaient sur les surfaces fantomatiques des murs.

Ils revenaient ! Elle les entendait ! Elle n'allait pas mourir ! Pas comme ça !

Du bout des doigts elle tâta son front. Le sang lui piquait les yeux, obstruait ses narines, passait dans sa gorge, l'étouffait. Elle hoqueta, se tourna sur le côté, et vomit. La crise dura de longues minutes, puis la houle s'éloigna. Elle retrouva un semblant de lucidité. Elle s'essuya du mieux qu'elle put et surmonta son dégoût pour examiner le contenu de son estomac.

L'aspect n'était pas comparable à celui de Nelly Stern.

La survie de Kate était inscrite dans les statistiques de mortalité d'Ébola : deux chances pour elle, huit pour *lui*. Une cote à décourager les bookmakers.

La mort, Kate ne l'observait plus à distance, en scientifique dépassionnée et méthodique : elle l'avait reçue. La curiosité médicale faisait naufrage.

Regagner la chambre ! Après, ce serait simple... si simple. Il lui suffirait de fermer les yeux.

Elle progressait, arrêtée parfois par une crampe plus violente qui meurtrissait ses ovaires. Ses muscles étaient crispés ; une raideur dans la nuque l'obligeait à garder la tête basse. Le sang continuait à dessiner d'étranges marbrures sur ses cuisses.

Kate scrutait le parquet du living-room, les yeux rivés à une veine dans le bois ; une veine plus sombre, plus luisante, distante d'un mètre. Sa prochaine étape. Une fois là, elle en choisirait une autre, et une autre, s'accrochant à ces jalons comme s'ils représentaient son unique chemin vers la délivrance.

Où était Ari ?

Elle heurta un meuble, glissa, se meurtrit l'épaule. Son attention fut détournée. Le repère avait disparu. Paniquée, Kate se refusait à bouger. Ses lèvres remuaient sans émettre aucun son. Elle suppliait qu'on lui accorde un sursis. Elle cherchait dans la mauvaise direction. Le repère était là, juste devant elle, à hauteur de sa main gauche.

Faire attention. Éviter que cela ne se reproduise. Le compte à rebours avait commencé.

Son ventre la faisait de plus en plus souffrir. Quelque chose se déchirait dans son corps ; les saignements augmentaient ; tout se liquéfiait.

Suffoquée par la douleur, le goût du sang dans sa bouche, répugnant, insupportable, elle se força à repartir, résistant à l'envie de se coucher et d'attendre qu'*il* termine sa tâche.

Les ressources de Kate s'épuisaient. Elle était à bout, mais proche du but. En franchissant le seuil de la chambre, elle distingua les pieds de la table de chevet, la lampe renversée, les motifs jaunes du couvre-lit. Un volet, mal accroché, battait dans le vent.

Elle lutta pour franchir les derniers mètres. Le sac était là. Serrant les dents, elle se laissa tomber sur le flanc et glissa une main à l'intérieur.

Au toucher, l'objet ne lui parut pas familier. Il était lisse, froid, hostile. Elle l'avait rangé la veille, en revenant de sa promenade en canot.

Elle sortit le revolver qu'Ari lui avait confié. Maladroitement elle glissa le canon dans sa bouche. Un éclair suivi d'un grondement de tonnerre secoua le chalet, jetant une étincelante clarté sur les vitres couleur de cendres.

Les yeux ouverts, Kate appuya de toutes ses forces sur la détente.

3

A quatre cents miles de là, Victoria Berkowitz étalait sur sa bouche le contenu d'un tube de rouge à lèvres à quatre dollars. Elle contemplait son image dans le miroir moucheté de crasse d'un motel. La salle de bains était petite et sans circulation d'air. Un tub en plastique moulé, à la surface craquelée et terne, servait de bac à douche.

Victoria ressemblait à une putain bon marché ; le genre à arpenter le *strip* à l'aube. Une paire d'anneaux en métal doré aux oreilles, un chewing-gum mastiqué bruyamment complétaient le tableau de vulgarité.

Elle roula en boule la serviette qui contenait les mèches qu'elle avait coupées et jeta le tout dans un sac en papier. Deux applications successives de teinture s'étaient avérées nécessaires pour obtenir la couleur de cheveux désirée. Un nuage de laque aussi collante que du papier tue-mouches fixa sa nouvelle coiffure.

Elle ferma le robinet du lavabo.

Les séquelles de sa dernière crise, la gorge sèche, l'estomac crispé, les yeux brûlants, le mal de tête, devenaient plus persistantes. Elle aurait pu les attribuer à l'état de stupeur psychique qui lui tenait lieu de sommeil, ou au contrecoup de l'exécution de Dorf.

Sa robe rouge, trop courte, découvrait un slip en dentelle noire chaque fois qu'elle bougeait.

Son corps ne lui appartenait plus. Incapable de lui procurer le moindre plaisir, il était comme un vêtement loué qu'elle abandonnerait un jour, quand ce serait terminé.

Elle revint dans la chambre, s'allongea, et plongea son visage dans l'oreiller. A travers la minceur du matelas la dureté du sommier comprimait sa poitrine.

Une heure plus tard, après avoir appelé les renseignements et vérifié une adresse, elle montait dans sa voiture et prenait la route de Los Angeles.

4

Le percuteur frappa l'amorce. Il n'y eut pas de détonation, juste un claquement ridicule.

Le coup n'était pas parti.

Kate voulut relever le chien mais n'y parvint pas. La peur inhibait ses moindres gestes. Le revolver lui échappa.

Le choix d'abréger ses souffrances n'existait plus ! Incapable d'éclater, sa frayeur restait coincée dans sa gorge.

Dans un reflux mécanique son désespoir déclencha une réaction qui submergea son désir de mort.

Survivre !

Son regard, perdu dans l'espace, s'arrêta en un lieu précis. Elle respira lentement et serra les poings. A dix, avec un gémissement d'animal blessé, elle se releva. Les échos du monde extérieur lui parvinrent. Un éclair, aussi intense qu'un gigantesque flash photographique, illumina la silhouette d'une pâleur mortelle, la blancheur de la peau ; la détonation fit trembler les vitres.

Le sang traçait une piste sur le parquet ciré. Kate s'adossa au mur, comme après une interminable course. L'énergie dont elle avait fait preuve s'évanouissait. Elle battit des paupières pour mieux voir et localisa la veste qu'elle avait enfilée la veille pour sortir. Sans la quitter des yeux, le regard embué, calculant le nombre de ses pas, elle se lança dans sa direction.

Au-delà de la clairière, sur l'avancée, il y avait une habitation, un téléphone... du secours.

La rive et le lac étaient déserts. Le jour avait la couleur de la nuit. L'orage découpait des zébrures dans la noirceur du ciel. Au loin, la tornade arrachait des feuilles aux arbres.

La foudre, pareille à un aiguillon mortel, illumina le *deck*, faisant briller les chromes du canot.

Meyer Epstein n'arrivait que dans l'après-midi. Pourquoi Ari avait-il déserté le chalet ?

Courbée, les bras serrés autour de sa poitrine, insensible à ce qui meurtrissait ses pieds nus, elle titubait. Des centaines de points noirs dansaient devant ses yeux. Elle ressemblait à une bête blessée cherchant à s'échapper d'un piège.

Kate suivait le sentier, voûte obscure qui filait, parallèle à la berge, souillant ses traces d'une marque sanglante.

Affolé, un rongeur au pelage brillant coupa sa route et la fit trébucher avant de disparaître dans les buissons. Sans prévenir, la nausée creusa un abîme dans son estomac. A genoux, les mains à terre, elle endurait spasme après spasme ; ils montaient à intervalles réguliers, la secouant aussi fort que la cime des arbres dans le vent. Autour, des ombres s'agitaient ; des sons claquaient, lourds, sinistres. De la bile et du sang coulaient sur son menton.

Le tronc d'un arbre l'aida à se relever ; elle avait les

paumes et les genoux écorchés. La joue collée à l'écorce humide et rêche, elle distingua la fin du passage qui s'élargissait et la clairière, comme une salle circulaire dont le plafond se serait envolé.

L'arbre totem se dressait, pareil à une colonne géante brisée par les siècles.

Rassemblant ses forces, Kate se traîna jusqu'à la lisière du bois. Un air froid venait à sa rencontre. Elle jeta un regard au-delà d'une rangée de conifères où des toits de tuile apparaissaient, faisant une tache ocre. Elle se surprit à évaluer la distance qui la séparait de l'autre extrémité de la clairière, et à chercher l'itinéraire qui lui coûterait le moins d'efforts.

Il lui faudrait faire une étape, reprendre son souffle, aiguiser son courage.

Depuis combien de temps s'acharnait-on à la détruire ?

Le chemin se perdait dans les hautes herbes. Le taillis qu'elle avait choisi se rapprochait au ralenti.

Elle poussa un cri. Elle venait de se tordre la cheville sur une branche morte enfouie. Tant bien que mal elle s'agenouilla pour la ramasser. S'appuyant sur cette canne de fortune, traînant la jambe, à bout de souffle, elle atteignit l'entrée du bosquet.

Elle se laissa choir au sol, grelottante de fièvre, hantée par la perspective de n'être plus capable de repartir. Une odeur de charogne restait prisonnière de cet abri naturel.

Épuisée, inconsciente du danger qui s'approchait, Kate se laissa aller et ferma les yeux.

Sous elle, le sang maculait les aiguilles de pin. Au-dessus de sa tête, les feuillages se rejoignaient. Les roulements du tonnerre recouvraient le sifflement du vent qui perdait de son intensité, et, très haut dans le ciel, le bruit d'un avion se perdait dans le fracas de l'orage.

5

Greenwood s'assura que sa femme avait bien embarqué sur le vol à destination de Mexico City avant de tourner le dos au couloir qui menait à l'avion. Comme d'habitude, résignée, elle suivrait ses instructions, sans chercher à comprendre, en hochant la tête d'un air las. Dans trois ou quatre jours il la rejoindrait.

Plus de trente années passées à se contrôler en permanence, trente années d'efforts soutenus, à puiser dans ses ressources physiques et mentales, à réprimer ses véritables haines ; trente années d'humiliation et de rancœur. Trente années jusqu'à l'échappée qu'on lui avait offerte et par laquelle il avait réglé ses comptes.

Bill King, l'ancien agent de la DEA, Dave Weinfeld, le sénateur juif qui, un temps, lui en avait voulu à propos de son action contre les agents du Mossad, y étaient restés.

Greenwood réglait ses créances sans hâte. A froid.

Il boutonna son manteau, enfonça son chapeau, et sortit précipitamment de l'aéroport de Richmond pour regagner sa voiture. Machinalement, pour continuer à réfléchir, il prit un itinéraire détourné pour regagner son domicile. La neige qui tourbillonnait, la chaussée rendue glissante par le verglas l'obligeaient à garder ses distances par rapport aux véhicules qu'il rencontrait.

Ses arrières étaient assurés. Une fortune l'attendait. Hors du pays, Greenwood s'évanouirait dans le paysage. Il était doué pour ça.

Cette pensée le ramena à ses préoccupations du moment. Berkowitz ! Elle aussi possédait ce don. Il ne pouvait pas prendre le risque de la laisser derrière. Les dernières traces d'*Operation Rescue* devaient disparaître.

Fasciné par la perspective de la nouvelle vie qui l'attendait, la menace s'amenuisait dans son esprit ; il en oubliait que tout danger n'était pas écarté. L'impatience était le premier sentiment qu'il éprouvait depuis des années. Il regarda sa montre. Le général risquait d'avoir des emmerdements quand *Ramsès* apprendrait son rôle dans la destruction du laboratoire. Tyler était un fils de pute que Greenwood avait manipulé ; les militaires de l'USAMRIID étaient les seuls à disposer du matériel adéquat pour décontaminer les installations du *Jornada del Muerto*.

Ramsès, lui, ne s'arrêterait plus. Grisé, il chercherait à avoir plus de pouvoir, plus de puissance, pour plus de destruction. Greenwood comparait la situation de *Ramsès* à celle d'un scorpion dans un cercle de feu. Il ne tarderait pas à sentir la chaleur des flammes.

Une enseigne rouge et vert attira son attention : San Angel Cantina. Un restaurant authentiquement mexicain, soulignait la publicité. Il s'aperçut qu'il avait faim. Autant ne pas retarder le dépaysement. Il se gara et resta la nuque posée sur l'appuie-tête, à observer dans le rétroviseur qui pénétrait à sa suite dans le parking. Au bout de dix minutes, il descendit de voiture et entra dans l'établissement. Ça sentait les *tortillas* et la *salsa*. En dehors d'une blonde et d'un moustachu déjà attablés, il était seul. Il s'installa sur une banquette de la zone fumeur, face aux baies vitrées. Une serveuse au décolleté anémique prit sa commande : deux *tacos* au poulet, une portion de haricots à la sauce piquante, une bière américaine. Autour de lui, les murs étaient tapissés de portraits de bandits mexicains.

6

Sur le qui-vive, il tournait la tête par saccades, de gauche à droite, puis de bas en haut, s'approchant, agile et vif, faisant crisser sous ses pattes les aiguilles de pin, ses yeux jaunes et cruels pareils à deux points phosphorescents.

Capable d'analyser des différences de température de l'ordre du dixième de degré, il ressentait la chaleur qui se dégageait du corps. Elle arrivait en vagues, régulières, trop régulières. Il ne percevait aucun changement, pas le moindre refroidissement.

La chose entrée sur son territoire n'était pas morte. Elle bougeait, pas de façon suffisante pour qu'il s'écarte.

Il avait tué la nuit précédente, utilisant sa vision nocturne pour surgir des ténèbres, volant aussi silencieusement qu'une flèche ; un tas d'ossements et une misérable fourrure gluante gisaient derrière lui. Il avait faim.

A l'occasion, il déchiquetait des cadavres, mais il préférait découper avec son bec et ses serres des sillons sanglants dans la chair vivante.

Le *Great Horned Owl* écarta ses ailes, rejeta sa tête, et sans avertissement frappa en plein milieu du front. Un coup violent, destiné à étourdir, à affaiblir sa proie.

Le choc brisa l'état de transe dans lequel Kate se trouvait. La peur était la seule émotion qu'elle avait ressentie depuis son réveil. Elle croyait la connaître, à tous les degrés. Celle-là lui tombait dessus avec une force plus grande, plus intense, plus sauvage, que tout ce qu'elle avait ressenti.

A demi assommée, terrorisée par cette créature de cauchemar qui l'attaquait, elle se redressa en hurlant, levant instinctivement le bras pour se protéger. Surpris, le rapace frappa de nouveau, déchirant cette fois la manche de sa veste, laissant une meurtrissure violacée sur son avant-bras.

Avec un cri aigu, il battit l'espace de ses ailes, s'éleva, puis se laissa retomber, visant les jambes de Kate. Malgré sa panique, elle fut plus rapide que lui. Se jetant en arrière, elle les ramena d'un geste brusque.

Furieux d'avoir manqué sa cible, il se jeta sur elle. Il utilisait ses ailes pour la déséquilibrer ; il cherchait à la renverser, l'étourdir, pour enfoncer ses serres dans sa poitrine. La chaleur, le sang lui parvenaient à présent comme des signaux de détresse. Deux nouveaux coups de bec, parés de justesse, jaillirent en direction des yeux de Kate.

C'était une scène anachronique, étrange ; dans l'un des lieux les plus connus et les plus fréquentés du pays, se déroulait en cette fin de XXe siècle une lutte des temps préhistoriques.

Kate se débattait, utilisant ses bras pour le repousser. Frénétiquement, le busard attaquait sans discontinuer ; nullement effrayé malgré ses cris, il s'acharnait à percer ses défenses. Des plumes voletaient. Il la maintenait clouée au sol, acculée ; décidé à en finir.

Il réussit à emprisonner son bras gauche. Les serres entaillèrent sa peau. Elle essaya de le dégager ; il la tenait solidement avec la puissance d'un étau.

Il frappa au sommet du crâne. Le coup résonna, ébranlant le cerveau de Kate, arrachant un lambeau de cuir chevelu, brouillant sa vision d'un voile noir.

Pour Kate, c'était une question de secondes. L'instinct de conservation, aussi primitif que la férocité de l'assaillant, remplaça la peur. Sa main droite se referma sur la branche morte qui lui avait servi de canne. Elle s'en saisit, et avec un cri de rage la projeta sur le poitrail de l'oiseau.

Il lâcha prise et retomba sur le sol.

Kate se mit à genoux et ramassa son arme improvisée. Elle recula, cherchant à se mettre hors d'atteinte avant qu'il ne lui saute au visage. Autour, les taillis étaient trop denses ; il n'y avait pas d'autre issue pour sortir de là. Le rapace condamnait l'unique passage.

Une réflexion absurde lui fit penser qu'il devait s'agir d'une espèce protégée ; 600 dollars d'amende et trois mois de prison si elle le tuait.

Rien ne bougeait. Elle était tendue, indécise, observant la posture de l'oiseau. Subitement, elle vit les plumes de sa crête frémir, se gonfler. Les ailes s'entrouvrirent.

— Putain de saloperie ! hurla-t-elle, balançant la branche dans un large moulinet, visant la tête.

Touché, l'oiseau bascula sous l'impact. Mettant tout ce qu'elle avait de ressort dans ses coups, Kate frappa une seconde fois, puis une troisième ; elle continua sauvagement, incapable de se contrôler, jusqu'à ce que les soubresauts cessent, et qu'il n'y ait plus en face d'elle qu'un amas de plumes et de chairs ensanglantées.

Progressivement, ses coups s'espacèrent. Elle se laissa aller. Son front racla le sol et elle se mit à pleurer.

Le lac ! La température ne devait pas excéder cinq degrés. Si elle arrivait à faire chuter sa propre température de deux ou trois degrés, elle réduirait son métabolisme et le virus se répliquerait moins vite.

Le froid atténuerait sa souffrance ; les vaisseaux sanguins se contracteraient, l'hémorragie faiblirait. L'hypothermie viendrait, insensible. La mort en pis-aller serait anesthésiée.

Elle se releva. Ses jambes tremblaient ; sa cheville enflée l'empêchait de répartir équitablement son poids ; le sang s'échappait de son bas-ventre et de ses blessures.

Elle n'était plus en état d'attribuer une origine aux douleurs qui martyrisaient son corps.

Le virus ou le rapace ?

Hors de l'abri le vent soufflait par rafales et la pluie cinglait les feuillages ; les arbres et les taillis s'entrelaçaient, impénétrables. Une centaine de pas la séparaient des eaux du lac que la tempête blanchissait.

Elle boitait, les bras tendus, trébuchant sur des racines ou des pierres, le visage giflé par les branches. Son mal prenait l'accent d'une sirène aiguë ; répété, lancinant, il tournoyait dans son corps, se déplaçait, semblant chercher les points les plus vulnérables, s'attardant parfois avec une lenteur d'éternité. Sa progression ne s'accompagnait ni de pensées ni de doutes. Son esprit était tendu vers un seul but : faire un pas après l'autre. Juste un pas.

Dans un ultime effort, courbée par le vent et la souffrance, elle atteignit la rive. Elle serra les dents et s'avança jusqu'à ce que mille aiguilles de glace atteignent ses épaules. Le froid descendait jusqu'au fond de ses os et lui coupait le souffle. Elle se débarrassa de sa veste qui l'alourdissait. Les pulsations de son cœur étaient à 140. Au fur et à mesure son corps s'engourdissait, devenait moins douloureux. La fièvre et la chaleur se perdaient dans la masse liquide. Seule l'entaille de son cuir chevelu l'élançait.

Dans les eaux arctiques, l'hypothermie tuait en quelques minutes ; combien de temps résisterait-elle ? Le froid intense avait réduit son pouls à 50.

Loin au-dessus, indifférents, des oiseaux migrateurs filaient dans le vent ; les nuages flottaient et se balançaient comme des cendres calcinées montant d'un feu.

Elle sentit dans ses veines passer un frémissement qui n'avait rien à voir avec la température des eaux.

Alors, le poing brandi, elle poussa un long cri, et elle sut qu'au-delà de la raison elle vivrait.

Kate longeait la rive. Elle se dirigeait vers le chalet, submergée sans relâche par les vagues. Le froid figeait son sang et faisait trembler ses lèvres. Elle distinguait la coque du canot et les piliers de l'étroite jetée. Ses doigts refusaient de se plier. Les premiers symptômes de l'hypothermie apparaissaient. Elle ne pourrait pas tenir longtemps ; au-delà d'un seuil critique le mécanisme deviendrait irréversible.

Elle avait pris la décision d'obliquer vers la grève quand elle entendit le bruit d'un moteur. *Ari était de retour ! Il ramenait Meyer Epstein !*

Transie, elle avança vers le ponton.

Obéissant à un pressentiment, de ceux que l'on distingue le temps d'un éclair à la lueur d'une flamme mourante avant qu'il ne disparaisse dans l'obscurité, elle s'arrêta. Ne sachant plus quoi faire, elle se cacha derrière le tronc d'un arbre à moitié immergé et regarda par-dessus. Malgré la distance elle se rendit compte qu'il ne s'agissait pas de la voiture d'Ari. Elle reconnut un véhicule de couleur noire, d'allure militaire, au châssis surbaissé. Il ralentit et stoppa devant le chalet.

Deux hommes en descendirent. Ils portaient des tenues camouflées et des gants. Des cagoules de protection percées de hublots ronds couvraient leurs visages et leurs épaules ; ils respiraient à travers une cartouche filtrante qui pointait comme un groin.

Ils échangèrent une série de gestes, puis l'un d'eux pénétra dans la maison. L'autre s'avança vers le lac, scrutant les alentours. Les dents de Kate claquaient tellement qu'elle eut peur qu'il ne l'entende. Il n'était pas à plus de trente ou quarante mètres du pin d'où elle les observait.

Elle avait tant souhaité trouver de l'aide. Les secours étaient là. Il lui suffisait de se montrer.

Au lieu de se redresser, elle s'accroupit davantage sans quitter des yeux la silhouette couleur de feuillage.

La pluie s'était remise à tomber. Une pluie fine qui lui parut plus froide. Son corps se réchauffait.

L'homme ressortit précipitamment sur le perron et enleva sa cagoule.

— Elle n'est pas là, cria-t-il

Il remit sa protection et fit signe à l'autre de le rejoindre. Ils disparurent à l'intérieur pour une seconde inspection.

Ils la cherchaient ! Comment étaient-ils au courant de sa présence ici, de son état ?

Les questions tournaient aussi vite qu'un manège.

Les deux hommes réapparurent. En quelques enjambées ils regagnèrent leur véhicule. Le silence se prolongeait.

Ils ne démarraient pas ! Qu'attendaient-ils ?

Elle remarqua la longue antenne pliée qui partait de l'arrière jusqu'au garde-boue avant.

La radio ! Ils demandaient des renforts par radio ! Les flaques de sang dans la cuisine et sur le parquet témoignaient qu'elle n'avait pas pu aller bien loin.

Les bois allaient fourmiller de camions, d'hélicoptères, de tenues camouflées !

Kate s'aplatit davantage derrière son abri, regardant désespérément autour d'elle. Dans un bref remous, elle surprit une forme sinueuse qui se glissait sous le tronc.

Un serpent d'eau ! Ils étaient communs dans les lacs et les rivières, même si leur activité se réduisait à cette époque de l'année. Elle sentit son estomac se soulever, mais serra les dents, se refusant à vomir.

Le claquement des portières lui fit lever la tête. Elle s'essuya les yeux pour mieux voir.

Un chien ! Les taches fauves du poitrail et de l'arrière-train étaient reconnaissables. L'un des hommes tenait en laisse un *Bloodhound*[1] adulte.

L'animal, au garde-à-vous, attendait les ordres. L'homme se baissa, lui caressa le cou et l'entraîna vers le chalet. Elle entendit le cliquetis de ses griffes sur l'escalier de bois.

Le *Bloodhound* allait prendre son odeur !

Resté à l'extérieur, l'autre fouillait les bois avec des jumelles, la condamnant à l'immobilité. Kate eut l'impression que quelque chose glissait sur sa cuisse. La sensation disparut avant qu'elle n'ait le temps de céder à la panique. Elle se recroquevilla, ne bougea plus.

Le *Bloodhound* avait découvert sa trace.

Kate l'entendait pousser par intermittence des aboiements rauques. Il tirait sur sa laisse, suivant le sentier qui partait vers la clairière. Il reniflait le sol. L'odeur était très forte. Sans interruption. De sa langue il effleurait les traînées sombres qui maculaient les feuilles.

Derrière lui les deux hommes marchaient au pas de course.

L'oreille tendue aux bruits qui se déplaçaient, Kate se sentait gagnée par des crampes. Chaque geste demandait sa rançon de tortures. Se redresser fut un calvaire. Elle réussit à s'asseoir sur le tronc, insensible à l'écorce qui irritait sa peau nue. Elle était bleue de froid. Elle se massa les muscles, tentant de rétablir un début de circulation.

Une chose était sûre : pas question de rester là où elle était. Ni de regagner la terre ferme. Les aboiements avaient changé de fréquence. Le chien hurlait ; il

1. Chien de saint Hubert. Utilisé plus particulièrement pour traquer des pistes anciennes ou difficiles.

était tombé sur la dépouille du rapace. Ils auraient du mal à lui faire reprendre la piste.

L'animal les conduirait tout droit à l'endroit où elle était entrée dans le lac. De là, ils n'avaient pas tellement le choix. Elle soupçonna qu'ils remonteraient la grève ; d'abord le tronçon qui s'écartait du chalet, puis ils feraient demi-tour et chercheraient dans l'autre sens.

Elle avait une longueur d'avance. Si le chien tournait en rond, ils la penseraient noyée.

Se cacher dans le canot comportait trop de risques. Avec un frisson, elle se tourna vers le ponton. Il lui parut porter tous ses espoirs. La tête vide, la vue incertaine, elle se glissa dans l'eau et se mit à nager malgré la faible profondeur.

Sous la jetée en planches, elle se cala contre l'un des poteaux, luttant contre l'engourdissement.

Ils étaient de retour. Le chien signalait leur présence. Il ne tirait plus sur sa laisse. Perplexe, il longeait la berge, à la recherche d'un effluve, d'un contact, laissant échapper des jappements d'incompréhension. L'un des hommes l'encourageait par des tapes sur les flancs. Il tenait à la main un morceau de tissu qu'il faisait sentir de temps à autre à l'animal.

Kate se laissa couler, continuant de surveiller leur manège. Le niveau du lac effleura ses lèvres. Bientôt ils furent juste au-dessus d'elle. Les planches craquèrent sous leur poids.

Kate se laissa couler au fond. Une lueur glauque l'environnait. Elle n'entendait plus rien. Elle imaginait leurs déplacements. *Ils devaient regarder dans le canot à présent.*

Un voile rouge apparut et s'éteignit ; puis il s'accrut, passant au violet et au noir. Il devint si sombre que Kate se figura que la nuit était tombée.

La cherchaient-ils encore ?

Elle ne sortirait pas pour s'en assurer. Tout se décolora. Elle ouvrit la bouche pour respirer. Ses poumons refusèrent de se remplir de liquide et l'obligèrent à remonter.

L'air était brûlant. Ses côtes refusaient de se dilater.

Elle avait l'impression que le lac était un brasier, que ses chairs se rétractaient sous l'effet de la chaleur. Désorientée, elle toucha son visage. Les contours n'avaient pas changé. Sa vision s'éclaircit progressivement. Surmontant sa peur, elle s'écarta du ponton pour jeter un regard en direction du chalet.

Les deux hommes étaient là, face à face. Leur attitude donnait l'impression qu'ils étaient en désaccord sur une décision à prendre. Placide, le chien s'était couché aux pieds de celui qui tenait la laisse. L'autre homme gesticulait comme s'il cherchait à convaincre son partenaire. Il y eut un temps mort durant lequel ils demeurèrent figés, puis celui qui tenait la laisse eut une réaction bizarre. Il porta la main à sa ceinture, sortit un revolver, se baissa, et posa le canon sur le crâne du chien.

Une fraction de seconde avant que la détonation ne lui parvienne, Kate vit la tête du *Bloodhound* se déformer et l'animal s'affaisser. Ils placèrent le cadavre dans un *body bag*, et jetèrent le sac à l'arrière du véhicule.

Ils avaient tué le chien de crainte qu'il ne soit contaminé par le sang qu'elle avait perdu !

Choquée, Kate recula et heurta le poteau qui lui égratigna le dos. Le bruit du moteur qui démarrait lui rendit courage. Elle se précipiterait dans le chalet, récupérerait ses affaires et s'enfuirait en canot. Les clés se trouvaient dans un tiroir de la cuisine ; Ari les avait rangées devant elle.

Pour quelles raisons lui donnait-on la chasse ? Comment avaient-ils découvert sa retraite ?

Ces questions lui arrachèrent un gémissement d'angoisse. Elle regarda en direction du chemin pour s'assurer que le véhicule quittait les lieux. Le bruit s'éloignait.

Convaincus de sa mort, ils abandonnaient. Dans le cas contraire, ils auraient continué à fouiller les bois.

Il s'agissait peut-être d'une ruse. Terrifiée à l'idée qu'ils puissent revenir, elle décida d'attendre sous le ponton avant de se risquer à découvert.

S'ils lui mettaient la main dessus, elle avait de grandes chances de finir comme ce pauvre animal.

Le calme régnait. Une brume humide montait de la terre. Le lac prenait des allures de banquise.

Elle traverserait le lac. L'essence ! Y avait-il suffisamment d'essence dans le réservoir du canot ?

Plantée là, tremblante, la partie inférieure de son corps gelée, elle cherchait à se rassurer sans y parvenir.

Quelles lésions internes le virus avait-il provoquées ?

Elle se cramponnerait, tiendrait jusqu'à la dernière extrémité.

Un battement, aussi régulier que celui du sang dans les artères, enflait. Kate ne savait pas si elle l'entendait ou s'il était dans sa tête.

Lancé comme une machine folle, l'hélicoptère la survola dans un sifflement de rocket, aplatissant les eaux de ses remous. Il suivait la berge, rasant la cime des arbres.

Un autre chien de traque ! Plus sophistiqué.

A un mile en aval, il fit demi-tour, réduisant sa vitesse, le nez pointé vers le sol.

La caméra thermique enregistrait les sources de chaleur. Elle détectait un animal à sang chaud de la taille d'une souris, en mouvement ou pas.

Kate s'affola. Les planches du *deck* faisaient écran. Cela suffirait-il ?

Elle préféra replonger de peur que le faisceau ne révèle sa présence. Elle n'eut pas à retenir longtemps son souffle. L'hélicoptère ne fit qu'un passage.

Un contrôle de routine. Une vérification.

Il s'éloigna vers le large, décrivant des cercles dont le rayon s'élargissait, finissant par n'être plus qu'un point, puis une impression.

Elle devait y aller. C'était maintenant ou jamais.

Tous les sens en alerte, les bras serrés autour de sa poitrine, vulnérable, Kate réussit à franchir la distance qui la séparait de la grève. Incapable de se tenir debout sur la terre ferme, elle monta les marches à quatre pattes, marquant son passage d'une traînée humide de limace. La porte était entrebâillée. Kate l'ouvrit d'un coup d'épaule et continua sur sa lancée, traversant le living jusqu'à l'une des salles de bains. S'appuyant sur le rebord de la baignoire, elle ferma la bonde et ouvrit à fond les deux robinets. Elle n'arrivait pas à raisonner ; le froid l'emportait. Faire remonter sa température, chaque minute comptait.

Elle réduisit le débit d'eau chaude. Sur sa main, le jet prit la tiédeur d'une pluie d'été sous les tropiques. Elle bascula dans la baignoire, glissant sur l'émail de la paroi. Le niveau montait, l'eau débordait depuis un quart d'heure.

Kate dépliait ses bras et ses jambes au prix d'un effort inhumain. Ils pesaient, insensibles, les terminaisons nerveuses anesthésiées.

Douloureusement, la circulation se rétablissait. Sa peau perdait son aspect de viande morte. Dans son ventre, la brûlure n'était plus qu'une gêne. Le saignement avait cessé. Son esprit retrouvait un semblant de lucidité malgré les frissons qui ne la quittaient pas.

Kate ouvrit la bonde et réussit à se mettre à genoux. Elle bascula le mélangeur de la douche et se savonna du mieux qu'elle put.

Les blessures de son front et de son cuir chevelu recommençaient à battre. Elle se releva avec précaution. Prise d'un vertige, elle vacilla et se rattrapa de justesse à la tringle du rideau. Épuisée, étourdie, elle sortit de la baignoire. Le carrelage mouillé était glissant. Jetant une serviette de bain sur le sol, elle en prit une autre pour se frictionner, cherchant son souffle après chaque mouvement. Elle s'enveloppa dans un peignoir, et, surmontant son appréhension, elle alluma la lumière.

« Bilan des dégâts », lança Kate à l'inconnue qui la fixait dans le miroir et dont l'intensité du regard la surprit.

Pas question de céder à tout apitoiement.

Sur son front, le bec du rapace avait provoqué un hématome et arraché la peau : pas de points de suture.

Au sommet du crâne, un morceau de cuir chevelu

avait disparu : tant mieux, elle n'aurait pas à le recoudre.

Ses genoux, ses coudes, les paumes de ses mains, son poignet étaient couverts d'ecchymoses et de coupures. Une chute de bicyclette ou une gamelle en patins.

Insignifiant, comparé aux ravages du virus. Depuis son épisode avec le rapace, il s'était fait oublier. Il ne manquerait pas de lui rappeler son existence.

Elle passa la main entre ses cuisses. Plus d'écoulement.

Dans l'armoire à pharmacie, Kate trouva un désinfectant qui piquait, du sparadrap, et de la gaze blanche dans un emballage jauni. C'était plus que suffisant pour parer au plus pressé.

Elle sortit de la salle de bains. Les flaques de sang avaient durci sur les lattes. Il y en avait tous les mètres.

Dans la chambre, les os glacés, transie par un froid qui refusait de la quitter, elle s'habilla, enfilant deux pulls en laine sur un tee-shirt et une chemise en coton, et ramassa son sac.

Le revolver gisait sur la moquette, toujours aussi menaçant. Elle détourna les yeux.

Ne plus y penser.

Il était quatre heures de l'après-midi. Elle avait survécu plus de huit heures.

Combien de temps durait la phase aiguë ?

Les jambes flageolantes, Kate prit son sac et le traîna dans le salon. Elle but au goulot deux gorgées de bourbon.

Les clés du canot !

Ari les avait rangées dans un vaisselier, près du réfrigérateur. Faisant un détour pour éviter les débris de verre dispersés sur le carrelage, elle marcha à deux reprises dans son propre sang coagulé.

Elle ouvrit le tiroir qui se bloqua à mi-course.

Les clés étaient là !

Kate les prit. Quand elle se retourna, une ombre se tenait dans l'entrée.

7

La fille n'était pas morte. Elle avait réussi à se traîner jusqu'au lac. La piste s'arrêtait là. Ses hommes, venus récupérer un cadavre, avaient la conviction qu'elle s'était noyée. Greenwood raccrocha.

Qu'est-ce que Kate Crow foutait dans le lac ? Un suicide ? Après avoir écrabouillé un rapace ! Greenwood était à Langley, au siège de Microlink. Après son déjeuner à la *cantina*, il avait changé d'avis. Il préférait être au centre du réseau d'informations et manipuler les banques de données à partir des ordinateurs centraux sans avoir à se connecter. Le système était conçu, ou plus exactement fonctionnait comme celui d'une entité *hostile* au sein du pays. Il disposait surtout de lignes téléphoniques à l'abri des écoutes et des traceurs.

Le regard de Greenwood errait sur les graphiques et les courbes punaisées au mur qui figuraient les bilans truqués et les ressources imaginaires de Microlink.

Il fallait qu'il retrouve la fille ou son putain de corps ! Pas question de laisser traîner un possible survivant. Surtout un chercheur du CDC. Il avait besoin de cette confirmation.

Un hélico avait survolé la zone. Il n'avait rien repéré, à part des oiseaux et quelques rongeurs. On était en hiver, la plupart des maisons en bordure du lac étaient vides. Elle se planquait peut-être à l'intérieur d'un hangar à bateaux ou d'une remise. L'éventualité n'était pas à écarter. Le lac avait cinq cents mètres de profondeur. Les gaz mettaient trois ou quatre jours pour distendre le ventre d'un noyé et le remonter à la surface ; à moins que le corps ne reste au fond, plaqué par un courant. Il se renseignerait pour savoir si ces putains de courants existaient.

Une mince chance pour qu'elle s'en soit sortie ; pas question de la négliger. Le sang dans le chalet était un indice réconfortant mais pas une preuve définitive. Il valait mieux opter pour l'hypothèse la plus dérangeante.

Malgré le risque, s'il ne la retrouvait pas avant son départ, il rentrerait son nom et son signalement dans le fichier des personnes recherchées par la police d'Atlanta. Le motif : trafic de drogue, vol de voitures, refus d'obtempérer. En fuite. Armée. Dangereuse.

Si le virus ne lui avait pas fait la peau comme il l'espérait, les flics s'en chargeraient.

Sa ligne spéciale sonna. C'était Tyler.

— *Ramsès* veut que vous me communiquiez au plus vite les éléments que vous avez récupérés au domicile d'une fille, à Atlanta, laissa tomber Tyler, faussement innocent.

Le général lui laissa le temps de mesurer l'importance de sa remarque. Greenwood ressentit une douleur dans la poitrine qui n'avait rien à voir avec la digestion des haricots à la sauce piquante. Il desserra sa cravate et ouvrit le bouton de son col. Le combiné collait à la paume de sa main.

La chaîne de commandement était brisée. *Ramsès* le court-circuitait en contactant personnellement Tyler.

— Je vous les fais parvenir, dit-il avant de couper la communication.

Les dés étaient jetés. Greenwood avait conçu *Operation Rescue* et lui avait trouvé un acquéreur. Elle finirait sans lui. Il avait déjà vendu ses parts. Il s'aperçut qu'il avait machinalement écrit deux noms sur son bloc-notes.

Kate Crow

Victoria Berkowitz

Berkowitz et Crow ? Négligences ou erreurs professionnelles ? Peut-être serait-il contraint d'avancer son départ et de ne pas s'en occuper personnellement.

Il décida de reporter sa décision finale à dimanche. Aucune difficulté n'était insurmontable lorsqu'on désirait arriver à ses fins, surtout lorsqu'on était un joueur pourvu d'une extrême conscience professionnelle et de beaucoup de chance.

8

— Kate !

Il restait immobile dans l'embrasure de la porte, tandis qu'une flaque d'eau grandissait sous lui. Ses chaussures étaient maculées de boue. Son imperméable boutonné jusqu'au col dégoulinait de pluie. La stupeur figeait ses traits dans une expression comique.

Kate réfléchissait à toute vitesse, mais dans les circonstances présentes il était inutile de réfléchir.

— Ari ! parvint-elle à articuler, s'appuyant pour ne pas tomber.

Son cœur battait à tout rompre.

Il fit quelques pas à l'intérieur de la pièce.

— Mon Dieu ! Qu'est-ce qui vous est arrivé ? Qui vous a mise dans cet état ?

Il s'avança dans sa direction. Kate leva une main tremblante.

— Ne m'approchez pas ! cria-t-elle.

Surpris, il hésita une seconde avant de s'arrêter.

— Kate, je suis navré. J'ai quitté le chalet pour appeler Meyer et la police m'a coincé. Ils viennent de me relâcher…

— Ce n'est pas pour ça. Je suis contaminée ! J'ai le virus !

Il la dévisageait, incrédule. Des gouttes d'eau glissaient sur ses joues. Il secouait la tête comme s'il avait en face de lui un être privé de raison.

— Ne dites pas de bêtises. C'est impossible !

Ari fit un pas vers elle.

— C'est impossible, répéta-t-il. Je ne vous crois pas.

Kate tendit le bras vers les taches sombres qui parsemaient le sol.

— J'ai commis une imprudence au laboratoire.

Il semblait désarçonné. Il s'agenouilla pour vérifier.

— N'y touchez pas !

L'avertissement stoppa son geste. Il se releva.

— On dirait du sang. Je ne comprends pas.

Il l'observait, attendant qu'elle lui indique ce qu'il devait faire.

— Je dois partir, dit-elle. Ils peuvent revenir.

— De qui parlez-vous ?

— D'eux ! De ceux qui ont tué Bill King. Ils sont après moi.

Ari se retourna.

— J'ai laissé la voiture à trois cents mètres. Je vais la chercher.

— C'est trop dangereux pour vous.

Elle secouait la tête, très sérieuse, malgré son angoisse d'avoir à le quitter.

— J'emprunte le bateau.

Il voulut dire quelque chose, puis se ravisa comme si ce qu'il avait en tête était inutile. Il marcha jusqu'à elle et lui prit la main.

— Vous avez besoin de moi.

Il remarqua qu'elle saignait ; un filet de sang coulait de son nez.

— Vous saignez, dit-il.

Elle se contenta de se toucher avec l'index qu'elle examina, taché de sang.

— Ce n'est rien.

La tête penchée en arrière, elle renifla pour empêcher le sang de couler trop fort. Il passa un bras autour de sa taille.

— Venez ! Sortons d'ici en vitesse.

Kate était allongée sur la banquette arrière. Malgré les couvertures le froid faisait trembler sa voix.

— Ce n'étaient pas des militaires. L'armée n'utilise pas d'engins peints en noir et sans identification.

— Vous venez de me dire que les deux hommes portaient des tenues camouflées.

— Oui, mais à la manière dont ils ont tué ce chien...

Ari l'entendit gémir et se retourna pour la regarder. Elle respirait doucement, la bouche ouverte, parcourue de frissons. Ari passa un bras de l'autre côté du siège et toucha son front. Il était glacé.

— Vous avez mal ?

— C'est supportable.

Son ventre la faisait moins souffrir ; l'hémorragie paraissait se limiter à un écoulement sporadique.

— Vous êtes sûre de ne pas vouloir aller à l'hôpital ?

Elle secoua la tête.

— Ils ne peuvent rien faire en dehors de me recoudre et de me mettre en quarantaine. Arrêtez-vous à un drugstore, nous achèterons ce qu'il faut.

Ils avaient dépassé Sacramento et roulaient sur l'Interstate 5 en direction de Los Angeles. Ari expliqua à Kate qu'il avait passé la journée dans les locaux de la police de Reno. Stoppé sans raison par une voiture de patrouille, il s'était retrouvé couché sur le capot, menottes aux mains. On l'avait gardé en cellule jusqu'au milieu de l'après-midi, puis un flic en uniforme l'avait relâché en baragouinant de vagues excuses.

— Meyer n'a pas pris l'avion, constata Kate.

— Non. Dans un sens ça a moins d'importance.

— Pourquoi ? Vous croyez que cette... *organisation* a la moindre intention de s'arrêter ?

— Non, mais l'important, c'est qu'ils vous croient morte. Ils ne vous chercheront plus. Nous allons vous faire sortir du pays avec de faux papiers et nous occuper d'eux.

Kate se redressa. Elle fixa le rétroviseur, cherchant son regard. Elle le vit plisser les yeux.

— Ne vous inquiétez pas, Israël n'est pas le bout du monde et nos centres de recherches n'ont rien à envier aux vôtres.

— Je vais aller en Israël ?

— Ce n'est pas le purgatoire, dit Ari, vexé.

— Ce n'est pas ce que je voulais dire. Je ne connais personne là-bas. Je ne parle pas hébreu.

Il fit un geste de la main qu'elle parut ne pas comprendre.

A la hauteur de San Joaquim, ils quittèrent l'Interstate 5 et s'arrêtèrent dans un motel. La Qinta Inn promettait la télé couleur et HBO, une piscine chauffée, et un brunch *All You Can Eat* les week-ends, à 19.99 dollars. Ils s'installèrent dans une chambre proche d'une porte de service et du parking.

Ari l'aida à s'allonger sur l'un des deux grands lits, pliant l'oreiller sous son dos. Elle se laissa faire comme une fillette à bout de forces. Il sortit dans le couloir pour remplir un seau de glaçons et prendre un paquet de *Marlboro regular* dans un distributeur. Kate mit la glace dans un sac en plastique et le posa sur son bas-ventre. Elle alluma une cigarette. Elle ne fumait plus depuis des années ; des joints, de temps en temps, pour évacuer la pression. Elle toussa à la première bouffée et continua à tirer sur la cigarette, les yeux mi-clos, silencieuse. Elle avait la bouche sèche et un goût amer sur la langue. Gêné, Ari tournait en rond, ne sachant pas s'il devait s'asseoir au bord du lit ou ailleurs. Finalement il décida de rester debout et alluma la télévision. Kate fit un rond de fumée qu'elle regarda disparaître. Elle rata le deuxième et se mit à observer Ari bizarrement.

— Que se passe-t-il ?

— Ils savaient où chercher, constata Kate.

Il la détaillait ; ses pieds nus, son jean taché de sang, son visage, et la gaze blanche des pansements imprégnée de rouge. Il hésita puis vint s'asseoir près d'elle.

— Vous saignez encore ! constata-t-il.

— Aucune importance.

Il prit un prospectus sur la table de chevet et se mit à l'examiner. Il jura entre ses dents pour dissimuler son trouble ou sa mauvaise conscience. Appuyée contre les oreillers, enveloppée par la fumée, résignée, Kate ferma les yeux, attendant qu'il en dise davantage.

— Comment m'ont-ils trouvée ? se décida-t-elle à demander.

9

Ce n'est qu'au deuxième passage que Victoria les repéra. Ils avaient le véhicule de l'emploi. Installés dans un van Chrysler blanc parqué au coin de Kenter Avenue et de Robin Hood Drive, les deux hommes surveillaient la façade ocre et les grilles de fer forgé d'un condominium qui faisait l'angle opposé. Le van, un modèle vieux de quelques années, était supposé appartenir à une entreprise de sécurité privée, Vanguard Security of Los Angeles, dont le siège, précisait l'écusson, se trouvait sur La Brea Boulevard.

Victoria reprit l'avenue en sens inverse vers San Vicente. Elle se gara dans le parking d'un pressing qui promettait pour chaque nettoyage à sec un prix de 99 cents par chemise lavée et repassée. Elle alluma une cigarette, et attendit que le flot des résidents qui rentraient chez eux se réduise. Trois fois, une voiture de patrouille noir et blanc passa au ralenti.

A sept heures et demie du soir, le cendrier du tableau de bord débordait. Elle descendit de sa voiture et dévissa la plaque d'immatriculation qu'elle rangea sur la lunette arrière. Elle remonta et conduisit jusqu'à un parking à étages deux blocs plus à l'ouest. Elle baissa la tête en prenant son ticket au distributeur automatique.

Elle fit le chemin à pied, remontant Kenter Avenue. Le col relevé de son imperméable dissimulait le bas de son visage. Elle marchait vite malgré ses talons hauts. L'air, humide et glacé, paraissait sortir d'un caveau. Les restaurants étaient pleins et les rues vides.

Arrivée à la hauteur du van, elle s'arrêta et se tourna vers la vitre aux trois quarts baissée.

— Bonsoir, dit-elle.

Le conducteur avait les cheveux blonds collés sur le sommet du crâne. Son collègue portait des moustaches et avait une cicatrice sur la figure.

En dépit de leur insigne sur le col de leur chemise sombre bien repassée, de leur cravate, ils ressemblaient à des assassins professionnels.

Victoria examinait la paroi du van et la rampe de projecteurs fixée au toit.

— Je m'appelle Beverly Williams et je dois installer un système de sécurité chez moi. Vous avez une carte de visite ?

Elle vit dans les yeux du blond qu'elle avait fait mouche.

— Je vais noter votre numéro de téléphone, dit-elle, plongeant la main à l'intérieur de son sac.

Le chauffeur eut une seconde de flottement. Victoria sortit le Beretta, tendit le bras et lui tira une balle dans la gorge. Le silencieux étouffa la détonation. Les muscles abdominaux crispés, elle fit un pas en avant et tira une seconde balle dans la poitrine du passager. Remettant l'arme dans son sac, elle s'adossa à la portière.

Elle n'entendit ni appels ni cris d'alarme. Elle tourna la tête et jeta un rapide coup d'œil dans le véhicule. Le conducteur s'était écroulé entre les deux sièges, lui laissant la place de se glisser. Elle ramassa les douilles qui luisaient sur le trottoir et les mit dans sa poche. Elle enfila une paire de gants et monta dans le véhicule, se faufilant derrière le volant.

Conduisant d'une main, repoussant de l'autre le corps qui la gênait, Victoria retourna au parking. Elle prit les mêmes précautions pour masquer son visage à la caméra de surveillance dissimulée dans la borne qui délivrait les tickets. Elle parqua le van dans un coin retiré et ferma les portières à clé. Elle enleva son imperméable, noua un foulard autour de ses cheveux, mit des lunettes noires et récupéra son véhicule.

Elle paya neuf dollars à un employé qui fit à peine attention à elle. Elle roula jusqu'à Brentwood Gardens et trouva une place pour stationner. Laissant les lunettes et le foulard sur le siège, elle remit son imperméable.

Il était neuf heures moins vingt. Elle replaça sa plaque d'immatriculation.

Traversant la rue, Victoria prit un ascenseur mécanique qui menait au premier étage d'un centre commercial et entra dans un restaurant à l'enseigne jaune et noir qui servait des pizzas californiennes cuites au feu de bois. Elle se rendit aux toilettes, se lava les mains et vérifia son maquillage. Elle attendit dix minutes avant d'être installée au bar, et commanda une pizza *tandoori* et une *Corona*.

Elle termina son repas en sirotant le reste de sa bière à petites gorgées, faisant le tour de la salle des yeux, remarquant les autres clients pour la première fois. Elle paya l'addition et laissa cinq dollars de pourboire. Sur le trottoir elle fit quelques pas en fumant une cigarette, puis jeta les clés du van dans une bouche d'égout et regagna sa voiture.

Elle démarra et roula jusqu'au croisement de Kenter et Robin Hood. Elle chercha un emplacement pour se garer et tourna plus d'une vingtaine de minutes avant d'en trouver un.

Avant de descendre de voiture, elle remplaça les deux cartouches dans le chargeur du Beretta et fourra le pistolet dans sa poche.

Il lui fallut marcher quatre minutes avant de se retrouver devant le condominium ; une résidence de luxe baptisée La Isla Bonita.

Victoria appuya sur le bouton de l'intercom.

— Mon nom est Eva Stone, annonça-t-elle.

— Montez. C'est au quatrième, appartement 409.

La porte du jardin s'ouvrit automatiquement. Victoria traversa une allée obscure et pénétra dans un hall éclairé dont le sol était fait de dalles de granit poli.

Dans l'ascenseur elle accrocha ses anneaux dorés, mit ses lunettes noires, enleva le papier aluminium d'une tablette de chewing-gum et se mit à mastiquer la gomme aromatisée.

Le couloir était décoré de photos originales de la côte Pacifique prises au début du siècle ; la moquette en jute rendait silencieux le claquement de ses talons.

Elle n'eut pas à frapper.

La femme qui l'attendait sur le palier avait une cinquantaine d'années ; son sourire était aimable et de fines ridules cerclaient ses yeux. Elle semblait chaleureuse et pas le moins du monde surprise.

— Je suis Beverly Williams, dit-elle d'une voix

douce en tendant la main. Entrez. Je suppose que vous êtes Tanya.

10

Beverly Williams aimait le jaune. De la moquette aux canapés, du revêtement des murs aux fauteuils, c'était une explosion de jaune ; jusqu'aux rosiers que Victoria apercevait dans le patio vitré : ils étaient jaunes, et en fleur à cette époque de l'année.

Manifestement les affaires de Beverly Williams marchaient bien. Elle s'arrêta à côté de Victoria. Elle lui arrivait à l'épaule.

— Surprenant, hein ? dit-elle. Les décorateurs ont parfois des idées folles. J'ai trouvé ça amusant. On s'y fait très vite.

Victoria l'observait avec une froide curiosité. Beverly portait une stricte robe jaune pâle et des chaussures à talons plats ; ses cheveux blond cendré étaient tirés en chignon ; un rouge à lèvres rose pâle soulignait sa bouche.

Le regard n'était pas celui d'une femme sûre de sa condition sociale ; un voile métallique démentait l'impression de bonhomie, de respectabilité.

— Asseyez-vous, Tanya, ou devrais-je dire Victoria ? avança-t-elle d'une voix amusée.

Elle la détaillait, sans manifester de réelle surprise. Gardant son imperméable, Victoria s'assit sur un sofa à la couleur aussi vive que les plumes d'une perruche.

— Vous connaissez mon nom ? répliqua Victoria sur un ton identique.

Beverly prit place sur le canapé jumeau. Elle croisa les jambes et tira sa robe sur ses genoux en souriant. Elle avait dû voir ça au cinéma, pensa Victoria.

— Ce pauvre Bill ne parlait que de vous. Il vous croyait morte, brûlée dans votre voiture, dit-elle.

Victoria continuait de mâcher son chewing-gum dont le goût chimique s'était évaporé.

— Le contraire n'a pas l'air de vous surprendre.

— Oh, nous sommes à Hollywood, mon chou, les *come-back* ne surprennent plus personne.

Victoria retira ses lunettes. Il n'y avait rien dans ses yeux, seulement le vide. Le sourire de Beverly s'effaça imperceptiblement.

— Appartenez-vous au FBI ? demanda Victoria d'une voix douce.

La question offusqua Beverly.

— Le FBI ! Mon Dieu, quelle horreur ! Non, je suis... j'étais une amie de Bill, une amie personnelle.

Elle eut un geste en direction des murs.

— Je m'occupe de promouvoir de jeunes artistes qui ont du talent. Enfin... qui s'imaginent en avoir.

Victoria ne détourna pas les yeux pour suivre l'invitation à contempler les peintures. Elle parut se détendre, et laissa reposer son bras gauche sur l'accoudoir du canapé.

— Comment m'avez-vous reconnue ?

— On peut difficilement oublier quelqu'un comme vous, surtout quand on vous a déjà vue. Bill m'avait envoyé une photo. — Elle fit le geste de se lever. — Vous voulez la voir ?

— Non, je ne suis pas venue pour ça.

Beverly Williams se laissa retomber sur le coussin. Les ridules qui bordaient ses paupières se plissèrent.

— Qui vous a donné mon nom ? s'enquit-elle d'un ton détaché.

— Bill King, laissa tomber Victoria.

Les ridules disparurent du visage.

— Vous l'avez rencontré ?

La femme avait posé sa question d'une voix neutre.

— Quelques minutes avant qu'il ne soit assassiné.

Beverly la regarda avec attention, comme si elle cherchait à deviner s'il s'agissait d'une mauvaise plaisanterie.

— Assassiné ? Les journaux ont parlé de crise cardiaque.

— Vous croyez toujours ce que racontent les journaux ?

— Enfin… presque. Ce que vous m'annoncez, c'est quelle version ? Celle de la police ?

— La mienne.

Beverly croisa de nouveau les jambes, oubliant de ramener sa robe sur ses genoux. Elle gardait les mains posées bien à plat pour couvrir le haut de ses cuisses.

— Vous êtes une sorte d'agent du gouvernement ?

Ses yeux paraissaient chercher la réponse derrière le masque de Victoria.

— Si on veut, mais je ne travaille pas pour le gouvernement, répliqua cette dernière en secouant la tête, un sourire aux lèvres.

Beverly Williams haussa les sourcils avec une surprise calculée.

— Pour qui travaillez-vous ?

Il y eut un silence.

— Si je ne suis pas trop indiscrète.

Victoria contemplait la lèvre supérieure de Beverly Williams. Elle devenait brillante, de minuscules gouttes de sueur perçaient la couche de fond de teint.

— Vous ne l'êtes pas. Je travaille pour les morts.

Beverly la regarda comme si elle n'avait pas bien compris et qu'elle attendait une suite à cette information.

— Je suis venue exécuter une mission, dit Victoria.

En face d'elle Beverly tenta un sourire.

— Je vous avoue que je ne comprends pas un mot de ce que vous racontez.

Il y avait plus de contrariété que d'appréhension dans sa voix. Elle se leva, fit trois pas, haussa les épaules, et se dirigea vers une fenêtre.

— Le nom de Kate Crow vous dit quelque chose ?

Sans se retourner, Beverly répondit d'une voix agacée :

— Un autre de vos pseudonymes ?

Victoria plongea la main dans la poche de son imperméable.

— C'était aussi une amie de Bill King. Tous ceux

qui se sont approchés de cet homme ont connu une fin prématurée… à part vous. Timothy Evans, je suppose que ce nom ne vous dit rien ?

Beverly s'écarta de la fenêtre et s'avança vers elle.

— En quoi vos histoires me concernent-elles ?

— Je n'en sais rien, dit Victoria d'un air absent.

Elle sortit le Beretta et le posa sur ses genoux.

— Voyez-vous, Beverly, sans Kate Crow, il y avait zéro chance pour que le nom d'Eva Stone vous soit familier. Pourtant, vous m'avez laissée monter, sans surprise.

Beverly s'était arrêtée. Le sang quittait son visage. Elle se mit à reculer vers la fenêtre, cherchant à paraître le plus naturelle possible.

— J'ai peur que vous ne soyez terriblement déçue, annonça Victoria. Le van Chrysler ne stationne plus de l'autre côté du croisement.

La sonnerie du téléphone arracha un sursaut à Beverly. Elle regarda l'appareil, puis Victoria. Le canon du Beretta pointé sur elle ne tremblait pas d'un pouce.

11

— Ils nous ont trouvés parce que j'ai commis une erreur. Je regrette, répéta Ari.

Il lui était difficile de reconnaître qu'il avait commis une faute aussi élémentaire. Il leva la main pour écarter une mèche de cheveux sur son front.

— Vous voulez dire qu'ils nous attendaient à Reno ? demanda Kate, incrédule.

Ari acquiesça en évitant son regard.

— Ils ont dû vous suivre jusqu'à Washington. A partir de là, pour des gens capables de créer de toutes pièces une fausse condamnation, ce n'était pas très difficile de vérifier les listes de passagers au départ.

Elle paraissait surprise par le raisonnement.

— Le billet pour Reno était à votre nom, avoua-t-il.

— Vous avez fait ça ! dit Kate en se redressant.

Son visage se crispa sous la douleur. Elle écrasa rageusement sa cigarette sur la tablette en faux marbre. Ari se taisait. Elle l'entendait respirer.

— J'ignorais tout de cette histoire, Kate, reprit-il. Je n'avais aucune idée de ce qui se passait. Je devais vous prendre et vous mettre en sécurité au chalet jusqu'à l'arrivée de Meyer.

Ses blessures au cuir chevelu la faisaient souffrir ; le sang, aussi fort qu'un tambour de guerre, battait dans ses tympans.

Son amertume ne trouverait pas d'écho, Ari n'y était pour rien. Comment aurait-il pu deviner ? Elle ne s'était confiée à lui que le lendemain de son arrivée au chalet.

Cela n'expliquait pas les tenues de protection ! Ils savaient.

Kate essayait désespérément de se souvenir. Des siècles s'étaient écoulés depuis son départ du CDC. Les images volaient dans tous les sens, apparaissant ici, disparaissant plus loin au milieu de l'immense lac, dans les pupilles dilatées du rapace ; dans la déchirure du gant.

Pas de repère visible, pas de feu solitaire. Juste une marée silencieuse, noire, glacée, qui noyait tout.

Ari, debout, semblait monter la garde. Son teint pâle, son polo ouvert, son désarroi lui donnaient l'air d'un étudiant recalé aux examens.

— Ne faites pas cette tête. C'est ma faute, j'aurais dû vous prévenir. Aidez-moi plutôt à me traîner jusqu'à la salle de bains, je dois m'occuper de mes blessures.

Elle ferma la porte et se déshabilla. Elle enleva ses pansements et badigeonna ses plaies de désinfectant. Impossible d'utiliser sa carte professionnelle pour se procurer des antibiotiques ; il valait mieux attendre et obtenir d'un médecin une ordonnance en utilisant un faux nom.

Elle serra un bandage autour de sa cheville et de son poignet, là où le bec de l'oiseau l'avait frappée. Elle se lava avec une solution germicide qu'elle laissa sécher sans rincer.

C'est tout ce qu'il y avait à faire pour le moment.

Kate désinfecta tout ce qu'elle avait touché. Elle jeta dans un sac en plastique ses pansements souillés, les instruments dont elle s'était servie et ses vêtements maculés de sang. Elle s'habilla et retourna dans la chambre.

Ari la regardait en coin, cherchant à deviner si elle le rendait toujours responsable de ses malheurs.

Kate leva la main, paume ouverte.

— Vous n'y êtes pour rien, dit-elle en s'asseyant doucement sur le lit.

Elle lissa ses cheveux en arrière, silencieuse, fixant l'écran de télévision.

— J'ai faim, constata Kate à sa propre surprise. J'ai envie...

Ari avait déjà ramassé ses clés de voiture.

— Envie de quoi ? demanda-t-il en ouvrant la porte.

— De céréales. Celles-là, dit-elle, en désignant du menton le paquet qui s'affichait sur une publicité à l'écran. Avec du lait. N'oubliez pas les cuillères en plastique.

Ari parti, elle alluma une cigarette et vida son sac sur le lit. Son argent se trouvait toujours là où elle l'avait rangé, sous le fond en carton de son sac. Elle prit le carnet de Bill King et chercha le numéro de Beverly Williams, l'autre nom que King avait prononcé avant de mourir. Dans la poche de son jean il lui restait quelques *quarters*. Contacter Meyer Epstein ne l'avait pas spécialement sortie d'affaire, malgré le dévouement d'Ari. Elle aurait peut-être plus de chance avec cette femme.

Elle posa sa cigarette et se leva. La tête lui tournait. Elle prit deux fortes inspirations, garda l'air dans son estomac, et expira par le nez jusqu'à ce que le vertige disparaisse.

Le couloir était désert. Le téléphone à une quinzaine de mètres. Surmontant son mal, elle se dirigea vers l'appareil, décidée à couvrir la distance d'une seule traite.

Le sang ne traçait plus de piste sombre sur la moquette. Elle atteignit son but avec moins d'efforts qu'elle ne l'aurait cru. Elle introduisit ses derniers *quarters* et composa le numéro de Beverly Williams.

A la sixième sonnerie, quelqu'un à l'autre bout de la ligne décrocha.

12

Le regard de Beverly Williams allait de Victoria au téléphone.

— Branchez le speaker, ordonna Victoria en se levant, se débarrassant de ses chaussures.

La femme inclina silencieusement la tête pour indiquer qu'elle s'en remettait aux instructions qu'on lui donnait, et se déplaça, les mains en évidence ; ses yeux avaient quelque chose de mortel, de la grenaille d'acier ; ils ne quittaient pas le canon du Beretta pointé vers son estomac.

L'appareil se trouvait sur une table en fer forgé noir dont le plateau était fait de carreaux de céramique jaune sur lesquels on avait peint un couple d'oiseaux de paradis.

Beverly appuya sur une touche orange située sur le côté droit du boîtier. Une voix résonna dans la pièce.

— Allô... Allô ?

D'un geste de son arme Victoria fit signe à Beverly de répondre. L'appel venait de Californie ; le numéro s'affichait dans la lucarne ; le préfixe était celui de Fresno.

— J'écoute. Qui est à l'appareil ? demanda-t-elle les lèvres serrées.

Debout, Victoria attendait la suite sans dire un mot.

— Je voudrais parler à Beverly Williams, dit la voix.

Victoria n'avait que quelques secondes pour agir. Elle fit trois pas en avant, et du revers de la main qui tenait le revolver elle frappa Beverly au-dessus de l'oreille gauche, la faisant tomber à genoux, la privant de réaction. Elle la repoussa du pied, l'envoyant rouler au sol contre le canapé.

Son cœur battait fort, stimulé par l'adrénaline que la violence avait libérée et par la voix qu'elle avait reconnue.

Elle décrocha le combiné.

Kate n'avait pas pu oublier leur rencontre à New York !

— Bonsoir, je suis la nouvelle assistante de Beverly, dit Victoria, détachant chacun de ses mots. Beverly ne peut pas vous prendre pour le moment, elle a des invités. Elle a adoré vos peintures. Nous avons un acheteur pour l'une de vos toiles. Vous savez, celle où l'on voit cette jeune femme surgir de nulle part... avec un sac à dos... une parka bleue... et un béret. Un tableau étrange, fascinant. Vous avez un talent fou.

A l'autre bout de la ligne, c'était le silence.

— Quand voulez-vous passer ?

Victoria comptait les secondes, priant pour que Kate comprenne.

La ligne était sous surveillance. Une chance sur deux pour qu'ils soient dupes de la comédie. Elle prenait le risque. Elle posa son doigt sur le support de l'appareil, prête à couper la communication au cas où Kate commettrait une imprudence.

— Quelle est la meilleure heure à votre avis ?

Victoria esquissa un geste de triomphe. Elle regarda sa montre. Dix heures et quart. Demain matin le van manquerait à l'appel.

— Je demande à Beverly.

Victoria masqua l'écouteur, et jeta un coup d'œil à Beverly qui s'était adossée à l'un des canapés. Un filet de sang coulait de son oreille. Elle reprenait ses esprits.

Victoria retira sa main de l'écouteur.

— Ce soir, si ce n'est pas trop tard pour vous. Vous aurez l'occasion de rencontrer des gens qui peuvent vous aider.

Nouveau silence.

— Okay. J'ai peint de nouvelles choses depuis.

— Magnifique ! Vous vous rappelez l'adresse ? C'est au coin de Kenter et de Robin Hood, à Brentwood. L'immeuble ocre avec des balcons en fer forgé, au quatrième étage.

— Vous êtes sûre que cela ne dérange pas Beverly ?

— Pas du tout. Elle vous attend. Et... amenez votre boy-friend si vous en avez un.

Après avoir raccroché Victoria resta immobile, perdue dans ses réflexions.

Le coup de téléphone de Kate faisait-il partie d'un plan ? Dans trois heures — le temps que mettrait Kate pour arriver — elle saurait.

— J'ai un problème, dit Victoria à Beverly.

Ses yeux semblaient dire qu'une partie de la solution se trouvait dans ce que Beverly serait susceptible de lui dire.

Victoria l'obligea à s'allonger sur le ventre. Sans la quitter des yeux, elle prit dans son sac deux colliers crantés en Nylon, de ceux qu'on utilise pour lier les câbles électriques. Elle en serra un autour des chevilles de Beverly et procéda de même avec ses poignets, les lui bloquant dans le dos.

— Relevez-vous et asseyez-vous, dit Victoria. Nous allons bavarder, comme deux amies qui se sont perdues de vue.

Une fois assise, Beverly retrouva un semblant d'assurance.

— Je n'ai rien à vous dire, répliqua-t-elle.

Le sang suintait d'une plaie qu'elle avait au-dessus de l'oreille. Victoria alluma une cigarette et chercha du regard un cendrier ; n'en trouvant pas, elle posa sa cigarette sur la table en céramique près du téléphone.

Elle saisit Beverly par les cheveux, lui rejeta la tête en arrière, posant l'extrémité du silencieux sur son front.

— Est-ce que vous avez la foi ?

La question ne demandait pas de réponse.

— Si vous croyez aux miracles, c'est le moment de prier.

Victoria restait immobile, sans manifester d'émotion, spectatrice indifférente à ce qui allait se produire. Beverly comprit qu'elle allait tirer. Les yeux qui la contemplaient étaient morts.

— Vous commettez une erreur, j'appartiens à la DEA, lança-t-elle la gorge nouée.

— Formidable, répondit Victoria sans la moindre note de soulagement. Vous pouvez le prouver ?

Beverly la regardait fixement, clignant des paupières.

— Mon badge se trouve dans le dernier tiroir du secrétaire sur votre gauche. La clé est dans mon sac, sur la console de l'entrée, lâcha-t-elle d'une seule traite.

Victoria s'écarta. Elle récupéra sa cigarette, tira une bouffée et l'écrasa. Beverly respirait lourdement.

— Voyons ça, dit Victoria.

Elle revint le badge à la main.

— C'est vous l'agent du gouvernement ! Je suis désolée, dit-elle d'un ton confus, tirant une chaise devant le canapé.

— Je me fiche de vos excuses ! Détachez-moi tout de suite ! siffla Beverly, le regard mauvais, essayant de se redresser.

Victoria l'observait en hochant la tête, tournant le badge entre ses doigts. Elle laissa tomber le badge sur le sol et alluma une cigarette, rejetant lentement la fumée.

— Tous les dimanches — Victoria paraissait retrouver le chemin de souvenirs oubliés —, mon père m'envoyait tuer un poulet. Je lui courais après, je le posais sur une souche, et je le décapitais avec une hachette. Ensuite, je le plongeais dans l'eau bouillante pour enlever les plumes. J'avais dix ans. J'étais une petite fille maigrichonne et pâle. A cette époque-là, je ne fréquentais que des garçons. Oh, pas par vice ou des pensées de la sorte, mais c'est tout ce qu'il y avait dans le voisinage. Nous passions nos journées à errer de ferme en ferme, à faire des bêtises ; vous savez, des trucs de gosse qu'on ne raconte pas aux autres, qu'on garde secrets.

Elle haussa les épaules.

— Tout le monde savait mais ça n'avait pas d'importance.

Les yeux clairs mettaient Beverly mal à l'aise.

— Vous êtes folle à lier ! Détachez-moi ! cria-t-elle.

Victoria sortit un canif de son sac, ouvrit la lame, et s'entailla le pouce droit. Elle pressa légèrement sur la coupure. Le sang perla, et glissa en un mince filet.

— Ces secrets, je ne les ai jamais trahis. Jusqu'à aujourd'hui.

Derrière la mince colonne bleutée qui montait de sa cigarette, Victoria gardait les yeux mi-clos.

— J'étais liée par un pacte. Un pacte de sang.

Victoria se leva et se pencha sur Beverly. Elle avança la main vers la plaie au-dessus de l'oreille.

— J'aimerais que nous partagions un secret, Beverly, murmura-t-elle.

Beverly Williams tirait désespérément sur ses liens, enfonçant davantage les bracelets de Nylon dans sa chair.

Elle sentit une main lui caresser les cheveux, et à ce moment même, elle poussa un hurlement sauvage, un hurlement d'horreur et de désespoir, aussi effrayant que si le diable venait de lui tendre les bras.

13

A peine revenu dans la chambre, Ari s'aperçut du changement. Kate, debout, l'étudiait derrière une paire de lunettes noires.

— Il vous en a fallu du temps, remarqua-t-elle d'un ton où filtrait l'impatience.

— J'ai appelé Meyer, répondit Ari.

Il posa son paquet sur le lit et crut bon de consulter sa montre.

— Tout juste quarante minutes, constata-t-il en haussant les épaules.

Kate ôta ses lunettes. Ari fut surpris par la lueur qui dansait dans ses yeux noirs.

— Nous avons rendez-vous demain matin au motel pour votre *debriefing*, dit-il, sortant les céréales et le lait, évitant le regard qu'elle lui lançait.

— Mon quoi ? demanda Kate.

Il jouait nerveusement avec les branches de ses lunettes en la dévisageant.

— C'est un terme militaire. Vous allez raconter à un de nos agents tout ce que vous savez de cette affaire, dans ses moindres détails. C'est indispensable. Il viendra ici à neuf heures et vous posera des questions. Nous partirons après.

Il s'apprêtait à ouvrir le paquet de céréales.

— Nous partons tout de suite, dit Kate.

Ari eut un geste brusque et maladroit et fit tomber ce qu'il tenait à la main. Il restait les bras ballants, sérieux et méfiant.

— Pas question ! J'ai des ordres et je les exécute. Nous restons ici. L'affaire du chalet ne vous a pas suffi !

Il semblait agressif, mais peut-être n'était-ce que de l'inquiétude ou de l'irritation devant ce qu'il prenait pour un coup de tête.

— Écoutez, dit-elle, en votre absence j'ai téléphoné à une amie.

L'expression sur le visage d'Ari s'était modifiée. Il paraissait atterré par ce qu'elle venait de lui annoncer.

— Nous avons rendez-vous avec elle, reprit Kate. Elle en connaît plus que moi sur *cette affaire*. C'est ce que vous vouliez, non ? En savoir davantage !...

— C'est ridicule, protesta-t-il d'une voix enrouée. Ils vous croient morte et vous venez de tout foutre par terre.

Kate n'avait pas envisagé les choses sous cet angle ; elle n'avait pas pris en considération toutes les possibilités. Elle s'assit sur le bord du lit la tête basse, regardant le sac de toile à ses pieds. Son désarroi ne dura pas.

— Ari, dit-elle d'une voix ferme, je suis une morte en sursis. Que je vive ou que je meure ne changera rien à la situation. Ce qui compte, c'est de les stopper.

— Ce n'est pas un argument. On peut les stopper sans vous mettre en danger.

Kate se leva et s'approcha de lui. Il avait l'air désemparé. Elle toucha les mèches qui bouclaient sur son front.

— La fille s'appelle Eva Stone, expliqua Kate. Je vous ai parlé d'elle ; souvenez-vous, je vous ai demandé si elle avait contacté Epstein.

Il se détourna.

— Je croyais qu'elle n'avait rien à voir là-dedans, lui reprocha-t-il, irrité.

Kate esquissa un sourire pour l'amadouer.

— J'ai menti.

Il y eut un silence.

— Où est-elle ?

— Chez Beverly Williams. Avant de mourir King m'avait donné deux noms, celui de Meyer Epstein, et celui de cette femme à Los Angeles.

Ari réfléchissait, dissimulant mal son embarras, hochant la tête comme s'il répondait à ses propres questions. Il fronça les sourcils.

— Il faut que je demande à Meyer. J'en ai pour dix minutes.

— Vous appellerez de là-bas. Il y a trois heures de route, dit-elle sans lui laisser la possibilité de répondre.

Installée à l'arrière du véhicule, Kate faisait passer avec des gorgées de lait le mélange de céréales, d'amandes grillées et de rondelles de *cranberries*. Ari conduisait, mangeant un sandwich au fromage acheté dans une station-service.

Ils n'échangeaient pas une parole.

L'estomac plein, Kate alluma une cigarette et ouvrit la fenêtre pour laisser entrer l'air de la nuit. Malgré son épuisement, la monotonie de la route et leur allure hypnotique, trop de sentiments contradictoires la traversaient pour qu'elle puisse dormir.

L'idée de revoir Victoria lui arracha un sourire anxieux, tandis que dans le lointain, de chaque côté de l'Interstate, montaient les halos fantômes des villes, identiques à ceux qu'elle avait découverts sous la lunette du microscope.

Le souvenir de ses rapports avec le reste du monde se résumait à ces taches de lumière qui avaient bouleversé sa vie. Elle rêvait de solitude, de siècles de solitude, de plages désertes et de soleil, pour fondre la glace qu'elle avait dans les os.

A la hauteur de San Fernando, Ari bifurqua sur le San Diego Freeway, suivant les indications du plan qu'il avait déplié sur le siège avant.

Kate se pencha vers lui.

— Nous sommes loin ? demanda-t-elle.

— Vingt-huit miles, répondit-il, les mâchoires serrées, montrant le panneau que les phares de la voiture éclairaient de face.

Posé sur la carte routière, se trouvait un objet métallique aux reflets noir bleuté.

— C'est le revolver que vous m'avez donné ?

Kate n'arrivait pas à contrôler sa voix. Ari haussa les épaules et eut un geste vague sans s'avancer.

— Il ne fonctionne pas, murmura-t-elle.

Il lança un coup d'œil furtif dans le rétroviseur.

— Ne vous inquiétez pas.

Après un temps de silence, elle insista, dépourvue d'émotion cette fois.

— Je vous dis qu'il ne fonctionne pas.

Il se retourna.

— Comment le savez-vous ?

— Je l'ai essayé.

Elle faillit ajouter quelque chose mais se ravisa.

— J'avais retiré la balle du canon, déclara Ari.

Lorsque la voiture s'engagea dans Kenter Avenue, un brouillard se condensait lentement et défilait le long des portières. Ari, les deux mains sur le volant, était tendu, aux aguets. Il épiait le contour des façades dont le flou devenait inquiétant. La sensation de danger parut à Kate aussi aiguë qu'une aiguille d'acier dans les restes de cette nuit qui s'étirait interminablement.

Ari s'arrêta avant l'intersection de Robin Hood et se gara sur un passage piétonnier, laissant tourner le moteur. De l'autre côté, un immeuble de style hispanique occupait l'angle des deux rues ; sa masse était obscure, sauf au quatrième étage où plusieurs fenêtres étaient éclairées.

— C'est là, murmura Kate.

Ari hocha la tête. Il prit le revolver qu'il glissa dans sa ceinture, et se tourna comme s'il était à l'écoute d'un bruit derrière lui. Ne décelant rien d'anormal, Ari reprit sa position et baissa la vitre. Il faisait froid et Kate se retira au fond de la banquette.

Les trottoirs baignaient dans la lumière spectrale des réverbères.

Ari avait posé sa main sur la clé de contact quand ils entendirent le claquement d'une paire de talons sur l'asphalte.

Traversant le carrefour, descendant l'avenue, une silhouette approchait.

La fille, malgré la température, ne portait qu'une minirobe trop étroite pour elle et un sac en bandoulière. Elle se déhanchait, provocante, balançant son corps avec l'allure familière de celle qui s'avance la nuit en quête d'une rencontre.

Elle trébucha. Vacillante, elle ouvrit son sac et en sortit un paquet de cigarettes. Elle jura d'une voix épaisse, froissa le paquet et le jeta.

Elle parut prendre conscience qu'on l'observait. Elle eut un petit rire clair qui se changea aussitôt en toux. Elle hésita un moment, puis se dirigea vers la voiture, accentuant son déhanchement.

La fille était jeune et superbe malgré sa vulgarité, se dit Kate.

Ses cheveux masquèrent une partie de son visage quand elle se pencha vers Ari.

— Eh, dit-elle en souriant. Vous n'auriez pas une cigarette ?

Elle sentait l'alcool. Se baissant davantage, elle découvrit Kate recroquevillée sur le siège arrière. Faisant de gros efforts pour ne pas perdre l'équilibre, elle s'appuya au montant de la portière et eut un rire idiot qui se termina par un hoquet.

Kate tendit son paquet de cigarettes à Ari.

— Elle peut le garder.

— Tenez, grogna-t-il en sortant le bras. Laissez-nous.

La fille eut un grand sourire, chancela.

— Hoops, s'exclama-t-elle, saisissant le poignet d'Ari pour se rattraper.

Ni Ari ni Kate ne la virent plonger la main dans son sac, mais c'était trop tard pour faire cette découverte. La fille braquait un revolver sur eux.

Kate restait pétrifiée. Elle observait la silhouette figée dans le faisceau des réverbères.

— Qu'est-ce que vous voulez ? réussit à demander Ari.

— Coupe le contact, pose tes mains sur le volant et ne bouge plus.

Elle déplaça son arme et colla le canon sur la tempe d'Ari.

— Descendez ! ordonna-t-elle à Kate, d'une voix assurée, en cognant avec la main droite sur la vitre arrière.

Sans réfléchir, Kate obéit. Elle ouvrit la portière, réalisant d'un coup qu'à l'extérieur du véhicule ils auraient plus de chance ; la fille ne pouvait pas les surveiller tous les deux.

Elle sortit et referma la portière sans la claquer. Ses jambes tremblaient ; elle n'avait pas peur, elle était juste ankylosée par les courbatures et le trajet.

Kate resta immobile pour calculer son mouvement. Elle se préparait à se jeter sur la fille, quand pour la deuxième fois son prénom dans la bouche d'une inconnue stoppa son geste.

— Bonsoir, Kate.

Désarçonnée, Kate eut un frisson involontaire et regarda autour d'elle comme s'ils n'étaient pas seuls.

— Victoria ? dit-elle avec un certain malaise.

Sans quitter Ari du regard, Victoria demanda :

— Votre boy-friend est armé ?

Pourquoi Victoria lui posait-elle cette question ? Pourquoi cette comédie, et pourquoi les menacer d'une arme ?

Kate avait pris un risque qui ne tournait pas à leur avantage.

Rester calme, froide, lucide. Gagner du temps.

Elle essayait de recadrer la scène. Elle n'avait vu cette fille qu'un instant, à New York ; elle s'était trompée une nouvelle fois en donnant libre cours à ses impulsions.

— Je crois que je me suis mal expliquée, reprit Victoria, glaciale. Si vous ne me répondez pas tout de suite, vous m'obligez à lui tirer une balle dans la tête. Ce serait dommage, il a plutôt l'air joli garçon.

Indécis, les yeux de Kate allaient de Victoria à Ari, puis d'Ari à Victoria. Elle se décida enfin.

— Il a un revolver.

D'un geste rapide qui ne semblait pas prémédité, Victoria frappa Ari sur le nez avec le canon de son arme.

L'effet fut immédiat. La douleur fut telle qu'Ari porta les mains à son visage. Ses yeux se remplirent de larmes. Victoria ouvrit la portière.

— Descends ! murmura-t-elle en reculant d'un pas.

Kate le vit sortir. Trop étourdi pour retrouver son équilibre, il s'adossa à la carrosserie. Kate voulut s'approcher de lui.

— Restez où vous êtes, lança Victoria.

— Qu'est-ce qui vous prend ? explosa Kate, hors d'elle, faisant un pas supplémentaire.

— Restez où vous êtes, répéta Victoria sans hausser le ton et sans quitter Ari du regard. Ne compliquez pas les choses.

— D'accord, dit Kate, s'apercevant que le revolver était braqué sur elle.

Du sang tachait la chemise blanche d'Ari, dont la

couleur tranchait sur son visage hâlé et son imperméable sombre. Victoria s'approcha de lui.

— Tourne-toi !

Ari s'exécuta.

— Pose tes mains sur le capot et recule en écartant les jambes.

Il n'essaya pas de se défendre. Kate l'entendait renifler. Victoria récupéra l'arme et la mit dans son sac.

— Fermez la voiture à clé, dit-elle à Kate. Nous allons chez Beverly. Elle nous attend avec impatience. N'oubliez pas les cigarettes.

Ari avait sorti de sa poche un mouchoir qu'il pressait contre son nez.

Ils pénétrèrent dans l'immeuble et s'arrêtèrent devant l'ascenseur. Victoria appuya sur le bouton d'appel. La porte s'ouvrit instantanément.

— Allez-y. Restez au fond.

Victoria entra en dernier. Appuyée à la cloison de l'ascenseur, le revolver pointé dans leur direction, elle les observait.

— L'os n'est pas cassé, fit Kate, soulagée, en examinant l'hématome sur le nez d'Ari.

Elle se tourna vers Victoria, scrutant ce masque si différent de la photo et de la fille au béret qui l'avait suivie dans les rues de New York City.

— Elle aurait tiré sans hésitation. Je suis désolée, déplora Kate.

Ari se contenta de hausser les épaules. Deux mètres le séparaient de Victoria ; il estima ses chances nulles.

— Je croyais qu'elle était de notre côté, lança-t-il, étouffant mal la rancœur de s'être fait avoir par sa faute.

Victoria eut un de ses sourires impénétrables.

— Vous avez l'air de sortir de votre tombe, remarqua-t-elle, s'adressant à Kate.

— Qu'est-ce que ça peut vous foutre. Vous étiez prête à m'y renvoyer.

— J'ai trouvé votre message. Pourquoi croyez-vous que je sois là ?

Le ton de Victoria semblait indiquer de quel côté elle se rangeait. L'ascenseur s'arrêta.

— Sortez la première, fit Victoria, accompagnant ses mots d'un mouvement de son arme.

Elle eut pour Ari un regard qui valait un ordre. Lorsqu'il passa devant elle, il était prêt à tenter un coup de pied. La fille dut lire dans ses pensées. Sans nervosité, elle recula au même moment.

Ils marchèrent en silence jusqu'au fond du couloir. Victoria leur emboîtait le pas.

— Vous n'avez pas répondu à ma question ? dit-elle d'un ton ironique quand ils arrivèrent devant la porte.

Kate tressaillit, comme cinglée par un coup de fouet.

— J'ai cette saloperie dans le sang mais je ne suis pas comme vous.

Victoria la regarda longuement en silence. Elle paraissait surprise. Brusquement, Kate la vit avancer la main et effleurer ses doigts qui tremblaient. Un geste inattendu. Étrange.

Les mots n'étaient plus nécessaires. Quelque chose venait de naître entre elles. La souffrance, la solitude, ce qu'elles avaient traversé, balayaient en un éclair les doutes et les suspicions ; fugitivement, dans le message de ces yeux clairs, Kate comprit que Victoria n'avait cessé d'être de son côté.

Ari, stupéfait, regardait les deux femmes. Victoria sortit de sous la bretelle de sa robe une clé qu'elle lança à ses pieds.

— Ouvre la porte, dit-elle, une ombre de menace dans la voix. Beverly nous attend.

14

Sur le canapé, Beverly Williams était aussi blanche et froide qu'une poupée anglaise.

— De quoi est-elle morte ? demanda Kate.

— De peur.

Victoria était assise à une table ovale entourée de douze chaises recouvertes d'un tissu brillant à rayures jaunes et blanches. En face d'elle, Ari, les mains posées à plat sur la dalle de verre teinté, respirait la bouche ouverte. Malgré lui son regard glissait sur les choses sans parvenir à s'accrocher. La dalle était trop lourde pour qu'il puisse la basculer en s'appuyant dessus. Il avait essayé, sans résultat.

Kate s'approcha. Elle hésita, puis s'assit à une extrémité.

— Présente-moi ton boy-friend, dit Victoria imperturbable.

Elle avait enlevé ses boucles d'oreilles et tenait le Beretta à deux mains, les avant-bras calés sur le rebord de la table.

Ari regardait Kate, épiant sa réaction.

— Ne t'inquiète pas, fit-elle d'une voix rassurante. Il travaille pour Meyer Epstein.

— Meyer Epstein !

Victoria parut se détendre.

— Oui, dit Ari, en profitant pour intervenir. J'étais chargé de récupérer Kate à Washington et de la mettre en sécurité.

Victoria hochait lentement la tête comme si elle s'attendait à cette réponse.

— Vous êtes israélien ? demanda-t-elle, passant brusquement au vouvoiement.

La tension diminuait. Ari esquissa un sourire, sûr de lui.

— Oui, dit-il. Je suis désolé pour mon accent. J'avais vingt ans quand j'ai débarqué dans ce pays.

Tour à tour, Kate observait Ari et Victoria. Il y avait dans cette scène quelque chose qui lui donnait l'impression de marcher dans le vide. Pourquoi Victoria gardait-elle son pistolet braqué sur la poitrine d'Ari ?

— Sans lui, je ne m'en serais pas sortie, crut bon d'intervenir Kate.

D'une voix rauque, elle se mit à raconter tout ce qui lui était arrivé depuis le conseil de discipline du CDC, son voyage à Washington, sa rencontre avec Ari.

Victoria se mordillait la lèvre l'air pensif.

— Où t'a-t-il récupérée, à Washington ?

— Dans un café, répondit Kate, surprise. Je viens de te le dire.

— Comment s'est-il présenté ?

Les cheveux de Kate avaient glissé, lui couvrant une partie du visage. Elle les rejeta en arrière avec une grimace de douleur.

— Comme le neveu de Madame Feldman. C'est ce qu'Epstein m'avait dit.

Victoria eut un sourire de connivence pour Ari.

— Personne n'a confiance, c'est bien naturel.

Ari approuva.

— Je comprends parfaitement. Vous auriez pu éviter le coup sur le nez, dit-il sans bouger les mains pour toucher l'hématome violacé qui le gênait pour respirer.

Kate venait d'allumer une cigarette, se demandant quand Victoria cesserait de jouer à l'inquisiteur. Elle ne se décidait pas à poser son arme ; sa paranoïa atteignait des sommets. D'où elle était, Kate voyait la tête de Beverly Williams dépasser du canapé. Il y avait des taches de sang, sans compter la plaie au-dessus de l'oreille.

Morte de peur, avait dit Victoria.

Elle se tourna, décidée à stopper cette comédie ridicule. Elle entendit à peine la question.

— Qui est Madame Feldman ? demandait Victoria.

Kate vit Ari plisser le front. Il regardait autour de lui comme s'il cherchait la réponse dans un coin sombre de la pièce. Son aplomb avait disparu. Il tentait d'avaler sa salive. Il fouillait sans succès dans sa mémoire.

— Ari, qui est Madame Feldman ? s'entendit répéter Kate.

Le son de sa propre voix la surprit. Victoria, elle, semblait réfléchir, aussi impénétrable qu'un sphinx.

— Change de place, dit-elle.

Kate se leva lentement. Sous le coup de l'émotion ses jambes flanchèrent. Elle se rattrapa au bord de la table.

L'expression sur le visage d'Ari s'était modifiée. La

bouche ouverte, il traquait les molécules d'oxygène. Il avait perdu son air rassurant d'étudiant sportif et attentionné.

— Il y a un malentendu, arriva-t-il à articuler.

Kate ne savait pas si elle entrait dans un cauchemar où si elle en sortait. Elle avait du mal à prendre ses distances. S'appuyant sur le dossier des chaises, elle se rapprocha de Victoria.

— Assieds-toi à ma droite, dit cette dernière. Ce type ne s'appelle pas Ari, et il n'a jamais vu Meyer Epstein de sa vie.

Victoria prit la cigarette des mains de Kate et tira une longue bouffée.

— Curieux, n'est-ce pas ? Lorsque le vrai Ari est arrivé au café tu étais déjà partie. Il t'a manquée de cinq minutes, un flic l'avait arrêté pour excès de vitesse.

L'angoisse et la tension jaillissaient d'un coup, comme un ressort. Kate avait du mal à comprendre ce que Victoria racontait.

— C'est impossible ! Comment aurait-il su ?

Le bout de la cigarette brilla une dernière fois et Victoria l'écrasa sur la table.

— J'ai téléphoné à Epstein. C'est lui qui m'a raconté tout ça. Sa ligne était probablement sous surveillance. Des ouvriers réparaient le matin même les connecteurs, en bas de son bureau. Il a appelé la Compagnie, personne n'était au courant.

Sa tête était une plaie douloureuse. Kate n'arrivait plus à réfléchir.

— Ari, qui est Madame Feldman ? demanda-t-elle d'un ton suppliant, cherchant une dernière fois à se rassurer.

Elle vit les muscles de son visage tressaillir. Il eut un geste en direction de Victoria.

— Elle ment ! Vous ne voyez pas qu'elle ment ! Elle a liquidé Beverly Williams, et maintenant c'est mon tour.

Il ne répondait toujours pas à la question.

— Si j'avais voulu tuer ce sac de merde ce serait déjà fait.

Des larmes coulaient sur les joues de Kate. Elle les essuya.

Elle baissa la tête, poussa un cri et regarda sa main droite. Il y avait un éclat désespéré dans ses yeux noirs. Les pièces du puzzle se mettaient en place une à une. Elles s'emboîtaient à une vitesse effrayante.

Ils étaient invisibles. Deux minuscules points sombres sur son pouce et son majeur. La petite pieuvre argentée.

Victoria s'était levée. Elle avait compris.

— Je dois le faire, dit Kate d'une voix blanche, se levant à son tour.

Victoria eut un signe de dénégation et la regarda en souriant.

— Non, dit-elle, en logeant une balle dans la tête de Michael Satcher.

LIVRE TROISIÈME

1

Greenwood ne voyageait jamais en première classe et s'asseyait toujours au bord de l'allée.

La seule information intéressante avait été celle communiquée par Michael Satcher. Il l'avait d'abord accueillie avec incrédulité, puis avec une satisfaction grandissante. La patience finissait toujours par payer.

La tentation lui avait trotté dans la tête. Un plan mal défini. A première vue il y avait là une possibilité de continuer à jouer, peut-être son dernier coup. Par plaisir.

Greenwood regarda ses *Nike* blanches. Il avait tout juste eu le temps de faire l'aller-retour avant de se rendre à l'aéroport. Plus tôt, devant la glace de sa chambre à coucher, il s'était avoué avec un certain malaise et une objectivité insolite que pour avoir dérogé à ses habitudes vestimentaires, son trouble était plus grand qu'il ne se l'avouait. Il en avait été irrité.

Dans le fauteuil voisin, lassée de voir sa curiosité insatisfaite, la brune aux gros seins, gavée de *martinis*, avait fini par s'assoupir. Elle dormait la bouche ouverte, les bras sur les accoudoirs, ses doigts aux ongles longs, vernis rouge sang, se crispant parfois comme si elle cherchait à saisir quelque chose qui s'enfuyait dans son rêve.

Greenwood était aussi impatient qu'un harponneur épiant la surface dans l'attente du souffle de Moby

Dick, la baleine blanche. Il n'en était pas à sa première prise, pourtant, pour la première fois, il n'avait pas choisi son champ de bataille.

Les derniers survivants ! Ça sonnait comme le titre d'une nouvelle d'Herman Melville. Il décrocha le téléphone encastré dans la tablette du dossier. Il était temps d'avoir des nouvelles fraîches de Michael Satcher. Le risque était minime. Il n'avait qu'un message à écouter.

Il regarda sa montre à son poignet droit. L'avion se poserait avant l'heure prévue. Greenwood appréciait la ponctualité comme une machine à voyager dans le futur. Il aimait être en avance sur les événements.

2

— Le président de Norton Aircrafts demande un rendez-vous, répéta Hackett. C'est votre femme qui m'a demandé de vous le rappeler.

Installé derrière son bureau, Donovan parcourait les journaux de la matinée. Assis en face de lui, Hackett, une pile de dossiers sur les genoux, attendait que Donovan lève les yeux.

Le Président était de mauvaise humeur ; il ne lui avait pas serré la main, se contentant d'un hochement de tête.

Donovan poussa un grognement et but une gorgée de café. Rompant son mutisme, il prit la parole.

— Faites répondre que pour l'instant mon agenda est plein, marmonna-t-il, évitant de croiser le regard de Hackett.

Dans une autre aile et un autre bureau, Garrison, le conseiller spécial pour les affaires de sécurité nationale, terminait de mettre au point les détails de son exposé pour le Président.

Il jeta un regard sur le bouquet de roses posé sur un secrétaire en acajou. Sa secrétaire le renouvelait tous les matins. Aujourd'hui, elles avaient une superbe couleur jaune.

3

1

Kate ouvrit les yeux et les referma un instant. Hier soir, en arrivant, elle n'avait pas remarqué à quel point la couleur jaune dominait.

— Quelle heure est-il ?

— Huit heures et demie, dit Victoria en lui tendant une tasse de café et une paire de gants. J'ai essuyé nos empreintes.

Kate repoussa la couverture et se redressa. Elle passa une main sur son ventre qui redevenait douloureux.

Les cadavres de Beverly Williams et de Michael Satcher n'étaient plus dans la pièce ; Victoria avait dû les déplacer après qu'épuisée de fatigue Kate se fut endormie.

Son manque de jugement et la facilité avec laquelle le prétendu Ari l'avait manipulée continuaient de peser sur son esprit.

— Pourquoi ne s'est-il pas contenté de me tirer une balle dans la tête ? constata-t-elle avec un mélange d'impuissance et de fureur ravalée. Il s'est amusé avec moi.

— Ne pense plus à lui, dit Victoria en s'asseyant à ses côtés. Tu es vivante.

Kate haussa les épaules, enfila les gants et but une gorgée de café. Elle aurait dû faire plus attention à ses rêves prémonitoires. Ce rêve étrange au niveau 4 la nuit où elle s'était endormie après l'incursion de Vogel, dans lequel la jeune fille menacée par des créatures était vêtue de jaune ; dans l'avion avec Ari, quand assoupie elle avait cru que la mort s'approchait d'elle...

Elle poussa un profond soupir, comme si elle cherchait à se débarrasser d'un poids.

— Qui est Madame Feldman ? demanda-t-elle sous le coup d'une impulsion.

Victoria la regarda pendant quelques secondes avec un soupçon d'ironie, et Kate crut qu'elle allait sourire. Elle ne le fit pas.

— Je n'en ai pas la moindre idée.

Kate ouvrit la bouche de stupeur et se laissa retomber au fond du canapé. Victoria se leva, et revint avec un verre rempli de cubes de glace. Elle jeta un coup d'œil à la pièce en fronçant les sourcils.

— A part le fait que Beverly Williams vivait largement au-dessus du salaire d'un fonctionnaire fédéral, je n'ai rien trouvé dans les papiers de cette femme.

Elle s'arrêta de parler. Kate restait muette, les yeux fixés sur le tapis, réfléchissant à ce que lui avait raconté Victoria. Elle ne lui avait pas tout dit. Pour quelles raisons avait-elle passé sous silence l'épisode Kaplan ? Victoria ne savait rien de l'organisation qui l'avait recrutée. Ils étaient partout, prêts à réagir au moindre frémissement, à supprimer chaque témoin. Victoria avait échappé à leur surveillance et réussi à éliminer toute trace de sa propre existence. Elle était remontée jusqu'à King pour se venger, après avoir trouvé sa carte de visite chez Timothy Evans. L'agent du FBI ne jouait pas le jeu des autres. Il avait prouvé son innocence. Il était mort.

Démaquillée, Victoria paraissait son âge. Ses cheveux mouillés étaient rejetés en arrière. Une fille redoutablement belle.

— Beverly Williams savait que j'étais contaminée, fit-elle à voix basse, allumant une cigarette.

Elle tira sur sa cigarette et laissa la fumée s'échapper par petits coups. Mourir d'un cancer du poumon comme sa mère était la dernière de ses préoccupations.

— C'est impossible ! s'écria Kate.

Victoria haussa les épaules.

— Ça n'a plus d'importance.

Elle récupéra un glaçon dans le verre et se mit à le suçoter. Il y eut un temps de silence troublé par le bruit de la glace qu'elle écrasait sous ses dents.

Kate se risqua à poser la question qui lui brûlait les lèvres depuis le début.

— Combien en as-tu … ?

Les yeux clairs et impénétrables étaient masqués par un rideau de fumée.

— Combien crois-tu ?

Gênée, Kate détourna son regard.

— Je n'en sais rien, répondit-elle d'une voix sincère.

— Aucun, dit-elle. Je n'en ai contaminé aucun.

Kate posa sa tasse et observa Victoria d'un air étrange, comme si c'était la première fois qu'elle la voyait.

— Qu'est-il arrivé à Arnold Kaplan ?

Cela semblait être un aveu difficile à faire. Victoria tenta un sourire qui se figea sur ses lèvres en une moue soucieuse. Elle ne répondait pas, cherchant peut-être à gagner du temps.

— De quoi est-il mort ? répéta Kate, ne voulant pas se laisser distraire.

Dehors, le brouillard s'était dissipé. Un rayon de lumière rebondissait sur l'angle du canapé. Victoria regarda sa montre. Une lueur sèche brillait derrière ses paupières ; il y avait plus de contrariété que d'appréhension dans sa voix quand elle se mit à parler.

— Huit jours après mon arrivée dans cette ville je savais que je ne le tuerais pas. Il n'avait rien à voir avec la mort de ma sœur et de mon père. Ses films ne devaient pas plaire à certains ; trop de violence, de sexe, de succès. Kaplan était très influent, je suppose que c'est pour ça qu'il était visé.

Abasourdie, Kate se mit debout. Elle éprouva un vertige, une chute de tension, qui dura quelques secondes.

— Qu'est-ce que tu veux dire par « Je savais que je ne tuerais pas Kaplan » ? Tu veux dire qu'il est vivant ?

Elle regardait Victoria dans les yeux, épiant sa réaction. Victoria eut un geste évasif. King lui avait affirmé que le producteur était reparti en Israël pour mourir. Kate était déroutée ; c'était la dernière chose à laquelle elle s'attendait.

— Il est en Israël ?

Victoria suçotait un autre glaçon. Elle marcha jusqu'à la fenêtre et glissa un regard vers l'extérieur.

— Nous devons partir, dit-elle en se retournant.

— Attends une seconde. Toute cette histoire est une mise en scène, c'est ça ?

Victoria passait le morceau de glace sur ses lèvres, l'air distrait. Les déductions de Kate présentaient peu d'intérêt, et elle avait la tête ailleurs.

— Tu n'as jamais couché avec lui, ajouta Kate, cherchant à faire la part des choses entre la supposition et la réalité. Oh, ce n'est pas l'envie qui lui manquait, mais il attendait que tu cèdes et toi tu ne voulais pas le contaminer. Tu as fini par le convaincre que tes jours et les siens étaient en danger, et...

Victoria tournait la tête pour regarder par la fenêtre.

— Là-bas, il était supposé prévenir ses amis dans le gouvernement. Je n'ai plus jamais entendu parler de lui.

Kate devait changer sa manière de voir les choses. Les objets et leurs ombres avaient des formes différentes.

— Tu as une explication ?

Victoria secouait la tête comme si la question n'était pas là. Elle décolla de la fenêtre.

— Il ne faut pas traîner.

Kate hésita.

— Tu as un plan ?

Victoria avait ramassé la tasse et le verre sur la table du salon. Elle regardait Kate en souriant.

— Voir à quoi ressemble Madame Feldman, dit-elle.

La sonnerie de l'interphone la figea sur place. Les deux femmes se regardèrent en silence. Une voix déformée par un haut-parleur s'éleva dans la pièce.

— Un paquet recommandé pour... Beverly Williams.

Le temps semblait s'être arrêté. Il y eut une deuxième sonnerie. Victoria posa ce qu'elle tenait à la main et fonça vers la cuisine, faisant signe à Kate de la suivre.

Un écran de télévision transmettait les images prises par une caméra de sécurité placée face à la grille d'entrée. Un Noir en uniforme des Postes se tenait devant l'interphone, un doigt posé sur le bouton.

— Un paquet recommandé, répéta-t-il, levant les yeux vers l'objectif.

— Qu'est-ce qu'on fait ? demanda Kate.

Victoria, l'air songeur, contemplait l'écran comme si c'était une boule de cristal où elle aurait lu l'avenir.

— Tu es sûre qu'*Ari* ne s'est pas approché d'un téléphone après ton appel ?

— Certaine.

Victoria appuya sur la touche du speaker.

— Je voudrais avoir le nom de l'expéditeur, demanda-t-elle.

Le Noir haussa les épaules. Il n'avait pas que ça à foutre, l'entendirent-elles maugréer.

— Ça vient d'Atlanta, un dénommé Vogel.

Kate avait l'impression qu'on lui avait injecté un liquide dans les poumons. Elle n'arrivait plus à respirer. Son appréhension croissait de minute en minute.

— Je connais Vogel, murmura-t-elle. Il travaille au CDC. C'est un salaud.

Victoria examinait le carrelage de la cuisine en mordillant sa lèvre inférieure. En bas, le coursier manifestait des signes d'impatience.

— Voyons ça de plus près, décida Victoria.

Elle tendit le bras pour appuyer sur la commande d'ouverture de la porte.

— N'ouvre pas ! s'écria Kate.

— C'est juste un employé, Kate. Crois-moi, ces gens n'emploient pas de Noirs.

Victoria appuya sur le bouton.

— Quatrième étage, dernière porte à droite au fond du couloir, annonça-t-elle.

Elle resta devant l'écran jusqu'à ce que la grille se referme, s'assurant que personne ne pénétrait à la suite de l'employé des Postes.

2

Garrison ferma la porte de son bureau, donna un tour de clé, et prit le couloir qui menait à l'aile présidentielle. Il portait un blazer bleu marine, une chemise blanche et un pantalon gris qui cassait légèrement sur des mocassins en agneau faits sur mesure. Il tenait à la main un attaché-case en cuir havane.

Quand il ouvrit la porte du bureau présidentiel, Donovan était assis à l'extrémité de l'un des canapés, un sourire crispé aux lèvres et une tasse de café à la main. Hackett était à l'autre bout, le combiné d'un téléphone coincé contre son épaule, plongé dans l'examen d'un volumineux dossier.

— Alors, dit le Président sans se lever. Je vous écoute. Vous m'aviez promis une bonne nouvelle. J'ai assez attendu.

— C'est au sujet de *Shadow*, Monsieur le Président.

Donovan lança un rapide coup d'œil à Hackett qui fit semblant de n'avoir rien entendu.

— C'est une affaire réglée, dit Donovan, tournant la tête.

Le Président réalisa que ce n'était *pas* la bonne nouvelle qu'on lui avait promise. Garrison ouvrit sa serviette et en sortit un paquet de feuilles dactylographiées. Il le tendit au Président.

— C'est signé par des généraux des trois armes, dont votre chef d'état-major. Le *Shadow* est le projet le plus ambitieux jamais envisagé, et...

— Le plus cher, coupa Donovan, les dents serrées.

— Là n'est pas la question. Il est indispensable à la sécurité de ce pays. Vous devez prendre la bonne décision.

Donovan croisa le regard de Hackett qui mit fin à sa conversation téléphonique. Il se rapprocha, son dossier sur les genoux.

Donovan parcourut rapidement le document. Il frappa de la main sur la table basse, faisant tressauter la cafetière et les tasses.

Il se leva d'un bond.

— Qu'est-ce que c'est que ce merdier !

Le Président faisait les cent pas, secouant la tête d'un air dégoûté, émettant une série de ricanements sous-entendant qu'il était entouré d'incapables. Le Président s'arrêta et se tourna vers Hackett.

— Virez-moi mon chef d'état-major !

Hackett se contenta de détourner les yeux pour ne pas affronter le regard du Président ; on aurait dit un golden retriever refusant de se jeter à l'eau malgré les instructions de son maître.

— Ted, virez-moi ce connard. Faites-le tout de suite. Maintenant !

— Asseyez-vous ! ordonna Donovan à Garrison.

Le Président retourna derrière son bureau. Hackett s'était levé, laissant son dossier sur le canapé. Il s'approcha de l'un des téléphones qui se trouvaient sur le bureau présidentiel. Il enfonça une touche.

— Mettez-moi en ligne avec le Pentagone, aboya-t-il avant de reposer le combiné.

Donovan avait croisé les mains derrière la nuque. Il regardait le plafond. Garrison s'approcha du bureau et décrocha un téléphone.

— Annulez l'appel de Ted Hackett, fit-il.

4

1

Victoria ouvrit la porte.

— Beverly Williams ? demanda le coursier d'un air hésitant.

L'homme avait une cinquantaine d'années. Il était grand, d'allure massive, la tête lourde, le cou épais. Ses cheveux raides comme du crin étaient striés de fils gris. Dans le blanc de ses yeux, des filaments rouges ressortaient.

— Oui, dit Victoria.

Elle se tenait dans l'embrasure, en minirobe, pieds nus, le bras gauche replié dans le dos, dissimulant son arme. Kate était à trois mètres, masquée par le battant de la porte.

— Signez ici.

Le stylo était relié au carnet par une petite chaîne.

— Là, dit-il en indiquant du doigt une case.

Ses mains étaient énormes, disproportionnées, comme celles d'un joueur de basket. Victoria signa le registre, fit un pas en arrière, et jeta un coup d'œil au paquet posé contre le mur du couloir, se demandant ce qu'il pouvait contenir.

Son regard accrocha les chaussures du coursier. A

en juger par la taille des *Nike* blanches qu'elle apercevait, il avait de grands pieds.

Quand elle croisa à nouveau son regard, elle comprit. Il s'était contenté d'attendre le moment favorable.

Tout se passa très vite. Elle n'eut pas le temps de reculer pour amortir le coup de pied qu'il lui lançait. Frappée à plat au creux de l'estomac, elle se sentit projeter en arrière.

Rien ne venait arrêter sa chute. Elle tenta de ramener son bras pour tirer sur l'inconnu, mais elle était trop déséquilibrée pour pouvoir viser. Désespérée, dans un sursaut, elle lança le Beretta en direction de Kate dont elle apercevait la silhouette sur sa gauche.

Victoria s'écrasa sur la table de verre du salon et entendit un lointain cri de douleur qu'elle crut sorti de sa propre gorge.

De l'endroit où elle se trouvait, Kate vit Victoria reculer avec une rapidité incroyable, ses longues jambes à la recherche d'un point d'appui, ses bras battant l'air dans un effort inutile pour modifier sa trajectoire. L'espace d'un dixième de seconde un homme entra dans son champ de vision, et Kate vit le revolver de Victoria glisser sur les carreaux de céramique, frôler sa jambe, heurter le mur et s'immobiliser. Puis, la table de verre explosa comme une bombe et les morceaux tombèrent en pluie sur les canapés. D'un seul coup la pièce devint sombre.

Le danger rendit à Kate sa lucidité. Elle recula de deux pas, mit un genou à terre et prit le Beretta.

L'homme claqua la porte et tourna la tête. Kate tenait l'arme les deux mains tendues en avant ; elle n'arrivait pas à distinguer les traits du tueur, juste le bras qui montait dans sa direction et la main qui serrait une arme.

Retenant son souffle, elle appuya sur la détente sans viser. L'homme poussa un cri sec, lâcha son revolver, et tomba à la renverse.

Il restait assis, les bras ballants, une grimace de douleur sur le visage. Une rumeur sourde de boxeur sonné emplissait la pièce.

Il n'y avait pas de sang sur sa chemise !

Kate risqua un coup d'œil sur sa droite. Victoria était au sol, inerte, la jambe droite repliée, les cuisses couvertes d'éclats de verre.

Un bruit la fit se retourner. L'homme s'était relevé. Il rentrait les épaules, regardant autour de lui, les jambes incertaines.

Elle était certaine de l'avoir touché à la poitrine ; le coup se révélait moins meurtrier qu'elle ne l'avait espéré.

Sans réfléchir, elle le visa au ventre et fit feu. Elle n'entendait que le tintement métallique des douilles qui heurtaient le carrelage.

Un... Deux... Trois... Quatre...

Il recula de plusieurs pas puis s'effondra comme une marionnette dont on vient de couper les fils. Kate leva le doigt de la détente.

L'homme était étendu sur le dos. Sa poitrine se soulevait ; du sang coulait sur les carreaux. Kate l'observa une minute puis s'approcha de lui, gardant le revolver braqué, prête à tirer s'il bougeait. Une tache sombre s'élargissait sur son pantalon. Il respirait par à-coups. Ses yeux n'étaient ni absents ni vitreux. Il les fixait sur elle. Ses lèvres se crispaient de douleur. Il plaquait la main droite sur son ventre blessé, découvrant un morceau du gilet pare-balles qu'il portait sous sa chemise. Kate passa derrière lui et ramassa le revolver qu'il avait laissé échapper.

— Si vous faites un geste, murmura-t-elle, je vous tue.

Elle n'arrivait pas à donner de la force à ce qu'elle disait. L'homme battit des cils, montrant qu'il comprenait.

Victoria était toujours étendue par terre au milieu des débris de la table. La joue collée au sol, elle voyait tout sous un angle étrange. Les sensations extérieures lui devenaient lointaines. La pièce lui paraissait aussi voilée que si elle la regardait à travers un liquide. Elle battit des paupières pour essayer de mieux voir.

— Tu es blessée ? demanda-t-elle d'une voix affaiblie, sans bouger la tête.
— Non, répondit Kate en s'agenouillant près d'elle.
— Tu l'as eu ?
— Oui.
— Il est mort ?
Kate regarda derrière elle. L'homme avait réussi à rouler sur le côté mais n'avait pu aller plus loin.
— Presque.
Victoria était blafarde, en état de choc. Kate posa les deux revolvers et prit sa main. Les doigts glacés ne répondaient pas à sa pression. On entendit une sirène hurler au loin.
— Tu as mal ?
Le visage de Victoria s'éclaira d'un pâle sourire.
— Je ne sens rien.
Kate fut saisie d'un tremblement et sentit des larmes couler sur ses joues. Elle serra plus fort la main de Victoria.
— Tu peux bouger tes jambes ?
— Non, mais je vais encore essayer.
Kate observait attentivement. Rien. Pas un frémissement. Victoria était incapable de faire le moindre geste. La moelle était peut-être sectionnée ; à hauteur des vertèbres C5-C6, pensa-t-elle.
— Kate ?
— Oui ?
— Tu avais raison. Je n'aurais jamais dû ouvrir.
Kate secoua la tête. Elle avait du mal à contenir ses sanglots.
— J'appelle une ambulance.
— Pas d'ambulance, dit Victoria.
Kate n'osait pas affronter son regard. Ce qu'elle y lisait ne laissait pas de place au doute. Quelque part un rai de lumière filtra et se réfléchit sur les éclats de verre.
Dans un tiroir de la cuisine, Kate trouva un rouleau de toile adhésive. Elle vida ensuite une étagère et enleva la planche de son support. Elle revint dans le salon et entreprit de glisser le rectangle de bois sous le

cou de Victoria, immobilisant la tête avec de l'adhésif au niveau du front et du menton.

— Kate Crow !

Elle fit volte-face sans y croire. L'homme s'était traîné jusqu'au mur. Il essayait de contenir de ses mains le sang qui coulait de ses blessures.

— Kate Crow ! répéta-t-il.

Kate reposa la main de Victoria, prit le Beretta, et marcha sur lui sans hésitation. Elle braqua l'arme sur son visage, ferma les yeux et tourna la tête sur le côté.

— Mon Dieu ! dit-elle.

Pour trouver la force d'appuyer sur la gâchette son esprit désemparé s'accrochait au spectacle de la jeune femme qui gisait derrière elle, la colonne vertébrale brisée.

Kate rouvrit les yeux. Le pistolet tremblait au bout de sa main.

— Mon Dieu ! dit-elle, tournant de nouveau la tête.

Juste une pression du doigt, un petit effort. *Mon Dieu !*

Elle poussa un cri de désespoir devant son impuissance.

— Vous n'y arriverez pas, *docteur Crow*. Vous n'êtes pas *Tanya Snell*.

Kate baissa le bras et s'appuya au mur, prise de nausées. Comment connaissait-il leurs noms ? Elle le dévisageait comme on regarde le dernier survivant d'une espèce disparue.

— Qui êtes-vous ?

— Celui que vous cherchez.

Kate recula. Elle soutenait son poignet bandé comme si d'un coup le revolver pesait une tonne. D'une voix mal assurée elle affirma :

— Je ne vous crois pas.

L'homme parut étonné.

— Pourquoi ?

Kate était ailleurs.

— Pourquoi ? répéta-t-il. Vous ne me connaissez pas, vous ne savez rien de moi !

— Vous êtes noir !

Il eut la force d'esquisser un sourire méprisant. Il ne paraissait pas effrayé par sa situation ; sa mort proche agissait sur lui comme une sorte de mécanisme de contrôle.

Kate l'observait attentivement.

— Comment se porte votre amie ?

— Elle va s'en sortir. Je n'en dirais pas autant de vous.

Non, Victoria ne s'en sortirait pas. Elle était paralysée, et Kate avait peur de ce qu'elle exigerait.

Elle retourna auprès de Victoria.

— Il est toujours vivant ?

— Oui, dit Kate.

— Tue-le.

— Il n'en a plus pour longtemps, murmura Kate.

Elle alluma une cigarette, se pencha et la glissa tout doucement entre les lèvres de Victoria. L'angoisse montait dans sa poitrine et gagnait sa gorge. Elle entreprit ensuite d'enlever les éclats de verre sur le corps de la jeune femme.

De nouveau, l'inconnu l'interpellait. Kate ne réagit pas, feignant d'être absorbée par sa tâche.

— Qu'est-ce qu'il dit ? demanda Victoria.

— Rien, dit Kate en se redressant.

— Richard Snell a inscrit sa fille sur la liste des racistes blancs qu'il nous a vendue, répétait-il. Nous avons détruit son camp, et d'autres, pour égarer l'enquête de votre ami King.

Elle recouvrit Victoria d'une couverture et s'approcha de l'homme.

— Fermez-la, espèce de salaud.

Il la regardait droit dans les yeux. Les muscles de son visage tressaillaient.

— Comme médecin, vous n'êtes pas très efficace.

Elle le toisa avec défi malgré son écœurement.

— Je n'ai plus de licence. Quant à mettre un terme à vos souffrances, je ne suis pas Tanya.

Il écarta ses mains. Les intestins sortaient d'une plaie hideuse. Son sort était scellé ; il n'y avait aucune chance qu'il survive.

— Je vais vous regarder crever, conclut-elle.

La jambe droite de l'homme était agitée d'un tremblement.

— Je suppose que Satcher est mort ?

Il parlait avec difficulté.

— Satcher ?

— L'homme que je vous ai envoyé à Washington.

Kate hocha la tête.

— C'est comme ça qu'il s'appelait ?

— Non, c'était Brad Lewis.

— Pourquoi est-il revenu au chalet ?

— Pour faire le ménage.

Kate se tenait à deux mètres de lui. Elle distinguait les veines épaisses et saillantes sur son cou ; des bulles rosées se formaient aux commissures de ses lèvres ; entre ses jambes la flaque de sang s'élargissait. Elle jeta sa cigarette dans la tache rouge sombre. Il y eut un grésillement et une odeur de brûlé.

Il apprécia le geste en connaisseur.

— Comment avez-vous deviné que nous serions chez Beverly Williams ? Ce... Satcher vous a téléphoné ?

— Du drugstore où vous vous êtes arrêtés, puis de La Quinta Inn. Beverly... travaillait pour moi... depuis la Colombie, termina-t-il.

La pièce tournoyait autour de Kate.

— King avait confiance en elle.

— King était un idéaliste. Il en est mort.

Elle dut faire un effort pour résister au malaise.

— Beverly Williams aussi, malgré sa cupidité, renvoya-t-elle. Pourquoi me racontez-vous tout ça ?

— J'ai soif.

Prise au dépourvu, Kate ne répondit pas. Elle le dévisageait.

— A ce stade ça ne peut plus vous être d'aucun secours, finit-elle par dire.

— Une opinion médicale ? lâcha-t-il d'une voix rauque, après qu'elle lui eut tourné le dos.

Kate se contenta de hausser les épaules et repartit vers l'autre bout de la pièce.

Victoria leva les yeux vers elle.

— Qui est ce type ?

Kate se pencha et déposa un baiser sur sa joue.

— Celui qui a tué ton père et ta sœur, chuchota-t-elle.

L'expression de Victoria était un masque figé. Son regard la trahissait. Pour la première fois Kate y lisait du désespoir. Victoria voulait croire, cela faisait si longtemps. Les larmes coulaient sur ses joues.

— Tu es sûre que c'est lui ?

Kate acquiesça. D'une main mal assurée elle caressa le front glacé, repoussant une mèche de cheveux. Elle stoppa brusquement son geste, le regard fixe.

Hésitante, Victoria lui sourit ; Kate lui rendit son sourire.

— Tout est rentré dans l'ordre, dit-elle, un sanglot dans la voix. Je reviens.

Le cœur battant, Kate alla dans la cuisine remplir un verre d'eau. En revenant dans le séjour, prise d'un vertige, elle dut s'appuyer au mur ; l'impression qu'un liquide coulait sur sa cuisse et descendait lentement le long de sa jambe. Son ventre lui faisait mal. Elle passa une main entre ses cuisses. Quelques gouttes de sang.

Le virus frappait-il à sa porte ?

Ce souvenir la fit frissonner. Kate regarda le verre qu'elle tenait et chassa rapidement cette pensée. Ce n'était pas le moment de s'apitoyer sur sa propre misère ; elle allait avoir besoin de tout son ressort et de tout son courage pour les sortir de là.

L'homme était toujours à la même place quand elle revint dans le salon. Il luttait contre la douleur pour conserver un semblant de contrôle. Son regard se posa sur le verre.

— Je savais que vous changeriez d'avis, articula-t-il.

Elle posa le verre sur le sol, hors de sa portée.

— Je vous écoute, dit-elle, surmontant sa répugnance pour le personnage.

Impassible, retenant sa respiration, elle attendait qu'il découvre ses batteries.

— Je m'appelle Samuel Greenwood, dit-il, d'une voix qui trahissait sa lutte pour rester conscient.

— Oui. Et alors ?

Greenwood se passait la langue sur les lèvres. Son visage était cireux.

— J'ai un marché à vous proposer.

— Qui vous dit que ça m'intéresse ?

Kate secoua la tête pour manifester son incompréhension. Son cœur battait plus fort. Elle avança le verre de cinq centimètres.

Greenwood eut quelque chose qui ressemblait à un sourire.

— Je peux vous donner une raison de vivre, souffla-t-il.

Du pied, Kate rapprocha le verre, mais pas suffisamment pour que Greenwood puisse le saisir.

— Dites-m'en davantage.

— Si elle meurt, vous êtes foutue. Souvenez-vous de *Jennifer Baldwin* !

Kate le regardait, interdite. Elle avait l'impression de tomber dans le vide. Cet homme savait tout d'elle.

Le père Mc Lachlan, frêle et grisonnant, s'avançait vers la tombe. Le vent faisait tourbillonner sa soutane.

« Jennifer aimait la vie... », commençait le prêtre.

Le vent emportait ses paroles, les dispersait pareilles à une poignée de cendres dans ce matin pluvieux et gris comme le désespoir.

Le souvenir l'étouffait. Elle se débattait, s'efforçant de trouver un peu d'air à travers ce bâillon.

Victoria était l'unique chose qui comptait. Cette ordure avait raison.

— Le verre d'eau. Rapprochez-le !

Il avait presque crié. L'air absent, elle poussa le verre. Il le prit, but une gorgée et le garda serré contre sa poitrine comme s'il avait peur qu'elle ne le lui reprenne.

— Merci, dit-il.

Kate se baissa et repoussa ses cheveux en arrière. Toute trace d'émotion avait disparu de ses yeux noirs. La flaque de sang effleurait ses chaussures.

— Qu'est-ce que vous voulez en échange ? De la morphine ?

Un gémissement lui échappa. Son visage avait la couleur de la lave refroidie.

— Je me fous de la morphine.

Il avala une gorgée d'eau.

— Je veux que vous appeliez quelqu'un au Mexique.

— Qui ?

— Ma femme.

Il semblait attendre une réaction de sa part. Kate le regarda un moment puis hocha la tête.

— Autre chose ? demanda-t-elle.

— Facultatif.

Il voulut changer de position, mais y renonça.

— Je vous donne la possibilité de tout foutre par terre, dit-il.

Kate eut un sursaut. La prenait-il pour une imbécile ?

— Pourquoi feriez-vous ça ?

Il tendit une main vers elle, mais ne termina pas son geste.

— Vous ne comprendriez pas.

Kate avala sa salive, elle avait la nausée.

— Pourquoi ?

— Vous posez trop de questions.

Le ton de sa voix n'était plus le même. On y percevait l'épuisement et la douleur, et aussi une menace qui s'était ramassée comme une ombre contre quelque chose ou quelqu'un.

Kate le dévisageait sans dire un mot.

— Si je comprends bien, dit-elle enfin, vous êtes prêt à tout déballer ?

Il battit des paupières. Les jours qu'elle venait de vivre traversaient l'esprit de Kate en un long panorama.

— Encore une de vos saloperies de piège !

— Non. C'est juste que…

— Que quoi ?

— Vous êtes au bord du gouffre.

— Qu'est-ce que ça veut dire ?

— Vous avez besoin d'aide.

— J'ai besoin d'aide ? Quelle sorte d'aide ?

— Je vous l'ai déjà dit. Je peux vous donner une raison de vivre.

Kate le regarda. La douleur le faisait trembler. Il avait les yeux rivés sur une vision violente qu'elle-même n'était pas en mesure de percevoir.

Elle se redressa. Ses genoux lui faisaient mal.

— Combien de vos tueurs ont survécu à la mutation ?

— Satcher mort, il ne reste que votre amie *Victoria*. Et vous.

Kate se mordit les lèvres et ferma les yeux.

— Dites-moi maintenant qui est Joseph Beckman.

2

Hackett, les yeux injectés de sang — il n'avait pas dormi la nuit précédente —, fit un pas dans la direction de Garrison. Il écumait.

— Pour qui vous prenez-vous pour annuler cet appel ? hurla-t-il.

Garrison s'assit et évita son regard.

— Calmez-vous, Ted, dit Donovan.

Hackett, comme un chien bien dressé, recula de quelques pas sans lâcher Garrison du regard.

— Faites déconnecter l'enregistrement vidéo de la pièce, demanda Garrison à Donovan en indiquant les trois caméras fixées au plafond. Ce que j'ai à vous dire est strictement confidentiel.

Le Président parut surpris, puis fit un signe de tête à Hackett.

— Allez-y, Ted.

De mauvaise grâce, Hackett s'exécuta.

— Le *Shadow* est notre futur stratégique, Jack, vous ne pouvez plus retarder son programme. Vous devez respecter vos promesses. Nous vous avons mis dans ce fauteuil pour ça, déclara Garrison.

— Quel est votre avis, Ted ? demanda Donovan,

affectant de ne pas avoir entendu la dernière phrase de Garrison.

Hackett se calma comme sous l'effet d'une caresse. Le Président jugeait son approbation indispensable. Hackett était en charge de la popularité présidentielle ; c'était en fait sa préoccupation essentielle.

— Je ne sais pas si c'est une bonne décision, Monsieur, affirma l'intéressé d'une voix posée.

La femme de Donovan soutenait le projet. Hackett se montrait prudent.

— Pourquoi ? demanda Donovan.

Hackett prit un air suffisant et se lança. Dans son domaine, il s'estimait imbattable.

— Vous venez d'être élu, il n'y a pas d'urgence, le *Shadow* coûte trop cher et n'est pas au point. Cette opération ne nous ramènera rien. Avec le quart de ce qu'elle va coûter, nous pouvons rouvrir certaines bases militaires que les libéraux ont fermées et gagner des voix.

Garrison pointa le doigt en direction de Hackett avec un sourire méprisant.

— Vous n'êtes pas qualifié pour donner votre avis sur les problèmes qui concernent la sécurité militaire de ce pays, Hackett.

— Nous sommes la plus forte puissance du monde, Monsieur le Président, et personne ne joue plus au chat et à la souris avec nous. D'ailleurs, il n'y a plus personne, ajouta Hackett, ignorant l'intervention de Garrison.

Le Président s'était approché de la fenêtre. Il avait les mains croisées dans le dos et semblait absent. Un trait soucieux barrait son front. Un silence de mort régnait dans le bureau.

Le Président eut un regard mauvais en direction de Garrison et retourna s'asseoir.

— Pas de *Shadow*, dit-il.

Garrison reçut la décision présidentielle comme quelqu'un qui porte sous sa chemise un gilet pare-balles ; il était touché, mais pas en profondeur. Il s'y attendait.

Le menton agressivement pointé vers Donovan, il lança d'une voix cinglante :

— *J'ai bien peur que vous n'ayez pas le choix. Ceux qui vous ont mis dans ce fauteuil ont pris une assurance ; vous n'êtes pas très fiable, Jack.*

Le Président se demanda si son conseiller pour la sécurité nationale plaisantait ou s'il était sérieux. Il regardait Garrison, bouche bée. Hackett, lui, guettait la réaction de Donovan.

— Vous avez perdu la tête ! Comment osez-vous me parler de cette façon ? rugit le Président.

Le conseiller à la sécurité nationale paraissait rivé à son siège. Hackett nota que Garrison était tendu, pas impressionné ; il ne se laissait pas intimider. Il semblait avoir la maîtrise de la situation.

— Vous oubliez où vous vous trouvez et qui vous a mis là ! continua le Président sur le même ton.

Il se tenait debout, les deux mains posées à plat sur le bureau, fixant Garrison avec rancœur.

— Vous êtes viré, Garrison. Sortez !

Garrison avala sa salive, sans quitter le Président des yeux. Il eut un sourire qui pouvait passer pour ironique.

— *Je ne crois pas que vous en ayez la possibilité.*

Derrière la porte du bureau ovale se tenaient en permanence deux agents des services secrets prêts à intervenir au moindre signe du Président ; l'un d'entre eux, en ce moment même, devait surveiller ce qui se passait dans la pièce. Garrison devina la réaction du Président.

— Avant de les appeler, je vous conseillerais de visionner la bande vidéo que j'ai dans ma serviette. Je suis sûr qu'elle vous fera changer d'avis.

Garrison se leva et rajusta les pans de son blazer.

— C'est à vous de voir, *Jack*. Le Congrès et la presse seront ravis d'en avoir une copie. Vu notre vieille amitié, je vous laisse le choix.

Sans attendre la réponse de Donovan, Garrison inséra la cassette dans le magnétoscope, prit le boîtier de commande et retourna s'asseoir. Le Président ne disait rien, il se contentait d'attendre. S'il avait une idée en tête, il ne semblait pas disposé à la révéler sur-le-champ. Il fixait un point dans l'espace, vu de lui seul. Sur ses tempes les veines s'étaient gonflées ; un masque violacé avait recouvert son visage. Ses yeux débordaient d'un sentiment d'urgence extrême ; une tension si intense qu'elle s'échappait de lui en vagues brûlantes. Garrison croisa les jambes, rectifia le pli de son pantalon et tendit le bras. Muet, Hackett suivait chacun de ses mouvements. Comme au ralenti, il le vit enfoncer de la main gauche la touche de mise en route.

5

Le Président ne quittait pas des yeux l'écran de télévision. Le film était pris de l'intérieur d'une petite salle de projection. Les spectateurs, au nombre d'une douzaine, étaient impossibles à identifier en raison de la pénombre. Celui qui filmait attendait comme les autres que la séance commence.

Soudain les images jaillirent dans une explosion de couleurs.

Une piste poussiéreuse courait au travers de grands arbres isolés dont les branches semblaient saisir au passage les occupants d'un véhicule tout-terrain qui roulait à grande vitesse au milieu de la brousse. Des singes effarouchés s'enfuyaient avec agilité le long des troncs. De temps à autre, des huttes de torchis, groupées en villages, apparaissaient au travers d'une herbe épaisse. Loin devant, visible dans les rayons du soleil, un rempart de falaises rouges se dressait.

Le terrain changeait d'aspect. Il devenait sablonneux. Bientôt, les eaux grises d'un fleuve qui coulait au fond d'une gorge surgirent. La Jeep, dont on ne voyait que le capot, s'engagea dans ce qui semblait être un gué. Après un passage difficile, elle atteignit l'autre rive et reprit de la vitesse.

La piste remontait. Les falaises devenaient une série de collines formant une barrière qui s'élevait au centre et s'affaissait aux extrémités. Un lac dont la croûte sèche brillait s'étendait à perte de vue. Un bosquet d'acacias gigantesques montait sur l'horizon ; dans le lointain, un troupeau d'antilopes zébrées de fauve et de blanc s'enfuyait.

A mesure qu'ils s'approchaient des collines, ils découvraient les nombreuses ravines causées par les intempéries ; à leurs pieds, le terrain n'était couvert que de broussailles.

Une faille, en partie masquée par la maigre végétation, apparut. La Jeep s'y engouffra. Le boyau était sombre, et les deux murailles latérales rouges et lisses se rapprochaient. Au-dessus, la voûte ne cessait de s'élever et la bande de ciel bleu s'effilochait.

La piste déboucha dans une vaste caverne dont le sommet laissait filtrer le jour qui se reflétait sur les parois luisantes et éclairait des concrétions calcaires d'une blancheur étincelante. Sur l'écran, l'image se figea.

Le Président tourna la tête en direction de Garrison.

— Ceci, messieurs, dit Garrison, est le *compound* souterrain de Shivuto, dans la province du Natal, en Afrique du Sud.

L'interphone bourdonna. Aucun des trois hommes ne bougea.

— Vos films de vacances ne vont pas vous tirer de là, laissa tomber Donovan d'une voix glaciale.

Garrison jugea inutile de relever et remit en route le magnétoscope.

Venant du fond de la grotte un homme apparut. La caméra devait être dissimulée, à en juger par le naturel avec lequel l'inconnu réajusta son treillis devant l'objectif. Il avait des cheveux courts et des yeux bleu transparent. Il portait les galons de *kommandant* de l'armée afrikaner.

— Par ici ! ordonna-t-il sèchement.

Hackett eut la vague impression que l'homme ne semblait pas apprécier la qualité du visiteur.

Après un dédale de couloirs creusés dans les profondeurs de la colline, ils se retrouvèrent dans un laboratoire ultramoderne.

Sur les murs, on avait fixé une série de photos. Elles semblaient avoir été prises à haute altitude. On y distinguait une importante concentration de ce qui parut à Donovan être des véhicules militaires.

— Des chars, murmura-t-il. Il y en a des centaines.

Les Sud-Africains possédaient-ils des informations qui avaient échappé aux satellites espions du Pentagone ? Le Président lança un regard surpris à Garrison.

Un homme âgé en blouse blanche venait de pénétrer dans le champ de la caméra. Il s'inclina. Avec un fort accent afrikaner il se mit à parler.

— Je suis heureux que vous soyez venu.

Il n'obtint aucune réponse. Le Président se rendit compte qu'on avait effacé de la bande vidéo la voix du visiteur.

— Voyez-vous, poursuivit-il, dans deux jours tout cela sera enfoui sous des tonnes de rochers. Il ne reste ici que le *kommandant*, moi… et notre *ménagerie*.

Une voix, qui devait être celle du *kommandant*, intervint :

— Ne soyez pas amer, Professeur, le temps vous a manqué, c'est tout.

Le professeur hocha la tête. Il se mit à parler, s'adressant autant à lui-même qu'à ceux qui se trouvaient autour de lui.

— Un peuple à qui l'on refuse son bon droit a le devoir légitime de se tourner vers Dieu. C'est ce que j'ai fait. Dans sa main tendue, j'ai trouvé une entité aussi vieille que la terre, un organisme qui n'est ni mort ni vivant ; une abstraction qui circule aux frontières de la vie et de la non-vie. Une particule dont l'explosion a des effets aussi puissants que la rupture de l'atome. C'était mon point de départ. Un plan simple pour un pays grandiose. J'ai échoué.

Le visiteur dut poser une question, car le professeur regarda en direction de l'objectif. Sa voix se fit plus tranchante.

— La guerre n'aurait pas été de celles que le monde a connues. Plus d'infanterie, de bombardements, de ratissages ; tout ça aurait été périmé. Il n'y aurait eu qu'une entité invisible, un virus, capable de destructions massives. Il n'aurait pas tué sans discernement car j'aurais programmé son détonateur ; j'aurais fait en sorte qu'il n'explose qu'en présence d'un élément et d'un seul. Cet élément, messieurs, était un gène. Celui que j'ai appelé le gène « kaffir[1] ». Ce virus n'aurait infecté que les… *kaffir*. Nous aurions alors créé la grande nation blanche dont nous rêvions… en dépit de la sottise des Nations unies et de la lâcheté d'un Occident dégénéré.

Il marqua une pause, secouant la tête.

— Je ne m'en suis jamais approché. J'ai créé un virus qui n'était pas celui dont nous avions besoin. Le hasard...

Il tendit la main en direction de l'une des photos.

— ... vous coûtera trente millions de dollars. C'est un bon investissement pour vous autres Américains. Vous ne le regretterez pas. C'est une arme silencieuse, indécelable, idéale pour éliminer ceux qui vous gênent sans attirer l'attention... Si vous savez vous y prendre.

De nouveau l'image se figea. Garrison jouait avec eux au chat et à la souris. Le Président semblait abasourdi.

— Qui est cet homme et de quoi parle-t-il ? demanda-t-il d'une voix étranglée.

Garrison fixa sur lui un regard dur, implacable.

— Cet homme est le professeur Joseph Beckman. Il est l'inventeur d'un virus particulièrement efficace. Nous l'utilisons pour contaminer les juifs de notre pays. Aujourd'hui ce sont eux ; demain, quiconque s'opposera à nous sera éliminé sans fanfare, sans bruit. Incognito.

L'émotion se lisait sur le visage du Président qui, l'air hagard, tentait de conserver son calme. Hackett avait dénoué sa cravate, comme s'il manquait d'air.

— Nous avons acheté l'invention de Beckman,

1. Services généraux de sécurité d'Israël.

laissa tomber Garrison, testant la réaction du Président. Nous ne fabriquons plus ce genre de chose, alors...

— Je n'ai rien autorisé ! s'insurgea violemment Donovan.

— Non, vous nous avez laissé faire pour être élu. C'est du pareil au même.

— De quoi parlez-vous, Garrison ? Je n'ai rien laissé faire du tout ! Je ne suis au courant de rien ! Qu'est-ce que c'est que cette histoire de virus, de juifs, et d'élection ?

— Je viens de vous le dire, fit Garrison, agacé.

L'arrogance et l'assurance de Garrison montraient qu'il menait le bal. Dans le bureau ovale, il était à son affaire, il était l'homme en charge. Il ajusta ses lunettes et jeta un bref regard au Président.

Donovan, qui n'était pas un novice dans le domaine des entourloupes, savait la situation critique. Tout risquait de lui péter entre les doigts. Il se sentait envahi par la peur, un sentiment qu'il n'avait jamais connu. Une faiblesse ramollissait ses jambes ; il n'était pas certain de pouvoir se lever de sa chaise.

— Vous êtes fou à lier, dit le Président.

— Non, coupa Garrison, je ne suis pas fou à lier. *Vous* en êtes la preuve.

— Qu'est-ce que vous insinuez ? demanda le Président.

Garrison croisa les jambes et s'adossa à son fauteuil.

— Si vous êtes assis dans ce fauteuil, *Jack*, c'est parce que nous avons éliminé ceux qui se trouvaient en travers de votre chemin. C'est à cela que nous a servi jusqu'à présent l'invention de Joseph Beckman. Les juifs ne voulaient ni de vous ni de nous, *Jack*, et vous connaissez leur puissance dans notre pays.

Hackett voulut réagir.

— Ce sont les électeurs...

— Bouclez-la, espèce de crétin. Jack n'a gagné qu'avec dix-sept mille voix d'avance. Il ne serait jamais passé si nous n'avions pas liquidé le sénateur Weinfeld et quelques autres libéraux du même acabit qui montaient l'opinion.

La voix de Garrison avait claqué.

Il se leva, contourna le bureau et posa une main sur l'épaule de Donovan.

— Nous vous avons placé à la Maison-Blanche, Jack, pour redonner à ce pays sa puissance. Ne nous le faites pas regretter, ne devenez pas un problème, dit Garrison d'une voix douce. De notre côté, nous nous chargerons du lobby juif. Nous avons mis le temps pour revenir au pouvoir, et nous n'avons plus l'intention d'en partir !

D'un mouvement brusque, Donovan se dégagea et se leva à son tour. Il était plus petit que Garrison, et devait lever les yeux pour croiser son regard. Il tremblait de rage contenue.

— C'est vous qui allez partir, *Gil* ! Vous avait fait assassiner des innocents ; vous avez organisé cette monstruosité, introduit cette saloperie dans notre pays. Le vrai problème, c'est *vous* !

— Calmez-vous. C'est bien ce que vous souhaitiez, non ! Que Washington ne prenne pas ses ordres à Tel-Aviv !

Le Président baissa les yeux.

— Vous croyez qu'Israël ou les médias resteront les bras croisés s'ils soupçonnent quelque chose ?

— Dans ce cas…

Garrison sortit un papier de la poche de son blazer.

— Nous avons un écran de fumée. Le FBI a fiché un réseau de comparses lié au sheikh Abd El Rahman, dont un biologiste jordanien qui a longtemps séjourné en Irak. Il se trouve en situation illégale chez nous depuis plusieurs mois. Le cas échéant on trouvera chez lui des documents faisant état de ses rapports avec un exilé saoudien, un fondamentaliste qui s'est livré à plusieurs reprises à des menaces ouvertes de terrorisme sur notre sol après l'explosion de Dahran en Arabie Saoudite. Le FBI découvrira également une correspondance avec un agent du *Mukhabarat* irakien expulsé d'Italie, et des notes sur des expériences ayant trait à la virologie. Nous ferons porter le chapeau aux terroristes arabes, Jack ; personne ne se doutera que nous avons tout organisé. Il nous suffira de procéder à quelques tirs de missiles sur l'Irak. Les gens associeront ces arrestations, notre déclaration sur le virus et nos bombardements sur l'Irak. Ce seront nos représailles pour punir les Irakiens d'avoir introduit ce truc dans notre pays. Le monde entier est persuadé qu'ils détiennent des armes bactériologiques et qu'ils sont capables de s'en servir.

Garrison alla se verser une tasse de café.

— Dans cette forme de terrorisme moderne, *Jack*, poursuivit-il, il n'y a pas de preuves directes. Les perpétrateurs ne revendiquent rien et ne se réclament d'aucun État. Nous donnerons aux gens des éléments pour tirer leurs propres conclusions. Le peuple en a avalé d'autres, question désinformation.

Donovan se détourna et regarda par la fenêtre.

— J'attends votre démission sur-le-champ, dit-il d'une voix sourde.

Garrison éclata de rire et revint au centre de la pièce.

— Je comprends. Vous vous sentez frustré d'une victoire ; vous pensiez avoir réussi par vous-même ; eh bien, ce n'est pas le cas. C'est dur à admettre, mais vous ne pouvez rien y changer.

Le Président s'était retourné.

— Le sénateur Benton, Jack, sa crise cardiaque est arrivée au bon moment pour vous laisser le champ libre dans le parti, vous ne trouvez pas ?

Donovan ouvrit la bouche, mais Garrison leva la main.

— Je n'ai pas fini. Grâce à nous, vos ennemis, ceux qui pouvaient faire pencher la balance, étaient occupés ailleurs. Nous nous sommes intéressés à ceux qui ont cherché à nuire à votre famille, Jack. J'attendais mieux comme remerciements, protesta-t-il d'un ton faussement peiné.

— De quoi parlez-vous ? fit Donovan, s'éclaircissant la voix.

Il sentait venir la catastrophe.

— Vous vous rappelez Nelly Stern, cette journaliste

du *Post* qui a écrit cet article si désobligeant sur vous et votre fils ? Je suis sûr que vous n'avez pas oublié.

Donovan posa sa tasse. Il s'était d'un seul coup replié sur lui-même. Il semblait avoir vieilli de plusieurs années en quelques secondes. Il resta silencieux. Il finit par se redresser.

— Cela ne change pas ma décision.

Garrison s'assit en face de lui. Il jouait avec la télécommande du magnétoscope.

— Vous commettez une erreur, Jack, nous…

— Vous n'arrêtez pas de parler de « nous », explosa le Président. Qui est ce « nous » ? Vous, ces spectateurs dans cette salle de projection, et ce… Joseph je-ne-sais-plus-qui !

— Vous tenez *vraiment* à le savoir ?

Donovan sentit que Garrison n'avait pas abattu tous ses atouts. Le pire était à venir.

— Allez-y ! Videz votre sac une fois pour toutes.

Garrison hocha la tête. Il appréciait la décision présidentielle.

— Dites à votre roquet de sortir, demanda-t-il d'une voix sèche, désignant Hackett.

6

1

— Où se cache Joseph Beckman ? répétait Kate inlassablement.

Greenwood serrait si fort les poings que ses jointures étaient livides.

— Il n'y a plus de Joseph Beckman... depuis bien longtemps.

D'un seul coup, sa bouche s'était remplie de sang.

— Vous l'avez tué ?

Elle se pencha vers lui.

— Oui, murmura-t-il.

— Pourquoi ?

— Il méritait de mourir.

— Pourquoi ?

— Il jouait à Dieu.

— La vraie raison ? hurla-t-elle.

— Pour trente putains de millions de dollars !

Sa tête retomba. Il ne la releva plus. Le verre vide qu'il tenait à la main roula sur le sol.

L'air empestait le sang et les fèces. Kate se détourna du cadavre. Greenwood avait répondu à un tas de questions, mais inconsciemment ou non, il avait laissé des vides, habitué peut-être à se taire sur ce qui semblait évident. Une série de pièges à déjouer ou à tendre ?

Kate se refusait à considérer le problème dans son ensemble et dans ses implications. Elle ferait face aux épreuves au fur et a mesure qu'elles se présenteraient.

Elle relut rapidement les notes qu'elle avait prises. Il lui restait moins de quarante-huit heures pour récupérer ce qu'elle avait à récupérer, regagner Washington et rencontrer Meyer Epstein lundi matin.

Première chose à faire, sortir Victoria de l'appartement. Greenwood lui avait donné un numéro de téléphone.

Dans la mesure du possible, Kate suivrait les instructions de Greenwood. Elle jouerait le rôle de ces passagers que les scénaristes transforment en pilotes et qui, au cinéma, font atterrir d'énormes avions en suivant les instructions de la tour de contrôle.

Kate vérifia qu'il n'y avait pas de sang sur ses chaussures et se rendit dans la cuisine. Elle rinça le trousseau de clés et le portefeuille de Greenwood sous le robinet. Il y avait cinq mille dollars en billets de cent dans le portefeuille. Elle le glissa avec les clés dans la poche de son jean. Elle entra ensuite dans la chambre de Beverly. Les deux cadavres que Victoria avait déplacés se trouvaient côte à côte, face contre terre. Kate fit un détour pour ne pas les enjamber, prit un drap dans une armoire et le jeta sur le corps de Greenwood.

Après avoir regardé dans la rue, elle vint s'asseoir près de Victoria.

— Je vais te faire transporter à l'hôpital, fit-elle avec douceur. Nous allons nous en sortir.

Il n'y eut aucune réponse. Kate se pencha et écarta la couverture. Elle posa deux doigts sur le cou, là où la veine battait.

— Victoria ! hurla Kate, tombant à genoux.

Il y avait un peu de vie en elle, un semblant de souffle. Comme un ciel d'été ses yeux se voilèrent d'un brouillard pâle. Victoria voulut parler, eut un sourire triste, puis, tel un enfant qui s'endort, ses paupières se fermèrent et elle cessa de vivre.

Alors, la serrant contre sa poitrine, enfouissant son

visage au milieu des cheveux aux reflets roux, Kate poussa un cri déchirant et, comme une ombre sous la lune, quelque chose s'envola sans bruit.

Tout en haut, surplombant la ville et Sullivan Canyon, un épervier planait.

2

Hackett arpenta les couloirs de l'aile ouest une vingtaine de minutes avant d'être de nouveau admis dans le bureau ovale.

Donovan était assis dans son fauteuil. Il gardait les yeux fixés sur l'emblème présidentiel qui ressortait sur la moquette bleu roi. Il donnait l'impression d'avoir vu les portes de l'enfer.

Garrison se versait une nouvelle tasse de café. Il paraissait détendu et souriant.

— Ted, dit le Président, s'efforçant de maîtriser son émotion, je pense que Garrison a raison. Nous avons tout à gagner à démarrer *Shadow*. Pensez à ce que sera la Chine dans vingt ans.

Hackett s'assit. Garrison posa devant lui la tasse de café et lui tapa sur l'épaule.

— Sans rancune, Ted ! Nous avons besoin de vous à bord.

Ce dernier haussa les épaules.

Le Président se leva.

— C'est tout, messieurs, murmura-t-il d'une voix étranglée. Ted, annulez mes rendez-vous de la journée.

Donovan gardait au fond des yeux les dernières images de la bande vidéo, une fois la lumière revenue dans la pièce.

Cette femme qu'il avait vue se lever. Sa femme. Et ces hommes autour d'elle. Le président de Norton Aircrafts Enterprises et les autres ; ceux du projet *Shadow*, ceux qui avaient financé sa campagne. Les *amis de Linda*.

7

1

— Tenez, dit Madame Feldman, mettez ça autour de vos épaules.

Kate s'arracha à sa contemplation. Elle prit le châle en laine et remercia d'un sourire. Sans le savoir, cette femme lui avait sauvé la vie. Madame Feldman, une tasse de café à la main, alla s'asseoir dans un coin de la pièce sur un fauteuil au velours effrangé.

— Qu'est-il arrivé après que…

Kate tourna la tête au son de la voix d'Epstein. Ce dernier regardait les deux *bagels* qui constituaient son breakfast et qu'il n'avait pas encore touchés. Il avait l'appétit coupé.

— Je ne pouvais plus rien pour Victoria, reprit Kate. J'ai quitté l'appartement et je suis allée à l'aéroport dans la voiture de Satcher.

Elle faisait un effort pour retrouver sa concentration. Le temps s'émiettait, devenait difficile à lire. Sur le magnétophone, une petite lumière rouge clignota quand elle se remit à parler.

— Mon vol pour Washington partait à dix heures trente-cinq du soir. J'ai attendu jusque-là.

Elle repoussa une mèche sur son front. Ses épaules

furent parcourues d'un tressaillement et elle baissa le menton sur sa poitrine.

Le virus finirait-il par avoir raison d'elle ?

A présent il faisait chaud dans la pièce. Elle but une gorgée de café brûlant. Le plafonnier jetait une lueur blafarde sur le vieil homme assis en face d'elle qui l'écoutait attentivement ; une main secourable que l'on a désespérément cherché à agripper dans un courant mortel, et qui par miracle se retrouve à votre portée.

Kate reposa sa tasse de café. Juste avant qu'elle ne commence à raconter son histoire, deux hommes avaient passé la pièce au crible à la recherche d'éventuels micros.

— J'ai pris la voiture de Greenwood dans le parking de l'aéroport. A midi, j'étais à son domicile pour récupérer ce qu'il y avait dans son coffre, dit Kate.

Il y eut un silence long et pesant avant qu'elle ne se remette à parler.

— Je voulais ces preuves. Je les voulais pour Victoria, pour Bill King et pour tous ceux qu'on a assassinés. Je les voulais pour moi, et pour ce que j'ai subi.

— Pourquoi cet homme, Greenwood, vous a-t-il raconté tout ça ?

Kate le regarda, surprise.

— Il allait mourir, et je pense qu'il ne portait pas celui qu'il appelait *Ramsès* dans son cœur.

Epstein eut un geste d'acquiescement, comme si les déductions de Kate rencontraient sa propre logique intérieure.

— Comment saviez-vous qu'il ne vous tendait pas un piège ? demanda-t-il.

Kate étouffa une toux sèche.

— Je n'avais pas le choix. J'avais compris que je ne risquais plus rien de sa part, poursuivit-elle. Il savait que je n'appellerais sa femme qu'après avoir récupéré ce qu'il y avait dans son coffre.

— Vous l'avez appelée ?

— Qui ?

— Sa femme.

— Oui. J'avais donné ma parole.

Meyer baissa les yeux vers le dossier que lui tendait Kate.

— Tout est là. Les noms des victimes, ceux des *Soldats du Christ*, la manière dont ils ont été formés, leur façon d'opérer… Tout, dit-elle. Y compris les preuves que j'avais rassemblées.

Epstein prit le dossier.

— Vous m'avez parlé d'un enregistrement vidéo.

— Le voilà, dit Kate en posant une cassette sur le bureau.

— Vous l'avez visionné ?

— Oui. C'est filmé dans un laboratoire souterrain d'Afrique du Sud.

— Voyons ça.

Epstein fit un signe à Madame Feldman qui se leva. Elle mit la cassette dans un magnétoscope, appuya sur la touche « lecture » et alla s'adosser au mur.

— Vous savez qui est *Ramsès* ? demanda Epstein avant que les images n'apparaissent à l'écran.

Kate regarda Epstein puis Madame Feldman, puis Epstein à nouveau.

— C'est Garrison, le conseiller du Président pour la sécurité nationale, murmura-t-elle. L'opération est financée par un groupe appelé « G7 ». Greenwood ne connaissait pas l'identité de ses membres.

2

Kate ouvrit les yeux. Il était une heure de l'après-midi. La porte venait de s'ouvrir. Après la projection de la bande vidéo, Madame Feldman l'avait installée dans une chambre de l'appartement pour qu'elle se repose. Epstein était sorti donner des coups de téléphone.

Un homme, un plateau à la main, se tenait dans l'entrée. Il avait les cheveux coupés en brosse. Ce n'était pas le médecin promis par Epstein.

— De la soupe, dit-il avec un sourire.

Kate se redressa, et s'appuya aux coussins. L'homme posa le plateau sur le lit. Il se tenait à deux pas d'elle.

— Vous êtes très courageuse.

Il parlait presque sans accent.

— Je suis désolé d'être arrivé trop tard.

Kate laissa retomber le plateau qu'elle s'apprêtait à mettre sur ses genoux et leva les yeux.

— Vous êtes le vrai Ari ? demanda-t-elle, criant presque, avec un mouvement instinctif de recul.

— Je suis désolé, répéta-t-il.

Kate sentait la nausée lui serrer les tempes. Elle repoussa la couverture et se précipita dans la salle de bains. Devant le miroir, elle se força à respirer profondément, cherchant à dominer le malaise que la panique déclenchait dans son corps. Elle ouvrit le robinet. L'eau était glacée. Aussi froide que celle du lac. Elle tendit les mains et, réprimant un frisson, elle s'aspergea le visage. Elle s'essuya avec une serviette et retourna dans la chambre. Ari était toujours là.

Elle porta une cuillerée de soupe à sa bouche. Le goût de poulet l'écœura un peu, mais elle se força à finir son assiette. Elle se remit ensuite sous la couverture.

— Je voudrais une cigarette, demanda-t-elle à Ari, qui, silencieux, n'avait pas quitté la pièce.

— Vous allez loger quelque temps à l'ambassade, lui annonça Meyer Epstein dans la voiture qui les conduisait chez Ben Abu, l'ambassadeur d'Israël. Un médecin vous attend là-bas.

Il était trois heures de l'après-midi. Kate ne répondit pas. Elle regardait par la fenêtre la ville de Washington sous la neige. Assis à côté d'elle, Meyer Epstein était soucieux.

L'ambassade d'Israël à Washington avait la couleur du désert, des arches, des dômes, et des fenêtres qui s'ouvraient sur un patio méditerranéen pavé de briques. Kate attendait dans un petit salon, après qu'un médecin eut changé ses pansements et lui eut fait une injection d'antibiotiques et de sérum antitétanique. Elle s'était assurée que l'infirmerie où elle se trouvait possédait bien des containers spéciaux pour recueillir tout ce qui était souillé.

Elle n'avait pas révélé à Epstein qu'elle était contaminée. Les Israéliens l'auraient mise en quarantaine ; elle aurait été isolée, coupée du reste du monde, cloîtrée, murée. Dieu sait quand elle serait sortie de sa prison.

Meyer Epstein se trouvait dans le bureau de l'ambassadeur depuis plus de deux heures. Kate éteignit sa cigarette, et lança un regard à la caméra qui se trouvait dans un angle supérieur de la pièce. Ils comptaient la garder ici. Combien de temps ? Cette ville la rendait malade ; le froid la rendait malade. Elle en avait assez. Ils n'avaient plus besoin d'elle ; elle leur avait tout raconté, tout remis. Ou presque.

Meyer Epstein entra dans la pièce. Il n'était pas seul. Un homme brun, d'une quarantaine d'années, aux cheveux frisés, vêtu d'une chemise bleue à col ouvert et d'un pantalon gris, l'accompagnait.

— L'ambassadeur nous attend, lui annonça Epstein.

Kate se leva. L'homme la détailla avec au fond du regard une trace de suspicion.

— Je m'appelle Jonathan, dit-il sans lui tendre la main. Laissez votre sac ici.

Elle suivit Epstein le long d'un couloir.

8

1

— Asseyez-vous, Miss Crow, dit David Ben Abu, se levant pour lui serrer la main.

Ils se trouvaient dans une salle de réunion dont les murs et le sol étaient revêtus d'une curieuse matière brillante. Kate supposa qu'elle était destinée à isoler la pièce de tous les types d'écoutes possibles. Quatre montres digitales donnaient l'heure des différentes régions du pays et celle d'Israël. A Washington, il était six heures du soir.

En plus de l'ambassadeur, deux hommes étaient assis autour d'une table en verre. Ils se contentèrent d'un signe de tête. Ils ressemblaient à des flics ou à des terroristes. Leurs tasses de café vides avaient sur les bords des coulées d'un marc épais. Ils portaient des chemises blanches sans cravate. Kate s'assit et alluma une cigarette. Sur un plateau, il y avait plusieurs bouteilles d'eau minérale et des verres en plastique. Elle se versa un verre et but lentement, sentant peser sur elle le regard des deux types.

David Ben Abu était en cravate et bras de chemise ; un homme d'une cinquantaine d'années, chauve, aux yeux bleus. Poli, s'exprimant sans le moindre accent. Il avait posé sa veste sur le dossier de sa chaise. Autour de la table d'autres cigarettes venaient de s'allumer. Jonathan, l'homme à la chemise bleue, s'était assis en face d'elle.

Debout, l'ambassadeur et Meyer Epstein s'étaient mis à parler en hébreu. Epstein hocha la tête à plusieurs reprises, puis s'approcha de Kate.

— Je vous laisse, dit-il. Vous êtes en sécurité ici. Je reviendrai vous voir demain matin.

— Qui sont-ils ? dit-elle en désignant du menton les deux hommes à l'allure de flics.

— Ne vous inquiétez pas, Miss Crow, fit Ben Abu. Ils font partie du personnel de l'ambassade.

Après un signe de la main, Epstein sortit de la pièce. L'ambassadeur ferma la porte à clé et vint s'asseoir à côté de Kate.

— Allez-y, dit-il, racontez-moi tout depuis le début.

En ce moment même, elle devait être filmée, pensa-t-elle en posant sa cigarette dans un cendrier à la forme curieuse. Chacune de ses paroles allait être analysée, disséquée, évaluée. Autant gagner du temps.

— A moins que la police n'y soit déjà, vous trouverez quatre cadavres dans un appartement de Brentwood.

Kate prit le bloc vierge et le stylo que l'ambassadeur avait devant lui et inscrivit l'adresse de Beverly Williams.

— C'est là, au quatrième étage. L'un des corps appartient à un homme que vos services de renseignements ont connu au début des années 80, dit-elle à Ben Abu ; il travaillait à la CIA. Son nom de code de l'époque était *Mother Goose*. Il s'appelle Samuel Greenwood, et c'est lui qui a monté *Operation Rescue*.

2

Vers dix heures du soir, le flot de questions commença à se tarir. D'un geste qui semblait être un tic,

Ben Abu chassait un nuage de fumée imaginaire. Il poursuivait son mouvement, ajustant ses lunettes et caressant l'extrémité chauve de son crâne. Il était le seul dans la pièce à ne pas fumer. Kate avait remarqué que les questions émanaient toujours de l'un des hommes en chemise blanche, le plus âgé, dont le nom semblait être Benny, ou quelque chose d'approchant. Il parlait en hébreu avec Jonathan, l'homme à la chemise bleue, lequel s'adressait à l'ambassadeur, qui se tournait alors vers elle pour la questionner. Les réponses de Kate n'étaient jamais traduites en hébreu.

— Vous êtes sûre qu'il ne reste plus rien de cette... *Operation Rescue*.

— Leurs soldats sont morts, Joseph Beckman est mort. Quant au virus…

— Oui ?

— Greenwood a détruit l'endroit où il était conservé.

— Pourquoi ?

— *Ramsès* voulait continuer, pas lui. Il avait trente millions de dollars à dépenser.

Ben Abu scrutait le moindre tressaillement sur son visage.

— Pardonnez ma question, mais pourquoi l'homme qui s'est fait passer pour un collaborateur de Meyer Epstein ne vous a-t-il pas tuée au chalet ?

Kate secoua la tête sans baisser les yeux.

— Je n'en ai pas la moindre idée. Je suppose que Greenwood voulait m'interroger pour savoir si je n'avais pas mis d'autres personnes au courant de ma découverte.

Les quatre hommes s'étaient retirés dans un coin, autour d'une petite table où se trouvaient deux téléphones. Quand l'un d'entre eux sonna, c'est le nommé Benny qui décrocha. Il resta une dizaine de minutes en ligne et raccrocha. Il se pencha vers l'ambassadeur, lequel regarda dans la direction de Kate restée assise et hocha la tête. Ben Abu revint près d'elle.

— Je tiens à vous remercier au nom de mon gouvernement et en mon nom personnel pour votre courage et votre détermination, dit-il.

Ils avaient dû faire une visite à l'appartement et trouver les corps, se dit Kate.

— Vous allez rester à l'ambassade quelques jours, le temps de vous rétablir de vos blessures, continua-t-il.

— Comment comptez-vous coincer Garrison ? demanda-t-elle.

L'ambassadeur prit son temps. Il avait enlevé ses lunettes et se frottait les yeux. Les autres étaient revenus autour de la table.

— Je ne peux pas vous donner de réponse pour l'instant.

— Et Donovan, le but d'*Operation Rescue* était de le faire élire, relança Kate.

Ben Abu avait remis ses lunettes. Il s'adressa en hébreu à Jonathan qui haussa les épaules.

— Pour Garrison, vous ne savez pas comment vous y prendre, ou vous ne voulez pas ? intervint Kate.

Pour la première fois, le nommé Benny lui adressa directement la parole. En anglais.

— C'est une accusation très grave qui ne repose que sur une information fournie par un mort. Il n'y a rien dans ce que vous nous avez raconté, ni dans les documents remis, qui lie le conseiller pour la sécurité du Président à cette… opération.

— Il y a un moyen, dit-elle.

Elle jugea inutile de leur dire que c'était Greenwood qui le lui avait suggéré.

9

La limousine de David Ben Abu pénétra brutalement dans l'entrée d'un parking et descendit au premier sous-sol. D'une voiture en stationnement, un homme sortit, ouvrit la portière arrière et se laissa tomber sur la banquette. La limousine ressortit du parking et s'engagea dans les encombrements.

— Qu'est-ce qui justifie une telle rencontre ? demanda Ted Hackett avec raideur, montrant qu'il accordait une faveur à l'ambassadeur en se déplaçant sur un simple appel.

— Garrison et *Operation Rescue*, dit Ben Abu simplement.

Hackett regardait par la fenêtre. La nuit tombait.

— Je ne peux vous accorder qu'une demi-heure, répliqua-t-il d'une voix tendue.

Ben Abu déposa un dossier sur le siège. Hackett le considéra quelques instants en silence. Il semblait agressif, mais ce n'était que de l'inquiétude ou de la peur.

— J'ai aussi une cassette vidéo à vous montrer, dit Ben Abu.

Hackett regardait en silence les images défiler sur l'écran. Il se tourna vers son interlocuteur.

— Qu'est-ce que vous voulez ? demanda-t-il.

— J'ai une proposition à vous faire.

Ted Hackett écoutait et réfléchissait à l'avenir de

Ted Hackett. Mal à l'aise, il se dandinait sur la banquette.

— Qui me garantit que vous respecterez vos engagements ?

L'ambassadeur posa la main sur son bras dans un geste qu'il voulait rassurant.

— Rien. Mais je ne pense pas que vous ayez le choix. Vous avez là un moyen de vous sortir du scandale. Nos intérêts sont communs.

Hackett hocha la tête. Il était coincé entre Garrison et les Israéliens. Le vice-président était une croûte destinée aux enterrements à l'étranger et aux inaugurations sans importance ; si le Président tombait, le vice-président le remplacerait et Garrison continuerait à manœuvrer. Il n'y avait rien contre Garrison. Pas l'ombre d'une preuve.

La limousine, immobilisée à un feu rouge, redémarra.

— Il y a autre chose, dit Hackett.

Garrison était de loin le plus dangereux pour lui. Hackett venait de prendre sa décision. Il allait démissionner et trouver un poste dans une université.

— Quoi ? fit Ben Abu.

— Une autre bande vidéo. C'est par elle que Garrison tient le Président.

Hackett regarda sa montre. Sur son bureau l'attendait un wagon de propositions de lois, de mémos, de rapports. Hackett tirait la charrue. Le Président était excellent lorsqu'il était en représentation devant les caméras, mais c'était un piètre administrateur.

Le regard de Hackett glissa fugitivement autour de lui.

— Une idée de l'endroit où elle se trouve ? demanda Ben Abu.

— Aucune. Garrison a dû en faire des copies.

— C'est possible, dit Ben Abu. Vous pensez que les membres de ce G7 en ont une également ?

— Ce n'est pas le style de Garrison. Chacun se sert des autres et garde ses billes.

— Son coffre à la Maison-Blanche ?

— Non. Trop dangereux. Donovan peut le faire ouvrir quand il veut.

La limousine stationnait en double file. Hackett ouvrit la portière. Le plafonnier ne s'alluma pas. Il sortit un papier de son portefeuille et le tourna vers la lumière d'un réverbère.

— J'ai découvert que Garrison a un appartement en ville, au 1241 Jefferson Street, premier étage. Il est loué sous un nom d'emprunt. Il s'en sert pour emmener des filles. Peut-être garde-t-il une copie là-bas. Personne ne connaît cette adresse, pas même les services secrets.

Ben Abu s'installa plus confortablement sur la banquette. Il eut un sourire pour Hackett.

— Autre chose sur lui ?

— Garrison aime les rousses, murmura Hackett. Il perd la tête chaque fois qu'il en voit une. Dans deux jours il y a une soirée à l'ambassade de Russie. Il y sera.

— Garrison est-il gaucher ou droitier ?

Hackett descendit de la limousine.

— Gaucher, souffla t-il, se penchant à l'intérieur du véhicule.

Ben Abu acquiesça.

— Prenez soin de vous, dit-il, faisant signe au chauffeur de repartir.

— Une seconde, fit Hackett.

— Qu'y a-t-il ?

Hackett sortit un petit magnétophone de sa poche.

— Au cas où vous changeriez d'avis à mon sujet.

Ben Abu eut un signe de tête montrant qu'il avait compris.

Resté sur le trottoir, Hackett regarda les feux rouges de la limousine disparaître.

10

Un feu brûlait dans la cheminée, aucune lampe n'était allumée. Garrison devina la silhouette debout dans la pénombre. Sur une table basse, il y avait un seau à champagne et deux flûtes ; les minuscules bulles glissaient le long des parois.

— Déshabille-toi, commanda-t-il.

La fille passa plusieurs fois sa langue sur les lèvres, ferma les yeux, enleva sa robe rouge et ses chaussures au rythme de la musique. Elle se regarda danser dans les deux pans d'un miroir qui encadrait la cheminée. Ses cheveux roux tombaient sur ses épaules. Elle admirait ses bras nus, ses épaules rondes, et ses seins. Garrison voyait leur couronne délicate et plus sombre se raidir, et la peau blanche couverte de petites taches dorées. La fille s'était cambrée pour l'exciter davantage. Puis...

Garrison sentit un corps nu se coller au sien. Garrison s'abandonnait. Euphorique, il se sentait brûler. Une bouche chercha la sienne. Il fut pris d'un vertige.

Il avait repéré la fille au premier coup d'œil ; une secrétaire qui venait d'arriver de la côte Ouest pour travailler à Washington et qui commençait à traîner dans les soirées des ambassades. Garrison avait aimé son regard et sa voix. Et les mots aussi, prononcés tout doucement contre son oreille. Personne ne lui avait jamais parlé de cette manière ; toutes ces choses décrites avec précision.

Docile, il se laissa entraîner vers un canapé. La fille l'adossait à des coussins, lui liait les poignets et les chevilles. Le scénario se déroulait tel qu'elle le lui avait décrit.

Les caresses se faisaient plus précises, plus intimes. Un tremblement avait saisi Garrison. Il ne se souvenait plus quand tout cela avait commencé. Dans la cheminée, les flammes s'étaient changées en braises, on aurait dit un animal tapi qui les observait. Il tirait désespérément sur ses liens. Il voulait l'étreindre, l'attirer, se coller à elle, la prendre ; le fait d'en être empêché décuplait son excitation. Il n'eut aucun recul quand la fille lui noua un bandeau autour des yeux.

Il sentit qu'elle se décollait de lui.

— J'en ai pour une seconde, dit-elle. Je vais à la salle de bains.

Dans la salle de bains, elle ouvrit une fenêtre qui donnait sur une cour intérieure et prit un paquet qui se trouvait sur l'appui.

De retour dans la pièce, elle augmenta le volume de la musique et passa derrière Garrison.

— Je suis là, dit-elle en l'embrassant.

Elle posa le canon du calibre 25 sur la tempe de Garrison et fit feu. La détonation passa quasiment inaperçue. La balle ne ressortit pas. La poudre dans les cartouches était dosée pour produire cet effet. La fille ouvrit son sac, enfila une paire de gants de soirée qui lui arrivaient aux coudes, et essuya le revolver avec un mouchoir. Elle vida les quatre balles du barillet et y plaça les empreintes de Garrison. Elle remit les balles et referma sur l'arme la main gauche de Garrison.

Elle rangea sur un valet les cravates dont elle s'était servie pour l'attacher et lui bander les yeux. Dans la salle de bains, elle trouva un pyjama en soie accroché à une patère. Elle déposa le pantalon sur le canapé.

Son travail terminé, elle remit sa robe et ses chaussures, vida le reste du champagne dans l'évier, replaça la bouteille dans le seau, lava son verre et le rangea.

Elle essuya tout ce qu'elle avait touché, prit son manteau et sortit sur le palier en bloquant la porte avec un journal plié.

Elle descendit l'escalier, suivit un couloir qui menait à une entrée de service qui ne s'ouvrait que de l'intérieur. Derrière la porte, dans la rue, deux hommes en tenue d'éboueur, un sac de sport à la main, l'attendaient. Ils se glissèrent dans l'immeuble tandis qu'elle montait dans une voiture en stationnement.

Une fois dans l'appartement de Garrison, les deux hommes s'assurèrent que la mise en scène était correcte. L'un d'eux sortit de son sac un aspirateur à piles et nettoya le divan, la poitrine et le sexe de Garrison. L'autre prit un flacon dans sa poche. Le flacon contenait une poussière de dérivés nitrés qu'on retrouve sur la peau de celui qui s'est servi d'une arme à feu. Il en répartit une pincée sur la main qui serrait le revolver. Ils passèrent à Garrison son pantalon de pyjama.

Ils fouillèrent systématiquement les lieux. Au bout de vingt minutes, ils trouvèrent le coffre. Il leur fallut trois heures pour en venir à bout.

Ils ne prirent que l'enregistrement vidéo qui s'y trouvait. Ils refermèrent le coffre et quittèrent les lieux à quatre heures du matin, empruntant la porte de service. Dans le hall de l'immeuble, la caméra de surveillance n'enregistra ni leur entrée ni leur sortie.

Dans l'après-midi, la femme, à présent brune, prit un vol pour Madrid. Les deux hommes embarquèrent sur le vol El Al à destination de Tel-Aviv.

11

Kate passait ses journées avec Meyer Epstein. Il venait en général vers dix heures du matin et repartait vers cinq heures du soir. Epstein cherchait à connaître le moindre détail de l'affaire ; il enregistrait, prenait des notes, posait des questions, à la recherche d'indices nouveaux, de recoupements.

Au fur et à mesure qu'elle revivait pour un autre ses moments difficiles, Kate se détachait de sa propre histoire ; elle surmontait ses peurs et ses angoisses.

Elle ne bougeait pratiquement pas de sa chambre, sauf pour prendre l'air dans le patio accompagnée par un garde. Madame Feldman lui avait apporté une valise avec des vêtements de rechange, un nécessaire de toilette, et des livres.

Elle n'avait revu ni Ben Abu ni les deux hommes qui se trouvaient avec lui dans la salle de conférences. Le nommé Jonathan était venu deux fois prendre de ses nouvelles ; il n'avait pas répondu à ses questions. Il s'était contenté de lui dire qu'elle en avait fait assez et que la suite les concernait.

Un matin, six jours après son arrivée à l'ambassade, ce fut Jonathan qui se présenta à la place de Meyer Epstein.

— L'ambassadeur vous attend, dit-il.

Kate posa son livre et le suivit.

Ben Abu se trouvait dans la pièce au revêtement brillant. Il était seul.

— Bonjour. J'ai des nouvelles pour vous, dit-il, désignant du doigt la pile de journaux sur la table.

Kate s'assit et prit le *Post*. La nouvelle s'étalait en gros titres en première page.

« Suicide » du Conseiller pour la Sécurité Nationale

Washington, 17 février. — Le corps de Gil Garrison a été retrouvé hier après-midi dans un appartement du centre-ville loué sous un nom d'emprunt. Selon certains témoignages Gil Garrison aurait été aperçu quelques heures avant sa mort en compagnie d'une jeune femme rousse qui reste introuvable.

La Maison-Blanche ne s'est livrée à aucun commentaire pour le moment. En raison des fonctions de Gil Garrison et des implications éventuelles que sa mort pourrait entraîner, l'enquête a été confiée au FBI.

La carrière de Gil Garrison...

— C'est vous ? demanda Kate avant d'avoir fini l'article.

— Non, dit Ben Abu. Il s'est suicidé. Il n'a pas supporté ses crimes.

Kate hocha la tête et demeura silencieuse. Elle réalisa que la pièce ne comportait aucune fenêtre.

— Et les autres ? demanda-t-elle brusquement. Les membres du G7 ?

L'ambassadeur leva les bras.

— Ne vous inquiétez pas, nous nous occuperons d'eux.

Kate regarda Ben Abu. Il y avait quelque chose dans son attitude qui la gênait. Elle ne savait pas quoi.

— Donovan ?

— Pour l'instant nous n'avons rien contre lui. Nous cherchons.

— Et moi ?

— Votre nom n'a jamais été prononcé. Le silence constitue votre meilleure arme à présent. Si vous souhaitez rester en Amérique, il nous sera difficile d'assurer votre protection. Si vous voulez vivre en Israël, il n'y a aucun problème.

Kate reprit le *Post* et termina de lire l'article. Elle plia le journal et le reposa.

— Comment saurai-je pour les autres ?

— Vous avez été suffisamment éprouvée comme ça. Vous ne le saurez pas.

PLUSIEURS MOIS PLUS TARD

1

— Je désirerais voir ce monsieur, dit la jeune femme blonde en tendant par-dessus le comptoir une carte sur laquelle était inscrit un nom. Je m'appelle Cathy Mall et je suis journaliste au *L.A. Times*.

La secrétaire lui jeta un bref regard et consulta son écran.

— Il ne va pas tarder à sortir. Vous pouvez l'attendre ici si vous voulez.

La jeune femme la remercia. Elle se dirigea vers un distributeur automatique, glissa 50 *cents*, appuya sur une touche et alla s'asseoir sur une banquette. Elle étendit ses jambes et but à petites gorgées son *Sprite*. Elle se trouvait dans le hall de la *Loyola School of Law*, à Los Angeles.

Vingt minutes après, elle reconnut dans la foule qui sortait l'homme qu'elle était venue voir. Elle se leva, jeta la boîte vide dans une poubelle et sortit à sa suite.

Il était vêtu d'un costume gris clair, tenait un porte-documents à la main, et se dirigeait vers le parking. Elle accéléra le pas et lui toucha l'épaule. L'homme se retourna, un sourire aux lèvres.

— Oui ?

— Ted Hackett ?

— C'est moi. Qu'est-ce que je peux faire pour vous ?

La fille enleva ses lunettes de soleil.

— J'ai besoin de vous parler. Vous avez quelques minutes ?

Hackett regarda avec intérêt l'inconnue qui lui faisait face. Ses cheveux blonds tombaient au-dessous de ses épaules. Elle était grande, le teint très mat, avec un éclat fiévreux et dur dans ses yeux noirs. Très jolie. Il consulta sa montre.

— Vous êtes étudiante ?

— Non.

— Journaliste, alors ? Vous savez que je ne donne plus d'interviews.

— Je ne suis pas journaliste.

Il parut déçu.

— Dans ces conditions, je n'ai pas vraiment le temps. Pourquoi ne pas prendre rendez-vous avec mon assistante ?

La fille semblait l'étudier attentivement, le jauger. Elle sortit un paquet de *Marlboro* de la poche de sa veste, et d'un geste écarta les cheveux qui retombaient sur son visage.

— Ça ne prendra pas longtemps, dit-elle, allumant sa cigarette.

Hackett fit un pas de côté pour échapper au nuage de fumée. Il attendait la suite.

— De quoi s'agit-il ?

La fille remit ses lunettes noires.

— De Gil Garrison et de Joseph Beckman.

Les mots étaient cassants comme des aiguilles de glace.

2

La limousine s'engagea dans l'allée bordée de palmiers qui menait à une résidence entourée d'un parc immense clos de murs dans lequel on apercevait quelques silhouettes.

Sur l'un des côtés du bâtiment principal, des buissons en fleurs délimitaient un parking. Un massif d'arbres s'étendait au loin. Tôt dans la matinée il avait plu, et l'air s'était imprégné d'une moiteur estivale. Le soleil glissait lentement au-dessus de San Marco Island. Les eaux du golfe du Mexique étaient mouchetées de blanc.

Le chauffeur se tourna vers la passagère assise à l'arrière du véhicule.

— Vous en avez pour longtemps ?

— Je ne sais pas. Revenez me prendre en fin d'après-midi, dit-elle en ouvrant la portière.

Elle se dirigea vers l'entrée. A l'intérieur, le hall avait de vastes proportions et ressemblait à la réception d'un hôtel.

Un homme en uniforme se tenait assis derrière un comptoir, et surveillait des écrans de contrôle.

— Je suis Vanessa Weinfeld, se présenta la jeune femme. Je vais chez Cathy Mall.

L'homme décrocha un téléphone pour l'annoncer.

En entrant dans l'appartement, Vanessa fut saisie par la chaleur qui régnait. Elle referma la porte et jeta un regard autour d'elle.

Devant une fenêtre, une silhouette contemplait la mer. Ses cheveux blonds étaient coiffés en arrière. Elle était vêtue d'un jean et d'un sweater en coton.

Sur une table basse, il y avait un vase de porcelaine blanche qui contenait un bouquet de fleurs vertes et bleues. Un coin de la pièce était occupé par un bureau et une chaise ; un grand canapé faisait face à la fenêtre ; une télévision était posée sur un meuble à tiroirs. Un tapis à motifs estompés recouvrait un parquet en lattes brunes qui craquait légèrement quand on se déplaçait. Les murs bleu pâle étaient ornés de marines et de visages féminins qui souriaient.

La jeune femme tourna lentement la tête dans sa direction. C'était Kate.

— J'ai reçu votre lettre, dit Vanessa sans montrer sa surprise. Je suis venue aussitôt.

Kate s'approcha du bureau, prit une chemise verte fermée par un élastique et la tendit à Vanessa.

— Qu'est-ce que le 11e Commandement ? demanda-t-elle, étonnée, lisant l'inscription manuscrite sur la couverture.

— *Souille la maison d'Israël et remplis les parvis de cadavres.* Philip Klein, l'homme qui a assassiné votre père, lui obéissait. Votre père a été assassiné parce qu'il constituait un obstacle majeur à l'élection de Donovan.

Vanessa scrutait le visage de Kate à la recherche d'une certitude. Ses cheveux teints ; ce nom qu'elle utilisait ; l'ineptie de ce 11e Commandement.

Kate avait-elle toute sa raison ?

Quelque part on entendit le bruit assourdi et lointain d'une porte qui claquait. Vanessa baissa les yeux sur la chemise qu'elle tenait à la main.

Elle releva la tête.

— De quoi parlez-vous ?

Kate s'approcha de Vanessa.

— C'est pour comprendre ce qui arrivait à votre père que vous m'avez appelée un soir à Atlanta ?

— Oui, répondit Vanessa, surprise.

Elle hésita un instant, montrant du doigt ce qu'il y avait d'inscrit sur la chemise.

— Je ne vois pas le rapport avec... ça !

— Moi si.

Kate se frotta le poignet comme si elle essayait d'effacer la cicatrice qui s'y trouvait. Elle eut un sourire amer et fixa Vanessa droit dans les yeux.

— Êtes-vous suffisamment forte pour accepter la vérité ?

Elle demeura ainsi, silencieuse, puis baissa la tête, et ses cheveux dressèrent un rideau entre elles.

Vanessa d'un coup avait l'air abattu.

— Je suis désolée, dit-elle.

Kate releva la tête. Ses yeux étaient humides, encore plus noirs. Traversant la pièce elle alla se planter devant la fenêtre.

— Je vais tirer les rideaux, dit-elle d'une voix détachée. Il fera moins chaud.

Vanessa était assise sur une chaise à dossier droit. Une chaise quaker, avec un siège canné. Elle avait ôté la veste de son tailleur. Son éclat avait disparu. Elle paraissait plus âgée. Elle n'avait pas touché à la bouteille de soda qui se réchauffait entre ses mains.

Au fur et à mesure que Kate parlait, la colère montait en elle.

Une bouffée de vent souleva les rideaux. Il s'était remis à pleuvoir. Un rouge-gorge traversa une platebande de tulipes, puis se posa, l'œil luisant, à l'affût de tout ce qui bougeait. Il faisait meilleur dans la pièce, mais le chemisier de Vanessa lui collait aux aisselles et au dos.

Elle posa la bouteille de soda, prit un mouchoir dans sa poche et le pressa, toujours plié, sur son front. Elle transpirait. Elle étouffait.

Kate avait remonté ses manches sur ses avant-bras.

— Hackett m'a avoué qu'il avait informé Ben Abu de l'existence d'une cassette vidéo compromettante pour Donovan. Ben Abu a fait tuer Garrison et a récupéré la cassette.

— Comment le savez-vous ?

Kate posa sa cigarette, se baissa, et fouilla dans une boîte remplie de coupures de journaux. Elle en tendit une à Vanessa.

Washington, 14 juin. — Dans une interview exclusive donnée au Jerusalem Post, *le Président Donovan a déclaré qu'à l'occasion de l'élection prochaine du Premier ministre israélien, il s'était entretenu téléphoniquement avec l'un des candidats.*

« Je suis en plein accord avec les idées de David Ben Abu, le candidat du Likoud, que je considère comme un ami personnel », a déclaré Donovan.

Cette déclaration a suscité une vive émotion au sein du Parti travailliste israélien qui accuse le président américain d'être sorti de sa neutralité et de s'immiscer dans un débat intérieur qui ne concerne que le peuple israélien.

Nous rappelons que David Ben Abu, ancien ambassadeur d'Israël à Washington, avait quitté ses fonctions après l'assassinat du Premier ministre travailliste Avishai Barak pour prendre la succession de Yossi Raviv à la tête du Likoud, dont il représente l'aile droite.

David Ben Abu est donné favori dans les sondages.

Vanessa leva les yeux et regarda attentivement Kate.

— Vous commencez à comprendre, laissa tomber Kate.

— Vous voulez dire que…

— Que le Premier ministre israélien a été assassiné, que Ben Abu a démissionné juste après, et qu'aujourd'hui il est Premier ministre d'Israël.

Vanessa relut l'article.

— Tenir sous contrôle le président des États-Unis, reprit Kate, était un objectif plus payant pour Ben Abu et ses amis que de rendre publique l'*Operation Rescue*.

Kate eut un geste de la main.

— Vous croyez qu'un raciste comme Donovan s'est découvert un amour soudain pour les juifs et pour Ben Abu !

Elle fouilla dans les coupures.

— Ce n'est pas tout, dit-elle, montrant du doigt une photo en première page du *Jerusalem Post*. Cet homme, là, derrière Ben Abu, s'appelle Benny Goren ; il se trouvait à l'ambassade au moment où j'y étais. Après l'élection de Ben Abu il est devenu directeur de la *Shabak*[1]. Tout est si... *évident*.

Il y eut un moment de silence. Vanessa secoua la tête comme si une question la troublait davantage que cet enchaînement, qui pouvait n'être qu'une suite de coïncidences.

— Si votre théorie est exacte, pourquoi Ben Abu et

1. Services généraux de sécurité d'Israël.

sa clique ne se sont-ils pas débarrassés de vous ? demanda-t-elle.

Kate fit une grimace amère.

— Ils essaient peut-être, mais j'ai appris à ne plus avoir d'existence.

L'expression sur le visage de Vanessa s'était durcie.

— Qu'attendez-vous de moi ?

Kate soutint son regard.

— Je vous ai vue présenter votre livre sur le sénateur à l'émission de Larry King… avec votre aide je peux les faire tomber.

Dans les mains de Vanessa, le mouchoir n'était plus qu'une boule de tissu humide et froissé.

— C'est impossible. Nous n'avons pas la moindre preuve, personne ne nous croira.

Les mots étaient sortis de la bouche de Vanessa. Les faits, si ajustés les uns aux autres qu'ils puissent être, n'expliquaient rien. Il manquait le fil invisible, la volonté cachée, l'esprit malfaisant.

Il faisait nuit. Quelques étoiles apparaissaient dans un coin de ciel, comme la promesse d'une immuable sécurité sur la terre.

— J'ai un double de ce qu'il y avait dans le coffre de Greenwood, murmura Kate.

Ses lèvres se détendirent en un sourire qui vint adoucir le pli de sa bouche. Elle posa la main sur le bras de Vanessa.

— Et Hackett est prêt à témoigner, termina-t-elle.

Le livre de Vanessa Weinfeld, *Le 11e Commandement*, fut à l'origine d'un scandale politique qui monopolisa l'attention du monde durant plusieurs mois.

Il racontait l'histoire d'une conspiration.

Ils s'étaient baptisés « G7 ». Un groupe ultraconservateur réuni dans l'Utah trois ans avant l'élection présidentielle. Leur analyse de la situation était commune. L'Amérique se délitait comme un comprimé blanc dans un verre d'eau saumâtre. La démocratie jetait une ombre de squelette, la bonne chair pourrissait.

La génération qui avait gagné la guerre d'Indépendance et rédigé la Constitution avait accompli de grands desseins. Tout cela s'était corrodé. Le temps d'une nouvelle guerre arrivait.

Ils s'étaient fixé pour but de redonner au pays sa puissance militaire, sa moralité. Ils étaient déterminés à remettre Dieu et la Bible à leur place dans les écoles et les institutions.

La conspiration avait pour objectif de faire élire Donovan, celui qu'ils avaient choisi.

Elle avait pour mission de liquider les oppositions sur sa route. Elle avait pour devoir de débarrasser le pays des lobbies étrangers et de chasser les miasmes qui pourrissaient la jeunesse.

L'une des mesures devait affaiblir un groupe libéral,

les juifs, jugé particulièrement opposé à l'élection de Donovan et aux idées du G7.

Samuel Greenwood fut chargé par Garrison de mettre au point un plan d'exécution.

Aux États-Unis, le rapport de la Commission Christofer sur *Operation Rescue* comporta trente-sept mille pages. Il provoqua la chute de Donovan qui mourut d'un arrêt cardiaque quelques semaines après l'ouverture de son procès.

Linda Brouillard-Donovan, dont l'acte d'accusation mentionnait sept chefs d'inculpation, fut condamnée à la réclusion criminelle à perpétuité avec quatre membres du G7 dont le président de Norton Aircrafts Enterprises.

Il fut établi que depuis longtemps Linda Brouillard était une adepte des théories du pasteur Dorf avec qui elle entretenait une correspondance secrète.

Plusieurs membres du G7 passèrent au travers des mailles du filet. En dépit de nombreuses arrestations, le réseau de complicités du G7 au sein de l'armée, des organisations fédérales comme le FBI et la CIA, ne fut pas démantelé.

Ted Hackett reçut l'immunité en contrepartie de son témoignage.

John Riley, nommé directeur du FBI par Donovan, réussit miraculeusement à échapper à toute mise en cause.

En Israël, malgré la pression de l'opinion publique ameutée par le fils de Bill King qui réclamait sa tête, le Premier ministre David Ben Abu refusa de démissionner. Arrêté le jour du deuxième anniversaire de son élection, il soutint que son action avait été uniquement dictée par le souci de renforcer l'État israélien. Il fut retrouvé empoisonné dans sa cellule quand des éléments de l'enquête révélèrent sa possible implication dans l'assassinat de l'ancien Premier ministre Avishai Barak.

La déposition de Benny Goren, le directeur de la *Shabak*, ne fut jamais rendue publique, et son lieu de détention jamais divulgué.

Vogel fut remplacé à la tête du CDC. Il mourut dans

des conditions mystérieuses un an plus tard en Bolivie, à Cochabamba, dans le cadre d'une mission de l'Organisation Mondiale de la Santé destinée à contenir une éruption du *Machupo virus*.

Jugé en cour martiale, le général Tyler fut dégradé et reçut une sentence de cinq ans d'emprisonnement.

La femme de Greenwood restitua au gouvernement fédéral les trente millions de dollars laissés par son mari sur des comptes au Mexique et en Uruguay.

Le gouvernement brésilien procéda à la fermeture d'une usine de préservatifs dont les dirigeants ne furent jamais inquiétés. Le Brésil refusa à la Justice américaine leur extradition.

Une unité de production de vitamines à la frontière canadienne fut totalement détruite par un incendie criminel. On supposa qu'elle synthétisait l'inhibiteur. Les actionnaires, dissimulés derrière un nombre incalculable de sociétés écrans (le FBI en dénombra quarante-sept), restèrent inconnus.

Les Sud-Africains découvrirent l'existence du compound de *Shivuto*. Dans ses décombres, trente-sept cadavres furent dénombrés.

Identité Chrétienne, animée par un nouveau pasteur, gagna ses procès contre le gouvernement fédéral et l'État du Colorado.

Le producteur Arnold Kaplan, installé à Londres, réapparut et nia au cours d'une conférence de presse avoir été informé par Victoria Berkowitz d'une quelconque menace sur sa personne. Son silence ne fut jamais expliqué. Son offre d'achat des droits cinématographiques du *11e Commandement* resta sans réponse.

Les noms des victimes d'*Operation Rescue* sont gravés en lettres dorées sur une stèle de marbre noir qui se dresse en plein square David Weinfeld à Washington. Le montant des indemnités payées par l'État fédéral aux familles des victimes d'*Operation Rescue* et à Kate Crow n'a pas été rendu public.

Vanessa Weinfeld a des chances d'être élue sénateur aux prochaines élections.

Mont des Oliviers

Le soleil était sorti de derrière les nuages et illuminait les collines de Jérusalem. Assis par terre, ses béquilles posées contre un mur de pierre ocre et blanc, un mendiant demandait l'aumône.

Elias King s'arrêta et se tourna vers Kate.

— Je voulais que mon père repose ici, murmura-t-il.

Ils reprirent leur marche en silence au milieu des tombes, se dirigeant vers la sortie du cimetière. La chaleur tombait sur leurs épaules comme une chape de plomb.

Quand ils furent sortis, Kate enleva ses lunettes noires.

— Tenez, dit-elle. Il me l'avait remis avant de mourir.

Elias prit le carnet que Kate lui tendait.

— Que comptez-vous faire maintenant ? demanda-t-il, ému.

Les yeux de la jeune femme brillaient ; de minuscules gouttes de sueur perlaient sur son cou.

Rien n'avait changé depuis le lac Tahoe ; le virus était capable de l'anéantir à tout moment.

Elle regarda le ciel et inspira profondément. Sans en percevoir la raison, à cet instant, la menace lui parut lointaine, comme un mirage dans l'air et la lumière qui l'entouraient.

— Survivre, répondit Kate.

Le ton de sa voix avait changé. On y percevait le souvenir d'une horreur passée, et un espoir.

Elias hocha lentement la tête et lui sourit.

Remerciements

Mes remerciements à Olivier Orban, Patrick de Bourgues, Gilles Paris, Élodie Deglaire, pour leurs conseils et leur soutien.

Évidemment à Claudine et Jean-Claude Younès.

A Catherine et Richard Villet pour leur amitié. A Chrissie et Chuck Cilano, Toni et Jim Moore, pour leur aide.

Cet ouvrage a été composé par GRAPHIC HAINAUT

IMPRIMÉ EN FRANCE PAR BRODARD ET TAUPIN
1791V - La Flèche (Sarthe), le 15-12-1998
Dépôt légal : janvier 1999

POCKET – 12, avenue d'Italie - 75627 Paris Cedex 13
Tél. : 01.44.16.05.00